ENTRE LA BRUMA

colección andanzas

Libros de Simonetta Agnello Hornby en Tusquets Editores

ANDANZAS

La Mennulara

La tía marquesa

Boca sellada

Entre la bruma

SIMONETTA AGNELLO HORNBY

ENTRE LA BRUMA

Traducción de Carlos Gumpert

TUSQUETS EDITORES

Título original: *Vento scomposto*

1.ª edición: abril de 2010

Diseño de la colección: Guillemot-Navares
Reservados todos los derechos de esta edición para
Tusquets Editores, S.A. - Cesare Cantù, 8 - 08023 Barcelona
www.tusquetseditores.com
ISBN: 978-84-8383-237-0
Depósito legal: B. 14.265-2010
Fotocomposición: Anglofort, S.A.
Impresión y encuadernación: Romanyà Valls
Impreso en España

Índice

NOTA DE LA AUTORA

El Children's Act revolucionó en 1989 el sistema legal inglés, provocando con toda justicia gran admiración en el mundo entero: los menores tienen derecho a un tutor legal propio y a un abogado, a cargo del Estado, exactamente igual que sus padres. El objetivo declarado de la ley es apoyar a las familias y tutelar a los menores; para poder alcanzarlo, el proceso debe basarse en la colaboración más que en el antagonismo. Nosotros, los abogados ingleses, lo llamamos el Rolls Royce de la asistencia pública. Como el famoso automóvil, ya casi desaparecido, también el Children's Act se ha convertido, a la hora de su aplicación, en mera sombra de lo que era.

Entre la bruma nace en este escenario.

En las dos últimas décadas, numerosas investigaciones públicas sobre tragedias causadas por la ineficacia de los servicios sociales en el contexto de un servicio asistencial multidisciplinar deficiente han escandalizado al público inglés. En cada una de esas ocasiones, la intervención del Estado llevó a reforzar los organismos de control y a imponer cambios estructurales y administrativos, que provocaron la desmotivación de los trabajadores y el desánimo de las nuevas hornadas. Para completar sus propias plantillas, los servicios sociales contratan a personal de agencias o procedente del extranjero, a menudo inexperto o con escaso conocimiento de la cultura de los beneficiarios. En el contexto judicial, ello resulta especialmente evidente cuando los servicios sociales, que deberían ser capaces y estar deseosos de defender sus posiciones y de manifestar su opinión profesional, prefieren recurrir a peritaciones de psiquiatras infantiles en situaciones que nada tienen que ver con la enfermedad mental de un menor.

Hay demasiados asistentes sociales incompetentes y, en consecuencia, arrogantes; hay demasiadas familias de beneficiarios a las que se considera objetos y no personas; hay demasiados peritos que gozan de cierta impunidad, por hallarse al resguardo del juicio del público, dado que los procedimientos con menores tienen lugar a puerta cerrada para *proteger* al menor. Y, por desgracia, en demasiadas ocasiones la voz del menor no llega a escucharse.

Para escribir esta novela me he basado en mi experiencia como abogado, como profesora universitaria y como juez. Los personajes son imaginarios. Todos los hechos que se narran pueden haber ocurrido perfectamente.

Simonetta Agnello Hornby

The wind goeth towards the South
And turneth about unto the North,
It whirleth about continually and
The wind returneth again
According to his circuits.

Ecclesiastes, JV6

Sopla hacia el sur el viento
y gira hacia el norte;
gira que te gira el viento
y vuelve el viento a girar.

Eclesiastés, 1, 6

Primera parte

1
El nuevo trabajo de Pat
Victoria Station. Lunes, 7 de abril

Las salidas de Victoria Station estaban bloqueadas por el flujo de trabajadores que salían de los trenes y empujaban de forma compacta hacia el exterior. Aplastada contra la pared del arco de entrada, Pat inspiraba profundamente para evitar un ataque de pánico. Deploraba una vez más haber aceptado, por un impulso, la sugerencia de la agencia para trabajar en un bufete de la periferia. En vez de tomar el autobús número once que la llevaba en veinte minutos a Strand, el barrio de los abogados, ahora le tocaba pugnar con los trabajadores de la mañana para llegar hasta el andén de los trenes para Brixton.

Después se acordó de las sabias palabras de Ron. La noche anterior le había recordado que su nuevo trabajo estaba bien pagado y que probablemente implicaría menos estrés de lo habitual; la había consolado diciéndole que las siguientes dos semanas se le pasarían volando y que después regresaría a los bufetes de la City donde, una vez que hubiera conseguido el diploma, trabajaría ininterrumpidamente como secretaria suplente. Pat se armó de valor y empezó a avanzar entre la gente. El río de viajeros taciturnos se abría para cerrarse después a sus espaldas. No sin esfuerzo, consiguió llegar hasta su tren y subir antes de que arrancara.

Sentada junto a la ventanilla, Pat arrugó la nariz, disgustada; el compartimento estaba lleno de desechos y los asientos estaban repletos de botellas, latas, periódicos y bolsas de papel arrugadas.

El tren bordeaba la Battersea Power Station, una inmensa catedral destripada, de ladrillos rojos, con cuatro altísimos minaretes blancos, uno en cada esquina; después serpenteaba lento por los raíles de hierro rozando los edificios a ambos lados, silenciosos obeliscos del pasado industrial de Londres. Abandonados en su mayoría, se hallaban en distintas fases de degradación: en los tejados y alféizares crecían hierbajos y plantas silvestres; las ventanas tenían los marcos podridos y los cristales rotos; los muros estaban ennegrecidos y el revoque, desconchado. Audaces artistas anónimos habían escalado los muros más altos para cubrirlos con grafitos de colores chillones.

El tren estaba cruzando una zona residencial, una gran extensión de jardines medio silvestres y de patios descuidados. Más arriba, la línea de los tejados era irregular. Los de las casas adosadas, bajos, puntiagudos, de pizarra, se alternaban con los planos de los toscos edificios de viviendas de protección oficial. Pat se preguntó una vez más qué razón le había llevado a aceptar un trabajo en Brixton.

Ignorando a los demás, e ignorado por ellos, un hombre orinaba fuera de la estación contra una farola de hierro colado. Pat apartó la mirada y atravesó el mercado a paso ligero. Los carniceros *halal* fregaban las aceras de delante de sus tiendas; en los mostradores, ramilletes de pollos con las patas atadas, colgados de gruesos ganchos, con las crestas colgantes y la piel rugosa salpicada de plumas rotas cual rastrojos. Al lado, los carniceros jamaicanos presentaban una orgullosa exhibición de patas de cerdo junto a una montaña de rizados rabos rosa. La gente caminaba sin prisas. Una mujer con un sobretodo azul eléctrico y tacones altos arrastraba una enorme maleta que oscilaba sobre el adoquinado irregular. Avanzaba a trompicones y tropezando, y más de una vez estuvo a punto de caerse.

Al igual que Pat, se había detenido en el semáforo de Brixton Road. Pat la había adelantado después y caminaba ahora a paso decidido hacia el bufete Wizens. La otra la seguía, resoplando y mascullando.

Pat llamó al timbre y se quedó esperando delante de la puerta. La mujer la alcanzó, pues también se dirigía allí. A pesar de la larga y pálida cicatriz, desde la mejilla hasta el cuello, que la desfiguraba, quedaban en ella vestigios de una lejana belleza.

–¡Soy yo, Mistress Ansell! –respondió gritando a la voz que salía del telefonillo, y empujó hacia un lado a Pat, bloqueando la entrada con su maleta–. ¡Déjame entrar, necesito una orden de alejamiento!

Tenía moratones alrededor de la boca y los labios tumefactos.

–Tendrá que esperar a la hora de apertura, aún no son las nueve y media –contestó la voz.

–¡Que me dejes pasar, te he dicho! ¡Anoche casi me mata! –Ahora, la mujer bramaba–. ¡Déjame entrar, Sharon! ¡Déjame entrar! –Y recobró el aliento. Pat aprovechó para susurrar su nombre en el telefonillo y la puerta se abrió con un chasquido.

Sin quejarse, pero de malos modos, Mistress Ansell retiró la maleta para dejar libre el paso. Antes de cruzar el umbral, Pat le echó un vistazo de soslayo. Aplastada contra el muro, Mistress Ansell parecía haberse rendido y miraba a lo lejos, con las manos aferradas de nuevo a la manija de la maleta.

Una joven alta y negra, de grandes ojos oscuros, se había presentado como Sharon Steen –«Soy *la otra* secretaria del abogado Booth»– y la había acompañado a la cocina del primer piso. Mientras tomaban un café, Sharon le explicó a Pat que iban a compartir el despacho del abogado, quien no era muy partidario de la informática, por lo que necesitaba dos secretarias. Sharon se encargaba de los clientes de la A a la L, el resto del alfabeto le correspondería a ella.

Sharon, mientras tanto, comprobaba una a una sus largas uñas esmaltadas postizas. Después miró a Pat:

–Steve está especializado en cinco campos –y fue levantando un dedo a medida que los enumeraba–: violencia doméstica, regímenes de visita, secuestro de menores, adopciones y procedimientos de tutela; en definitiva, cuando te quitan a los hijos. La mayor parte de los clientes recibe asistencia jurídica gratuita, el Legal Aid, que nos paga el Estado. Algunos son personas difíciles, como Mistress Ansell, pero por lo general son gente como es debido. –Sharon se detuvo, se había dado cuenta de que Pat estaba algo aturdida. Después empezó a darse golpecitos en el dedo índice para comprobar que la uña falsa aguantaba y abrió sus labios carnosos en una sonrisa luminosa–: Aquí se trabaja mucho, pero no nos aburrimos nunca. Confío en que te guste.

–¿Quién es Mistress Ansell? –Pat se moría de curiosidad.

–Una mujer maltratada, como muchas otras. Una de mis clientes. Pero es una cliente privada y, desde luego, ¡pobre no es! Aunque aquí los tratamos a todos por igual, sean ricos o pobres. Mistress Ansell ganó un montón de dinero vendiendo ropa por correspondencia. Después conoció a un tipo más joven que ella, en Kingston, y se casó: él deja que lo mantenga y la sacude regularmente. Ella viene aquí cuando pretende conseguir una orden de alejamiento, como si fuera la dueña, pero al día siguiente ya están otra vez juntos: un desperdicio, de nuestro tiempo y de su dinero. –Y agitó sus dedos largos y delgados ante los ojos de Pat–. ¿Te gustan mis uñas nuevas?

El despacho era una espaciosa habitación con una enorme ventana que daba a la calle y una puerta que daba a la sala de espera. Encima de los ficheros alineados contra la pared había largas baldas arqueadas bajo el peso de libros y cajas de cartón, marcada cada una de ellas por una etiqueta con el nombre del cliente escrito con rotulador; en el centro de la habitación, tres escritorios: los de las secretarias, uno frente al otro y perpendiculares al de Steve, más grande.

El alféizar estaba lleno de helechos.

–Steve se los trae de casa y es el único que puede cuidar de sus plantas. No las riegues nunca, aunque parezcan secas: ¡es lo único que lo enfurece!

En ese momento entró Steve: un hombre de edad indefinible, algo grueso y de calvicie incipiente, con traje oscuro y corbata violeta. Llevaba prisa –tenía una vista–, de manera que pasó de inmediato a instruir a Pat, quien iba tomando notas y levantaba de vez en cuando los ojos para mirarlo. Le hablaba de forma clara y con una autoridad que la tranquilizaba. No había cerrado la puerta que daba a la sala de espera y vigilaba lo que ocurría allí dentro. Había un constante ir y venir de jóvenes abogados de camino al juzgado y de clientes; algunos esperaban pacientemente, otros se mostraban nerviosos. Un niño lloriqueaba en su cochecito. Mistress Ansell, sentada muy erguida delante de la puerta, miraba fijamente con gesto implorante a Steve, que, sin hacerle caso, seguía hablando con Pat. De vez en cuando, Mistress Ansell cambiaba de postura, cruzaba y separaba las piernas o lo atravesaba con una mirada de desprecio, para recobrar después su expresión piadosa.

Steve le había dado a Pat una cinta para que la transcribiera por la tarde y se había puesto a revisar la correspondencia. De repente, se levantó y fue a recibir a Mistress Ansell. Sharon echó un vistazo y reemprendió enseguida sus tareas; Pat escuchó toda la conversación.

Con unas cuantas preguntas bien planteadas, Steve fue capaz de captar la esencia de la cuestión. Al final, le dio su parecer con calma a la cliente:

–Tenemos suficientes pruebas para solicitar una orden de alejamiento urgente. –Y las enumeró una a una: un pasado violento, una agresión reciente, moratones bien evidentes, rasguños y arañazos con sangre, la posibilidad de un domicilio alternativo para el agresor. Después miró fijamente a los ojos a Mistress Ansell–: ¿De verdad quiere llevar a su marido ante los tribunales?

Ella asintió con la cabeza y entonces Steve le dijo que tenía que ir de inmediato a ver a un médico, para que le hiciera un certificado, y que volviera a verle a las dos y media.

–Puede dejar la maleta en el vestíbulo, nadie se la robará –le dijo mientras la acompañaba a la puerta. Steve cogió después su mochila y, tras una despedida apresurada, se encaminó a su vez al juzgado.

El Quality Cafe olía a aceite frito y no era excesivamente acogedor.

–Hoy invita Wizens, es la bienvenida a todo nuevo empleado: así lo establece el reglamento. Elige lo que quieras, aquí se come bien –dijo Sharon, y le pasó a Pat una hoja grasienta, el menú del día. Pat se dejó aconsejar el Jamaican Pattie, unas empanadas fritas rellenas de carne especiada, y ensalada.

Sharon llevaba la conversación: hablaba de su jefe, de los clientes y, al final, de hombres. Tenía muchos, pero ninguno con el que casarse.

–Un hombre como es debido, con un sueldo decente y un trabajo fijo, y que tenga ganas de formar una familia, es muy difícil de encontrar. Pero yo no aceptaré menos. Y mientras espero, me divierto yendo a clubes y a fiestas. –Se rió–. ¿Y tú?

Pat aludió a Ron, con quien llevaba varios años: pasaban los fines de semana y las vacaciones juntos, pero no tenían intención de casarse. Él era diez años mayor que ella, estaba divorciado y tenía un hijo ya de cierta edad, mientras que ella no quería hijos.

–A mí, en cambio, me gustaría tener un hijo, tengo que darme prisa –dijo Sharon.

–A mí me queda tiempo. –Pat se dio cuenta de que había sido poco delicada y se sonrojó.

Sharon hablaba de Steve sin deferencia alguna y describía a los clientes con cierto desapego, sin nombrarlos, pero era evidente que le gustaba su trabajo y que estaba orgullosa de él. La mayor parte de los clientes era gente perpetuamente desempleada y enredada en disputas, entre ellos mismos o con los servicios sociales, por la custodia de los hijos.

–Steve representa a niños también, cuando los servicios sociales quieren ponerlos bajo tutela y revocar la patria potestad, o incluso darlos en adopción. El encargo se lo proporciona el tutor legal del menor, o, si éste aún no ha sido nombrado, el propio juzgado; le paga el Legal Aid. Y, naturalmente, están las mujeres maltratadas...

–¿Qué es lo que empuja a una mujer maltratada a volver con su pareja?

–Miedo, por lo general. Miedo a quedarse sola, miedo a la miseria. Miedo a que la maten. ¡Solamente en Londres, mataron a cuarenta y cuatro el año pasado! –Y añadió–: La gente que tiene tras de sí una historia de violencia familiar la acepta como algo normal y no tiene confianza en sí misma.

–¿Es Mistress Ansell una de ésas?

Al oír pronunciar el nombre de su cliente en un lugar público, Sharon dio un respingo y echó un vistazo a su alrededor. Después se alisó la minifalda y cruzó lentamente sus largas piernas torneadas.

–Lo dudo –dijo en voz baja, casi como para subrayar la indiscreción de su colega–. Es una mujer que provoca temor. –Jugueteó con sus brazaletes–. Me da la impresión de que si ella sigue con él es por el sexo –añadió maliciosa–. Los vi una vez, en una fiesta. Él es un pedazo de tío.

Después Sharon se concentró en la merluza frita y en las patatas. Las cogía una a una, sujetándolas con fuerza entre sus uñas esmaltadas mientras observaba a un joven de pie delante del mostrador:

–Ése tampoco está mal.

Steve las estaba esperando en la oficina. La vista se había aplazado: la asistente social había olvidado la fecha y el plazo para depositar las nuevas propuestas para el futuro de Stephanie, cuyo momentáneo regreso a casa había sido decretado por el juez para facilitar una ulterior verificación de la capacidad maternal de Mavis Clarke. En la audiencia final, el juez determinaría si Stephanie podía permanecer con su madre para siempre o si debía ser adoptada, como sostenían los servicios sociales.

–Le he dicho a Mavis que se pase por la oficina cada mañana después de dejar a Stephanie en la guardería. Está convencida de que los servicios sociales esperan que vuelva a drogarse, y ésa es la razón por la que pretenden aplazar la vista final, para volver a sugerir la adopción.

Dicho esto, Steve empezó a comerse un bocadillo. Pat escuchaba sin entender: confiaba únicamente en que con ella fuera menos expeditivo cuando le diera instrucciones sobre sus clientes. Steve masticaba lentamente y se perdía de vez en cuando en sus pensamientos.

–No te olvides de traerle algo para comer, si crees que tiene hambre –le dijo a Sharon, y siguió comiendo con toda tranquilidad.

Después contestó al teléfono y acordó una cita para las dos y media. Cuando colgó, Pat creyó oportuno recordarle que a esa hora tenía ya un compromiso con Mistress Ansell.

–Se ha llevado la maleta –refunfuñó Steve, antes de hundirse en sus papeles.

Pat se ofendió como un niño castigado injustamente, y cuanto más lo pensaba, más ofendida se sentía. Llegó a pensar incluso en levantarse e irse, pero se controló: al fin y al cabo, sólo iba a estar dos semanas. Siguió tecleando rápidamente, sin dignarse volver a mirarlo. En determinado momento, se sintió observada; los ojos de Steve estaban clavados en ella:

–Mistress Ansell ha cambiado de idea. El día que deje la maleta en la oficina sabremos que se ha decidido a llevar adelante la orden de alejamiento.

2
Mike Pitt sale a correr
St. James's Park. Lunes, 7 de abril

Cada mañana, Mike Pitt salía a correr cruzando los parques reales: Kensington Park, Hyde Park, después salía por el paso subterráneo a Green Park y, tras bordearlo, atravesaba el Mall y llegaba por último a St. James's Park; allí daba la vuelta al lago y volvía sobre sus pasos. A sus treinta y siete años, con interminables jornadas de trabajo, comiendo sin horarios, fumando, bebiendo y tomando de vez en cuando cocaína, Mike estaba convencido de que con ese ejercicio físico mantenía su cuerpo sano y su mente ágil.

Sin prestar atención a los corredores de primera hora de la mañana, el hombre de las ardillas avanzaba rápidamente por el sendero, con la cabeza vuelta hacia los grandes sicómoros de lo alto del prado en ligera pendiente. Después entró con decisión, caminando derecho hacia los árboles, con la mirada saltando de tronco en tronco. De repente, el hombre dejó la bolsa en el suelo y se acuclilló, con los brazos extendidos hacia delante, los puños cerrados, inmóvil.

Mike lo había seguido con el rabillo del ojo, sin llegar a comprender por qué aquel día llamaba tanto su atención. Esa mañana, dos ardillas bajaron rápidamente por el tronco, cabeza abajo, y permanecieron a los pies del sicómoro, inmóviles también. Otra las había seguido, a saltos; se había detenido a observar, con las patas bien aferradas a la corteza; después se encaramó a la rama más baja, y se quedó mirando al hombre, que le devolvía la mirada y abría poco a poco los dedos, uno a uno.

La ardilla estaba ahora en el césped y saltaba hacia la mano abierta: se levantó sobre sus patas traseras, atrapó la avellana que se le ofrecía y se alejó, mientras las otras dos se acercaban.

Lo que al principio le había parecido un benévolo pasatiempo había ido adquiriendo un no sé qué amenazador, como si el hombre quisiera hechizar a las ardillas y hacerles daño. Mike aguzó la mirada y se cruzó con la del hombre, durísima, que inmediatamente le dio la espalda. Entretanto, otras ardillas iban apareciendo en los huecos de los troncos y otras más avanzaban hechizadas hacia los brazos extendidos que las aguardaban. Mike se estremeció y emprendió el camino de regreso.

Una ráfaga de viento frío barrió el lago. Lo surcaban, lentos y majestuosos, dos cisnes negros; habían pasado por debajo del puente y se deslizaban ahora hacia el islote en el que tenían su nido, el naranja de sus picos era el único toque de color sobre las aguas brillantes y oscuras.

El lago estaba enmarcado por árboles, los grandes sicómoros estaban en plena floración y racimos de flores rosas y rojas, erguidas hacia lo alto como candelabros, destacaban en medio de las hojas lujuriantes y sobresalían sobre los demás árboles; la silueta de las cepas se recortaba contra el cielo matutino que estaba cambiando hacia un purísimo azul. Más allá, el lago se ensanchaba y acababa. Al fondo, el blanco palacio barroco de Horse Guards y los palacios victorianos de Whitehall, más altos y adornados con cúpulas de color verde bronce y pináculos descollantes, parecían un único castillo, de cuento de hadas; sobre las miles de torretas y pináculos, el cielo ya era azul. St. James's Park resplandecía en toda su gloria.

–Buenos días, papá –dijo Amy.

–Buenos días, papaíto –lo provocó Lucy, moviendo las manos.

Sudado y jadeante, Mike se sentó a la mesa de cocina y cogió la taza de café de manos de Lisa, la *au pair* polaca. Miró satisfecho a sus hijas, entretenidas con el desayuno.

–A ver, niñas, ¿qué hicisteis el viernes?

–¡Nada! –Y los ojos castaños de Lucy brillaron en señal de desafío.

–Nada importante, en el colegio –dijo Amy. Y añadió, muy seria–: ¿Y tú?

–Bueno, pues si nadie quiere decirme lo que hizo, tampoco yo diré nada sobre lo que hice este fin de semana en Ginebra. –Mike fingió mirar hacia otro lado, distraído, y después volvió a intentarlo–: Venga, Amy, dime, ¿te ha enseñado la maestra palabras nuevas?

A Amy le encantaba ir al colegio y, a sus ocho años, era ya una ávida lectora.

–¡Yo sé lo que hace papá en el trabajo! –intervino Lucy–. ¡Papá gana dinero, mucho dinero, todo para nosotros!

–¡Muy bien! Y si sois buenas, el sábado, después de natación, os llevaré al sushi bar. Ahora daos prisa, o llegaréis tarde al colegio.

Mike hizo ademán de irse y Lucy, agitando la cuchara repleta aún de *porridge*, gritó:

–¡Yo no voy al colegio! –Y después de una pausa, señalándose el pecho con la cuchara–: ¡Yo voy a la guardería, a la Sunshine Nursery!

Una última rociada de agua de colonia y Mike estaba listo para salir. Envuelta en una suave bata de seda, Jenny se había demorado en el dormitorio: lo seguía, pese a saber que su marido prefería que no estuviera a su alrededor mientras se vestía, y entretanto se quejaba de la guardería; cambiarían a Lucy en cuanto quedara alguna plaza libre en The Meadows, el colegio privado de Amy.

El viernes anterior Jenny tenía hora con el dentista y se acercó luego a recoger a Lucy. Mistress Dooms, la maestra, la entretuvo con sus habituales quejas: Lucy no escuchaba cuando los adultos le hablaban y prefería quedarse sola y dibujar, en vez de jugar con los demás niños.

–¡Tuvo la cara dura de preguntarme cuándo se irían los obreros! ¡Estoy más que harta de esa guardería! –Jenny había levantado la voz–. Ojalá Lucy pudiera entrar el próximo trimestre en la escuela de Amy –añadió pensativa.

Mike le lanzó una de sus severas miradas, pero sin efecto. Jenny le insistía para que llamara al presidente del consejo de Meadows, un antiguo compañero de universidad de Mike, de modo que Lucy saltara puestos en la lista de espera.

–Hay que aprovechar las amistades únicamente en el momento oportuno, y ese momento no ha llegado aún –le dijo con sequedad–. Nos han garantizado una plaza antes de que acabe el año. Sabes perfectamente que la maestra la tiene tomada contigo, como tú con ella por lo demás: tendrías que haberle dicho a Lisa que cambiara la cita. –Y salió apresuradamente para no darle la oportunidad de replicar.

Salió sin darse la vuelta y dejó tras de sí la fachada de estuco blanco de la hermosa casa victoriana a la que se habían mudado hacía pocos meses. Mientras caminaba, pensaba en los obreros. Las salas nobles estaban todavía patas arriba y le echaba la culpa a Jenny: se había gastado una fortuna en el decorador y en los muebles de diseño, por lo que él, pensando en ahorrar en las obras, había cogido una cuadrilla de polacos que le habían recomendado por ser rápidos y baratos, y que en cambio habían resultado lentos, mejor dicho, lentísimos.

–¡Estos polacos! –masculló para sí mismo, pero le bastó con alargar el paso para entrar en otro ámbito de pensamientos.

3
El té de la maestra
Fulham. Martes, 8 de abril

El camarero había entrado de puntillas en la sala de reuniones de Trolleys. Mike, sentado a una mesa redonda al lado del ventanal, repasaba el material para la presentación de la tarde y no se había dado cuenta.

El hombre colocó la comida –queso, ensalada, café y fruta– sobre la mesa y, retrocediendo después, miró hacia fuera.

Al otro lado del río, la vieja torre Oxo, empequeñecida aunque no humillada por los grandes edificios modernos de oficinas, recordaba a los londinenses la ingeniosa estratagema de quien la había construido, burlando la prohibición municipal de exhibir publicidad: sus tres ventanas eran redondas, una encima de la otra, y los cristales rojos y blancos formaban el letrero OXO, el cubito indispensable para preparar el *gravy*. Por la noche, iluminadas, las letras O-X-O destacaban en el paseo del río.

El Támesis estaba desierto, ni un barco, ni una barcaza; la orilla arenosa bajaba hacia el agua que discurría plana y reflejaba la tenue luz de un sol velado. La calma del río se repetía en el cielo, alto y pálido, sin nubes, desierto también de aviones. El camarero se marchó de puntillas, con un «¡que aproveche!» al que Mike, que le daba la espalda, contestó con un vago gesto de la mano.

Mike seguía examinando los papeles. De vez en cuando picaba una cereza. El móvil estaba sonando, pero él no contestaba. Al final lo cogió. Jenny acababa de salir de la Sunshine Nursery y su voz insistente se mezclaba con el ruido del tráfico.

–¡Cálmate! –Mike consiguió por fin interrumpirla–. ¡Estás haciendo un drama! Y en cualquier caso, ahora estoy preparando una presentación. –Y apagó el móvil.

Apartó la bandeja y se acercó a la ventana para estirar las piernas. La belleza majestuosa del Támesis le ofendía, y exacerbaba, en vez de aliviarlo, el malhumor que le había empapado por dentro.

Amy y Lucy estaban listas para irse al colegio con Lisa. Jenny las vio salir, después cerró la puerta de casa y se apoyó contra ella. Seguía oyendo su charloteo, que poco a poco se alejaba, hasta que se apagó.

La casa estaba vacía. La barandilla de madera tallada acompañaba elegantemente la escalera de acceso; la luz forzaba los cristales rojos y azules de la ventana victoriana del rellano, en lo alto de la primera rampa. Jenny saboreaba los raros momentos de soledad en su nueva casa, que no tardaría en verse invadida por la voz aguda de Lisa y por las más disonantes de los obreros. Vagaba de habitación en habitación tomándose un zumo de pomelo. No veía más que manchones de pintura, enchufes mal atornillados, puertas que no cerraban.

Lisa había vuelto con los periódicos y cruasanes y había puesto la cafetera en la cocina Aga. Mientras esperaba a que el café estuviera listo, Jenny se había sentado a leer a la mesa de mármol. El aroma de los cruasanes recién horneados le estimulaba el apetito. Dejó el periódico y buscó la caja de cartón blando y brillante de la pastelería. Estaba al final de la mesa, junto a un sobre dirigido a ella. Lo abrió, nerviosa: Mistress Bell la invitaba a participar en la sesión semanal de «padres e hijos» –«Hoy tendremos un laboratorio de arte creativo: estoy segura de que Lucy estaría encantada de verla junto a las demás madres»– y sugería que ambas se vieran inmediatamente después, a las dos menos cuarto: tenía que hablarle de Lucy. Jenny inspiró profundamente: el aroma a mantequilla de los cruasanes ahora le daba náuseas, el olor del café era amargo y le venían ganas de vomitar. Después le entró rabia contra Mistress Bell por su impertinente carta. Llamó a Lisa, pero no contestaba: estaría aún arriba, entretenida en estridentes saludos con los obreros.

–¡Lisa!

Esta vez la muchacha bajó sonriente y fue recibida con una retahíla de interpelaciones. Preguntándose en qué se había equivocado, le contó a Jenny que, cuando ya se iba, Mistress Dooms le dijo que la directora quería hablar con ella. Mistress Bell la estaba esperando con la carta en la mano, pero no quiso dársela hasta haberse asegurado de que Mistress Pitt no saldría antes de su regreso.

–Le dije que usted siempre espera los cruasanes para desayunar y sólo entonces se convenció para dármela –añadió con orgullo.

Jenny estaba lívida. Primero pensó en no hacer caso a la invitación, después empezó a crecerse ante el encuentro. Mandaría a Lisa a la sesión de «padres e hijos», como siempre, e iría directamente a hablar con Mistress Bell.

La Sunshine Nursery era una excelente guardería municipal, inaugurada recientemente por la mujer del primer ministro. Ocupaba un edificio diseñado para las necesidades de los niños con espacios amplios y modernas instalaciones. Annabel Snowball, para quien Jenny trabajó un breve periodo durante sus vacaciones universitarias, y que ejercía de mentora para ella, la animó a inscribir a Lucy allí, en espera de que hubiese una plaza en el colegio de Amy. Annabel, viuda de un baronet, sabía bastante de esas cosas: se ocupaba de obras de beneficencia y formaba parte del comité directivo de un hospital infantil. Al principio, Jenny se sintió muy satisfecha de la decisión. Después empezó el asedio de las sesiones semanales de «padres e hijos», las invitaciones para acompañar a los niños al parque y ayudarles en clase en sus juegos. Lo cierto es que Jenny acudió únicamente dos veces y se sintió fuera de lugar entre el resto de las madres, todas más jóvenes y de clase social más baja. Además, no acababa de sentirse cómoda con la maestra de Lucy, Mistress Dooms, una insoportable mujer de mediana edad que no ocultaba sus ideas de izquierdas y que desde su primer encuentro la había martirizado con preguntas indiscretas. A Jenny no le cabía duda de que había tomado la decisión correcta al mandar a Lisa en su lugar: por si fuera poco, en la guardería la muchacha se divertía y hasta se había hecho amiga de algunas madres. Pero desde entonces Mistress Dooms le había declarado la guerra y su hostilidad acababa por contaminar su relación con Lucy, aparentemente con el consenso, si no con el apoyo, de Mistress Bell.

–Lucy es una niña con muchas dotes. Es una pena que no haya podido venir usted hoy: ha hecho unos dibujos muy bonitos, realmente interesantes.

El arranque de Mistress Bell resultaba conciliador, pero Jenny, a la defensiva desde el principio, respondió de forma brusca:

–Mistress Dooms la describe de manera bastante distinta.

–El trabajo artístico de Lucy es algo extraño a veces. Repetitivo. Me gustaría enseñarle lo que ha dibujado hoy.

Y Mistress Bell colocó sobre el escritorio una gran hoja de papel.

–Éstas son las chimeneas de Two Oaks. –Jenny le explicó que el viejo *cottage* de su tía en Gloucestershire tenía unas extraordinarias chimeneas, decoradas con ladrillos que sobresalían.

Mistress Bell la escuchaba mientras seguía escrutando la hoja; de vez en cuando, asentía.

–Ya entiendo. Por esa razón habría sido de gran utilidad que hubiera venido usted a la sesión. Mistress Dooms se habría sentido más tranquila si se lo hubiera explicado a ella también.

–¿Y qué otra cosa podrían ser, si no chimeneas?

–Muchas cosas... Los niños comunican a través de sus dibujos. En su larga carrera, Mistress Dooms ha trabajado incluso con arteterapeutas. Me ha dicho que últimamente Lucy está obsesionada con estas chimeneas y con otras cosas, y que a veces estropea sus trabajos con grandes manchas de color negro. –Mistress Bell hizo una pausa–. Supongo que a Lucy le gusta mucho ir al *cottage* de su tía.

–¡Naturalmente! ¡Mis hijas la adoran!

La directora cambió de tema.

–Lucy se refugia de vez en cuando en un mundo propio, cuando dibuja. Mistress Dooms dice que no la escucha, y que evita la compañía de los demás niños.

–A Lucy le gusta jugar sola, pero también le gusta jugar con los hijos de nuestros amigos. En casa es obediente, aunque pueda llegar a ser un poco cabezota. ¡Una maestra con experiencia debería saber cómo tratarla! –objetó Jenny.

Suspirando, Mistress Bell dijo que a ella le correspondía escuchar las preocupaciones de las maestras, cada una tenía su propia personalidad y sus pequeñas manías: Mistress Dooms, en todo caso, podía asegurárselo, tenía años de experiencia. Confiaba, por lo tanto, en que ella y Jenny supieran entenderse en el futuro y encontraran la forma de comunicarse: a ambas les importaba el bienestar de Lucy.

Hasta entonces la conversación había sido tensa pero respetuosa por ambas partes, y útil. Pero cuando Mistress Bell le preguntó si los obreros polacos seguían trabajando en su casa, la buena voluntad de Jenny se evaporó al instante:

–Lucy no tiene ninguna relación con los obreros. Por si le interesa, ¡sepa que son lentísimos y que no se los recomendaría a nadie!

Y Jenny se marchó convencida de que Mistress Bell era un astuto enemigo, que había intentado que cogiera confianza con la única finalidad de inmiscuirse en su vida familiar.

En cuanto cruzó la verja de la guardería, llamó a Mike, pero estaba muy ocupado.

–Mistress Dooms ha invitado a Lucy a tomar el té. ¿Puedo tomar yo también pasteles? –le preguntó Amy en cuanto su madre entró en el cuarto de jugar. Lisa añadió enseguida que Mistress Dooms traería a Lucy de vuelta a las seis.

–¡¿Y tú lo has permitido?! ¿Cómo se te ha ocurrido?

Lisa estaba convencida de que la invitación había sido acordada con Jenny en su entrevista con la directora, pero no tuvo ocasión de explicarse, porque Jenny ya estaba pegada al móvil. Llamó a la guardería, pero no contestaba nadie. Llamó a Mistress Bell al teléfono directo, sin éxito. Aterrorizada, llamó a Mike: habían raptado a Lucy y era necesario alertar a la policía.

La voz de Mike era gélida:

–Estoy en plena presentación. Sólo te queda esperar a que vuelva. No sabemos dónde vive la maestra. Avísame en cuanto llegue.

Jenny mandó a Amy y a Lisa a tomar el té a la pastelería. Por fin sola, permaneció de pie en la puerta de entrada, ansiosa y pasándose el móvil de una mano a la otra. ¿Y si hubieran raptado y vendido a Lucy en el mercado de los pedófilos? ¿Y si Mistress Dooms, encaprichada con ella, se la hubiera llevado al extranjero, haciéndola pasar por hija suya? ¿Y si llegara a matarla? Las historias morbosas de los tabloides ascendían como una marea y se volvían reales. Todas.

Poco después de las seis llamaron a la puerta. Lucy estaba de pie en el porche; a su lado, Mistress Dooms y un hombre barbudo. En cuanto vio a su madre, la niña abrió los brazos para que la abrazara y la estrechó con fuerza. Jenny devolvió el abrazo y cerró la puerta en la cara de Mistress Dooms y su acompañante. Al principio, Lucy se mostró inconsolable, después se soltó lentamente del abrazo de su madre y, muy callada, empezó a hacer un reconocimiento del cuarto de jugar: iba de un juguete a otro, cogía uno y comprobaba que estaba como lo había dejado, y después repetía la misma operación con los otros, exactamente igual a como lo hacía cuando volvía a casa después de las vacaciones.

Mike volvió tarde y se fue derecho a la habitación de las niñas. Amy y Lucy dormían profundamente y él les dio un beso ligero en la frente.

Jenny, que le había esperado para cenar, le hizo un resumen detallado y añadió después que había llamado a Annabel, quien le había dicho que el comportamiento de Mistress Bell y Mistress Dooms no podía pasarse por alto y que había que denunciarlas a la administración municipal, ¡de inmediato! ¡Y Lucy no debía volver a aquella guardería!

Jenny era buena cocinera y Mike había degustado su Lancashire Hot Pot, con su crujiente capa de patatas colocadas en espiga sobre las chuletitas de cordero, y cuya lenta cocción en el horno las había sazonado con los aromas de la salsa. Había cenado con apetito y bebido más de lo habitual mientras escuchaba con atención lo que su mujer le contaba. Tras acabarse una botella de Barolo, abrieron otra. Después Jenny apoyó la mano sobre el brazo de él:

–¿Vas a escribir la reclamación a la guardería? La llevará Lisa por la mañana.

A esas alturas Mike estaba más que relajado: en vez de responder, la tomó del brazo y se lo cubrió de pequeños, torpes besos que sabían a Barolo y a salsa de asado. Después sin soltarla, la condujo al salón.

La habitación no estaba amueblada, Mike empujó a Jenny sobre los rollos de moqueta cubiertos de plástico, que aguardaban ser colocados, e hicieron el amor allí. El olor intenso del esmalte, de la pintura a la aguada y de la pintura para suelos que emanaba de las latas mal cerradas, en vez de molestarlos, aumentaba su deseo.

Jenny no prestó atención al desgarro de la falda y no volvió a pronunciar la palabra «guardería» ni una sola vez. Mientras subían las escaleras de puntillas –él con la chaqueta en el brazo, ella con sus prendas apelotonadas en las manos, por miedo a que de repente Lisa abriera la puerta para darles las buenas noches–, Jenny susurró:

–Creía que te habías acostumbrado a ser un marido de fin de semana.

–Lo soy, pero era la única manera de hacerte callar.

Jenny, sin embargo, no estaba con ánimos de ofenderse.

4
Las joyas de Miss Gladys
Brixton. Bufete Wizens. Miércoles, 9 de abril

El Cardinal, en Francis Street, era uno de los pocos pubs de barrio de Londres que había permanecido casi sin cambios desde hacía un siglo, tanto en la decoración como en su clientela.

El papel pintado del techo, rojo amaranto, era grueso y con dibujos geométricos en relieve, repetidos en los cristales esmerilados y labrados de los ventanales que daban a la calle; paneles de encina recubrían las paredes y las mesitas redondas eran las originales: tablero de madera y trípode de hierro colado. El mostrador estaba iluminado por la luz mortecina de grandes tulipas de cristal opaco; en la parte trasera, la araña de hierro forjado, baja y de cuatro brazos, se balanceaba melancólica sobre el suelo, casi como si se sintiera la ausencia de la mesa de billar. Había únicamente una máquina tragaperras muda, apoyada contra una pared forrada con los retratos de los cardenales católicos de los últimos dos siglos.

Los funcionarios de los ministerios se reunían en el Cardinal para tomarse una pinta de cerveza, por la tarde, antes de volver a casa para cenar. Sin embargo, también acudía gente del barrio, que se dividía en dos grupos sociales que lo frecuentaban en distintos horarios: la alta burguesía de los prestigiosos pisos de Ashley Gardens tomaba allí el aperitivo; cuando se marchaban, los sustituían los inquilinos de las casas de protección oficial construidas en época victoriana a espaldas de la catedral: cenaban al salir del trabajo y después se pasaban la velada en el pub, bebiendo o jugando al billar o a los dardos. En cambio, en el Cardinal apenas se veían turistas.

Ron era un cliente asiduo. Después de su divorcio, y antes

de conocer a Pat, iba al Cardinal al salir de la oficina y se quedaba allí hasta tarde porque nadie esperaba su regreso. Se sentía cómodo con todo el mundo. Era un empleado del Ministerio de Comercio, de familia de clase obrera y uno de los pocos inquilinos que quedaban en Ashley Gardens: podía permitírselo porque el dueño de la casa, un anciano general, agradecido por las pequeñas reparaciones que Ron hacía en su lugar y por el hecho de que pagara puntualmente, no le aumentaba el alquiler a un precio desorbitado.

Aquella tarde, Ron estaba esperando a Pat en el Cardinal y, como sucedía a menudo, mientra ella se retrasaba él ya estaba disfrutando de su pinta de cerveza. Sentado a la barra, intercambiaba unas palabras con el dueño: de vez en cuando, ambos miraban a su alrededor y hacían un ademán de saludo a los clientes habituales que entraban. Reconoció el cabello rojizo de Pat cuando pasó junto a la ventana y pidió su acostumbrada media pinta de Lager. Se sentaron a una mesita de un rincón. Pat tenía ganas de contarle cosas: su nuevo trabajo despertaba su curiosidad; lo hubiera apreciado más de no ser por ciertos momentos en que se sentía una inútil.

–En veinte años de trabajo nunca había experimentado semejante falta de adecuación: no sé nada de derecho de menores, y tengo que aprender; por si fuera poco, en ese bufete las secretarias realizan tareas que en rigor corresponderían a los abogados.

Pat, que tenía enormes dificultades incluso con la administración de la Legal Aid, había estado más de una vez a punto de marcharse. Si no lo había hecho era porque Sharon la había ayudado y animado, sin reprochárselo jamás.

–Deberías marcharte, si no estás contenta.

–Acabaré las dos semanas, después ya se verá. Lo bueno, desde luego, es que no me aburro.

Ron sonrió ante su determinación, y la puso después en guardia:

–A nosotros, los funcionarios, eso del Legal Aid nos parece una inmensa chapuza.

–En todo caso, nuestros clientes dependen de él. La mayoría

de ellos están desempleados. Todos tienen historias tristísimas. Algunas me las cuenta Sharon.

Sharon se las contaba sobre todo por la mañana temprano; llegaba hacia las ocho para abrir la oficina y repartir el correo y Pat se reunía con ella poco después y le gustaba ayudarla. Así, además, evitaba la hora punta.

Steve iba al juzgado cada día y lo veía poco, pero estaban siempre en contacto. Cuando él llegaba a la oficina, Sharon y ella estaban a punto de marcharse, y a la mañana siguiente encontraban en sus escritorios pilas de carpetas con cintas para transcribir. Al final de cada grabación, Steve dictaba sus «notas privadas», y era así como ella había empezado a comprender su manera de razonar.

–Pero ¿es que te gusta? –dijo Ron receloso.

–No estoy segura. Es un hombre extraño, muy educado. Habla únicamente de trabajo. Sharon, que lleva allí siete años, está muy a gusto.

Ron le propuso que cenaran en el Cardinal: merluza frita y patatas fritas, su excepción a la regla semanal. Pat asintió, pero una vez sentados a la mesa, dejó de hablar. Se limitó a breves comentarios o gestos con la cabeza: pensaba en Miss Gladys y en la sabiduría de Sharon.

Steve había telefoneado a la hora de comer. Estaba esperando la sentencia, que iba a pronunciarse a primera hora de la tarde, y estaba seguro de que ganaría.

–¡Tenemos que celebrarlo, nos lo merecemos después de todo el trabajo de la semana! –dijo Sharon, y corrió a buscar a la recepcionista.

Al cabo de un rato, una robusta jamaicana entró en la oficina. Llevaba en la mano un maletín rígido de polipiel y era todo sonrisas. El rostro de Sharon se iluminó y la besó en ambas mejillas, después cerró la puerta con cuidado.

–¿Qué nos ha traído hoy, Miss Gladys?

–¡Preciosos anillos a precios módicos y muchas otras cositas! –contestó ella, para añadir enseguida–: Antes que nada, deja que me siente, ¡las rodillas me están matando! Cuando me habéis llamado, estaba en la otra punta del mercado, he venido tan deprisa como he podido.

Miss Gladys se había dejado caer en la butaca giratoria de Steve y toqueteaba la palanca para bajar el asiento. Tenía la respiración entrecortada. Pat le ofreció un vaso de agua.

–Tú debes de ser la nueva secretaria de Mister Booth –le dijo Miss Gladys–. Es una buena persona, ya verás como te llevas bien con él. –Y se puso a chismorrear con Sharon en su *pidgin English*.

Llevaba un holgado caftán de dibujos rojos, con un generoso escote y un turbante de la misma tela. Al no tener arrugas, parecía más joven de lo que era, traicionada por un matiz grisáceo que asomaba en la raíz del pelo. Llevaba una bonita cadena de oro que ponía de relieve su piel brillante y negra, pero sus zapatos estaban deformados y los tacones gastados.

Sharon empezó a retirar de la mesa de debajo de la ventana todas las carpetas de Steve y cubrió el tablero con un paño de terciopelo rojo que le habían dado. Después Miss Gladys colocó muy rápidamente el terciopelo como ella quería, formando nidos y bultos, olas y encrespaduras, y expuso allí todo su brillante muestrario de bisutería: brazaletes, collares, cadenas, medallones, anillos, relojes y pendientes.

Otras empleadas que se agolpaban en el despacho se iban arremolinando en torno a ella. Miss Gladys dio comienzo a su espectáculo. Cogía una joya y la pasaba de mano en mano; tras ensalzarla y hacer que se lo probaran una u otra, e incluso ella misma, las animaba a adquirirla. Las conocía a todas por su nombre y, sin dejar de incitarlas a comprar, se interesaba por las familias o los achaques de todas ellas. El goteo de gente que se había rezagado no cesaba, y cada vez que entraba una empleada, cerraba cuidadosamente la puerta a sus espaldas, porque en el bufete las ventas estaban severamente prohibidas y el responsable administrativo no debía enterarse de nada.

Las empleadas eran clientes habituales y no perdían el tiempo: escogían con rapidez, negociaban el precio, pagaban y volvían al trabajo, mientras otras las sustituían. Hechizada, también Pat compró un collarcito de plata. Miss Gladys parecía satisfecha, pero no lo estaba completamente y se engalanó con el muestrario entero de anillos aún sin vender, tres por dedo; después se colocó delante de la puerta y recibió a las últimas agitando sus manos regordetas y emperifolladas.

En determinado momento, la recepcionista llamó a Sharon. Mavis Clarke, su «cliente prioritaria», preguntaba por Steve. Sharon fue a la sala de espera y regresó con la muchacha. Confusa, Mavis se mantuvo apartada. Miss Gladys se le acercó y elogió sus hermosos ojos grises, después la animó a echar un vistazo a la mercancía que quedaba. Mavis echó el ojo a un anillo con una gruesa piedra roja; Miss Gladys se dio cuenta, se lo quitó del dedo meñique y le hizo probárselo. Le dijo que era la mejor venta del día y que le haría un buen descuento; al final, la convenció. Mavis estaba encantada; se lo enseñó a las demás y se unió a las carcajadas generales. Pat había seguido la escena perpleja: Sharon le había dicho que Mavis administraba pésimamente el subsidio que recibía del Estado. Buscó su mirada, pero estaba absorta leyendo un SMS.

–Steve está a punto de volver –anunció Sharon, y, después, con voz dulce–: Ahora tiene que marcharse, Miss Gladys.

Tras las últimas acaloradas negociaciones, Miss Gladys recogió lo que había quedado y se marchó contoneándose.

Sharon volvió a colocar las carpetas sobre la mesa y puso en orden el despacho.

–Aprecio mucho a Miss Gladys.

Y le contó a Pat que, en el pasado, Miss Gladys era la propietaria de un puestecillo de bisutería en el mercado; la gente la respetaba porque era honrada. Tuvo que dejar aquella actividad comercial para dedicarse a su nietos, cuatro niños a los que conocía poco porque su hija, drogadicta, se había alejado de la familia. Una cliente le informó de que sus nietos habían sido apartados de su madre y se hallaban en una casa cuna, pero iban a ser adoptados por dos familias diferentes. Miss Gladys se puso inmediatamente en contacto con los servicios sociales y se ofreció a quedarse con los niños, con todos. Los servicios sociales realizaron una investigación formal sobre su capacidad como progenitora y la descartaron. Ella recurrió entonces a Steve; el proceso fue largo y doloroso, pero, al final, Steve y la tutora de los niños consiguieron persuadir a los servicios sociales para que se los entregaran a Miss Gladys, con la condición, sin embargo, de que abandonara su ocupación. Desde entonces era como si sus nietos hubieran vuelto a nacer, ahora iban al colegio y con excelentes resultados. En cambio, Miss Gladys, que vivía del subsidio estatal, nunca conseguía llegar a final de mes. Por eso, desde que el pequeño empezó a ir a la guardería, había vuelto a trabajar de manera ocasional. Un comerciante le había confiado un puesto callejero dos días a la semana y ella vendía bisutería de casa en casa, pero sin excesivas ganancias.

–La llamo cada vez que Steve no está en la oficina.

–Los servicios sociales deberían ayudarla. –Pat lamentaba no haberle comprado más cosas.

–Al principio le dieron un subsidio, a solicitud de Steve y de la tutora, pero al cabo de un año se lo quitaron: es discrecional. Se dice que las cosas van a cambiar, pero lo creeré cuando lo vea. –Sharon le explicó que las familias de acogida estaban muy bien pagadas, recibían hasta cinco veces más de cuanto le fue ofrecido a Miss Gladys–. Hasta quienes adoptan pueden recibir un subsidio, pero los parientes no –añadió con amargura–. El sistema impone que los parientes carnales han de encargarse de los niños de su familia por amor y sentido de la responsabilidad... –Y bajó la mirada; después recuperó su habitual tono bromista y añadió, levantando la mano en la que brillaba el anillo recién adquirido–: La tacañería de los servicios sociales, por una vez, juega a nuestro favor: a nosotros, los empleados del bufete Wizens, se nos trata como a directivos de la City. ¡Ellos también reciben visitas en sus oficinas de los comerciantes de Bond Street, para que no pierdan el tiempo yendo de compras! ¡Sólo que cuentan con el permiso de sus superiores!

En aquel momento entró Steve. Le bastó con echar un vistazo a la mesa para darse cuenta de que las carpetas no estaban exactamente en el orden en que las había dejado, y cuando se sentó en su sillón, sintió que se hundía, y hasta tuvo que agarrarse. Miró a Sharon. Pat temía que le reprochara algo, pero se limitó a decir con voz cansada:

–Hemos ganado. Gracias por haber vigilado el fuerte. Podéis tomaros el resto de la tarde libre.

–¿No tienes hambre? –Ron había comido con apetito y no se había dado cuenta de que el plato de Pat estaba aún medio lleno.

Ella lo observaba con una mirada vacía mientras se acariciaba la cadenita de plata.

–Estaba pensando en una mujer que ha venido hoy a la oficina a vendernos bisutería.

–Bueno, olvídate de la oficina y come. Tengo un DVD nuevo, podríamos ir a verlo a mi casa.

Ron pidió otra media pinta.

5
Una mesita terriblemente cara
Kensington. Casa de los Pitt. Miércoles, 9 de abril

Durante la semana, el desayuno era «el rato de papá», Mike tenía jornadas de trabajo interminables y, cuando volvía a casa, las niñas ya estaban durmiendo.

Aquel día, por el contrario, a quien encontraron Lucy y Amy cuando entraron con Lisa en la cocina fue a Jenny, que desayunó con ellas. La novedad confundió a las niñas: Lucy metía los dedos en el plato de *porridge* y se los chupaba, mirando a su madre con aire de desafío. Amy se preguntaba si su padre se habría ido al extranjero sin decírselo y no había probado bocado. Como si no bastara, Jenny le anunció a Lucy que pasaría el día con ella.

–¿Por qué? No estoy resfriada. Mistress Dooms se enfadará. –Y exigía una explicación.

–Te llevaré al Museo de Historia Natural, con Lisa, y nos divertiremos viendo los dinosaurios.

–¡Yo también quiero ver los dinosaurios! –se quejó Amy–. ¿Por qué no vamos el sábado?

Lucy apoyó a su hermana.

Lisa añadió que ella tenía cita con el dentista a primera hora de la tarde y a Jenny se le ocurrió una idea: por la mañana iría con Lucy a comprar pinceles con brillantina y autoadhesivos y, después de comer, Lisa se llevaría a la niña con ella, para una revisión. A Lucy le encantaba que el dentista le mirara la boca, pues al final de la visita nunca dejaba de alabarla por tenerla tan bien. La sugerencia les gustó a todos y cuando Mike se reunió con ellas, tras su ejercicio matutino, las niñas estaban absortas haciendo la lista de recados.

–Escribe –le dijo Jenny delante de la puerta.

–Lo haré esta tarde –contestó Mike, y le dio el habitual beso fugaz en la mejilla, ligeramente más largo de lo acostumbrado.

A Jenny le obsesionaba controlarlo todo. Sólo se volvía emotiva con Mike, y abandonaba su habitual reserva cuando estaba a solas con sus hijas. Juntas, se divertían. Esa mañana quería descubrir qué había pasado realmente con Mistress Dooms, pero la idea de hacer una pregunta directa a Lucy la hacía sentir incómoda. La niña percibía su ansia y respondía desafiándola; en la papelería se mostró entrometida y caprichosa y puso a dura prueba la paciencia de su madre.

Jenny hizo que Lucy la ayudara a preparar la comida: estofado de zanahoria y huevos revueltos sobre pan de molde. Habían preparado también pastas y *scones* para el té, una sorpresa para Amy. Mientras Lucy vertía la masa en los moldes de papel, empezó a describir la casa de Mistress Dooms con todo detalle: el diminuto salón, el enorme póster con elefantes que le había dado miedo y los juguetes, una extraña familia de muñecas y muchos bolígrafos y rotuladores esparcidos por la alfombra. Mistress Dooms estuvo jugando con ella todo el rato: dibujaron y ella se entretuvo pegando en las hojas recortes de papel, lana y tela. Lucy siguió contando que el zumo de naranja y las salchichas le habían gustado mucho, pero los sándwiches de queso no. Después se puso seria:

–Lo que no me gustaba era el hombre que estaba allí. Sentado en un sillón, nos estuvo mirando; hablaba solo. De vez en cuando le decía algo a Mistress Dooms; a mí, nada.

Jenny era la responsable de compras de muebles de diseño para una prestigiosa cadena de tiendas. Desde la mudanza, trabajaba a media jornada para seguir las obras y poder decorar la casa. Volvería a su jornada completa al cabo de un mes, pero ahora debía preparar los catálogos de la nueva colección.

Llamaron a la puerta: era Samantha Harvey, la Health Visitor, la puericultora que seguía a las niñas hasta los cinco años. Lucy ya se había puesto todas sus vacunas: aquella visita no podía estar relacionada con la salud de su hija. Jenny ocultó su sorpresa y decidió tomárselo como un acto de cortesía social, Samantha estaba allí para saber cómo iba la reforma. Ya había ido en febrero, cuando aún parecía que hubieran bombardeado la casa. Jenny se ofreció para acompañarla a echar un vistazo, y le dijo que las obras acabarían lo antes posible.

Estaban en el cuarto de jugar, al lado de la cocina, en el semisótano. Samantha miraba los dibujos de las niñas colgados de la pared y decía que eran muy graciosos. De la fuente con los *scones* y las pastas, calentándose al fuego, les llegaba un suave aroma a vainilla y canela.

–Lucy y yo hemos hecho pasteles. Tenía hora con el dentista y volverá dentro de poco, con Amy. ¿Quiere esperarlas? –preguntó Jenny. Pero Samantha tenía prisa y se marchó sin hacer la menor alusión a la Sunshine Nursery.

Durante la visita, Jenny permaneció impasible, pero en cuanto cerró la puerta corrió a telefonear a Mike. Estuvieron de acuerdo en que aquella visita no tenía otra finalidad que efectuar un control familiar, a petición expresa de la guardería. Mike tuvo que prometer que hablaría inmediatamente con su abogado y que redactaría el informe.

Al quedarse sola, a Jenny le invadió el miedo. Estaba segura de que la visita por sorpresa de la Health Visitor la había solicitado Mistress Bell, y no conseguía adivinar el motivo. Llamó a Annabel Snowball, quien le repitió su consejo: era absolutamente necesario escribir la reclamación y enviarla con la máxima urgencia.

–Tengo un problema. Necesito hablarte de una reclamación contra la guardería de mi hija menor –dijo Mike al entrar en el despacho de Chris Pottis.

Chris era socio del bufete Beagles, se ocupaba de los asuntos personales de los directivos de las sociedades que tenían como clientes. Se tuteaban porque Trolleys era uno de sus clientes más importantes; la competencia entre bufetes en la City era despiadada y algunos, entre ellos Beagles, procuraban asegurarse cierta fidelidad empresarial garantizando una asistencia personalizada a los directivos.

Mientras Mike le explicaba lo ocurrido, notaba que Chris parecía sentirse incómodo. Se lo confirmó el que Chris lo interrumpiera para decirle que no tenía experiencia alguna en ese campo: Mike debía ver a alguien especializado, como Steve Booth, del bufete Wizens.

–No te dejes impresionar por su despacho, estudiamos juntos y me fío de él –le dijo–. Te concertaré una cita, es la persona adecuada.

Jenny no estaba contenta en absoluto. Esperaba una reclamación lista para entregarse al día siguiente: Lucy había estado inquieta todo el día e insistía en saber por qué no podía ir a la guardería.

–¡Deja de gimotear y mándala a esa maldita guardería!

Mike, impaciente, había interrumpido la conversación.

Jenny no estaba acostumbrada a que la trataran así. Tragándose las lágrimas de frustración, volvió al despacho. Cogió un catálogo y buscó la página que le interesaba. Llevaba un tiempo dándole vueltas a comprar cierta mesita de cristal, terriblemente cara, para el salón. Se conectó a Internet y la compró.

6
«¿Qué opinas de Mike Pitt?»
Brixton. Bufete Wizens. Jueves, 10 de abril

Cuando Sharon y Pat entraron en el despacho, cada una con su bandeja del correo y su taza de café, se sorprendieron al encontrar ya allí a Steve, y además con un nuevo cliente, Mike Pitt. Steve en persona había acordado la cita, de forma urgente.

Pat sabía que debía tomar nota si había algo interesante. Era otro de los valiosos consejos de Sharon:

–Tienes que aprender a distinguir cuándo debes escuchar lo que Steve les dice a los clientes, así no necesitará repetírtelo.

–Ha venido a verme por insistencia de su mujer y por sugerencia de su abogado. –Steve había levantado la voz–. Yo le he escuchado, pero no comprendo qué quiere de mí.

–Que quede bien claro –la voz educada de Mike tenía un matiz de agresividad–, he decidido presentar una reclamación formal contra la Sunshine Nursery. Lucy no volverá a esa guardería. Lo que quiero que usted me diga es qué puede hacer esa gente contra nosotros. A mi mujer le inquieta.

–Usted y yo sabemos muy poco sobre las preocupaciones de la guardería. Sin duda su mujer sabrá más, debería hablar con ella.

–Ni pensarlo. Mi mujer me ha dicho lo que sabe. Y eso es todo –lo interrumpió Mike.

Steve no le hizo caso:

–Usted me ha descrito a Lucy como una niña de cuatro años sana y contenta, a quien le gusta ir a la guardería, donde, sin embargo, según su maestra se comporta como una niña infeliz, aislada, que dibuja de manera obsesiva extrañas figuras y que no escucha cuando la maestra le habla. La guardería se ha interesado en repetidas ocasiones por los obreros que trabajan en su casa: hace dos días, la maestra se llevó a su casa a Lucy, sin contar con su permiso, y la retuvo toda la tarde dibujando y jugando, en presencia de un hombre barbudo que la miraba. No sabemos por qué. Ayer por la tarde, la puericultora les hizo una visita por sorpresa. –Miró a Mike directamente a los ojos–. En esta historia hay algo más que no me ha contado. –Y, tras aguardar una respuesta, siguió hablando, con la voz plana como si dictara–: Lo único que está claro es que la maestra de Lucy no debería habérsela llevado a su casa sin autorización. Sería oportuno presentar una reclamación.

–Eso ya lo sabía, no me hacía falta venir hasta aquí para que usted me lo dijera.

Steve se puso rígido y empujó la espalda contra el respaldo. Apoyó ambas manos en el borde del escritorio y se inclinó hacia Mike:

–Entonces permítame darle un consejo que no me ha pedido. Se ha equivocado usted al no llevar a Lucy a la guardería sin avisar a la directora: deberían seguir llevándola, notificar a la directora la «sustracción» de Lucy por parte de Mistress Dooms y exigir una explicación y un informe detallado de lo que ocurrió en casa de la maestra. En mi opinión, la Sunshine Nursery alimenta graves sospechas sobre lo que ocurre en casa de ustedes y sobre el bienestar de Lucy. Sería muy conveniente que su mujer viniera a verme lo antes posible.

Mike estaba tenso. La lógica de Steve no le dejaba margen de maniobra.

–No presente ninguna reclamación por el momento. Antes escuche lo que tenga que decirle la directora. Yo iría con pies de plomo. Hay algo muy desagradable en todo esto.

Y Steve calló, aguardando una respuesta de Mike, pero éste le dio las gracias y dijo que lo discutiría con su mujer. En cualquier caso, se sentía perfectamente capaz de gestionar el asunto por sí mismo. Steve podía enviarle la factura a la oficina. Mike estaba de pie, parecía a punto de irse, pero no era así:

–Encuentro la expresión «graves sospechas» ofensiva en relación con mi hija y con mi familia. Somos una familia feliz y normal. Sólo que tenemos más dinero que esa gentuza de la guardería. ¿Entendido? Feliz y normal.

Pat y Sharon habían estirado las cabezas. ¿Qué respondería Steve? Pero Steve estaba recogiendo sus notas y ni siquiera se dignó mirar a Mike. No dijo nada, ni cuando el cliente se hubo marchado. Se limitó a comentar:

–Mister Pitt volverá pronto a vernos, podría ser urgente.

Pat y Sharon preparaban copias de expedientes en la sala de las fotocopiadoras.

–¿Qué opinas de Mike Pitt? –preguntó Pat.

–No me convence. No me sorprendería que su hija sufriera desatención o malos tratos. Me parece que su mujer debe de ser un zorrón rico y egoísta, una de esas que se pasa el tiempo quejándose, haciendo compras y yendo al gimnasio. –Y Sharon le contó a Pat que su primo trabajaba en el gimnasio de un hotel del Mayfair al que acudían ricachones: algunas de las mujeres allí alojadas le habían hecho proposiciones–. Creen que es exótico eso de tirarse a un joven negro –dijo con amargura.

–Y tu primo, ¿cómo reacciona?

Sharon se rió:

–Si la mujer le gusta, acepta, ¡y hasta consigue que le paguen bien! A los veintidós años ya había ahorrado lo suficiente para la fianza de su piso. ¡No está nada mal para un chico de Brixton!

7
Pat toma una fatídica decisión
Brixton. Bufete Wizens. Jueves, 10 de abril

Mike Pitt dejó al salir cierta tensión en el ambiente. Sharon fue a ver al contable; Steve y Pat trabajaban inclinados sobre sus escritorios: Pat iba atrasada con la transcripción y Steve estudiaba una causa marcando los aspectos destacados con un rotulador verde. De vez en cuando escribía algo en un bloc de hojas.

Sonó el teléfono: era la asistente social de Ali, el hijo de Mistress Oboe, una cliente. Steve escuchaba y tomaba notas, absorto.

–Estoy de acuerdo en que haberse saltado la cita con la logopeda de Ali es grave –dijo, y prosiguió con serena lentitud–, pero sólo por eso no pueden quitarle un niño discapacitado a una madre que le quiere. Debe de haber alguna explicación. Veré a mi cliente mañana por la mañana y lo hablaré con ella para, a continuación, ponerme en contacto con sus abogados. –Escuchó la respuesta, y concluyó después–: Puedo garantizarle que mi cliente no ha faltado nunca a una cita conmigo.

–¡Qué estúpida! –masculló tras colgar.

–¿La asistente social?

Steve miró hacia la sala de espera:

–No, Mistress Oboe. La asistente social que tiene es excelente y de mucha paciencia, una israelí eventual.

Mistress Oboe tenía el pelo dividido en innumerables trencitas con una perlita al final, rasgos delicados y unos magníficos ojos almendrados, orlados por tupidas pestañas. Llevaba un traje de chaqueta color violeta de buena confección y un bolso de

Gucci del que asomaba el *Evening Standard.* Tomó asiento junto a Steve y cuando Pat le fue presentada, le sonrió tímidamente.

Steve le preguntó de inmediato por qué no había acudido a la cita.

–No me lo habían dicho. Cuando me avisan, voy. Conciérteme otra e iré.

Mistress Oboe hablaba con frases breves, separadas, con el acento gutural de los yoruba. Steve suspiró y descolgó el teléfono; no sin cierta insistencia, consiguió que le dieran hora de nuevo con la logopeda. Escribió la fecha, la hora y el lugar en una hojita y se la entregó:

–Ha tenido suerte. Acababan de hacer una anulación. En caso contrario, hubiéramos tenido que esperar más de un mes y el juez no se habría mostrado satisfecho en absoluto con usted.

Mistress Oboe había doblado con cuidado la hojita y la tenía aferrada en la mano. Steve la interrogaba acerca de las demás citas a las que no había acudido: ella se mostraba inamovible al afirmar que el profesor de apoyo no le había informado y repetía que no se saltaba ninguna cita, cuando la avisaban.

–¡Las cambian y no me lo dicen!

Steve no quiso ahondar más: ya se verían en el juzgado, por la tarde.

Mistress Oboe estaba a punto de marcharse, pero volvió sobre sus pasos: preguntó de nuevo la hora y el lugar de la cita. Él revolvió sus papeles y le contestó sin ocultar su propia irritación:

–La hojita –le dijo–, está todo escrito en la hojita.

Casi como sorprendida en un renuncio, Mistress Oboe levantó la cabeza y la mantuvo erguida. Después lanzó a Steve una mirada de fuego, como una flecha lanzada por un enemigo herido. Permaneció así un momento, después se dio media vuelta y se marchó.

Pat había escuchado atentamente su conversación, pero no había entendido mucho. Seleccionó en el ordenador la carpeta de Mistress Oboe y abrió el archivo de la sinopsis, que hubiera debido leer antes de la cita.

«Mistress Amina Oboe, mujer separada de un rico jefe nigeriano, vive con Ali, su único hijo de nueve años, que tiene problemas físicos y de aprendizaje, además de ser autista. El marido los abandonó en cuanto se manifestó la minusvalía de su hijo, y vive en el extranjero. Mistress Oboe depende del subsidio estatal y Ali acude a la escuela primaria del barrio, que no puede hacer frente a todas sus necesidades. Mistress Oboe se niega a enviarlo a un centro de educación diferencial, porque está lejos de su casa y no quiere que Ali coja el autobús del colegio. Ha acordado compensarlo siguiendo en casa los programas establecidos por el logopeda y por la fisioterapeuta, pero sin demasiada constancia. Ha faltado a varias citas con los terapeutas y otros especialistas sin dar explicaciones: cuando se le pregunta por el motivo, se muestra agresiva. Ahora se niega a dejar entrar en su casa a los servicios sociales. Ali está empeorando. El colegio y los servicios sociales sugieren que se le lleve a un internado y el juzgado ha ordenado una investigación formal. Pero Mistress Oboe se ha saltado las citas. La próxima audiencia será decisiva.

»Nota: carece de vida social. A veces se muestra incoherente, susceptible y poco accesible. Y, sin embargo, está entregada a su hijo. Le quitarán a Ali si sigue saltándose las citas, no consigo que lo entienda. Creo que es inteligente. Es un misterio.»

Pat se vio interrumpida por la asistente social de Ali. El director del colegio le había informado de que Mistress Oboe se había saltado también la cita con el terapeuta y había rechazado una oferta del colegio para encargarse del transporte de Ali. El día anterior, la profesora de apoyo le había pedido explicaciones y Mistress Oboe le había contestado dando voces; la asistente social quería que Steve supiera que su jefe tenía la intención de alejar a Ali de su casa.

Pat tomó nota y le preguntó a Sharon si debía avisar a Steve con un SMS. Sharon se echó a reír y Pat se sintió otra vez poco preparada y confusa.

–Mistress Oboe es una de muchas. Nuestros clientes se saltan las citas, echan chispas con los profesores, con los empleados del ayuntamiento, con los asistentes sociales... ¡De no ser así, no serían nuestros clientes! Déjale una nota en el escritorio.

–¡Podrían quitarle a Ali!

–Ya se encargará Steve. Siente debilidad por Mistress Oboe.

–¿Por qué? La nota privada no lo dice.

–Ya te darás cuenta –contestó Sharon con un guiño.

Pat se sonrojó. Arrugó la nariz y siguió escribiendo: hacía la cuenta atrás de los seis días que le faltaban hasta el final de las dos semanas.

–En la audiencia ha ido bien –anunció Steve al entrar en la oficina seguido por Mistress Oboe, cuyos ojos sonrientes delataban su satisfacción.

El juez había aplazado seis semanas la solicitud que presentaron los servicios sociales para quitar a su madre la custodia de Ali. Entretanto, un psicólogo estudiaría su relación, la entrevista se grabaría y, por añadidura, Pat la transcribiría, para evitar cualquier malentendido por parte de Mistress Oboe. Todas las citas se fijarían a través del bufete y ella llamaría cada día a Pat a las doce y media para confirmarlas y mantener a Steve informado de cuanto sucedía en casa y en el colegio. Mientras Steve hablaba, Mistress Oboe escuchaba concentrada, y cuando Steve acabó, preguntó:

–¿Estás de acuerdo, Pat, en que te llame cada día?

–¡Desde luego!

Sus labios se abrieron en una gran sonrisa, sus dientes perfectos brillaron como una hilera de perlas.

A última hora de la tarde, Steve invitó a Pat a tomar un té en el Quality Cafe.

–De ahora en adelante, Mistress Oboe es nuestra cliente prioritaria. Ali irá a un internado si su madre no colabora. Es muy susceptible y recelosa; su lengua puede llegar a ser muy hiriente. No debes tolerar ningún abuso verbal por su parte, y si eso sucede quiero ser informado de inmediato. ¿De acuerdo? –Y Steve clavó sus ojos en los de Pat–. Algo me dice que conseguirás ganarte su confianza. Yo no lo he conseguido. Tal vez no se fíe de los hombres.

Pat lo escuchaba incrédula. Tuvo que recordarle que iba a dejar el bufete Wizens el viernes siguiente. Steve pareció caer del guindo. La mano con que sostenía la taza se detuvo en el aire:

–¿No has hablado aún con el director administrativo de la renovación de tu contrato?

Sharon y Pat ponían en orden sus escritorios antes de marcharse a casa.

–Venga, dime: ¿ha usado Steve su *charme?*

–No me iré hasta que Mistress Oboe no se quite de encima a los asistentes sociales.

Sharon la observaba, y cuanto más la miraba, más se sonrojaba Pat.

–Yo también entré aquí como secretaria eventual. Hace siete años. –Y después añadió–: Vámonos, el tío George me está esperando.

Salieron juntas del bufete Wizens y juntas caminaron por la acera, con pasos sincronizados.

8
El doctor Vita anula el partido de tenis
La City. Viernes, 11 de abril

Mike estaba en la oficina, escribiendo la reclamación contra la guardería. La noche anterior había vuelto a casa pasada la medianoche, y Jenny se había quedado levantada esperándole: había estado dándole vueltas al consejo de Steve de mandar a Lucy a la guardería; también Mike la había empujado a replantearse su decisión, pero ella no se sentía capaz. Mike tuvo que rendirse: Lucy no volvería a la guardería y la reclamación sería entregada en mano en la Sunshine Nursery al día siguiente.

Oyó el bip de un mensaje en el móvil. Era Justin Vita, su médico: necesitaba verlo urgentemente por una cuestión importante, aunque nada que tuviera que ver con la salud de los Pitt. Quedaron en verse a las once en su consulta de la City, que no quedaba lejos de la oficina de Mike. Justin fue de gran ayuda para Jenny tras el nacimiento de Lucy, cuando sufrió una leve depresión. Agradecido, Mike le animó a ampliar su clientela privada y su apoyo resultó fundamental para conseguirle algunas sociedades como clientes. De allí nació cierta amistad y jugaban al tenis casi todos los domingos.

Aquel día, Justin no estaba del humor habitual: le enseñó de inmediato el correo que había recibido esa mañana de los servicios sociales. Pedían un informe sobre Lucy. Se apresuró a aclarar que recibía cada año una docena de solicitudes parecidas y que en la mayor parte de los casos todo acababa en nada.

–Sin embargo –añadió–, estoy obligado a facilitarlo. Se trata de la protección a un menor.

–Protección, ¿contra qué?

Mike había levantado la voz, pero le pidió disculpas de inmediato y le explicó el trasfondo del asunto. Justin le escuchó con interés e intentó tranquilizarlo después: probablemente, su informe pondría fin a las habladurías de la guardería, Lucy era una niña que no despertaba preocupación. Pero sus palabras eran formales y no concordaban con su actitud: estaba tenso e incómodo.

–¿Quieres decir que gracias a tu intervención acabará esta locura? –le preguntó Mike, impaciente.

–No exactamente. Pero las palabras de un médico tienen cierto peso. –Y Justin añadió que no haría alusión a su perfil sanitario ni al de Jenny, ni tampoco a los partidos de tenis. Los servicios sociales probablemente organizarían una reunión para discutir qué era lo mejor para Lucy y les convocarían a Jenny y a él. Mike no hizo preguntas y Justin, visiblemente aliviado, añadió como si se le ocurriera en ese momento–: Tal vez sea mejor que no juguemos a tenis el domingo. Volviendo al motivo de nuestro encuentro, te dejo a ti el cometido de darle la noticia a Jenny.

–¡Cuenta con ello!

–Cuéntame cómo se lo toma, y llámame si puedo serle útil.

Justin no se había percatado del relámpago negro en los ojos de Mike.

Mike había completado la reclamación, que había escrito tal y como le había pedido Jenny. Se la leyó por teléfono.

–Puedo hacer que la entreguen en cualquier momento. Sin embargo, preferiría hablarlo antes contigo. Volveré a casa pronto. –Y Jenny le dijo que estaba de acuerdo.

Mike, como siempre, iba con retraso y recorría a largos pasos la calle que desembocaba en la plaza donde vivía. Al fondo se veía el gran parque central, con prados y encinas imponentes, y rodeado por una verja negra. Sobre los tejados de pizarra, el cielo aparecía estriado por largas pinceladas horizontales de color carmesí, azul encendido y azul claro –cada una de ellas difuminada en la otra–, después se volvía intensamente luminoso, casi blanco, y proseguía así hacia el este. Desde allí se arrastraban hacia lo alto, incesantes, las largas sombras de la noche.

Mike se detuvo en el porche de su casa. De repente, había oscurecido, como si el cielo se hubiera convertido en una capa de terciopelo gris. Se ensombrecía cada vez más. Dentro, las luces estaban apagadas. Mike tenía una extraña sensación de vacío. Fue a la habitación de las niñas, que dormían tranquilas. Llamó a Jenny, no hubo respuesta. En vez de ir a cambiarse, volvió sobre sus pasos y dio la vuelta a la casa, llamando a Jenny. De nuevo, no hubo respuesta.

Hay algo particularmente desolador cuando alguien está en la cocina a oscuras: preparar la comida, comer y limpiar son operaciones que requieren una buena iluminación. Jenny estaba sentada a la mesa, sola, y miraba el fregadero vacío. Se había vuelto hacia Mike, al oírle entrar, pero no le había saludado. Tenía cercos oscuros bajo los ojos y el maquillaje corrido. Evitó su beso y extendió el brazo: su puño aferraba una carta.

–La han traído hace media hora. No la he leído.

Era una invitación de los servicios sociales a la reunión de Protección de la Infancia, el lunes siguiente a las cinco, en la que se discutiría cómo tutelar a Lucy. No daba más información, sólo el nombre de su contacto: Fiona McDougall, asistente social. Se miraron, mudos.

Jenny rompió el silencio:

–Todo porque no escribiste la reclamación cuando te lo pedí. ¡Han ganado!

Lo miraba con ojos húmedos, incapaz de llorar.

–¡Qué van a haber ganado! –gritó Mike–. ¡Cuando llegue el momento, se van a enterar esos de la guardería!

Jenny no lo escuchaba, había vuelto la cabeza.

Mike se sentó. Al principio no hablaron, después empezó a contarle el día en la oficina, algo que hacía muy raramente. A Jenny le gustaba saber lo que ocurría en Trolleys y poco a poco se iba calmando, por más que continuara sin abrir la boca. Meneó la cabeza cuando él le preguntó si tenía hambre, y le miró sin interés mientras preparaba una cena a base de tomates, queso, pan y encurtidos.

Después Mike descorchó una botella de tinto y le sirvió un vaso, pero ella no probó ni la comida ni el vino.

Él, entretanto, había cortado una porción de cheddar y se la puso en el plato. Cortó otra y se la ofreció:

–Come un poco, a ti te gusta el cheddar curado. –Y añadió–: Es el momento de que mi amigo intervenga. Lucy será admitida en el colegio de Amy.

El SMS decía: «Necesito con urgencia que Lucy entre en Meadows. Llámame en cuanto puedas». Jenny se había inclinado hacia delante para leer la Blackberry que Mike le enseñaba, pero seguía muda.

Cogió un pedazo de pan, después otro; probó el vino y dio otro mordisco al queso. Y en ese momento empezó a murmurar:

–A Lucy no le ha pasado nada. Absolutamente nada. Lucy está muy bien.

Y mientras masticaba repetía las últimas palabras, «Lucy está muy bien», como un mantra, y cuanto más las repetía, más lágrimas le surcaban las mejillas.

Sonó el teléfono. Era Annabel Snowball. Mike salió al patio interior para fumarse un puro. Cuando regresó, Jenny seguía llorando a lágrima viva. Annabel, que había sido juez de paz, la había puesto en guardia: la reunión era un asunto serio, necesitarían un abogado.

–He pensado en eso también, y todo está controlado –la tranquilizó Mike; hablaría con Steve el fin de semana.

En la cama, exhaustos, se quedaron dormidos de inmediato. Mike, con la cabeza hundida en la almohada, dejó su brazo alrededor de la cintura de Jenny, tan pesado como un yugo.

9
El asado del domingo
Kensington. Casa de los Pitt.
Sábado, 12 de abril, y domingo, 13 de abril

Cada cuarto fin de semana del mes, los Pitt se marchaban fuera de Londres, al extranjero o al *cottage* de Marjorie Wood, la tía de Jenny o, más raramente, a Glasgow, donde vivía la madre de Mike. Los demás fines de semana, a menos que Mike tuviera que viajar por trabajo, se planificaban con mucha antelación.

El sábado por la mañana Mike se encargaba de sus hijas: se las llevaba a clase de natación y después a tomar un chocolate caliente al Trinity Store, o a cualquier otra tienda de gastronomía de moda, donde hacían la compra para el tradicional asado del domingo. Jenny iba a la peluquería, a la esteticista o al baño turco, alternativamente, y más tarde de compras. Después de comer, Mike iba al gimnasio, hacía algunas compras –ropa por lo general, pero también toda suerte de accesorios electrónicos, instrumentos de cocina, brochas de afeitar de coleccionista– y no dejaba nunca de hacer una visita a Taylor en Jermyn Street, renovando la antigua costumbre instaurada por su padre, que, cuando la familia iba a Londres durante las vacaciones de Semana Santa, se lo llevaba consigo para cortarse el pelo a su peluquería de confianza. Al igual que su mujer, Mike se cuidaba mucho.

Jenny pasaba el sábado por la tarde con las niñas. Se iban de compras o a un mueso, o las llevaba a las fiestas a las que eran invitadas. Por la noche, Mike y Jenny salían con amigos o al teatro. Amy y Lucy pasaban la mayor parte del domingo con su madre, en casa. El footing dominical de Mike duraba más y luego él preparaba la comida. Cocinar lo relajaba, y en ocasiones las niñas lo ayudaban. Por la tarde se iba a jugar al tenis, o a ver un partido de rugby o de críquet. El resto del día lo pasaba en su despacho ocupándose de sus inversiones. Por la noche, los Pitt cenaban solos y planificaban la semana, con sus agendas en mano. Después veían la televisión o un DVD.

Aquel sábado, Jenny y Mike habían seguido su rutina como si nada hubiera ocurrido. Salieron de casa juntos: Jenny para ir a darse un masaje, Mike y las niñas hacia la piscina. Cuando Jenny regresó fue acogida con gritos de excitación: Amy había recibido otro diploma de natación y Lucy, muy orgullosa, le anunció que había nadado tres metros por debajo del agua. Pero Jenny no se sintió contenta del todo hasta que Mike le dijo que la próxima semana admitirían a Lucy en el Meadows.

–¡Si hubieras hecho esa llamada antes! –suspiró, cuando las niñas ya no podían oírla.

–No te creas que estoy orgulloso –replicó Mike–. Ha sido una especie de chantaje.

Y le contó que una vez le pasó información confidencial a su amigo, quien había ganado una buena suma en la Bolsa. Mike había conservado una copia del correo electrónico y se lo había dado a entender.

–No sería la primera vez –dijo Jenny con tono de complicidad.

–Tienes razón, pero nunca con un amigo.

Ni Mike ni Jenny hicieron alusión a la amenaza que sentían cernirse sobre ellos. Dejaron que el resto del día los envolviera en una absorta calma.

A Mike le gustaba comprar alimentos y vino. Había comprado una pierna de cordero en Owen y lo preparó para la comida del domingo con las niñas. Amy era ya una ayudante muy capaz; había troceado la menta y pelado las patatas. Lucy se había concentrado en las ramitas de romero, que le pasaba a su padre de una en una para que las clavara en la pierna.

Bajo su guía, más tarde, habían vertido en un recipiente dos tazas de harina, habían añadido el caldo en el que había disuelto dos cubitos de Oxo –medio litro medido con suma atención–, dos pellizcos de sal y una cucharadita de aromas. Al final, un vasito de jerez: el ingrediente secreto de Mike. Lucy le había dado vueltas a la mezcla ella sola y con gran energía, salpicando incluso el suelo, y se había divertido mucho también limpiando con el trapo.

Ahora la mesa estaba puesta y el asado descollaba sobre la tabla de cortar. Amy llamó a su madre y los tres cocineros desempeñaron el papel de orgullosos anfitriones. La comida del domingo resultó un éxito.

Pero el día acabó estropeándose por una llamada de la mujer de Chris Pottis, quien compadecía a Jenny por sus problemas en la guardería de Lucy. Jenny se resintió. Chris debería haber sido más discreto en lugar de dejarle caer algo a su mujer. ¿Con qué cara dura se permitía llamarla?

–En todo caso –dijo Mike–, la indiscreción de Chris es un pequeño precio que hay que pagar. Gracias a él he conseguido otra cita con Steve Booth mañana temprano, antes del desayuno: así no llegaré tarde a la oficina.

La reclamación había sido entregada en la Sunshine Nursery y Mike llevaría una copia a la reunión del día siguiente.

–¡Será una bonita sorpresa!

–Tal vez yo tenga también otra sorpresa –le dijo Jenny con un guiño–. Estoy siguiendo una pista, ya te lo contaré cuando lo haya hablado con Lisa.

La tarde del domingo Mike entró en el cuarto de jugar. Lucy estaba dibujando la piscina: la había rodeado de palmeras como las de los hoteles de lujo a los que iban por vacaciones y estaba llena de peces de todos los colores; la niña explicó que los había visto mientras buceaba. Mike se lo tomó como un buen augurio: la vívida imaginación de Lucy le hizo pensar que no había nada de que preocuparse.

10
El chándal era de Prada
Brixton. Bufete Wizens. Lunes, 14 de abril

A las siete en punto, Mike, en chándal, estaba delante de la puerta del bufete Wizens, empapado; la llovizna se había transformado en un aguacero y él había ido corriendo desde su casa hasta Brixton. Tras planificar el recorrido con sumo cuidado y aprendérselo de memoria, había acabado perdiéndose en la monótona uniformidad del sur de Londres. Al final siguió el itinerario del autobús número dos adelantado a más de uno durante la carrera.

Steve le dijo enseguida que estaba esperando un documento muy importante y que, en cuanto llegara, deberían interrumpir su reunión. Trabajaron a fondo, Mike iba tomando notas en su Blackberry. Steve le explicó el procedimiento: los servicios sociales de los ayuntamientos tenían un registro para la protección de la infancia, en el que inscribían a todos los que tenían necesidad de protección o corrían peligro de sufrir abusos. La reunión de aquella noche se había convocado precisamente para decidir si había que incluir el nombre de Lucy. Se trataba de establecer si la niña había estado, o estaba, expuesta a sufrir malos tratos, desatención o abusos.

–Los abusos incluyen abusos sexuales –dijo, e hizo una pausa.

Mike acabó de tomar nota, y después levantó la cabeza:

–¿Qué entiende por abusos sexuales?

–Exactamente eso: abusos sexuales. Nunca aparecen aislados, los sufren niños que han sido descuidados, maltratados o sujetos a otras clases de abusos.

–Que quede claro, los obreros trabajan por su cuenta. En casa no hay nadie más.

–Está usted, Mister Pitt. La mayor parte de los abusos sexuales suceden dentro de la propia familia. –La voz de Steve era plana.

–Eso, obviamente, no es objeto de discusión.

–Le estoy diciendo que en la reunión de esta noche se discutirá la posibilidad de abusos sexuales –repitió Steve, y le recordó que el personal de la guardería había hecho más de una vez preguntas sobre los obreros.

–¡¿No me estará diciendo en serio que mi hija podría haber sufrido abusos sexuales?! –Mike había hablado con tono de desafío, y dado que Steve callaba, le apremió–: Quiero una respuesta.

–Es posible. Por lo que me dice, parece bastante improbable.

Mike permaneció en silencio. Steve se ofreció para reorganizar su agenda del día y acompañarlo a la reunión, tenía ya en la cabeza llamar al abogado de los servicios sociales y preguntarle si habían contemplado la posibilidad de los abusos sexuales. Mike agachó la cabeza, pero parecía haberse quedado sin palabras. En aquel momento entró Sharon con el documento que estaba esperando Steve; Mike se levantó y quedaron de acuerdo en que volverían a hablar en el transcurso del día.

–¿Has visto a Mister Pitt? Acaba de salir –le preguntó Sharon a Pat.

–No, pero uno con un chándal ha pasado por mi lado. He estado a punto de sacarle un ojo con el paraguas. ¿Era él?

–Creo que el chándal era de Prada.

Steve había hecho sus averiguaciones. Sandra Pepper, la abogada de los servicios sociales, le había confirmado que la reunión se había fijado en el último momento y que los servicios sociales no tenían ningún contacto directo con la familia. Habían actuado basándose en las indicaciones de la guardería: Lucy había permanecido en casa tres días sin explicación alguna y la maestra sospechaba que sufría abusos sexuales por parte de su padre. Steve mandó inmediatamente un SMS a Mike, pero no hubo respuesta.

Por la tarde, Mike lo llamó: su mujer y él estaban seguros de que Lucy no había sido víctima de ningún abuso y tenían una explicación para la obsesión de la maestra a tal respecto. Su *au pair* le había confesado a Jenny que estaba enamorada de uno de los obreros que trabajaban en casa, probablemente ambos se habían dejado llevar por sus efusiones en presencia de Lucy. Lucy hablaba mucho, y a menudo sin ton ni son: quién sabe lo que habría dicho o dibujado. Sea como fuere, Mike iba a despedir a la pareja.

–No lo haga –le dijo Steve–. Acabaría volviéndose en su contra.

–Gracias –dijo Mike sarcástico–, precisamente lo que nos hacía falta es saber cómo comportarnos con nuestros empleados. En cualquier caso, ahora que hemos encontrado la respuesta a los desvaríos de la guardería, no hace falta que se moleste: en la reunión nos las apañaremos por nuestra cuenta.

Más tarde, Mike volvió a llamarlo:

–Hemos seguido sus consejos. No los vamos a despedir, por ahora, no. Le llamaré dentro de unos días. Gracias por todo.

Por segunda vez, Mike había despedido virtualmente a Steve.

11
Una reunión multidisciplinar
World's End. Oficina de los servicios sociales.
Lunes, 14 de abril

Corriendo a toda velocidad, Mike consiguió llegar antes de que sus hijas terminaran el desayuno.

Jenny se había quedado con él mientras se duchaba y se vestía, pero esta vez no le molestó; le hizo un resumen aproximado de lo hablado con Steve y, viéndola preocupada, le aseguró que Lucy sería admitida en Meadows antes de terminar la semana, lo demás acabaría arreglándose.

Jenny se fiaba por lo general del juicio de su marido, pero no esta vez. Sus dudas se desvanecieron cuando Lisa volvió de Meadows, tras haber acompañado a Amy, con una carta del director: a partir del día siguiente, Lucy entraría en la guardería. Jenny reorganizó sus planes para ir con Lucy y con Lisa a Harrods a comprar el uniforme y lo celebraron comiendo en el restaurante de los grandes almacenes.

Por la tarde Jenny habló con Lisa a solas y le sonsacó una confesión completa de su historia con el joven polaco. La muchacha se deshizo en lágrimas, pero Jenny quería más, quería que lo contara en la reunión de la Mesa para la Protección de la Infancia. Y lo consiguió. Lisa acabó prometiéndoselo.

El viento había arrastrado consigo la lluvia, pero el cielo se había quedado plúmbeo y el aire era húmedo y frío. Mike había aparcado el automóvil en una calle lateral junto a la oficina de los servicios sociales. Andaba a paso de marcha; Jenny y Lisa se esforzaron al principio para permanecer a su lado y evitar los charcos, pero acabaron por desistir y lo seguían consternadas.

En los años sesenta era costumbre construir grandes edificios públicos de cemento o ladrillo, grises y achaparrados. El edificio de los servicios sociales era uno de ellos y, como todos los demás, había aguantado mal el paso del tiempo; los paneles decorativos de debajo de las ventanas estaban a punto de descolgarse, el blanco originario era ahora un gris sucio que hacía juego con el color de los ladrillos.

El vestíbulo era igual de sórdido: hileras de sillas de plástico naranja adosadas a las paredes, entremezcladas con expositores giratorios que contenían folletos en varios idiomas –sobre los subsidios estatales, sanidad, prevención, grupos de apoyo, instrucción y formación sobre los servicios públicos– que acababan amontonados por el suelo. Había un constante ir y venir de empleados del ayuntamiento y usuarios; y a primera vista no resultaba fácil distinguirlos: iban vestidos más o menos de la misma forma y tenían todos cierto aspecto maltrecho.

Una recepcionista hablaba con una mujer con velo rodeada de niños. Dos de sus colegas se habían acercado para escucharla y, entretanto, delante de sus ventanillas se había formado una pequeña cola. Por fin, Mike consiguió decir su nombre; se le pidió que esperara.

Un joven desgreñado discutía con la otra recepcionista:

–La asistente social me dijo que mi billete de tren ya estaba listo. ¡Haga que se lo den!

La mujer pedía calma.

–¡Yo sólo quiero mi billete!

–El billete no está aquí –le contestó mecánicamente la recepcionista–. La asistente social no contesta al teléfono. Llamaré a su jefe, pero deberá usted esperar. –Y, mientras tanto, buscaba a alguien que pudiera ayudar al joven, aunque sin resultado–. No contesta. Siéntese. Lo intentaré dentro de un rato. O, si no, tendrá que volver mañana.

–¡La asistente social me aseguró que dejaría el billete aquí! Mañana tengo que salir de casa a las ocho para coger el tren, y vosotros no abrís hasta las nueve. No me marcharé de aquí hasta que no me deis mi billete.

Otra empleada había abandonado su puesto y tras dar la vuelta al mostrador, se colocó detrás del joven:

–Siéntese e intentaremos averiguar qué ha pasado con su billete.

–¡Apártese! Necesito ese billete para ir a ver a mi hijo. ¡¡Si llego tarde, tendré que oír a la tutora!! –protestaba el joven, lívido. Pero acabó siguiéndola, resignado, a una salita en cuya puerta se leía: ENTREVISTAS.

Una mujer joven con vaqueros y camiseta, y una melena con rastas, se acercó a los Pitt.

–Soy Fiona McDougall, la asistente social de Lucy –dijo con acento neoyorquino; se disculpaba por no haberse reunido con ellos previamente, para explicarles los procedimientos y objetivos de la reunión, y los invitó a seguirla.

Para llegar a la sala de reuniones tuvieron que cruzar pasillos y puertas que se abrían con distintos códigos. Era amplia y sobria; en el medio, una mesa redonda rodeada de sillas; en un rincón, unas butaquitas alrededor de una mesa baja. En la parte opuesta, proyectores, pizarras de papel, pantallas enrollables, videocámaras, lectores de DVD. En las paredes, desnudas y descoloridas, restos de goma adhesiva usada para pegar hojas y tablas.

Se sentaron en las butacas mientras Fiona, iba a buscar su carpeta. Lisa tenía la mirada fija en el único cartel que animaba las paredes; sentía frío, y de vez en cuando se tiraba de las mangas de la blusa y se frotaba las manos, para volver después al ramo de flores del cartel. Mike leía mensajes en la Blackberry. Jenny miraba a su alrededor y verificaba ansiosa el reloj: hacía rato que habían pasado de las cinco.

Fiona regresó con una mujer de aspecto decidido, Mistress Bruka, quien se apresuró a subrayar su completa independencia de los servicios sociales; ella sencillamente presidiría la reunión. Quiso saber por qué los Pitt habían traído a Lisa: todo lo que tenía que ver con menores debía tener lugar a puerta cerrada. La muchacha, al oír aquello, empezó a temblar sin poder evitarlo.

–¡Lisa está aquí para explicar esta locura! ¡Todos deben escuchar lo que ha de decir! –Mike no admitía réplicas y Lisa asentía, con la cara colorada.

Al final llegaron a un acuerdo: Lisa participaría en calidad de «amiga-apoyo de los padres». Sólo entonces les dio Mistress Bruka a los Pitt el informe de Fiona: era un resumen de su visita a la Sunshine Nursery del jueves precedente y hacía referencia al informe de Mistress Dooms y a los dibujos que Lucy hizo en casa de la maestra, que sin embargo –Mike lo señaló de inmediato– no venían adjuntos.

Mistress Bruka rebuscaba entre sus papeles y Mike no dejaba de observarla:

–Deme también el informe del doctor Vita y el resto de los documentos.

Su tono era imperioso. Se le entregó enseguida el informe del doctor Vita, pero no el de Mistress Dooms. Fiona se acordó de que la maestra se había quedado con él porque quería revisarlo, y había prometido mandarlo a los servicios sociales esa mañana. En ese momento Mike se lanzó a una perorata sobre la incompetencia de Mistress Dooms y la arrogancia de Mistress Bell.

Mistress Bruka dejó que se desahogara; después intervino con autoridad:

–Ya es suficiente. Hablará cuando llegue su turno.

En ese momento, Jenny, que no había abierto la boca, estalló:

–¿Dónde están los dibujos de Lucy? ¡Quiero verlos!

–Me hago cargo de su ansiedad, Mistress Pitt, yo también quiero ver esos dibujos. Cálmese. Los traerá Mistress Bell. Ella y Mistress Dooms están en un atasco, no tardarán en llegar.

Entretanto, cuatro mujeres habían entrado en silencio, sin saludar y evitando cuidadosamente mirar a los Pitt: se habían sentado a la mesa grande y hablaban entre sí en voz baja. Cuando Mistress Bruka se acercó con los Pitt y Lisa, sin hacer las presentaciones, se callaron bruscamente. Mike y Jenny leían los papeles que les habían dado, bajo la mirada curiosa de las cuatro, que adoptaban un aire distraído en cuanto uno de los dos levantaba la cabeza. Después llegó Samantha Harvey, la puericultora, seguida de Mistress Bell y de Mistress Dooms, que traían dos gruesas bolsas de plástico. Samantha tomó asiento en la mesa y esbozó una sonrisa a Jenny; las otras dos ignoraron a los Pitt.

Al dar comienzo a la reunión, Mistress Bruka formuló la advertencia ritual que precede a todas las reuniones de los servicios sociales: no se tolerarían comentarios ofensivos o discriminatorios sobre los ancianos, sobre la orientación sexual, sobre las etnias, sobre la pertenencia racial ni sobre las convicciones religiosas de nadie. Después de ello, pasó a las presentaciones. Cada uno tuvo que facilitar su nombre y cargo, y especificar su propio papel. Las cuatro mujeres eran, respectivamente, una policía de la oficina de protección de menores, la directora de la consulta del doctor Vita, la jefa de Fiona –Lucretia Barnes– y la adminitrativa que levantaría acta. Ésta tenía el cometido de pasar la lista de asistentes. Tardó un poco en rellenarla, y la impaciencia de Mike aumentaba.

La policía habló la primera: los padres de Lucy carecían de antecedentes, sus nombres no eran conocidos en su departamento y se quejó del retraso con el que habían empezado. Pidió que constara en acta que debería marcharse al cabo de una hora.

Fiona explicó que había sido nombrada «asistente social de Lucy» tres días antes y que aún no la conocía.

–Estoy aquí para escuchar y comprender –dijo dirigiéndose a los Pitt con una sonrisa.

Mistress Bruka pidió a Mistress Bell que ofreciera una explicación introductoria sobre las preocupaciones de la guardería en relación con Lucy. Mistress Bell empezó diciendo que Mistress Pitt inscribió a Lucy en la Sunshine Nursery en el mes de enero precedente y desde el principio había evitado tener trato con las maestras y las demás madres. En las raras ocasiones en las que Mistress Pitt iba a recoger a su hija, Mistress Bell había procurado entablar cierto diálogo con escaso éxito. Era Lisa, la niñera, quien llevaba a Lucy a la guardería y la recogía, y quien sustituía a la madre cuando se requería su presencia. A principios de febrero, Linda Dooms, la maestra de Lucy, le dijo que la niña lloraba cuando hacía pis y había acusado a su madre de haberla cortado con las tijeras «allá abajo». Mistress Bell observó a Lucy en clase y permaneció junto a la puerta cuando Lucy fue al baño: no escuchó ningún llanto o queja, y concluyó que Mistress Dooms se había equivocado.

–¡Es la primera vez que oigo semejante historia! –exclamó Mike.

Mistress Bruka le llamó la atención:

–Mister Pitt, debe usted esperar a que todos los demás hayan dicho lo que tengan que decir, después usted y su mujer tendrán la posibilidad de hablar.

Desde ese momento, Mike permaneció en silencio. Tecleaba furioso en la Blackberry y levantaba de vez en cuando la mirada, torva, en dirección a Mistress Dooms. Mistress Bell proseguía con su relato: a finales de febrero, Mistress Dooms le refirió que Lucy había repetido las mismas acusaciones contra su madre. No podía hacer caso omiso y llamó a los servicios sociales. Al no recibir respuesta, se dirigió a la puericultora, que fue a casa de los Pitt. «No hay nada de lo que preocuparse», le dijo. Entretanto, la niña no volvió a repetir sus acusaciones y la cosa quedó así.

Tras las vacaciones de Semana Santa, Lucy empezó a hacer dibujos muy extraños. No jugaba con los demás niños y se mantenía apartada. Mistress Bell dejó varios mensajes a los servicios sociales, sin obtener respuesta. Mistress Dooms seguía repitiendo que Lucy parecía triste, y que Mistress Pitt eludía sus preguntas. El martes precedente, Mistress Bell invitó a Mistress Pitt a su despacho. Le enseñó los dibujos de Lucy y estuvieron hablando del comportamiento de la niña.

–Pero la madre de Lucy no se mostró interesada. –Y Mistress Bell dirigió a Jenny una mirada llena de compasión.

Mistress Bell no estaba al corriente de que ese mismo día, después del colegio, Mistress Dooms se había llevado a Lucy a su piso de Fulham:

–Sin embargo, estoy segura de que lo hizo de buena fe, empujada por el deseo de proteger a Lucy. Ella misma nos dirá lo que ocurrió en su casa.

Mistress Dooms arrancó diciendo que nunca se había topado con una niña tan triste como Lucy y después, levantando las bolsas de plástico, sentenció:

–Sus dibujos hablan por sí mismos.

Y sacó veinticuatro hojas coloreadas, todas enrolladas y con una goma. Y empezó a acumularlas ante ella, para desenrollarlas después, una a una, siguiendo un orden preestablecido: algunos eran dibujos; otros, voluminosos collages. En cada caso explicaba cómo lo había creado Lucy y ofrecía su interpretación. Sin embargo, al pasarlos de mano en mano no tardó en crearse cierta confusión: había quien se detenía en un detalle, quien le pedía a Mistress Dooms que repitiera su explicación a propósito del dibujo que tenía en sus manos y quien recibía dos a la vez y quería saber cuál era el orden exacto.

Los rollos que volvían se mezclaban con los que aún no se habían visto en una pila de papeles que se enrollaban unos con otros. Todos daban consejos sobre cómo verlos mejor, mientras Mistress Dooms y Mistress Bell se afanaban por ponerlos en orden. Al final, Mistress Bruka decidió que debían exponerse en las paredes y la administrativa, una joven titubeante, salió a buscar goma adhesiva. Mistress Dooms, entretanto, describía el juego de Lucy con las muñecas, en su casa, simulando el acto sexual. No hubo tiempo para preguntar más. La empleada regresó con el adhesivo, y colgaron los dibujos y los collages en las paredes bajo la guía de Mistress Dooms, quien describía las obras como si estuvieran en un museo y con un ostentoso gusto por el detalle: ahí veía un pene, allí un grupo de penes, más allá un pene eyaculando y otros penes cubiertos de manchas de colores, garabatos, borrones y pinceladas de negro. Aludía a las prisas ansiosas de Lucy al hacerlos y el alivio de la niña cuando completaba uno. Dos veces miró a Mike a los ojos.

–Así conseguía Lucy liberarse de su secreto –dijo.

Estaban otra vez en la mesa. Mistress Dooms, exhausta, bebía agua y no volvió a hablar. Mistress Bruka preguntó a Jenny si reconocía la mano de Lucy en los dibujos.

–Podrían ser suyos, pero nunca había visto nada parecido. Lucy, por lo general, no emborrona sus dibujos –contestó Jenny, y después añadió que a ella le parecían carrozas, cohetes, rascacielos, bolos y chimeneas.

Era el turno de la puericultora; durante su última visita a los Pitt, la semana precedente, había notado que las obras en la casa ya casi habían terminado; los dibujos de Lucy eran muy distintos de los que acababa de enseñarles Mistress Dooms, y más apropiados a su edad. Lucy era una niña bien cuidada y muy querida, las hijas de los Pitt no despertaban en ella preocupación alguna.

La directora de la consulta del doctor Vita confirmó cuanto había escrito el médico: Lucy gozaba de óptima salud y nada hacía pensar en abusos; durante el último año únicamente había padecido una ligera infección urinaria que su madre le había curado de forma debida.

Mike estaba aguardando su turno con impaciencia. Declaró que su mujer y él habían perdido la confianza en la guardería tras el «rapto» de Lucy por parte de Mistress Dooms, y que por eso no habían permitido que regresara. A partir del día siguiente, Lucy empezaría a ir al colegio de su hermana mayor. En cuanto a la interpretación de Mistress Dooms, era totalmente inaceptable y ofensiva. Quería que un experto examinara los dibujos y hablara con Lucy. Después levantó la voz:

–En casa de Mistress Dooms, mi hija conoció a un hombre que la asustó. Quiero saber quién es y qué papel desempeña en esta historia.

–¡Ninguno! ¡Ninguno! ¡No tiene nada que ver! –contestó sin tomar aliento Mistress Dooms.

–Lucy le dijo a mi mujer que le dio miedo –repitió Mike–, y por lo tanto tuvo contacto con él. Le repito la pregunta: ¿quién es? ¡Tenemos derecho a saber por qué pasó una tarde con nuestra hija!

Mistress Dooms no era capaz de contenerse y gritaba que su compañero tenía derecho a la intimidad.

–No le diré su nombre. No se lo diré.

–Esta mujer no quiere revelar el nombre de un hombre que ha aterrorizado a mi hija: ¡escríbalo! –exclamó Mike, y siguió con mirada torva la mano de la muchacha que levantaba acta.

Mistress Dooms balbuceaba entre lágrimas varios «¡no!», que no se sabía bien a qué se referían.

Mistress Bruka invitó a Mike a tranquilizarse: estaban allí para discutir sobre el bienestar de Lucy y si la niña necesitaba protección, no para indagar en la vida privada de Mistress Dooms. Después se dirigió a Jenny:

–Me gustaría escuchar lo que piensa usted de su hija.

Jenny empezó hablando de las dificultades que había tenido que arrostrar en los últimos meses con los obreros en casa y el trabajo a media jornada. Tal vez hubiera contado en exceso con Lisa, que era una buena persona y muy responsable y por quien las niñas sentían mucho apego. A nadie de los que estaban en esa sala le preocupaba más el bienestar de su hija que a ella, pero Lucy era una niña feliz de la que nadie había abusado, y mucho menos ella o su padre; nunca se había quejado cuando hacía pis, ni siquiera cuando padeció aquella infección urinaria, sus dibujos no tenían ninguna connotación sexual, «sino que», añadió, «los dibujos de los niños, a menudo, no son muy claros y pueden prestarse a interpretaciones distintas. Habría que preguntarle a Lucy». En cuanto al juego sexual con la muñeca, era la primera vez que oía hablar de ello. Lucy en casa nunca lo había hecho, y ella y su marido eran muy reservados en sus efusiones delante de sus hijas: sin embargo, Lucy podría haber visto a Lisa con un obrero polaco. Precisamente esa misma mañana Lisa le había confesado esa relación y se había ofrecido para venir a contárselo a todos ellos.

Sonrojada y con voz titubeante, Lisa habló de su novio: se habían conocido en casa de los Pitt y se querían. Sólo en una ocasión se habían tocado de manera poco apropiada: ocurrió en las escaleras y la barandilla los ocultaba a los ojos de Lucy, que por lo demás estaba concentrada dibujando. Ella la había estado vigilando y estaba convencida de que no se percató de lo que sucedía.

Era tarde: la mujer policía miró su reloj y anunció que si la reunión se prolongaba mucho se vería obligada a marcharse. Mistress Bruka se apresuró a resumir cuanto se había dicho:

–Nadie está acusando a los señores Pitt, pero cuanto se ha visto y escuchado despierta graves preocupaciones. Hemos visto los dibujos, son intensos y realistas, y ninguno de nosotros está cualificado para excluir la interpretación de Mistress Dooms. Es necesario un encuentro entre Lucy y un especialista: aconsejaría el psiquiatra infantil del hospital de la zona, es un hombre estimado y respetado.

Miss Barnes no estaba de acuerdo: había una larga lista de espera y era necesario actuar con prontitud. Entonces Mike tomó la palabra: estaba dispuesto a pagar una visita privada, a condición de que a Lucy la reconociera un especialista aprobado por el doctor Vita, y sorprendió a los presentes diciendo que ya le había mandado un SMS. El doctor Vita le había dado tres nombres de psiquiatras infantiles que se ofrecían a ello para esa misma semana.

Tras una breve discusión se pusieron de acuerdo en que debía ser la doctora Melanie Cliff, primera opción de los Pitt al ser la única mujer. La directora de la consulta del doctor Vita, entretanto, había recibido un mensaje que confirmaba la disponibilidad de la doctora Cliff; visitaría a Lucy el martes a las cuatro y media de la tarde, y los servicios sociales le enseñarían los dibujos por la mañana. Tendría listo su dictamen para el viernes. El doctor Vita se encargaría de la petición formal.

Sólo quedaba por decidir si el nombre de Lucy debía ser inscrito en el registro: Mistress Bruka propuso aplazar la decisión al lunes siguiente a la misma hora. Se pasó a votar y la propuesta fue aceptada, únicamente Mistress Dooms y Mistress Bell se mostraron en desacuerdo.

La mujer policía y la puericultora se habían marchado ya, sin despedirse. Los Pitt permanecieron en su sitio, sin saber qué más se esperaba de ellos, y observaban. Miss Barnes y Mistress Bell discutían de forma acalorada, no del todo amigablemente; Fiona y la administrativa se ponían de acuerdo para la reunión siguiente.

Mistress Bruka se acercó a Mike.

–Es una situación insólita: por lo general son los servicios sociales los que realizan el encargo de los exámenes médicos y son ellos los responsables de los costes, no los padres. Confío en que la situación se resuelva favorablemente para Lucy, y gracias por su disponibilidad.

Fiona se ofreció a acompañar a los Pitt a la salida, porque la puerta principal ya estaba cerrada. La administrativa los seguía y apagó las luces, dejando a Mistress Bell y a Mistress Dooms, solas, despegando en la penumbra los dibujos de las paredes.

–¡Todo ha ido bien! –exclamó Mike mientras ponía en marcha el motor. Después le dijo a Lisa que la dejarían en casa, porque Jenny y él iban a cenar fuera. Jenny le miró sorprendida–. ¿No te apetece un sushi? –le preguntó.

En el nuevo sushi bar de West Kensington se encontraron por casualidad con una pareja de amigos y tomaron juntos una cerveza, mientras esperaban que sus respectivas mesas quedaran libres. La amiga había recibido el *save the date* para la inauguración de la casa de los Pitt, el día del solsticio de verano, y de ahí la conversación fue deslizándose hacia el lento progreso de las obras.

Solos en la mesa, Jenny comía a desgana y en silencio. Mike estaba eufórico; comentaba la reunión –había tomado numerosas notas– y se mostraba optimista sobre el resultado final.

–¡Pero si no hemos visto el informe de Mistress Dooms y ella no nos ha explicado por qué se la llevó a su casa! –estalló Jenny.

–Confía en mí. ¡Acabaré cazando a esa bruja y la haré pedazos, dame tiempo!

Mike trabajó hasta tarde para recuperar el tiempo perdido. Mientras se preparaba para acostarse, oyó un llanto sofocado. Bajó a la planta inferior, donde dormían Lisa y las niñas. Permaneció a la escucha detrás de la puerta de sus hijas, pero el llanto provenía de la habitación de al lado: era Lisa, que sollozaba.

Mike se acordó entonces de que no les había dado un beso de buenas noches a Amy y a Lucy. Su mano permaneció, pesada e inmóvil, sobre el picaporte.

12
Pat abandona la oficina sin permiso
Millbank. Martes, 15 de abril

Mike entró en la sala de espera del bufete Wizens como un huracán. Dirigió un ademán de saludo a Sharon, ocupada en hablar con un cliente, y le dijo después a la recepcionista con tono autoritario que había un taxi fuera esperándolo y que tenía un par de cosas que decirle a Steve. Sharon, que le había oído, se acercó: un nuevo cliente tenía ya hora con Steve, pero le pediría al abogado que le dedicara cinco minutos.

Mike tomó asiento junto al otro cliente.

–Siempre le toca a uno esperar... Con los abogados, en los servicios sociales... –mascullaba el hombre.

–Estoy completamente de acuerdo.

–Los asistentes sociales deberían ayudar a las familias y, en lugar de eso, las destrozan. Destruyen a familias que se quieren. ¡Un atajo de incompetentes, eso es lo que son!

–¡Si me lo hubiera dicho la semana pasada, no le habría creído!

El hombre se levantó de repente y se colocó frente a Mike; golpeó los tacones e hizo una inclinación al estilo militar. Después extendió el brazo:

–Lo ha entendido perfectamente. Permítame que le estreche la mano. Le deseo buena suerte.

Mike no pudo hacer otra cosa que levantarse también, y los dos se dieron la mano ante la mirada perpleja de la recepcionista. Entretanto, Steve había entrado en la sala. Le pidió al otro que tuviera un poco más de paciencia y se llevó a Mike a su despacho.

–Todo ha ido bien –anunció Mike, y le hizo a continuación un breve resumen de la reunión. Se sentía especialmente satisfecho de la elección de la psiquiatra y del hecho de que viera a Lucy esa misma tarde–. Obviamente, la visita es a mi cargo.

Antes de marcharse, añadió con una mueca complacida que Mistress Dooms era exactamente como se la había imaginado: una histérica feminista de mediana edad.

Era la hora de comer. Pat aguardaba la llamada de Mistress Oboe: esas breves conversaciones le gustaban; empezaba a acostumbrarse a los cambios de humor de su cliente. Pero aquel día Mistress Oboe la había decepcionado y le había revelado el otro aspecto de su carácter, ese que se leía en las declaraciones del colegio de Ali y de la asistente social: irracional, insistente e indiferente al bienestar de su hijo. Se había olvidado de la cita de la tarde. Pat le recordó la carta que confirmaba la hora en que debía ir a West Hampstead y no al centro médico de la zona, adonde ella llevaba a Ali habitualmente. Mistress Oboe pedía explicaciones por eso también, y Pat le explicó con detalle cómo llegar, pero Mistress Oboe no quiso saber nada. Repitió que nadie le había informado de la cita y exigía que la reunión con la psicóloga fuera en el centro médico. Levantaba la voz, farfullaba, se comía las palabras y su acento nigeriano se volvía más pronunciado. Pat se sentía totalmente confusa.

–¡Cállese de una vez! –le ordenó en cierto momento con el tono autoritario de Steve–. Ya la llevo yo. Y estaré en su casa a las tres.

Pat se sentía asombrada por su propia intrepidez. Ni siquiera había pedido permiso para acompañar a la cliente. Steve se había tomado media jornada libre, así que se dirigió a Sharon, que estaba comiéndose un bocadillo mientras hojeaba un catálogo de compras por correspondencia.

–Vete, ya cojo yo tus llamadas. No se lo comentes a nadie –le contestó sin levantar la mirada de la página.

–Pero ¿le molestará a Steve? –insistió Pat, pese a saber que Sharon la consideraría cargante.

Sharon seguía hojeando el catálogo.

–Depende de la prioridad que le haya dado al cliente. –Señaló con el dedo un vestido ceñido y anaranjado–. Quiero algo sexy. ¿Te gusta éste?

–La semana pasada me dijo que Mistress Oboe era la cliente prioritaria.

–Entonces, nada que objetar.

–Pero no me ha llegado a decir nunca que pudiera salir de la oficina...

–¡Qué pesadez! –Sharon parecía exasperada. Cerró el catálogo y la examinó. El rostro de Pat estaba cubierto de manchas rojas. Cambió de tono–: Si es una cliente prioritaria, entonces no hay problema. Una vez me pasé una mañana entera llamando a la puerta de una esnifadora de pegamento que debía presentarse ante un tribunal. Pero estaba demasiado colocada. Cuando Steve lo supo, se deshizo en elogios: había hecho lo que debía. Quédate tranquila –añadió–, ahora no le des más vueltas y ayúdame a escoger ropa. Este año están de moda los vestidos ceñidos... ¿Tú qué opinas? –Y ambas se inclinaron sobre el catálogo.

Mistress Oboe vivía en un conjunto de enormes edificios de los años veinte, propiedad del ayuntamiento. La geometría de los exteriores estaba salpicada de paneles de yeso blanco, que al lado de las ventanas creaban un efecto de damero. Había sido restaurado recientemente y en el patio central había grandes jardineras rebosantes de flores.

Pat aguardaba en la sala de estar, mientras Mistress Oboe preparaba a Ali en el dormitorio. La habitación era tan pequeña, y el techo tan bajo, que Pat tuvo que vencer cierta sensación de claustrofobia. Después, poco a poco, la habitación fue cobrando vida: a los muebles de segunda mano se les había dado lustre con esmero, sobre una mesita había un jarrón con flores de plástico al lado de una pila de periódicos y un montoncito de cartas desatendidas por la destinataria yacía, perfectamente limpio de polvo, sobre la repisa de la chimenea.

En el taxi, Ali se había acurrucado entre los brazos de su madre y miraba hacia fuera, curioso. Estaban pasando por delante de Buckingham Palace: Mistress Oboe no le había llevado allí nunca, pese a vivir a escasa distancia.

–Qué casa más enorme –dijo el chico.

Estaban a punto de llegar a su destino, Pat quería darle a Mistress Oboe el dinero para el taxi de regreso, pero ella no quiso ni discutir la idea de volver sola; cuanto más intentaba Pat asegurarle que encontraría fácilmente un taxi, más se preocupaba. Ali estaba temblando y mordisqueaba una punta de la cazadora. Al final, Pat tuvo que acceder, resentida, a esperarlos y a llevarlos de vuelta a su casa.

Mistress Oboe había quedado muy satisfecha de la psicóloga. Le dijo a Pat que le había explicado lo que debía hacer con Ali y que no veía la hora de tener en sus manos el vídeo para no olvidar todo lo que le había enseñado. Durante el viaje de regreso en taxi, ya más relajada, le iba preguntando a Pat por los nombres de las calles que recorrían, como si quisiera memorizarlas.

–Aquí venía yo con mi marido, antes de que naciera Ali. No había vuelto..., está tan lejos –dijo en Bond Street.

Pat le explicó que desde su casa se podía venir incluso andando, pero Mistress Oboe se puso rígida y no quiso escucharla.

El patio del conjunto de edificios había cambiado de aspecto: se había aposentado allí una banda de chicos encapuchados –era su reino, manifiestamente–. La gente que volvía a casa del trabajo caminaba pegada a los muros para evitarlos. Desde arriba, una banda rival gritaba obscenidades que le eran devueltas. Mientras Ali y su madre se encaminaban hacia su piso, se oyó gritar: «¡Subnormal!».

–Yo estoy acostumbrada –explicó Mistress Oboe–, pero a Ali le sienta fatal. – Y después añadió con amargura–: Por eso los maldigo.

Ron y Pat acudían asiduamente a conciertos sinfónicos. Había sonado el último aviso y se dirigían hacia sus asientos en el Royal Festival Hall, pero Pat no pensaba en la música de Mahler. Durante el concierto no consiguió concentrarse, sus pensamientos acerca de Mistress Oboe no le daban tregua, y en el intermedio le habló a Ron del extraño comportamiento de su cliente:

–No se atreve a dejar la zona en la que vive, como si tuviera miedo de perderse.

–Tal vez no sepa leer –aventuró él.

–¡No seas estúpido! –le contestó Pat, como si la hubiera ofendido.

Ron le acarició una mejilla.

13
Con la doctora Cliff
West Hampstead. Martes, 15 de abril

La doctora Cliff había abandonado el juzgado turbada: era la primera vez que un juez le llamaba la atención. No había previsto el acuciante interrogatorio del abogado de los padres, un joven que se había estudiado muy bien la causa y la había puesto en dificultades. Ella había evitado las preguntas más insidiosas y al final le había rebatido punto por punto. Al juez no le había hecho gracia y la había amonestado: el tono del debate no era el adecuado para una vista en la que se discutía el futuro de un niño físicamente disminuido y aquejado del síndrome de Asperger.

En vez de irse directamente a casa, la doctora Cliff dio un paseo por Fleet Street para despejarse, y lo consiguió. El barrio de los abogados, el principio de la City, le gustaba mucho porque sentía por ellos una gran afinidad; le hubiera gustado estudiar derecho y aún lamentaba haber seguido el consejo de sus padres adoptivos, ambos médicos, y haber optado por psiquiatría. Resistió a la tentación de quedarse a comer en uno de los pubs que frecuentaban los abogados y emprendió el camino a casa: debía leer un artículo presentado a la *Autistic Spectrum Review*, de la que era asesora, y ver después a una nueva paciente.

La casa de los Cliff estaba en una calle que había conservado su antiguo encanto eduardiano. La compraron por poco dinero, de recién casados, y con el paso de los años su valor había aumentado muchísimo. Hacía poco que habían reformado la estructura, separando el semisótano de la vivienda propiamente dicha, aunque manteniendo intacta la fachada. Los elementos decorativos en estuco y los muros de ladrillos rojos se habían limpiado a la perfección: el cálido color terracota contrastaba de manera espléndida con el verde oscuro de las ventanas y el porche en madera tallada, y encajaba con la piedra de Portland de los escalones de la entrada.

Entró en el jardincillo de delante y miró orgullosa la placa de latón con su nombre y una mano con el índice señalando los escalones que llevaban a su nueva consulta: tres salas perfectamente equipadas para alquilar a sus colegas y atender a sus pacientes privados. Después vio la bicicleta de Ralph atada a la verja y se le encogió el corazón: iba a haber una discusión y no tenía ganas.

Hasta pocos meses antes, la doctora Cliff hubiera dicho que su matrimonio era sólido, si bien no exactamente convencional. Llevaban pocos años casados cuando su marido Ralph, un ingeniero mecánico de cierto éxito y más joven que ella, tuvo un hijo con otra mujer. Lo mantuvo en secreto ante todos, excepto ante ella. El niño creció creyendo que Ralph era un afectuoso padrino a quien de vez en cuando hacía una visita con su madre. Ella lo había tolerado porque estaba convencida de que su matrimonio tenía una solidez bastante mayor que la sórdida y episódica intimidad que Ralph iba buscando en otra parte. Aun así, decidió entonces que no tendría hijos con él y se concentró en su carrera.

El paso del tiempo le había dado la razón: su matrimonio había sobrevivido; se encontraban a gusto juntos y llevaban una vida cómoda y agradable. Su consentimiento a las frecuentes historias de Ralph había aumentado su poder sobre su marido, dado además que ella lo había ayudado mucho en su carrera y lo acompañaba a los congresos internacionales, donde conseguía hacerle brillar: además de ser sociable y atractiva, hablaba dos idiomas y se le daban bien las relaciones públicas. Ralph había seguido siendo el ancla de su vida y ella había desarrollado un sexto sentido para captar los signos de sus infidelidades: él, como el hijo que nunca habían tenido, confesaba y pedía perdón, jurándole amor eterno. Se había convertido en su madre edípica sustitutiva.

Quedaba por resolver únicamente una cuestión: Ralph estaba muy unido a su hijo, que ahora estudiaba en la universidad. Quería que el muchacho gozara de un buen nivel de vida y a él había destinado la mayor parte de sus inversiones. Ella lo consideraba un derroche y un atentado contra su solidez financiera; era un gran peso y a menudo sufría ante la idea de que Ralph pudiera convertirse otra vez en padre en uno de los numerosos encuentros casuales con mujeres que tanto él como ella consideraban insignificantes.

Pero la última historia era distinta a las demás. Por primera vez, la amante estaba a su altura, la única mujer socia del estudio técnico de Ralph. El viernes siguiente, él iba a tomar parte en un congreso internacional en Taormina y le había asegurado que su colega no asistiría. Ella hubiera preferido quedarse en Londres, pero había reservado un billete para el mismo vuelo; lo anularía tras asegurarse de que realmente se marchaba solo. Se lo había apuntado en la agenda para verificarlo con la secretaria de Ralph, que era cómplice suya.

Ralph estaba en la cocina, tomándose un plato de lentejas; volvía a menudo a casa para comer: su estudio estaba cerca y le gustaba sacar a *Flag*, el viejo perro de ambos, a dar un paseo.

–Me imagino que en Taormina estarás en el Excelsior con los demás –le dijo.

–No estoy seguro. Tal vez me hayan hecho la reserva en otro hotel.

Ralph se metió en la boca otra cucharada de lentejas.

–¿Cuál? Dímelo.

Ella había adoptado el mismo tono del abogado que tanto le había molestado en el juzgado.

–No me acuerdo bien. El Palace tal vez... o el Royal... Tú no vas a venir al final, ¿verdad? –Ralph la miró de arriba abajo, con dureza.

–No lo sé. He hecho la reserva pero tengo que confirmarla. Quiero saber dónde te alojarás.

–No es necesario que vengas. Y además dijiste que tenías trabajo. No es necesario, de verdad.

–¡Explícame por qué ya no es necesario que tu mujer te acompañe a los congresos internacionales! –Estaba furiosa–. ¡Quiero saber si esa mujer va a ir a Taormina!

Ralph no contestó.

–De acuerdo, entonces disfrutaremos tú y yo de esa bonita habitación con vistas reservada en un hotel discreto pero elegante. ¿La escogiste tú o ella?

–No quiero que vengas.

–Peor para ti. Voy a ir. La próxima vez, organízate mejor.

Y le dejó allí con su plato de lentejas.

La doctora Cliff había leído el artículo y no tenía nada que hacer; estaba esperando los dibujos de Lucy Pitt y miraba distraída la sala de espera a través de un cristal de espejo, que tapaba durante las visitas con una tela de vivos colores.

La recepcionista hablaba con una mujer de mediana edad de rostro regordete y rasgos diminutos; resultaría muy atractiva si se cuidara un poco más: el pelo rizado y encrespado parecía no haber visto nunca el cepillo de un peluquero, y el caftán de dibujos floreales no entonaba con el grueso collar de madera que le colgaba del pecho. Por su actitud, era evidente que no se ponían de acuerdo: la recepcionista era nueva y parecía confusa. La otra hablaba con acaloramiento, agitaba con energía la cabeza y los brazos, sin dejar en el suelo las bolsas de plástico repletas de rollos que sujetaba y que se habían convertido casi en parte de su cuerpo. La doctora Cliff decidió intervenir, había algo en aquella mujer que despertaba su curiosidad.

Los dibujos de Lucy estaban desparramados por todo el despacho, sobre las sillas, en el pequeño sofá y por el suelo. La doctora Cliff había escuchado atentamente la descripción de Mistress Dooms, que parecía saber bastante sobre la terapia del juego, más de lo que se esperaría de una maestra infantil. A pesar de que fuera prolija y repetitiva, su charla ejercía cierta fascinación. A la doctora Cliff le hubiera gustado seguir escuchándola, pero no le quedaba tiempo –estaba esperando a los Pitt– y tuvo que pedirle que recogiera los dibujos y se marchara. La recepcionista le anunció que los pacientes que esperaban habían llamado para decir que llegarían con un poco de retraso.

–Cuando lleguen los señores Pitt, hazles esperar.

Mistress Dooms lo había oído; parecía nerviosa:

–¡No puedo verlos! –Y empezó a recoger los dibujos a toda prisa, provocando un desorden aún mayor. La doctora Cliff le aseguró que se encargaría ella, pero Mistress Dooms insistía testaruda en que era la única que podía hacerlo correctamente. Y por ello, cuando llegaron los Pitt, la doctora Cliff no pudo recibirlos en su despacho. Consultó a su colega, que había alquilado una consulta por dos horas y debía haberla dejado libre, cuánto tardaría en acabar, metiéndole prisa. Ésta despidió a sus pacientes y se marchó de inmediato. Después le dijo a la recepcionista que hiciera salir a Mistress Dooms por su vivienda, a través de las escaleras interiores.

–Supongo que usted sabrá ya por qué le hemos traído a Lucy –dijo Mike. La niña había vuelto a la sala de espera, donde había un rincón lleno de juegos–. El doctor Vita le habrá hablado de nosotros y de nuestro problema con la guardería, en especial con una maestra que la tiene tomada con mi mujer. El clásico caso de quien se siente un paladín de los niños.

–Mi hija es una niña sana y normal –precisó Jenny, interrumpiéndolo.

–Eso es lo que creemos nosotros, corresponde a la doctora Cliff confirmarlo –le corrigió Mike, y añadió después–: Lo indudable es que yo nunca les he hecho daño a mis hijas. Y estamos convencidos de que nadie se lo ha hecho. Queremos que usted sienta absoluta libertad para preguntarle a Lucy todo lo que quiera saber de nuestra familia, y que hable con nuestra *au pair* y con quien considere oportuno.

La doctora Cliff esbozó una sonrisilla de aprobación.

–Que quede bien claro –dijo Mike, levantando un poco la voz para dar mayor peso a lo que iba a decir–, si desea pedir asesoramiento a otros colegas, el dinero no será ningún problema. Lo que importa es aclarar este asunto.

Después, Jenny habló de Lucy y de su familia; Mike la interrumpía de vez en cuando, pero la doctora Cliff no los escuchaba. Se limitaba a oír sus voces. *Que quede bien claro,* había dicho, *que quede bien claro.*

14
Una sinfonía de rojos
Brixton. Miércoles, 16 de abril

–Mike Pitt –dijo la voz en el teléfono de Steve.

–Mister Booth está en el juzgado –contestó Pat–. Soy su secretaria, Pat Hall, ¿quiere dejarle un mensaje?

Pat abrió el archivo de los Pitt y empezó a escribir: «Ayer Mister Pitt volvió para la cita con la doctora Cliff. Los Pitt hablaron con ella antes y después de la entrevista con Lucy. La doctora quiere ver a Amy el jueves por la tarde. Ha causado una excelente impresión a los clientes y su informe estará listo el viernes por la mañana».

–Yo no sería tan optimista –dijo Steve, tras haber leído las notas–. Serán nuestros próximos clientes prioritarios.

–¿Por qué?

Pat ya no tenía motivos para ocultar su propia curiosidad. Steve la había felicitado por la iniciativa que tomó con Mistress Oboe y ella se sentía ahora con pleno derecho un miembro más del equipo.

–Sólo hay dos motivos por los que la doctora Cliff puede querer ver a Amy: para confirmar los abusos de Lucy o para descubrir si ella también ha sufrido abusos. Mike Pitt debería haber llegado a esa conclusión por sí mismo, es un estúpido.

–O un presuntuoso.

–Confío en que no, pero si tienes razón será un cliente prioritario para siempre. Con la gente presuntuosa yo pierdo la calma, tendrás que atenderle tú.

Mike estaba de nuevo al teléfono: quería informar a Steve de que había puesto en marcha una investigación privada sobre Mistress Dooms, el informe lo recibiría a finales de semana. Steve le puso al corriente de sus preocupaciones sobre la reunión con la doctora Cliff, pero Mike no le hizo caso: conocía ya a muchos abogados, y sabía perfectamente lo pesimistas que eran todos.

En el bufete Wizens había una habitación reservada para consultar el material audiovisual: por lo general la utilizaban los penalistas. Pat estaba allí para transcribir los DVD de la entrevista de Ali y su madre con la psicóloga que había recibido esa mañana por mensajero. Nunca había hecho esa clase de trabajo y Sharon le había sugerido que primero viera el DVD entero para familiarizarse con su contenido. No era sencillo seguir la conversación, a veces las palabras de Ali y de Mistress Oboe eran incomprensibles. En determinado momento, la entrevista parecía haber terminado –los tres habían salido de la habitación–, pero el DVD continuaba: Pat esperaba que volvieran, pero en cambio entró una mujer con una cesta de piel en las manos que después volvió a marcharse. Era evidente que la psicóloga se había olvidado de apagar la cámara y toda esa parte no tenía valor.

La transcripción del vídeo de Mistress Oboe se reveló una tarea larga y compleja, y las mujeres de la limpieza tuvieron que recordarle a Pat que era la hora de cerrar la oficina.

Pat tomó un atajo para ir a la estación a través de Electric Avenue, una suave y amplia curva formada por dos hileras compactas de edificios de época victoriana tardía de un extraordinario color coral oscuro, en otros tiempos elegante acceso a la estación ferroviaria y desde hacía decenios englobada en el mercado. Los vendedores estaban desmontando sus tenderetes y empujaban sus carretillas por el centro de la calle, gritando para abrirse paso entre una multitud formada por los últimos clientes, los camellos y los vendedores de contrabando, que al caer la noche se apoderaban del mercado. Al final de la calle, pilas de cajas de fruta vacías y montones de verdura podrida aguardaban los camiones de la basura.

Algunas tiendas seguían abiertas y las mercancías seguían expuestas en la parte delantera. Había mucha gente que despachaba sus últimos recados: la actividad del mercado bullía aún. Una voz gutural se elevaba en medio de la multitud agolpada ante el verdulero de la esquina de Atlantic Road. Pat creyó reconocerla –se parecía a la de Mistress Ansell–, después entrevió su sobretodo azul eléctrico. Mistress Ansell iba señalando las verduras que quería: cebollas rojas, patatas, pimientos y tomates; chillaba para que la obedecieran y escogía cada una de las piezas.

Tras la multitud, Pat la perdió de vista, pero reapareció en primera fila ante un puesto de frutas: palpaba los mangos para comprobar si estaban maduros. No había respetado la cola y se desgañitaba contra quienes querían que volviera a su sitio. Victoriosa al final, cogió las bolsas que le tendían por encima del mostrador y se alejó arrastrando su carrito repleto de verdura, pero se le quedó enganchado un tacón en una baldosa de piedra medio levantada y cayó al suelo, esparciendo el contenido de las bolsas por la acera y el canal de desagüe. Una vieja se detuvo a mirar, y se marchó después silenciosa.

Concentrada y rápida, Mistress Ansell recogía sus cosas a cuatro patas, mientras despotricaba contra un joven que –estaba segura de ello– había pisado a propósito sus espinacas.

Pat se ofreció a ayudarla mientras una cascada de agua fétida se abatía sobre la acera y formaba un charco donde habían caído los tomates de Mistress Ansell.

–¡Para, so cretino! –gritó al pescadero que seguía limpiando su mostrador.

En cuanto a Pat, no se había dignado mirarla. Ya se iba con sus bolsas repletas cuando volvió a tropezar, aunque esta vez no llegó a caerse.

–¿Quiere que la acompañe? –Pat le cogió una de las bolsas.

La casa de Mistress Ansell estaba en una hilera de edificios adosados, en medio de otras dos con andamios. En la casa de al lado había un cartel con un letrero rojo: EL AYUNTAMIENTO CREA VIVIENDAS PARA LOS CIUDADANOS.

–Me veré otra vez rodeada de muertos de hambre –dijo Mistress Ansell, lanzando una mirada aviesa al cartel, mientras buscaba las llaves en el bolso. Pat se quedó con la boca abierta al ver el llavero: una enorme letra E de brillantes colgada de una robusta cadena de oro–. Es oro de tíbar. –Complacida, Mistress Ansell lo levantó para que lo viera mejor–. Veinticuatro quilates. Las piedras son circonitas pero no están del todo mal. –Se había quedado en la acera: escrutaba todas las ventanas. Después cambió de tono y le preguntó–: ¿Le importaría pasar conmigo? Tengo miedo.

Mistress Ansell echó el cerrojo de la puerta y se aplastó contra la pared: escuchaba los ruidos de la casa. Dio unos cuantos pasos; parecía a punto de desmayarse.

–No me siento bien. Ayúdeme a subir.

Tumbada sobre la colcha de damasco, Mistress Ansell hablaba y lloraba quedamente. Tenía el presentimiento de que esa noche su marido vendría a recoger su ropa. Por eso había ido a hacer la compra: cocinaría sus platos preferidos y se los dejaría sobre el fuego para que así, cuando llegara, se los encontrara calientes aún. Y tal vez no se acordara de pegarla.

–Él sabe que me estoy muriendo de cáncer –dijo sin autoconmiseración alguna. Después calló–. ¡La puta que se ha buscado ni siquiera sabe cocinar!

La voz de Mistress Ansell había recobrado su vigor y se había incorporado, apoyándose en los almohadones, y había empezado a despotricar contra aquella mujer que lo había hechizado y lo había transformado en una fiera.

–¡Debe volver a ver a Mister Booth para conseguir una orden de alejamiento! –exclamó Pat, con fuerza.

Mistress Ansell no le contestó; estaba mirando la foto de la mesilla.

–Yo amo a mi hombre –dijo, y después, levantando la voz, continuó–: ¡pero no quiero a esa zorra en mi casa! Tiene que decirle a Mister Booth que él acabará matándome..., entonces sí que tendrá que pudrirse en la cárcel. Yo ya no estaré aquí para avergonzarme.

Mistress Ansell, cansada, se había dejado caer sobre los almohadones, con el rostro vuelto hacia la ventana.

Pat miró a su alrededor. La habitación era una sinfonía completa de rojos: cortinas, alfombra, papel pintado. Dos grandes espejos con macizos marcos dorados estaban colgados uno enfrente del otro, creando una ilusión óptica multiplicada; en la pared frente a la cama, un cuadro representaba a una mujer desnuda, provocadora, tumbada en un sofá. A pesar de los espejos, la habitación parecía una celda. Pat no se dio cuenta de que Mistress Ansell la estaba observando, sentada en la cama.

–Estoy mejor, ya puede marcharse.

15
El dictamen
West Hampstead. Jueves, 17 de abril

La recepcionista ya se había ido y la doctora Cliff estaba esperando a los Pitt.

Jenny llegó con Amy, disculpándose repetidamente por el retraso: Amy estaba preparando una función escolar y los ensayos se habían alargado más de lo previsto. En aquel momento llegó Mike, directamente del aeropuerto. La doctora Cliff les sonrió mecánicamente y se llevó a Amy a la consulta.

Los Pitt se quedaron solos. Mike deambulaba por la habitación con pasos lentos y pesados, deteniéndose ante las acuarelas colgadas de las paredes. Jenny hojeaba el periódico vespertino que él había tirado sobre la mesita.

–Le hemos prometido a Amy una cena *take-away* –dijo–. ¿Qué le pedimos?

Conscientes de la tensión que iba creciendo dentro de ellos y reticentes a admitirla, los Pitt discutían sobre qué elegir en el *take-away*. Padre e hija preferían el *kebab* turco, mientras que Jenny –siempre atenta a la línea y recelosa de la comida precocinada– optaba por el sushi orgánico. Como era de esperar, la elección recayó sobre lo que prefería Amy. Ambos se sumieron después en una espera silenciosa.

Amy reapareció la primera: como era habitual, estaba seria y su rostro no dejaba adivinar cómo habían ido las cosas. Después salió la doctora Cliff. Mike y Jenny se levantaron, dispuestos a seguirla a su consulta, pero ella les pidió que esperaran.

Amy, mientras tanto, había abierto su cartera y, tras sacar una hoja con su papel en la función, se había sentado algo apartada para repasarla. Los Pitt permanecieron de pie.

El arranque de la doctora Cliff los dejó de piedra a ambos.

–Disculpen la espera. He hablado con el doctor Vita, que está de acuerdo con la propuesta que estoy a punto de hacerles.

»Es evidente que Lucy ha sufrido abusos. He podido ver que no se ha tratado de penetraciones, sino de tocamientos y de felaciones, tal vez. Probablemente haya visto una eyaculación. Me ha dicho también que el abusador es su padre. Amy me ha confirmado que su padre entra en su habitación de noche y que se baña con Lucy el sábado por la mañana, cuando su madre está ausente. El comportamiento y las respuestas de Amy a mis preguntas indican que no ha sufrido abusos por parte de su padre: me lo ha dicho y yo la creo.

La doctora Cliff dejó a los Pitt tiempo para contestar. Era como si el tiempo se hubiera contraído. No había espacio para rebatir. Mike y Jenny se vieron como arrojados muy lejos el uno del otro y de sí mismos.

–He tenido en cuenta tres factores: primero, las hermanas no tienen experiencia alguna de estar separadas de sus padres. Segundo, el doctor Vita es un colega estimado y digno de confianza: es su médico de familia y les conoce bien. Tercero, la oficina de los servicios sociales está cerrada y, si tuviera que llamar a los servicios de emergencia pidiendo que se aleje a las niñas de la familia, es probable que deban ir a casas de acogida poco adecuadas para ellas, y que sean separadas. Quisiera evitarlo, si puedo. Sería otra forma de abuso.

Mike no dejaba traslucir emoción alguna. Jenny se había tapado el rostro con las manos.

–El doctor Vita y yo preferiríamos que esta noche las niñas se quedaran en casa con su madre. Usted, Mister Pitt, debe darme su palabra de honor de que pasará la noche y el día de mañana en otra parte, hasta que los servicios sociales hayan considerado mi dictamen y decidan qué ha de hacerse para proteger a las niñas.

Mike miraba atontado a la doctora Cliff. Jenny dejó deslizar sus manos lentamente hasta el cuello, cerrándolas en un apretón nervioso cada vez más fuerte.

–Mistress Pitt, debe prometerme que no permitirá que su marido entre en casa, ni que hable con las niñas, ni que las vea, hasta que los servicios sociales hayan hablado con usted y hayan decidido qué es lo mejor para ellas. No hay ninguna acusación en su contra. Sinceramente, confío en que las niñas puedan permanecer en casa con usted, pero la decisión final se tomará tras examinar los riesgos que pueda usted suponer para ellas y después de estudiar el caso...

–¡Tengo que hablar con Justin!

Mike fue categórico. La doctora Cliff se sobresaltó, pareció asustarse y se ofreció a dejarles solos para telefonear.

–¿Qué es lo que está ocurriendo, Justin? –Mike controlaba a duras penas su rabia.

–La conclusión de la doctora Cliff me ha conmocionado, pero no me queda más remedio que aceptarla –le dijo el doctor Vita, de manera que exhortó a Mike a que dejara la casa e hiciera lo que le pedía la doctora, para evitar lo peor: que se llevaran a las niñas esa misma noche.

–Haremos lo que dices –contestó Mike–, pero quiero que la llames tú para decirle que estamos de acuerdo.

Jenny tenía ahora las manos en el regazo, en el cuello se le veían las marcas de los pulgares. Mike la miró como a una parte de sí mismo y sintió que le fallaban las fuerzas; ¿cómo habían llegado a una situación así? Pero no se dejó vencer y llamó a Steve:

–Me han pedido que no vuelva a casa esta noche. Me acusan de haber abusado de Lucy. –Y se le quebró la voz.

–Salga de ahí con Amy y su mujer, dígale a Amy que esta noche o mañana, como prefiera, se irá al extranjero, por trabajo, y venga directamente a verme. Su mujer llevará a Amy a casa y se reunirá más tarde con nosotros. No es el momento de preocuparse, hacer conjeturas o recriminaciones. Tenemos que estar en el juzgado mañana por la mañana. No se lo diga a nadie, excepto a su mujer.

Mike garabateó en la mano la dirección de Steve y se la enseñó a Jenny, pero ella no parecía entender. Mike le apretó el brazo para obtener una respuesta.

–A Lucy no le ha pasado nada. –La voz de Jenny se había reducido a un soplo.

–Exacto –aprobó Mike con énfasis.

Fue a la sala de espera a llamar a la doctora Cliff, quien escuchaba sonriente a Amy mientras le recitaba su papel. Mike la hubiera estrangulado.

Estaban de nuevo en la consulta.

–No veré a mis hijas y no entraré en casa hasta mañana por la noche. Lo que promete mi mujer es lo que prometo yo, como usted nos ha pedido.

Mike había hablado con voz clara y plana. Ambos se volvieron a mirar a Jenny. Ella había bajado la cabeza, sus labios temblorosos seguían cuchicheando «a Lucy no le ha pasado nada, nada, absolutamente nada», en un murmullo imperceptible.

–Que quede bien claro, nos iremos de aquí con nuestra hija. Yo cogeré un taxi y Jenny volverá en coche con Amy –prosiguió Mike.

Mike le dijo a Amy que se había salido con la suya: irían a comprar *kebab* con mamá; él tenía que irse a una reunión y a la mañana siguiente, cuando desayunaran, estaría ya en un avión.

–¡Qué bien! ¡Vamos, mamá! –Amy estaba contenta y cogió de la mano a su madre. Los labios de Jenny esbozaron una sonrisa.

En la Kebab House la chica de la caja estaba metiendo las bandejitas de aluminio en una bolsita de papel marrón con asas.

–He puesto el condimento de la ensalada encima. Tenga cuidado –le advirtió a Jenny.

Sonaron las campanillas de la puerta. La chica levantó la mirada ansiosa; cuando vio que era Mike, le sonrió. Él no le prestó atención y fue derecho hacia Jenny, que le daba la espalda. Le ciñó la cintura.

–Le dije al taxista que os siguiera, pero nos hemos quedado atascados en un semáforo.

–¡Papá! ¡Así que vienes a cenar con nosotros!

–No, he venido a invitaros a cenar como os había prometido. Ahora iros. –Mike le dio un apresurado beso en la frente a Amy y pidió la cuenta.

Jenny se marchó con la niña: apretaba en la mano la nota que Mike le había deslizado en el bolsillo. En el umbral vaciló por un momento y se volvió, pero él todavía estaba pagando.

Mike se había metido otra vez la cartera en el bolsillo y permanecía en el mostrador, como si quisiera comprar algo de comer para él.

–¿Desea algo más, señor? –Y la muchacha le ofreció el menú.

–No, gracias.

Su mirada se posó en la quemadura del antebrazo de ella, pero sin fijarse.

La muchacha susurró que había sido a causa de una salpicadura de aceite.

–Estaba friendo, me distraje. Mis hermanos no tuvieron la culpa.

Mike la miró sin entender. Sus pensamientos estaban en otra parte.

–Esté más atenta la próxima vez. –Fue lo único capaz de decir.

Nunca, hasta entonces, había acusado la doctora Cliff a un hombre de abusar de su propia hija. Colegas más expertos le habían descrito experiencias similares como dramáticas y, a veces, espantosas. En un contexto hospitalario, hubiera avisado a los servicios sociales para dar apoyo a los padres y predisponer lo necesario para proteger al niño, y a los de seguridad para protegerse a sí misma. Pero los Pitt estaban en la sala de espera, y ella tenía que decidir por sí misma, y deprisa, qué hacer con Lucy, y estaba también Amy, a la que había que llevar de vuelta a su casa.

Tras llamar a los servicios sociales –el contestador automático avisaba de que las oficinas estarían cerradas hasta el día siguiente–, había descartado llamar al número de emergencias nocturnas. Después había examinado fríamente la situación: los

Pitt eran pacientes privados de Justin Vita, con quien ella contaba para aumentar su propio círculo: le pediría consejo. Resultó la decisión más acertada, pues acordaron juntos la mejor línea de conducta.

Se esperaba un encuentro difícil y doloroso con Mike Pitt. No contaba con que fuera tan rápido y sin tropiezos. Ni él ni su mujer le habían hecho preguntas o puesto en duda su dictamen. Tras haber hablado con el doctor Vita habían aceptado su propuesta y todo había ido sobre ruedas. El comportamiento de los Pitt le confirmó que no se equivocaba. Y sin embargo, se sentía vacía.

Desde la infancia, Melanie Cliff había aprendido a separar su vida en compartimentos estancos. Cuando los Pitt se fueron, se concentró en Ralph: debía resolver el dilema de si marcharse con él a Taormina o no al día siguiente. Una vez solucionado ese asunto, escribiría el informe para el doctor Vita. Y pese a todo, no conseguía dejar de pensar en Mike Pitt: la había tratado con desprecio, el mismo que Ralph le demostraba desde el martes anterior. *Que quede bien claro*, le había dicho Mike Pitt. Y esas palabras definitivamente lejanas no habían perdido su fuerza.

La doctora Cliff tenía miedo.

16
Una colonia de helechos
Peckham. Casa de Steve. Jueves, 17 de abril

El trayecto hasta Peckham se había alargado a causa de las obras callejeras, pero eso a Mike no le había molestado. Había telefoneado al Claridge's, donde había reservado una habitación, para avisar de que llegaría tarde y de que su mujer llevaría sus maletas. Después avisó a su jefe, Rudy Halt, de que al día siguiente no iría a la oficina y le había tranquilizado asegurándole que ya había repartido el trabajo entre los miembros de su equipo. Por último había llamado a Justin, pero su móvil estaba desconectado.

El taxi se hallaba en un laberinto de calles y callejones, en una zona industrial de Southwark, abandonada desde hacía tiempo. Cuando el conductor aminoró la marcha para leer los nombres de las calles, Mike se preocupó. En determinado momento, el hombre se rindió y se detuvo junto al bordillo para consultar el callejero; después arrancó rápidamente y dio la vuelta para regresar a la calle de antes. Había enfilado una calle de sentido único que serpenteaba entre los edificios y se volvía cada vez más estrecha, hasta que llegó a un callejón sin salida que de repente se ensanchaba para desembocar en una placita a la que daba la fachada de un almacén en desuso.

Steve precedía a Mike por una estrecha escalera que llevaba al desván, un enorme espacio abierto rectangular y con pocos muebles, recientemente reformado. Entrando a la izquierda, bajo una claraboya, una colonia de helechos formaba una isla verde. Algunos, los epifitos, crecían en los huecos de los troncos dispuestos en círculo que servían también de pedestal para otras especies, metidas en tiestos. El *Adiantum*, de tallos negros y hojas ligeras, contrastaba con la nervadura oscura de las vistosas frondas del *Asplenium nidus*. Un magnífico ejemplar de *Nephrolepis exaltata,* un helecho común, estaba al lado de un *Adiantum polyphyllum*. Sus frondas, curvadas y de bordes recortados las del uno, brillantes, carnosas y linguadas las del otro, se intersecaban. Otros helechos caían en cascada de cestos colgados del techo, algunos con frondas en forma de plumas, otros con hojas rígidas y geométricas como planchas de metal. La zona del salón estaba en el centro de la vivienda: una alfombra azul, sillones de piel blanca y una mesita de cristal. Una hilera de palmeras enanas en tiestos de terracota formaban una mampara al lado contrario: las paredes estaban desnudas, sin ventanas, excepto una. Contra ésta, esculturas de ébano apoyadas sobre pedestales de distintas alturas. La vivienda de Steve era de una elegancia muy especial.

Mike declinó tomar algo. Estaba listo para sumergirse en el trabajo, pero no así Steve. Hundido en el sillón, siguió saboreando su cerveza y le escuchaba sin tomar notas. Cuando Mike terminó, le comunicó que quería oir de boca del propio doctor Vita lo que le había dicho la doctora Cliff y lo dejó solo, pues iba a llamarle desde el despacho.

–Me alegro de que hayan buscado asistencia legal con tanta rapidez –dijo Justin Vita–. Antes que nada, debe saber que Mike y yo somos amigos. No recuerdo nada, en la historia médica de la familia ni en sus vidas, que pueda coincidir con los indicadores del abuso sexual. Los Pitt son buenos padres y sus hijas son su orgullo. Lucy es una niña sana y serena. Y, sin embargo, la doctora Cliff está convencida de la culpabilidad de Mike. –El doctor Vita le resumió la conversación con la doctora: más o menos, lo que Steve ya sabía. Estaba pasando consulta cuando ella y, más tarde, Mike lo llamaron; las conversaciones fueron breves y se ciñeron al asunto–. En aquel momento no cuestioné el valor de su dictamen, pero quisiera averiguar más. Cuando lea los informes clínicos, la llamaré. Para serle sincero, estoy conmocionado.

–¿Se lo ha dicho?

–No, no era el momento. La doctora Cliff quería discutir

conmigo la mejor manera de comunicarles sus conclusiones y sus planes para la protección inmediata de Lucy. Me dijo lo que tenía pensado hacer. –El doctor Vita titubeó–. En efecto, fui yo quien le sugirió que le pidiera a Mike que se marchara de casa: si hubiera llamado a los servicios sociales, como era su intención, se habrían llevado a Lucy.

–Tiene usted una gran capacidad de persuasión.

–Era un plan racional, para una sola noche. Si hubiera puesto en duda su competencia, su postura habría sido más rígida. Tuve que aceptar lo que me dijo.

–Pero ¿tiene usted dudas?

–Me pregunté enseguida si los demás especialistas que había recomendado se habrían mostrado tan seguros desde el principio, sin hacer ulteriores comprobaciones.

–Si se celebra una vista, ¿estaría dispuesto a testificar a favor de Mike Pitt?

–Desde luego. No creo que Lucy haya sufrido abusos, y mucho menos por su parte.

Mike había permanecido sentado y miraba a su alrededor. Hizo un gesto en dirección a las esculturas del fondo:

–Parecen del África Oriental.

–Son macuas. Mi padre era diplomático –dijo Steve, y añadió–: Vamos a trabajar, el doctor Vita testificará a su favor.

–Es lo mínimo que puede hacer, después de habernos metido en esta mierda con sus sugerencias.

–¿Cree su mujer en su inocencia?

–Absolutamente.

–¿Le querría en casa?

–Claro que sí.

–Eso nos crea dificultades.

Steve le dijo que la opinión de la doctora Cliff tenía un peso enorme: su informe estaría listo a la mañana siguiente y, sin duda alguna, los servicios sociales pondrían en marcha el procedimiento para la protección de Lucy, y probablemente de Amy también. En ausencia de la opinión discordante de otro psiquiatra, ningún juez cuestionaría las conclusiones de la doctora. Si Jenny insistía en su inocencia y en quererle en casa, los servicios sociales obtendrían una medida preventiva provisoria por la que podrían entregar a Amy y a Lucy a una familia temporal: en tal caso, su mujer y él sólo verían a las niñas bajo vigilancia.

–¿Por qué habrían de quitarle las niñas a Jenny?

–Pensarán que niega la evidencia, o que es su cómplice, por lo que en todo caso no puede protegerlas de usted o de cualquier otro abusador. Debemos adelantarnos a su solicitud. La entrega de las niñas a los servicios sociales, aunque fuera temporal, los colocaría en una posición ventajosa.

Steve le explicó su estrategia: una acción preventiva y por lo tanto insólita, que un juez del Tribunal Superior podría aprobar más fácilmente que los tres jueces de paz del Juzgado de Familia. Jenny requeriría dos procedimientos de urgencia contra Mike: uno para la custodia de las niñas, el otro para impedirle que viviera en casa, una orden de abandono del hogar. Ambos solicitarían, de común acuerdo, medidas para regular el régimen de visitas de Mike, bajo la vigilancia de personas de confianza: Lisa, amigos, parientes, excluyendo a los servicios sociales.

Una acción preventiva y por lo tanto insólita, que un juez del Tribunal Superior podría aprobar más fácilmente que los tres jueces de paz del Juzgado de Familia.

–Si lo conseguimos, las niñas permanecerán en su casa y podrán seguir viéndole. ¿De acuerdo?

–Adelante.

–¿Su mujer estará de acuerdo?

–Sí.

Ahora los Pitt debían decidir quiénes vigilarían sus visitas, obtener su consentimiento y conseguir que se reunieran con Steve esa misma noche o a la mañana siguiente, temprano, para redactar sus declaraciones. Steve debía preparar también la declaración de Jenny y la de Mike, por último. Era necesario que la documentación estuviera lista y firmada para depositarla en el juzgado al día siguiente por la mañana.

Mike tenía los ojos inyectados en sangre y la piel gris. Le había escuchado sin parpadear.

–Antes de proseguir, Mister Booth, quiero oírle decir que no me cree usted alguien capaz de cometer abusos sexuales.

–Si lo afirmara sería un estúpido y, mucho peor, sería también un mal abogado. Yo tengo que examinar hasta la menor prueba con la mente abierta y dudar de todo, exactamente igual que el juez –contestó Steve–. Lo toma o lo deja.

Mike se levantó de un salto, con los brazos colgando a los lados, los puños apretados como si quisiera triturar la nada que había dentro. Tenía la mirada clavada en Steve y, sin apartar los ojos, dio un par de pasos hacia él, amenazador. Después se detuvo y cerró los puños con más fuerza aún. Steve no se movió y aguantó la mirada. Mike se dio la vuelta y empezó a caminar siguiendo la pared del fondo. La recorrió entera, vacilando ante cada una de las diez esculturas. Esculpidas en troncos de ébano, representaban complejos entrelazamientos de espíritus en forma humana y animal, figuras sueltas, alargadas, cuyos miembros y rasgos parecían estar licuados. Algunas eran semiabstractas; observándolas más de cerca, eran figuras humanas distorsionadas, oblongas y profundamente eróticas.

Mike se volvió buscando a Steve. Ya no lo veía, pero había una lámpara encendida, al otro lado, detrás de las palmeras.

Steve estaba rallando un trozo de queso cheddar en un plato en el que había una cucharada de cebollitas trituradas, un trocito de mantequilla y una pizca de mostaza. A continuación lo revolvió todo y añadió el resto de su lata de cerveza. Siguió mezclándolo delicadamente.

Mike estaba detrás de él y miraba.

–Usted gana. –Después añadió, seco, como si le rechinaran los dientes–: No volveré a pedírselo nunca. Jamás. Pero tiene que prometerme que trabajará para mí como un animal.

Steve se dio la vuelta, con la cuchara de madera todavía en la mano:

–Se lo prometo.

Ambos sabían que se trataba de una tregua y no de un acuerdo.

17
El Welsh Rarebit
Peckham. Casa de Steve. Jueves, 17 de abril

Mike estaba hablando por teléfono cuando Jenny llegó a casa de Steve. Antes de salir se había arreglado, se había retocado el maquillaje y había escogido un chal verde que resaltaba sus ojos azules y su tez clara. Sostuvo la mirada penetrante de Steve sin turbación o molestia, y cuanto más lo miraba, más perpleja se sentía ante la elección de Mike. Steve Booth estaba muy lejos de la imagen del abogado de campanillas que se había formado: llevaba un viejo chándal y un par de pantuflas y su aspecto desaliñado desentonaba con la elegancia minimalista de la casa. Fue ella quien rompió el silencio: le explicó que llegaba tarde porque había tenido que llevar las maletas de Mike al hotel. Después aguardó a que él le hablara.

–No he comido y nos espera una larga noche. Confío en que le guste el Welsh Rarebit con cebollas, es la única variación que me he permitido introducir en la receta de Mistress Beaton –le dijo–. Voy un momento a la cocina y mientras tanto su marido le dirá de qué hemos hablado.

Descubrieron que todos tenían hambre y se tomaron ávidamente el Welsh Rarebit –una tostada cubierta por una mezcla a base de cheddar y puesta sobre la plancha para que formara una costra crujiente– y fruta. Steve les puso al corriente de lo perplejo que estaba el doctor Vita y de su intención de discutir con la doctora Cliff acerca de su informe, esa misma noche. Los Pitt debían decidir si querían aguardar al resultado de esa entrevista: el doctor Vita creía que persuadiría a la doctora para que modificara su posición y realizara nuevas investigaciones, antes de llamar a los servicios sociales.

Mike prefería esperar: en su opinión, era evidente que la doctora Cliff necesitaba dinero.

–Esa consulta nueva tiene que haberle costado una fortuna y el folleto decía que estaba formada por tres salas, todas en alquiler por horas.

Las dos veces que había estado allí no había visto a ningún paciente y la muchacha de detrás del mostrador estaba leyendo una novela. Justin Vita era una fuente de ganancias para esa doctora. Con cierto tacto, tal vez fuera capaz de remediar el daño que él mismo había causado. La pregunta era: ¿lo conseguiría?

Jenny no estaba de acuerdo en absoluto. Desde el principio, la doctora Cliff había dado muestras de una antipatía visceral por Mike. Recordaba perfectamente que, mientras hablaba con ella, lo observaba como si esperara verlo sufrir y disfrutara con ello. Jenny quería proseguir con la acción legal.

–¡Estás exagerando! –le reprochó Mike.

–En absoluto. También me decías que era una paranoica cuando me refería a Mistress Dooms y los hechos han demostrado que tenía razón.

–¡Santo cielo, estamos hablando de una psiquiatra, no de una estúpida maestra infantil!

–No creo que pueda soportar otro encuentro con ella. Si es cierto que ha conseguido arrancar esas horribles acusaciones a nuestras hijas, debe de haberlas torturado. A menos que se las haya inventado de principio a fin.

–¡No seas boba! Piensa en el resultado: ¡el final de esta pesadilla! ¡De inmediato!

Steve les dejó solos para que lo discutieran y fue a preparar café.

Cuando regresó, Mike le dijo que se habían decidido por la acción legal. Justin era un buen amigo y un doctor excelente, haría lo que fuera por remediar su terrible error. Ambos dudaban de que fuera capaz de atraer a la doctora Cliff hacia su bando, y no se fiaban de ella. Mientras Mike hablaba, Steve miraba a Jenny: le estaba escuchando como si la idea de proseguir hubiera sido de Mike y ella, como una buena esposa, aceptara la derrota.

Mike estaba otra vez hablando por teléfono y Steve charlaba con Jenny: le explicaba el procedimiento y su estrategia con todo lujo de detalles.

Jenny le escuchaba, atenta. Sólo había tenido un momento de desaliento, cuando él le dijo que el proceso duraría meses, probablemente hasta diciembre.

–Antes de grabar su declaración, debo hacerle la pregunta que de ahora en adelante le harán todos los involucrados en este asunto, empezando por la tutora que nombrará el tribunal para tutelar a su hija durante el juicio. –Steve la miró–. ¿Cree posible que Mike se haya comportado de forma incorrecta con Lucy?

Jenny se había aflojado el chal y se masajeaba el cuello con ambas manos:

–Lucy está bien. Su inocencia no ha sido mancillada ni por Mike ni por nadie. –Tomó aliento–. Usted me preguntará ahora si es posible que Mike se haya comportado de esa manera con cualquier otro niño, incluida Amy. Mi respuesta es que, conociendo a Mike como le conozco, tampoco eso es posible.

–Resultaría de gran ayuda a mis esfuerzos por mantener a sus hijas con usted que admitiera esta última posibilidad. Que sea *posible,* no *probable.* –La mirada de Steve era intensa.

–Entiendo lo que quiere decir, pero no puedo mentir.

–Piénselo de nuevo, es importante.

Jenny palideció.

–No puedo mentir bajo juramento, aunque vaya a suceder lo peor.

Calló y meneó la cabeza, desolada, mientras el chal se le resbalaba, dejando al descubierto una diminuta cruz de oro que brillaba contra las señales rojas que rodeaban el cuello; Jenny volvió a ceñírselo y murmuró, como si se estuviera hablando a sí misma:

–Mis hijas me perdonarán.

Por un instante, Steve olvidó su profesionalidad y sintió piedad por ella. Después cogió el dictáfono:

–Míreme a los ojos y conteste a mis preguntas, después escuche lo que vaya grabando. Interrúmpame si me equivoco en algo.

Y empezó a contar la historia de Jenny Pitt, con los ojos pegados a los suyos.

Segunda parte

18
La cueva de las maravillas
Highgate. Casa de Miss Wood. Viernes, 18 de abril

Pat había abierto la puerta de entrada al bufete Wizens con su propia llave; se la entregaron cuando pasó a formar parte del personal fijo del bufete. En la habitación del correo las sacas se apilaban sobre el mostrador, aún sin abrir. Pat buscó a Sharon en la cocina y en el baño, pero no había rastro de ella. Después, recordando que le había dicho que, ante cualquier eventualidad, en el listín telefónico estaba su número de casa, corrió al despacho.

Sharon tenía puestos los auriculares y estaba tecleando, con la cabeza gacha. Steve hablaba con una desconocida mientras tomaba notas; levantó la cabeza cuando ella entró con ímpetu, pero fue como si no la hubiera visto. Ninguno de los dos parecía haber advertido su presencia. Ofendida por la falta de cortesía, Pat se sentó y encendió el ordenador: tenía un correo. «Hola, Pat, los Pitt están metidos en un lío. Estaremos en el juzgado a las diez. La mujer pide la custodia de las hijas».

Pat quería saber más e intentó que su mirada se cruzara con la de Sharon, que seguía tecleando. Steve, entretanto, había acompañado a la mujer a la puerta; Pat confiaba en que le explicara por fin la emergencia de los Pitt, pero, en lugar de eso, entró con dos chicas que hablaban cada una con un acento extranjero distinto. Al pasar a su lado, le dejó una cinta sobre el escritorio:

–¿Te importa transcribirlo?

Steve grabó las declaraciones de las chicas y les dio después las cintas a Sharon y a Pat, una a cada una. Steve seguía dando forma a nuevas declaraciones, recurriendo a sus notas: de vez en cuando se detenía y tras una llamada telefónica de comprobación, seguía grabando.

Pat y Sharon trabajaban de forma sincronizada. Cogían las cintas por turnos, llegado el momento, y de vez en cuando miraban el reloj y procuraban escribir con mayor rapidez. Iban juntas a la sala de las fotocopiadoras y agrupaban declaraciones, cronologías, recursos en ocho legajos precedidos de un índice, colocando post-it en los lugares en los que más tarde deberían introducir los documentos que aún no estaban listos. Se dirigían la palabra sólo cuando era necesario.

A las nueve, todo estaba listo. Steve grababa la última declaración mientras la testigo, al otro lado de la línea, la escuchaba; después entregó la cinta a Sharon. Entonces se dirigió a Pat:

–Voy a ver al médico de los Pitt. Sharon transcribirá esta declaración y se la mandará después por correo electrónico a Miss Wood, la tía de Jenny Pitt. Deberías ir a su casa, en Highgate. Usa su ordenador si necesitas hacer correcciones. Haz que firme todas las copias y llévalas después en taxi al High Court, os esperaré allí. Sharon te dirá dónde nos encontraremos. –Y se marchó a toda prisa antes de que Pat pudiera objetar nada.

Pat quiso saber por qué Steve no la había llamado a casa la noche anterior. Lo pensaron, le dijo Sharon, pero no estaban seguros de que le sentara bien ir a la oficina tan temprano.

–¡La próxima vez, recuerda que yo también soy su secretaria! –le reprochó Pat, altiva, antes de salir para dirigirse hacia Highgate.

Pat evitaba tomar el metro; padeció claustrofobia después del accidente en el que perdió a sus padres y en parte la había superado, aunque no del todo. Inspiró profundamente antes de bajar las escaleras de la estación de Brixton, y el aire no le faltó ni por un instante en el tren, tal era su curiosidad por leer los documentos que se había traído.

Una viejecita vivaz de rasgos diminutos y con el pelo blanco recogido en la nuca, en un moño plano, había abierto la puerta de par en par nada más llamar Pat. Estaba lista para acudir al juzgado, con su traje de chaqueta gris y bufanda a juego al cuello. Hablaba con acento escocés, aunque a veces arrastrara ligeramente las palabras como una irlandesa. Miss Wood informó de inmediato a Pat de que había corregido el documento que le había mandado el abogado Booth, pero no lo había impreso.

–Debería revisarlo usted. Mi último informe judicial se remonta a hace más de veinte años. Venga conmigo. –Y se la llevó a la parte de atrás.

La cocina se extendía por todo el ancho de la casa y había ganado espacio incluso a costa del porche que daba al escarpado jardín. Parecía como si Miss Wood viviera en esa estancia y que el resto de la casa estuviera ocupado por otras personas, y Pat pensó que se ganaba la vida alquilando habitaciones. Una mesa alargada dividía la cocina: una zona para cocinar, la otra para dormir; pegado a la pared había un sofá-cama aún sin hacer. El porche hacía las veces de despacho y de habitación de las aficiones: sobre una mesa de carpintero, un pato de madera aguardaba nuevas ruedas; junto a la máquina de coser, una mansa muñeca de baquelita, que llevaba sólo unas braguitas; cerca del ordenador y arrimadas a un jarrón de flores, muchas muñequitas de tela emperifolladas y vestidas de blanco, listas para ocupar su casita.

La anciana firmó la declaración y exclamó seguidamente, como si no tuviera otras preocupaciones en el mundo:

–Ahora nos tomamos una taza de té y después le enseño la casa, bastan cinco minutos: las niñas de Jenny la adoran.

Era hora de irse y Pat se preguntó si Miss Wood era consciente de lo que estaba ocurriendo.

–Tenemos un poco de prisa, en otra ocasión quizá –le sugirió, pero ella no quiso atender a razones.

–Entonces, ¿no quiere ver mi casa? –insistió con un tono que oscilaba entre la incredulidad y la ofensa.

Pat no sabía cómo contestarle. Por detrás de los tejados de las casas de enfrente surgió, remontándose en el cielo, un aeroplano que dejaba tras de sí una cándida estela tubular, una larguísima oruga de ojos de fuego. Lo siguió otro y otro más, y las tres orugas volaron en formación, rapidísimas, para desaparecer después.

–Son cazas –explicó Miss Wood, saboreando su té–. Los estaba mirando hace un rato, mientras hablaba con Mister Booth. Igual que ellos, las pequeñas vidas de Amy y de Lucy se elevan derechas y luminosas. Haré todo lo necesario para que sigan siendo felices junto a sus estupendos padres... –Le falló la voz, y se enjugó una lágrima con el pañuelito de batista. Después continuó–: La vista de hoy será durísima.

Y miró a Pat. Como si buscara consuelo, pero Pat no podía ayudarla: no sabía más que ella.

–¡Venga, no tardaremos nada! –exclamó de repente Miss Wood, testaruda.

Tal como le había prometido, la visita duró exactamente cinco minutos. Reluciente y repleta de juguetes, la casa de Miss Wood tenía un aire de estudiado desorden; para un niño era una cueva de las maravillas. En el salón, entre los sillones y el sofá, caballitos de madera y casas de muñecas; en las estanterías, juguetes mecánicos; en el primer dormitorio, muñecos y muñecas; en el segundo, casas de muñecas; en el tercero, cajas de juegos y trenecitos.

En el taxi, Miss Wood no dejó de hablar ni por un instante. Le contó a Pat que era la mayor de nueve hermanos nacidos en Glasgow, de una familia de emigrantes irlandeses. Su padre, carpintero, fabricaba juguetes de madera para sus hijos y siguió haciéndolo para sus nietos.

–Cuando falleció, dejó algunos sin acabar y yo quise completar su trabajo.

Miss Wood restauró más tarde los juguetes que la familia había conservado y recibía otros de hermanos y sobrinos, hasta que se convirtió en una auténtica pasión. Un sobrino acababa de mandarle desde Australia una caja de grandes piezas de madera tallada, que encajaban como las piezas de plástico del Lego, en las que estaba trabajando: el padre de Miss Wood había pintado las caras de los hombrecillos del Lego y hasta les había proporcionado sombreros y tocados, usando restos de tela e hilos de lana–. Parecen piezas de ajedrez, ya se los enseñaré la próxima vez, cuando estén acabados: ahora están en el *cottage*.

Cuando bajaron del taxi, Miss Wood se mostró taciturna, tenía un rosario que movía entre sus manos.

19
Tía y sobrina
Strand. Royal Courts of Justice. Viernes, 18 de abril

Pat tenía que reunirse con los Pitt fuera de la sala de los procedimientos de urgencia; Steve, que se había entretenido con el doctor Vita, se reuniría con ellos más tarde; el resto de los testigos esperarían en la cafetería del juzgado a que los llamasen.

El edificio de la Royal Courts of Justice de Strand se proyectó en las postrimerías de la época victoriana para infundir respeto y reflejar el sentido de la sacralidad de una justicia basada en la certeza y en la equidad. Era la sede del Tribunal Superior y del Tribunal de Apelación. El visitante entraba directamente en el Grand Hall, una catedral neogótica austera e imponente, desde donde se accedía a través de cinco kilómetros de pasillos a sus ochenta y ocho salas.

Pat había quedado aturdida por la inmensidad del Grand Hall y más tarde, mientras lo cruzaba en toda su longitud, por la riqueza decorativa de sus columnas, arcos, portales, balaustradas, asientos, todo en piedra clara de Portland. Sharon le había dado instrucciones precisas, pero ella se había metido por la escalera equivocada y se había perdido por los pasillos, entre las salas de tránsito y los atrios, por las escalinatas y escaleras. Todo era majestuoso y sobrio al mismo tiempo. Miss Wood iba trotando a su lado y la consolaba: ella también se confundió la primera vez:

–¡Pero después acaba uno acostumbrándose! ¡Acaba uno acostumbrándose a todo, excepto a las injusticias!

Una joven empleada negra se apiadó de ellas y las acompañó al West Green Building, a través de un patio interior. Por un pórtico neogótico se accedía a la sala de espera. Los altos techos, la decoración en piedra y las puertas de madera taraceada la asemejaban a una capilla. Las salas estaban ya en funcionamiento y los usuarios se agolpaban ante las puertas. Pat llegó hasta la de los procedimientos de urgencia y se metió entre la muchedumbre. Los Pitt no estaban allí. Entonces se dirigió hacia el centro del atrio, desde donde arrancaba la escalinata que llevaba a la planta superior: desde ahí se podía vigilar la puerta de la sala y ser visto desde lejos, como le había explicado Sharon. Se detuvo en los primeros escalones y se asomó a la barandilla. Miss Wood la había seguido tranquila, se había apoyado a su lado y, entretanto, murmuraba una plegaria.

El atrio se iba llenando poco a poco y era como si un rico tapiz, poblado de figuras de carne y hueso, fuera desenrollándose ante los ojos de Pat.

Los abogados respetaban rigurosamente el código de vestimenta exigido, con diferencias en el cuidado y la calidad, aunque todos iban de negro: unos con trajes de sastrería, otros con ropa arrugada; había algunos ocupados en apresuradas negociaciones, otros hablando sin interrupción con sus clientes, con las cabezas muy juntas para que nadie les oyera. No faltaban además quienes escribían deprisa, inclinados sobre las mesas alineadas a lo largo de la pared. Varios abogados esperaban a sus clientes o a sus colegas, sin mucho que hacer. Estaban, por último, los que representaban a partes del proceso que no tenían interés en los asuntos del día. Se pasaban el rato intercambiando frases de circunstancias o chismorreos. De vez en cuando, se alzaba y resonaba en la sala una carcajada fuera de lugar.

Humillados, ansiosos, resignados, rabiosos, confusos y trastornados, los padres eran inmediatamente reconocibles. Algunos permanecían en pie, esperando a los abogados, como niños perdidos en un supermercado. Otros vigilaban las carteras de sus abogados, absortos en negociaciones con los adversarios. Pocos tenían a un amigo a su lado.

Pat no se olvidaba de vigilar la sala de los procedimientos de urgencia. Allí, la multitud en espera aumentaba desmesuradamente. De vez en cuando, el ujier sacaba la cabeza y se veía arrollado por el clamor de los presentes: los abogados intentaban llamar su atención, unos pedían información sobre los procesos en curso, otros suplicaban ser los siguientes, algunos insistían para ser transferidos a otras salas. Pat se había percatado de la silueta de una hermosa mujer, alta y de pelo rubio, que acababa de entrar por la puerta principal: había mirado a su alrededor y después había avanzado decidida hacia ellas.

–¡Tía Marjorie!

Y Jenny Pitt le echó los brazos al cuello a Miss Wood.

20
El hervidor del doctor Vita
La City. Viernes, 18 de abril

Justin Vita tenía los ojos pegados a la pantalla. Había ido pronto a su consulta con el fin de redactar la declaración para el juzgado. Había acabado el párrafo introductorio, pero no había pasado de ahí. A intervalos regulares, la pantalla se volvía negra, entonces apretaba una tecla y la pantalla reaparecía. Y vuelta a empezar. El doctor Vita no sabía qué escribir. Consultó la hora: tenía que darse prisa, Steve Booth vendría a las diez menos cuarto. Se levantó para servirse otra taza de café –le ayudaría a aclarar las ideas, tras la noche de insomnio que había pasado pensando en los Pitt– y, mientras esperaba a que el hervidor se apagara, le volvía a la cabeza la noche precedente.

No le había hecho preguntas a la doctora Cliff cuando hablaron por vez primera: la prioridad era qué sería de Lucy esa misma noche.

Tras colgar, le invadió el desconsuelo: él, como médico de la familia, debería haber detectado los signos de abusos, y no había estado a la altura. Le había fallado a Lucy, gravemente. Se acordó de que, cuando informó a Mike de la reunión de la Mesa para la Protección de la Infancia, su primera reacción fue guardar las distancias, y de que después se sintió muy aliviado cuando las dolencias de un paciente le sirvieron de pretexto para no ir y enviar en su lugar a la directora de la consulta. La semilla de la duda empezó a echar raíces en sus entrañas, si bien no en su mente.

Había otro motivo por el que el doctor Vita se sentía incómodo: había aceptado la amistad de Mike sin saber la razón de tanta disponibilidad hacia él. Ahora se preguntaba si no sería él también la víctima de una seducción bien orquestada: un médico con buena disposición no notaría los indicios de los abusos y los dejaría enterrados. Desde las profundidades de la memoria afloró su primer encuentro con Mike: trabajaba en la consulta de un médico ya mayor que examinaba a los nuevos empleados de Trolleys; un trabajo fácil y bien remunerado. Una mañana, Mike le había llamado: «¿Durante cuántos días hay que abstenerse de tomar cocaína para lograr que el test resulte negativo?». Y después había añadido que el lunes siguiente examinaría a un nuevo recluta: «Una de las mejores mentes del mercado. Trolleys sacará dinero a espuertas con él». Así era Mike: calculador, rápido, eficiente, y con buena memoria. Cuando aquel médico se jubiló, muchos pacientes abandonaron la consulta. Pero los Pitt no.

Luego pensó en Mike como padre. Inmediatamente después del nacimiento de Lucy, antes de que la depresión posparto se hubiera manifestado plenamente, Jenny se había negado a contratar a una niñera especializada a tiempo completo como cuando nació Amy. «Me hace falta un curso acelerado de recién nacidos. Hasta me he olvidado de cómo se cambia un pañal», le había dicho Mike. Era él quien se encargaba de Lucy por las noches y los fines de semana: eficiente, afectuoso y sin quejarse nunca. Jenny era una madre protectora y atenta. Como médico y como amigo, no podía aceptar que el Mike que él conocía desde hacía años hubiera abusado de Lucy. Había vuelto a leer sus historias clínicas: Jenny, que de joven había sufrido anorexia, tuvo ligeras depresiones tras el nacimiento de las niñas, y Mike gozaba de una salud excelente, aparte de una reciente tendinitis. Sus hijas sólo habían tenido leves dolencias propias de la infancia. No había indicio de abusos, ni remotamente.

Conocía a la doctora Cliff desde que era un joven médico y ella una especialista consagrada: le había dado valiosos consejos sobre un paciente que sufría de autismo. Desde entonces iniciaron una buena relación profesional. No hacía mucho, él le había remitido varios pacientes, que se habían sentido muy a gusto con ella, pero ninguno de ellos era un caso de abusos sexuales.

Luego Justin volvió a pensar en las circunstancias en las que había enviado a Lucy a ver a la doctora Cliff. Le había pedido que le hiciera saber por escrito su opinión en el plazo de una semana. La carta que le había enviado para informarla de la situación de Lucy la escribió de un tirón y ella actuó con parecido apresuramiento: no pidió las historias médicas de los Pitt, no habló con Mistress Dooms, ni con Mike ni Jenny individualmente. Por si fuera poco, no discutió acerca del paciente con él.

Había decidido llamar a la doctora Cliff. Ella le respondió arrastrando las palabras, no parecía en condiciones de entenderlo, ni mucho menos de responderle, y había aludido vagamente a un fin de semana en el extranjero con su marido. Farfullaba y parecía a punto de echarse a llorar; había entendido que él sugería alejar a Amy y Lucy de sus padres y que fueran acogidas en casas distintas y le dijo, lloriqueando, que las hermanas no debían separarse.

En menos de una hora se había reducido a un estado de aturdimiento alcohólico.

La cocina americana estaba saturada de vapor; el doctor Vita apagó el hervidor y lo dejó donde estaba. Una visión nítida: la doctora se había emborrachado al comprender que se había equivocado en todo. Debía hablarle, *debía* hacerlo, se sentía devastado por haber sugerido su nombre a Mike. Cogió el móvil, pero se quedó bloqueado.

Cuando Steve entró en la consulta, el doctor Vita ya sabía lo que debía hacer: le diría que estaba seguro de que Mike no había abusado de Lucy, y que por lo tanto no había motivo para alejarlo de su casa ni de su familia. La doctora Cliff se había equivocado.

–Disculpe la brusquedad: ¿está lista la declaración?

El doctor Vita le invitó a sentarse: tenía que hablarle.

–No es insólito que un niño induzca a un médico a malinterpretarlo –concluyó tras explicar su punto de vista.

–Estupendo, ya lo hablamos anoche. Póngalo por escrito –le contestó Steve.

–No me he explicado bien. Lucy no ha sufrido abusos. No puedo apoyar la solicitud de Jenny contra Mike. Dejémoslo todo como está hasta la semana que viene.

Steve se inclinó hacia delante.

–Escúcheme. Esta noche no he dormido pensando en ello: si no actúo esta mañana, por la tarde los servicios sociales presentarán su solicitud para llevarse a Lucy.

Justin lo tranquilizó:

–¡Le garantizo que la doctora Cliff no ha hablado con los servicios sociales! ¡No están al corriente de nada!

–Se lo he dicho yo. –Steve estaba tranquilísimo, pero echaba continuas miradas furtivas a su reloj.

El doctor Vita estaba estupefacto: no se fiaba del abogado de los Pitt.

–Entonces permítame que les explique la situación a los servicios sociales y al juez. ¿Cómo podrían separar a Lucy de sus padres sin el aval de un médico?

–Los Pitt me han informado de que fue usted quien les aseguró que el informe de la doctora Cliff estaría listo esta mañana; ¡y precisamente por esa razón la segunda reunión de la Mesa para la Protección de la Infancia se aplazó hasta el lunes!

–Le aseguro que no la recibiremos antes del lunes. –Y el doctor Vita le explicó a Steve que la doctora Cliff se había marchado ese fin de semana–. Estará de acuerdo conmigo en que sin su testimonio el juzgado y los servicios sociales no están en condiciones de tomar decisión alguna –añadió complacido.

–La doctora Cliff le dijo a mis clientes que llamaría a los servicios sociales esta mañana, probablemente antes de marcharse.

–La verdad, lo dudo.

Steve estaba a punto de perder la calma:

–Cree usted que lo sabe todo, ¿o qué? Los servicios sociales llamarán a la doctora Cliff, si es que no lo han hecho ya. La encontrarán, aquí o en el extranjero. ¡Y la doctora les repetirá lo que les dijo a mis clientes y a usted!

Después se resignó a escuchar lo que el doctor Vita quería decirle; sin su apoyo, la posición de los Pitt no sería defendible.

–Usted ha cedido a las presiones de Mike Pitt, él lo quiere todo de inmediato, y las prisas no ayudan. Yo también, por desgracia, he cedido. Escúcheme: esperemos hasta el lunes y demosle a la doctora Cliff la oportunidad de reconsiderar cuanto ha dicho. Créame, es en interés de sus clientes.

Steve suspiró.

–Si hubiera una alta probabilidad de que eso fuera cierto, entonces esperar podría ser un riesgo calculado a considerar, lo discutí ayer con los Pitt. Estábamos, y lo estamos aún, convencidos de que la doctora Cliff no ha cambiado de actitud, y que mantendrá la misma opinión frente a los servicios sociales.

–No olvide que la doctora Cliff, anoche, no consideró la situación de una emergencia tal como para solicitar la intervención urgente de los servicios sociales. Estuvo de acuerdo con las medidas cautelares tomadas, que pueden prolongarse hasta el lunes, y más incluso. Es importante darle tiempo para ulteriores comprobaciones, y para que vuelva a pensárselo... –El doctor Vita adoptó su habitual tono conciliador de médico de cabecera, que tan bien se le daba–. Ya sé que los abogados deben ponerse en lo peor, pero permítame decirle que a veces se lanzan al ataque demasiado pronto.

En aquel momento sonó el móvil de Steve. Sharon le informó de que los servicios sociales habían hablado con la doctora Cliff y estaban ya en camino. Se verían en la sala. Ya no había nada más que hacer.

El doctor Vita estaba estupefacto. Steve le sugirió que escribiera un breve informe sobre los Pitt, lo más positivo que pudiera y con apenas una breve alusión a la doctora Cliff: un compromiso del que no podía sentirse orgulloso, desde el punto de vista de la profesionalidad, pero que consideraba una obra maestra de la diplomacia.

El doctor Vita capituló. Volverían a verse en el juzgado.

Se sentían ambos insatisfechos y desconfiados.

21
Toda la podredumbre del enemigo
World's End. Oficina de los servicios sociales.
Viernes, 18 de abril

El equipo de acogida funcionaba ya a pleno ritmo. Algunos asistentes sociales estaban en sus escritorios –con un café caliente y una botella de agua a su lado–, otros salían para hacer frente a las primeras emergencias de la mañana. Lucretia Barnes los vigilaba desde su oficina, un cubículo con paredes de plexiglas al final de la amplia sala. Estaba leyendo los papeles de los Pitt que había recibido por fax y no perdía de vista la entrada, pero Fiona McDougall se hacía esperar.

Tenía en su mano la declaración de Lady Annabel Snowball. En el último párrafo recogía sus méritos: juez de paz, miembro de los consejos de administración de distintos institutos y obras de beneficencia. Los Pitt habían recurrido al poder de las clases altas para impresionar al juez y hacer presión sobre los servicios sociales: Miss Barnes no siguió leyendo.

A la edad de nueve años, Lucretia Barnes abandonó Jamaica para reunirse con su madre en Londres. Sólo entonces conoció a su padrastro y a sus dos hermanastras más jóvenes. La madre trabajaba como enfermera en el hospital, su padrastro era portero de noche en un edificio de lujo en Chelsea y durante el día cuidaba de sus hijas. No se preocupaba por Lucretia, más que para obligarla a adaptarse a los códigos de comportamiento y a las aspiraciones de la burguesía blanca para la que trabajaba, que compartía con entusiasmo. Lucretia estaba aislada en casa y en el colegio, donde los estudiantes blancos le tomaban el pelo por su acento jamaicano y su diversidad. En el bachillerato había conocido a otros estudiantes caribeños y había trabado amistad con los más rebeldes. A menudo, se saltaba las clases y fumaba hierba.

Dejó el colegio a los dieciséis años con un informe negativo de los profesores sobre sus aptitudes. La situación en casa se había vuelto insostenible, de modo que se buscó un trabajillo y se fue a vivir con una amiga.

Era una mujer llena de recursos. Madre a los veinte años, había recurrido con éxito al sistema asistencial. También era ambiciosa y acudía a clases nocturnas. Se matriculó en una universidad que tenía fama de favorecer a las estudiantes negras, pese a saber que conciliar familia y estudio resultaría difícil.

Tras licenciarse, empezó a trabajar como asistente social, pero encontraba tiempo para dedicarse también a luchas feministas y de minorías étnicas. Rechazó involucrarse en partidos políticos, algo de lo que se había arrepentido al ver consolidarse a sus colegas en la escena pública.

Fue el padre de su hijo y no su familia quien la ayudó a ocuparse del niño, pero no habían creado un hogar juntos. Al principio porque ella temía perder los subsidios estatales reservados a las madres solteras, y además porque él tenía otras mujeres. Por más que se sintiera injustamente privada de la ayuda de los suyos, no había interrumpido las relaciones con ellos. Los llamaba «melones», pero no dejaban de ser su familia. Una de las hermanas había hecho carrera como funcionaria estatal, la otra había estudiado derecho y ejercía como profesional; ambas tenían una casa en propiedad y Lucretia quiso demostrar a su madre que ella también era capaz. De modo que aceptó una oferta de trabajo en un ayuntamiento del extrarradio, para poder permutar su vivienda por una casa que más tarde adquiriría al ayuntamiento con una ventajosa hipoteca. Debería haber sido el principio de su ascensión, pero acabó revelándose un desastre.

Desenraizado del centro de Londres y lejos de su padre, el hijo no se adaptó bien a su nuevo colegio, donde los niños negros eran minoría. En casa disponían de poco dinero porque había que pagar la hipoteca y se convirtió en un adolescente rebelde y exigente: robaba y se libró de la cárcel por los pelos. Entonces Lucretia se volvió severa como lo había sido su padrastro, pero era demasiado tarde. Su hijo abandonó el colegio y se buscó un trabajo sin perspectivas de futuro. La relación entre ambos fue debilitándose gradualmente.

Ella llevaba una vida solitaria; seguía en contacto únicamente con organizaciones de mujeres y con las actividades del sindicato. Ya no le gustaba relacionarse con los usuarios, se sentía insatisfecha, pero al mismo tiempo tenía necesidad del sueldo para pagar la hipoteca. Concentró sus esfuerzos en lograr un ascenso a un puesto de directiva, pero no lo consiguió porque había muchos otros asistentes sociales, incluso de su misma etnia. Al no haber conseguido hacer carrera, buscó oportunidades de ascenso por otro lado. Se convirtió en la responsable del equipo de acogida de un departamento de los servicios sociales conocido por su presupuesto insuficiente y por la escasez de su personal. Se vio en primera línea, constantemente sometida a presión. Abrumada por la responsabilidad, debía encargarse de procedimientos cada vez más complejos y alcanzar los objetivos que le imponían. Cuando sus superiores decidieron completar la plantilla con asistentes sociales extranjeros, Lucretia se ofreció para ir a examinar a los candidatos a Jamaica y a Estados Unidos. Pero no la eligieron. Fue otro amargo trago que tuvo que pasar.

Una de esos nuevos reclutas, Fiona McDougall, una neoyorquina instruida y de buena familia, le recordaba a sus hermanastras y le resultó antipática desde el primer momento.

A la edad de cuarenta y cuatro años, Miss Barnes vivía en la periferia y se pasaba los fines de semana sola jugando al póquer en Internet. Le echaba la culpa de sus desventuras a la clase dirigente blanca y no dejaba de rumiar su personal visión de la realidad política y social. A sus ojos, los Pitt encarnaban toda la podredumbre del enemigo.

Encerradas en el despacho de Miss Barnes, Sandra Pepper y Mistress Bell discutían el caso de los Pitt. En aquel momento,

Fiona hizo su aparición en la sala. Llevaba un traje de chaqueta marrón y tacones, estaba muy guapa.

–¡Ven aquí! –la llamó Lucretia, haciéndole un gesto para que se acercara.

–Voy de camino al juzgado. He pasado para ver si han llegado las «propuestas» de los padres. ¿Hay alguna novedad?

Y Fiona miró con aire interrogativo a las tres mujeres. Sandra le puso al corriente de la situación, ella repitió que debía irse de inmediato al juzgado y que no tenía tiempo para ocuparse de los Pitt.

–¡No puedes dejarme sola precisamente ahora! –protestó Miss Barnes.

–Es que el juez ha dicho que tengo que estar en el juzgado de Wells Street a las diez, ¡y está muy lejos de High Court!

–El juez tendrá que esperar. ¿Has estado en casa de los Pitt? –El pecho de Miss Barnes se alzaba y descendía con ansiedad.

Fiona le recordó que habían decidido juntas aplazar la visita a los Pitt hasta haber recibido el informe de la doctora Cliff.

–¿Tienes por lo menos el de Mistress Dooms y los dibujos? ¡Nos hacen falta! –Miss Barnes miró a Fiona y a Mistress Bell con cara de reproche.

Fiona no los tenía: Mistress Dooms estaba de baja y le había prometido que se lo haría llegar a la oficina el lunes siguiente. Mistress Bell meneó la cabeza. Dudaba de las promesas de Mistress Dooms porque no había mantenido las que le hizo a ella.

–¡Sin el informe de la doctora Cliff, ya sea oral o escrito, no tenemos la menor prueba! –observó Sandra Pepper, y sugirió que alguien llamara a la doctora Cliff. Fiona estuvo de acuerdo.

–Encárgate tú –dijo Miss Barnes. Y le pasó la hoja con los números de teléfono.

Sandra Pepper la detuvo, tenía que ser Miss Barnes quien la llamara, porque de esa manera podría testificar en la vista sobre cuanto le fuera referido.

La doctora Cliff estaba en un taxi, camino del aeropuerto. La llamada de Miss Barnes la irritó un poco y le hizo saber que la tarde anterior había intentado contactar con los servicios sociales, pero las oficinas estaban cerradas. Se había propuesto llamarles esa mañana, tal vez entonces obtuviera respuesta. Cuando se le dijo que los Pitt estaban en el juzgado, se quedó de una pieza y comunicó a Miss Barnes que estaba a punto de salir para el extranjero con su marido, el informe no estaría listo antes del lunes: el retraso se debía al hecho de haber visto también a Amy. No tenía la menor duda sobre la culpabilidad de Mike Pitt en relación con Lucy, pero no con respecto a Amy. Él, en todo caso, había aceptado marcharse de casa y por lo tanto Lucy estaría protegida hasta la semana siguiente. No debían separarla de Amy y podría ver a su padre en casa, aunque bajo vigilancia.

Miss Barnes refirió a las demás que, por lo que se le había dicho, Lucy debía ser apartada de la familia y puesta a salvo. No se sorprendía de lo que la niña había confesado, ella había observado perfectamente a sus padres durante la reunión.

Fiona sugería que esperaran al informe de la doctora Cliff:

–De haber estado realmente preocupada, habría llamado a los servicios nocturnos y habría escrito, por lo menos, un breve parecer. La ley impone a los médicos el deber de informar en caso de abusos sexuales y ella no lo hizo. Estoy de acuerdo en apartar a Mister Pitt de la familia, pero no en alejar a Lucy de su casa. Para ella sería la primera vez que se separa de su madre. Cuando hagamos nuestras comprobaciones, ya decidiremos si es conveniente o no separar a Lucy de su familia.

–De ese hombre no podemos fiarnos: está acostumbrado a obtener lo que quiere –cortó Miss Barnes, y añadió que era un prepotente y su mujer, sumisa, *por lo que* era incapaz de defender a Lucy–. Es nuestro deber protegerla. Yo alejaría también a Amy de esa familia, pero la doctora Cliff dice que no ha sufrido abusos y no tenemos datos suficientes para tomar una decisión.

Fiona se marchó y las demás siguieron discutiendo lo que era más conveniente hacer. Sandra Pepper se pondría en contacto con Mistress Dooms, Miss Barnes obtendría de sus superiores la autorización para instruir la instancia de custodia y redactaría los planes de los servicios sociales para Lucy. Había que buscar una familia de acogida para la niña, pues en caso contrario el juez podría negarse a considerar su solicitud, y hacía falta tiempo para eso. Miss Barnes pidió a Sandra que intentara obtener del bufete Wizens el aplazamiento de la vista hasta la tarde.

Pero Steve, cuando se le planteó esa petición, dijo que no.

22
La primera vista de los Pitt
Strand. Royal Courts of Justice. Viernes, 18 de abril

«Quédate donde estás. Steve llegará enseguida.» El SMS de Sharon era tranquilizador.

Poco después entraba Steve en el vestíbulo, seguido por Mike. Cada uno avanzaba por su cuenta, Mike para reunirse con su familia y Steve hacia la sala de los procedimientos de urgencia. Desde lejos, a Steve se le veía fuera de lugar en la High Court; con la mochila al hombro, su chaqueta, a causa del peso, colgaba a un lado, y el traje estaba arrugado como si hubiera dormido con él puesto. Pat, incómoda por él, recelaba.

Entró derecho la sala, abriéndose paso entre los presentes, salió al poco rato seguido por el ujier: habían intercambiado unas pocas palabras y después el ujier, una mujer, volvió a entrar.

Los Pitt hablaban con la tía Marjorie. Steve se apartó con Pat por las escaleras.

–¿Qué impresión te ha dado Miss Wood?

–Creo que es de fiar, aunque testaruda. Ya ha prestado testimonio, en el pasado, pero no me dijo el motivo. Su casa parece un museo del juguete.

Pat tenía la impresión de que, al haberla mandado a ella, y no a Sharon, a ver a la viejecilla, Steve estaba poniéndola a prueba, y mientras lo esperaba había reflexionado cuidadosamente sobre la respuesta que daría a esa pregunta: debía ser breve y concisa.

–Gracias por todo, ya puedes volver a la oficina.

Pat no esperaba despedirse ya y se sonrojó. Steve, al darse cuenta, se apresuró a añadir:

–A menos que quieras quedarte.

–¡Pues claro que quiero quedarme! ¡Naturalmente que sí!

Pat temblaba. Steve la observaba, titubeante; estaba a punto de decirle algo cuando oyeron su nombre resonar en el vestíbulo: el ujier le llamaba.

Steve volvió con un trozo de papel:

–Debemos ir a otra sala –le dijo a Pat–. Todos se reunirán allí con nosotros, rápido.

Nuevas puertas, nuevos pasillos, nuevas escaleras. Después enfilaron una estrecha escalera que llevaba a un edificio en mal estado, en absoluto imponente como el otro. Su sala estaba al final de un pasillo. No había ni un alma. Steve le dijo a los testigos, que habían venido desde la cafetería, que esperaran allí: quería hablar con los Pitt a solas, y se fueron a un rincón.

–No hay tiempo que perder, de lo contrario nos ganarán la mano. No voy a criticar a la doctora Cliff, de hecho, la elogiaré. ¿Entendido?

–¿Cómo es posible? –silbó Mike.

–Ya se lo explicaré más tarde.

Y con un gesto al ujier, que se había asomado por la puerta de la sala, Steve avisó de que estaba listo.

–¡Esperen aquí hasta que les llamen! –dijo Steve a los testigos, después tomó a Pat de un brazo y la arrastró a la sala.

La sala se había instalado en un despacho destinado a un alto funcionario. Amplia, luminosa y sin pretensiones, recordaba a las escuelas victorianas. Al fondo, una tarima con dos asientos: el juez estaba sentado en el más alto; en el otro, un funcionario del juzgado estaba inclinado sobre el teclado de un ordenador.

El ujier les indicó sus asientos. El primer banco estaba reservado a los abogados de rango superior; Steve estaba en el segundo, Pat, Mike y Jenny se sentaron detrás de él; el cuarto banco permaneció vacío: era para los testigos, en caso de que obtuvieran el permiso del juez para permanecer en la sala tras haber testificado. Las audiencias de los procedimientos familiares tenían lugar a puerta cerrada.

El juez esperó a que tomaran asiento. Después, el ujier leyó sus nombres y volvió a la puerta de entrada.

–¿Qué es lo que requiere de mí, Mister Booth? –La pregunta era cortés, el tono, severo.

Steve se levantó. Adoptó un tono distinto del habitual y habló lentamente, marcando las palabras; seguía la mano del juez y se detenía para permitirle completar sus notas o para invitarlo tácitamente a apuntar lo que iba diciendo.

Sin referencia alguna a las vicisitudes de los Pitt, Steve le informó del procedimiento de urgencia solicitado por Jenny y de cuanto se había hecho para informar a los servicios sociales: notificación vía correo electrónico y, a las nueve de la mañana, copia del expediente depositado en el juzgado.

–Lo he recibido hace poco, y le he echado una ojeada –dijo el juez.

–Mis disculpas, señoría.

–No se preocupe, el expediente parece estar en orden y lo seguiré punto por punto.

–Los servicios sociales tienen intención de presentar una solicitud de custodia para Lucy Pitt, con efecto inmediato. ¿Prefiere esperar a que lleguen?

–No podemos perder tiempo. Exponga usted.

Steve empezó por describir a los Pitt –una familia normal y feliz, que no tenía contacto alguno con los servicios sociales– y llamó la atención del juez sobre la página del expediente que citaba. Después se refirió a los hechos de las últimas dos semanas.

–Mis clientes se muestran aún incrédulos sobre cuanto la doctora Cliff les dijo anoche. Su mayor preocupación es que Lucy siga en casa con su madre y su hermana, a salvo. Lucy nunca ha pasado una noche alejada de su hermana o de uno de sus progenitores. Nunca. –Hizo una pausa, pero el juez no tomaba notas. De modo que aceleró–. Precisamente para que así siga siendo, los Pitt solicitan que lo prometido a la doctora Cliff quede formalizado en una orden del juzgado: Jenny Pitt solicita la custodia de sus hijas y una orden de alejamiento contra su marido, a quien ama y a quien cree inocente. Además, Mike y Jenny Pitt solicitan un régimen de visitas para el padre, en casa, y bajo la vigilancia de personas conocidas por las niñas, de confianza y dignas de la máxima consideración. Mis clientes y sus testigos, incluido su médico de familia, quien les recomendó a la doctora Cliff y habló nada menos que tres veces con ella ayer por la tarde, están convencidos de que Lucy es una niña sana y feliz, que no muestra signo alguno de abusos, que ama a sus padres y que es correspondida. Obviamente, es *posible* que los Pitt, o uno de ellos, cambien de idea... –en ese momento Steve hizo una pausa– tras haber leído el dictamen detallado y exhaustivo que la doctora Cliff presentará ante el juzgado.

–No está incluido en el índice. Presumo que lo aportarán los servicios sociales –observó el juez.

–El informe de la doctora Cliff no existe. Esta mañana ha informado a Miss Barnes, de los servicios sociales, que se marchaba al extranjero, con su marido, a pasar el fin de semana. Ahora mismo, está en pleno vuelo. Es evidente que a la doctora Cliff le basta la promesa de mis clientes y el hecho de que las niñas estén protegidas por su madre. En caso contrario, ayer por la tarde hubiera tenido tiempo suficiente para avisar a los servicios sociales y redactar un breve resumen de sus notas. La entrevista con Lucy, que llevó a la acusación de abusos, tuvo lugar el pasado martes.

–La niña ha permanecido en casa desde entonces... Ni siquiera un breve parecer... –observó el juez.

–La doctora Cliff es una psiquiatra infantil muy respetada y conocida en su campo; se la llama a menudo para que testifique como perito en casos en los que están involucrados niños. –Steve se apresuró a salir en defensa de la doctora Cliff.

–Ahora me acuerdo, la conozco. Testificó ante mí en una causa que atañía a un niño autista.

–Exacto. Autismo. La doctora Cliff es una autoridad en la materia. Me imagino que ni siquiera esos pobres niños quedan inmunes a los abusos sexuales.

–Escucharé lo que la doctora Cliff le dijo a Miss Barnes. Mientras tanto, expóngame su propuesta para las visitas del padre a sus hijas.

Steve explicó que habría dos personas presentes en cada visita, con el fin de evitar que Mike se quedara solo con sus hijas: se alternarían Lisa, las dos precedentes *au pairs*, Lady Annabel Snowball y Miss Marjorie Wood. Las visitas serían diarias: media hora en los desayunos durante la semana y seis horas respectivamente el sábado y el domingo, con un total de catorce horas y media a la semana.

Steve solicitó a continuación que se llamara al doctor Vita.

Justin Vita repitió cuanto había escrito en su declaración: la tarde anterior había mantenido tres conversaciones telefónicas con la doctora Cliff y en todas ellas la doctora había sido clara: en su opinión, Amy no había sufrido abusos sexuales y no corría riesgo de sufrirlos, mientras que Lucy sí los había sufrido por parte de su padre. Había insistido en que Amy y Lucy no debían ser separadas bajo ningún concepto. En eso, él estaba de acuerdo: Lucy sufriría un trauma si se la alejaba de su casa y de su nuevo colegio para verse entre extraños.

Al doctor Vita no le cabían dudas sobre el hecho de que las niñas debían ver a su padre juntas y bajo vigilancia, y gozar, por lo tanto, de los mismos derechos de visita: en caso contrario, Lucy se sentiría injustamente una víctima.

–Usted conoce bien a la familia, y por lo que deduzco, conoce asimismo a la doctora Cliff: ¿tiene usted alguna duda acerca de Mister Pitt? –preguntó el juez.

–Señoría, he estado reflexionando toda la noche. Obviamente, leeré con la máxima atención cuanto haya escrito la doctora Cliff, con quien mantengo excelentes relaciones profesionales. Pero por los informes médicos y por lo que sé de Lucy y de su familia, no tengo motivos para dudar de la inocencia de Mister

Pitt. Sigo convencido de que Lucy no ha sufrido abusos sexuales, y confío en que la doctora Cliff esté dispuesta a realizar ulteriores investigaciones, como pretendo aconsejarle.

–¿Cree que Mister Pitt se atendrá a lo que se ha propuesto?

–Soy el médico de esta familia desde antes de que Lucy naciera y me siento capaz de declarar que Mike y Jenny Pitt son personas honestas y correctas. Se dan perfecta cuenta de la gravedad de las acusaciones y se someterán a la decisión del juzgado.

Era el turno de Miss Wood.

–Diga su nombre –le invitó Steve, después del juramento.

–Marjorie Catherine Wood –contestó ella y, tras titubear por un instante, añadió–: Miembro de la Orden del Imperio Británico.

El juez permaneció impasible, Pat, en cambio, se sobresaltó.

–Se ha ofrecido usted a vigilar las visitas de los fines de semana: doce horas, incluida una sesión en la piscina. ¿Se siente realmente en condiciones de hacerlo? –preguntó Steve.

Miss Wood no contestó con el simple «sí» que Pat se esperaba:

–Estoy dispuesta a mudarme a casa de los Pitt de viernes a domingo y a vigilar incluso las visitas durante la semana, si es necesario. –Después, con los ojos brillantes, se dirigió directamente al juez–: Puedo asegurarle, señoría, que, a pesar de mi edad, estoy en perfectas condiciones para supervisar el encuentro del sábado en la piscina. Sigo siendo capaz de recorrer diez largos, aunque sea al ritmo de una octogenaria.

El rostro del juez se había relajado y sus labios se habían distendido, sin llegar a la sonrisa: la forma de sonreír de quien no debe mostrar emoción alguna. Y Steve lo había notado.

–Es usted una tía abuela. ¿Qué papel desempeña en la vida de Lucy?

–Tengo dieciséis sobrinos y muchos sobrinos nietos. Jenny quedó huérfana de padre siendo niña y más tarde de madre, mi hermana. Para mí es como una hija, hago todo lo que está en mi mano para ser la «viceabuela» de Amy y de Lucy. Estar con ellas es una alegría. Las vicisitudes de la vida me llevaron a abandonar el convento en el que era monja, y he dedicado mi vida laboral a los niños...

Miss Wood conocía el protocolo del juzgado por lo que interrumpió su declaración: el ujier le estaba susurrando algo al empleado sentado en el banco inferior. El juez y Steve esperaban: por fin, el empleado informó al juez de que estaban a punto de llegar los servicios sociales.

–No tengo más preguntas, permanezca en su sitio, por favor –dijo Steve, con sequedad, a Miss Wood. Después se dirigió al juez–: Señoría, mi próximo testigo es Mike Pitt, y los servicios sociales deberían estar presentes. Si no tiene preguntas que hacerle a Miss Wood, propongo un descanso para esperarlos.

Pero el juez no estuvo de acuerdo, quería aprovechar para satisfacer su curiosidad sobre Miss Wood. Steve se volvió hacia Pat, y ésta le sonrió como respuesta.

–De modo que es usted miembro de la Orden del Imperio Británico. ¿Con qué motivo le concedieron tal distinción?

–Señoría, no sé por qué pensaron en una persona insignificante como yo, realmente no lo sé. –Y Miss Wood le contó al juez que se había limitado a cumplir con su deber, ni más, ni menos. Hace muchos años, denunció ante la policía a un cura por abusar sexualmente, con el consentimiento de algunas de las monjas de su congregación, de los niños del colegio vinculado al convento en el que ella enseñaba. Se vio obligada a dejar el convento. En ese momento, se enjugó con zalamería una lágrima–. Una decisión sufrida y angustiosa, la de acusar a un cura, que es el ministro de Nuestro Señor en la tierra... Pero jamás me arrepentí de ello, no hubiera sido posible. Desde entonces, ayudo a quien se encuentra en una situación parecida a la mía. –Y añadió después, alzando ligeramente la voz–: Los niños están por delante de todo. Lucy y Amy merecen protección, como esas pequeñas almas de aquel colegio. No vacilaría ni por un momento en avisar a los servicios sociales o a las autoridades si dudara de Mike, de Jenny o de cualquier otro.

–¿Qué hizo después de dejar el convento?

–No tenía dinero y me sentía perdida en el vasto mundo al que en otros tiempos había renunciado. Al principio trabajé en una guardería, después abrí la mía propia, pequeña, después otra, y otra más: al final fueron ocho. Acogíamos a los hijos de los ricos y a los de los pobres, y obtuvimos muchos certificados de calidad. Tal vez esa condecoración me fuera concedida por eso: la acepté en nombre de las maestras que trabajaban conmigo.

En ese momento llegaron los servicios sociales. El juez quería saber por Miss Barnes qué le había dicho la doctora Cliff y le preguntó a Steve si estaba de acuerdo en aplazar el testimonio de los Pitt.

–Precisamente estaba a punto de sugerirlo, señoría.

Miss Barnes prestó juramento con seguridad. Tras facilitar sus datos, se dirigió directamente al juez, dejando a Sandra Pepper sin oportunidad de interrogarla, como imponían las reglas.

–Señoría, me gustaría dejar presente que los Pitt no son usuarios de nuestros servicios: el asistente social que se encargará de Lucy no los conoce, ni yo tampoco. Los conocí el pasado lunes en la reunión de la Mesa para la Protección de la Infancia, que ha aplazado su decisión sobre si Lucy ha de ser inscrita en el registro de niños necesitados de protección, en espera de leer el informe de la doctora Cliff. Los Pitt la escogieron y pagarán sus honorarios.

Tras acabar, el juez le hizo un gesto a Sandra Pepper, que había permanecido de pie, claramente en vilo, para que iniciara su interrogatorio.

–¿Ha tenido oportunidad de hablar con la doctora Cliff? –preguntó Sandra Pepper.

–La he llamado esta mañana. Iba en un taxi, se marchaba a pasar fuera el fin de semana. Me ha dicho que estaba segura de que Lucy había sufrido abusos por parte de su padre: no parece que haya habido penetración, por lo que los abusos no se pueden verificar físicamente. Los Pitt lo niegan. Mistress Pitt podría presionar a Lucy para que se retractara de sus acusaciones. Lucy sólo tiene cuatro años y, a esas edades, los niños son muy vulnerables, sobre todo si han sido objeto de abusos. Los servicios sociales tienen el deber de proteger a los niños víctimas de abusos o que corren el riesgo de sufrirlos, y por lo tanto Lucy ha de ser alejada de su familia.

–¿Se lo ha hecho saber a la doctora Cliff?

–¡Desde luego! Ella no quiere que separen a Lucy de su hermana, y la entiendo perfectamente. Lo mejor sería que Lucy y Amy fueran juntas a una familia de acogida. La doctora Cliff sostiene que Amy no ha sufrido abusos, pero no hay pruebas concluyentes. Y no estamos aún en condiciones de valorar el riesgo que corre la niña: debemos conocerla y realizar las necesarias verificaciones para protegerla.

–¿Dónde pasará esta noche Lucy?

–El asistente social y yo iremos a recogerla a casa, cuando vuelva de la guardería, y le explicaremos que pasará unos días en el campo. La colaboración de la madre resulta esencial: debe decir a la niña que ella lo quiere así, que es por su bien. Los servicios sociales ya no reclutan directamente a las familias de acogida. Ahora recurrimos a agencias privadas que seleccionan, forman y supervisan a familias de acogida profesionales, en la región de Kent. La de Lucy no se ha seleccionado aún, pero pertenece al grupo escogido para casos de abusos sexuales. Lucy estará bien atendida.

El juez arqueó las cejas y Sandra Pepper murmuró:

–No tengo más preguntas, señoría.

–Entonces, antes de que empiece el contrainterrogatorio, haré algunas yo mismo –dijo el juez.

Sandra permaneció de pie, lista para intervenir.

–Miss Barnes, antes de que usted llegara, he escuchado al doctor Vita. Ha dicho que conoce a Lucy desde que nació y que alejar a Lucy de su casa y de su nuevo colegio para hallarse entre extraños la afectaría de manera negativa. Asimismo, la doctora Cliff ha declarado que Amy y Lucy *no deben* ser separadas. El doctor Vita se declara satisfecho con lo acordado entre la doctora Cliff y los Pitt: que sea el padre quien se aleje de la casa, y no Lucy. ¿Qué opina usted al respecto?

–Los servicios sociales tienen mucha experiencia y conocen los resultados de la investigación en este campo. Los niños se adaptan y crecen sin dificultad en un ambiente protector: tras un primer impacto ocurrirá lo mismo con Lucy. Sus dibujos son una petición de ayuda.

–Hábleme del contacto de Lucy con su familia.

–Al principio, no lo habrá. A Lucy hay que darle la oportunidad de conocer a la familia de acogida: este fin de semana se la llevarán por la zona, hay muchos zoos y parques de atracciones en la zona de Kent, y ella se sentirá como si estuviera de vacaciones. Después aprenderá a adaptarse a la rutina de la familia y a sentirse parte de ella: habrá otros niños, algunos de acogida, otros no. Las llamadas de su madre y de su hermana podrían desestabilizar a Lucy, como ha quedado perfectamente demostrado por nuestras investigaciones. Tras completar las investigaciones preliminares sobre Jenny Pitt, organizaremos las visitas y las llamadas telefónicas. Confío en que sean semanales, o por lo menos, dos veces al mes, dada la distancia. Tendremos que considerar también las exigencias de la familia de acogida.

–¿Cuándo cree que podrán completarse esas investigaciones?

–No antes de dos semanas. Por desgracia, señoría, nos falta personal cualificado; de los Pitt no tenemos información y se trata de un trabajo largo, que debe llevarse a cabo con minuciosidad, por el propio interés de Lucy.

–Hábleme de las visitas de Mister Pitt a Lucy.

–Las investigaciones en torno a la madre tienen prioridad, al igual que sus visitas a Lucy. Haremos todo lo posible para completar con premura también las investigaciones sobre Mike Pitt. Puede ocurrir que Lucy siga hablando del abuso y no quiera ver a su padre. Los deseos y los sentimientos de los niños son lo primero a tener en cuenta, y deben respetarse.

Llegados a este punto, el juez se dirigió a los letrados: había oído lo suficiente de la declaración de Miss Barnes y coincidía con la doctora Cliff y el doctor Vita: no era necesario escuchar el testimonio de los Pitt. Durante la siguiente semana, las hermanas no debían ser separadas, por lo tanto permanecerían en casa con su madre. Aprobaba el régimen de visitas propuesto por los Pitt.

–Mister Pitt se compromete ante este tribunal a no acudir a la casa familiar más que para las visitas establecidas, ¿está dispuesta a aceptar dicha promesa? –le preguntó a Miss Barnes después.

–Es necesaria una orden de alejamiento. No confío en los Pitt.

El juez tomó nota y se dirigió a Steve.

–Mister Booth, ¿tiene alguna pregunta para la testigo sobre esta cuestión?

Steve se puso en pie de un salto, ya preparado:

–Miss Barnes, usted no ha hablado nunca con los Pitt, ¿no es cierto?

–Así es, pero pude observarlos en la reunión.

–La doctora Cliff ha podido reunirse con los Pitt en dos ocasiones y ha aceptado su promesa. ¿Debemos entender que se equivoca?

–Sí, según mi opinión.

–Explíqueme entonces por qué. ¿Qué dijeron o hicieron los Pitt, en esa reunión, para inducirle a afirmar que desconfía de ellos?

–Una asistente social aprende a conocer a la gente, observándola... –decía Miss Barnes, cuando Steve levantó el brazo y la interrumpió.

–Espere un momento, por favor, mi cliente quiere decirme algo. –Y cogió la nota que Mike le había pasado. «Quiero una orden de alejamiento que me impida entrar en mi casa.» Steve se volvió y murmuró, con mal disimulada irritación–: ¿Por qué?

–Ya se lo diré después. –Era una orden.

Steve cambió de tono.

–Mis clientes, con enorme reluctancia, aceptan la orden de alejamiento. Los Pitt no aceptan el juicio que manifiestan sobre ellos, pero por el bien de Lucy desean establecer buenas relaciones con los servicios sociales. Una relación de recíproca confianza y respeto, basada en el conocimiento directo y no en impresiones.

Jenny obtuvo la custodia, y Mike la orden de alejamiento que le obligaba a abandonar la casa. La orden sobre el régimen de visitas del padre a su hija respondía a la solicitud de los Pitt.

Estaban aún en la sala y aguardaban en silencio la fecha de la próxima vista, que habría de celebrarse la semana siguiente. De repente, Steve se levantó:

–Pido disculpas, señoría, pero he olvidado una última petición. Es una orden de importancia menor, pero relevante, en cualquier caso; se trata de que, por el momento, las niñas no sepan nada sobre el régimen de visitas ni sobre el procedimiento. Nadie sabe con exactitud qué declarará la doctora Cliff, ni lo que le han dicho las niñas. Sería un error si los asistentes sociales o los Pitt pidieran información a las niñas o se la proporcionaran a ellas.

Steve añadió que los servicios sociales serían bien recibidos en casa de los Pitt, pero debían abstenerse de hacer preguntas específicas a Amy o a Lucy hasta que las partes y el tribunal hubieran recibido y examinado el informe de la doctora Cliff.

Los servicios sociales se mostraron conformes y el juez aprobó la orden solicitada.

Cuando Steve apareció, al salir de la sala, en el pasillo, repleto ahora de contendientes y abogados que aguardaban su turno, estaba muy pálido. A los Pitt no les dirigió ni media palabra: buscaba a los testigos.

Lady Snowball, Lisa, Miss Wood, Teresa y Nora –las dos antiguas *au pairs* de los Pitt que se encargarían de vigilar las visitas– se habían reunido en una esquina, al lado de un radiador antediluviano. Estaban preocupadas por la larga espera. Abriéndose paso entre la multitud, Steve llegó hasta ellas antes que los Pitt. Les informó del resultado de la vista y les dijo que después de cada visita deberían redactar un minucioso informe: los servicios sociales, que se habían opuesto a la solicitud del régimen de visitas, los valorarían con ojo crítico. En caso de duda, podían llamar a Pat, quien se lo comunicaría a él.

Steve miró a su alrededor: buscaba a Sandra Pepper y a Miss Barnes para acordar los detalles de la visita de los asistentes sociales a los Pitt, pero se habían marchado sin despedirse.

Embriagado por el éxito, Mike les invitó a todos a tomar un

aperitivo en el Savoy. Los rostros de las niñeras se iluminaron. Steve declinó cortésmente la invitación. Después, silencioso, les vio alejarse, con los ojos fijos en Jenny, que los seguía con los hombros caídos.

Pat y Steve se habían quedado solos. Steve parecía abatido. Cruzaron un patio desierto en el que estaban aparcados los coches del personal del juzgado, un atajo para salir a la calle. No había ni un alma. El repicar de los tacones de Pat sobre el adoquinado acentuaba el silencio, rompiéndolo. Era necesario pasar por una cabina de doble puerta sin vigilancia. La primera puerta se abrió y se cerró a sus espaldas, chirriando. Pat tuvo miedo de quedarse atrapada, pero cuando Steve se acercó a la segunda puerta, ésta también se abrió. Se encontraron, ensordecidos por los ruidos de la ciudad, en la acera del Strand: frente a ellos, la parada del autobús; al otro lado, los llamativos letreros de los pubs.

–A nosotros también nos hace falta un consuelo alcohólico.

Y Steve se llevó a Pat a uno de los numerosos *wine bar* que habían crecido como hongos alrededor del juzgado.

–¿No estás contento? –le preguntó ella masticando un puñado de cacahuetes.

–Sí..., pero la próxima vista será mucho más difícil.

–¿Conocías al juez?

–Nos conocemos todos, después de tantos años.

–¿Por qué en la declaración de Miss Wood no has incluido lo que hizo por los niños del convento y su condecoración? –preguntó Pat.

–No hacía falta. Lo diría en el momento del juramento, como exige la costumbre, y así lo ha hecho. En cuanto a su papel en la denuncia de los abusos en el convento, ha tenido mayor efecto en el juez porque ha salido a la luz cuando no se lo esperaba.

–¿Y si ella no hubiera hablado?

–Me hubiera encargado de que acabara saliendo. Es mi oficio.

Y Steve alargó la mano hacia las patatas fritas.

–¿Qué opinas de Mike Pitt?

–No consigo entender adónde quiere llegar. –Steve miró a su alrededor como si no consiguiera explicarse esa especie de impotencia que sentía frente a su cliente. Después cogió la jarra de cerveza–: Ahora terminémonos las bebidas, tenemos un montón de trabajo esperándonos en la oficina.

Emocionada por su primera experiencia en el juzgado y relajada por el alcohol, Pat hubiera querido contarle a Sharon todo lo ocurrido, pero no parecía muy interesada. Le dijo que Mistress Oboe se había molestado muchísimo al llamarla y no encontrarla. A Pat se le había olvidado por completo su cita telefónica y lo sintió mucho.

–No te preocupes. Así entenderá lo que significa quedarse plantado. Hace tiempo que debería haber aprendido esa lección. –Y añadió luego–: Ya sabía que acabaríais en un pub. A Steve siempre le gusta beber algo tras una buena jornada en la sala.

23
En el Claridge's
Mayfair. Sábado, 19 de abril

Jenny se estaba vistiendo para reunirse con Mike en el teatro. Era muy sobria con las joyas, por eso las escogía con sumo cuidado. Se entretuvo bastante y, al final, optó por un par de pendientes de topacio que Mike le había traído de Brasil, pequeños pero con una luz muy hermosa.

Reflexionaba sobre el día. En apariencia, había sido un sábado como cualquier otro. Mike había desayunado con las niñas, encantadas de ir a la piscina con la tía Marjorie y con Lisa. Ella había ido la peluquería y, a su regreso, se había encontrado la comida preparada. Cuando Mike se fue, a las dos, la tía Marjorie y Jenny estaban jugando a las cartas con las niñas. Antes de salir, le había recordado que se verían en el vestíbulo y Amy le había dicho:

–Que te diviertas en el teatro, hasta mañana.

De la planta de abajo subían gritos y risas: las niñas se estaban bañando. Jenny miró a su alrededor: el dormitorio era exactamente como siempre lo había deseado, grande, lleno de luz, con una buena vista del jardín interior, con un rincón de estar –alfombra gruesa y dos sillones– y un *jacuzzi* empotrado en el suelo, oculto por un precioso biombo japonés. El cabecero de la cama y las mesillas formaban una pieza única y, como el resto de los muebles, eran de acero claro, hechos a medida. Sólo entonces se percató Jenny de que la mesilla de Mike estaba vacía y de que se había llevado todas sus cosas. Se quedó mirándola, con los pendientes aún en la mano y los ojos clavados en la superficie brillante. Mike se había ido sin dejar huella.

En aquel momento sonó el teléfono: era él, que le proponía cenar juntos en el hotel en vez de ir al teatro.

–Sería bonito, por una vez, estar solos, nosotros dos.

Jenny había leído un cuento a las niñas y les estaba dando un beso de buenas noches.

–Hoy ha sido un día estupendo –dijo Lucy.

–Y mañana será mejor –remachó Amy–, porque la tía Marjorie ha prometido hacerme un abriguito para la muñeca Cindy.

Jenny sentía un nudo en la garganta y salió rápidamente de la habitación.

La tía Marjorie se había instalado en la sala de juegos y estaba cosiendo el abrigo para la muñeca de Amy, sentada en la mesa de dibujo de las niñas; había reemplazado el papel y los lápices de colores por trozos de tela, botoncitos y cintas.

No le pasó inadvertida la tensión en el rostro de Jenny.

–Sonríe, niña mía, y diviértete en el teatro. Debes ser fuerte, los hombres son más débiles que nosotras.

El Claridge's había experimentado su enésima restauración a principios de siglo y Jenny no había vuelto a entrar desde entonces. La luz caía a chorros desde las arañas y el vestíbulo entero resplandecía: reluciente el mármol bicolor del pavimento, reluciente la pintura de los paneles de madera, reluciente el oro bruñido de los estucos en el techo, reluciente el pasamanos de madera tallada de las escaleras y relucientes los collares de las jóvenes recepcionistas en traje de chaqueta negro: una hilera de gruesas perlas de colores, verdes y negras para las morenas y rosas para las rubias. Era como si la clase del Claridge's hubiera quedado mellada por un no sé qué *kitsch*, y Jenny se sintió incómoda. Mike la estaba esperando en el vestíbulo; enfilaron la grandiosa escalinata interior y subieron en silencio, circunspectos, como si cientos de ojos estuvieran clavados en ellos. Él le enseñó la suite que le habían asignado, reformada según un proyecto de Stefanidis, preciosa. Jenny se percató de que había puesto sobre la mesilla una fotografía de las niñas y tuvo que contener las lágrimas. Él, mientras tanto, preparaba los aperitivos.

En la intimidad de la habitación, se rozaban sin atreverse a tocarse. Sentados uno frente al otro, bebían en silencio, conscientes de no haber vuelto a estar solos desde el jueves anterior.

Mike se armó de valor e intentó hablar de la reorganización doméstica. Teresa y Nora se instalarían en la casa al día siguiente. La primera como invitada, la segunda para ayudar a Lisa, dado que a mediados de mayo Jenny volvería a trabajar a tiempo completo. Después, Mike y Jenny consultaron en sus agendas sus respectivos compromisos nocturnos de la semana: los cancelarían todos en el caso de que los servicios sociales o Steve quisieran verlos.

Otro momento de silencio, otros aperitivos.

–Voy a transferir a tu nombre el usufructo y la hipoteca, y haré ingresos regulares en tu cuenta privada: tú no debes hacer nada.

–¡Me hablas como si fuéramos a divorciarnos! –dijo Jenny, y empezó a llorar.

Era inconsolable. Las lágrimas pedían paso. Después, poco a poco, Jenny sintió alivio al desahogarse y confesarle a Mike qué le oprimía el pecho: odiaba tener la casa llena de extraños; cuanta más gente había, más sola se sentía; tenía miedo de no saber cuidar a las niñas, sin él, se sentía una madre soltera.

De repente, se irguió en la silla.

–Pero tú no pareces sentirlo mucho. ¿Tan bruja he sido contigo?

–No seas tonta.

Mike cambió rápidamente de tema: era necesario que abandonara el hotel lo antes posible. Trolleys alojaba en el Claridge's a sus directivos, y por esa razón había conseguido un buen descuento en la suite, pero no quería que su presencia fuera advertida por los colegas en viaje de trabajo.

–¿Y adónde irás? –Los ojos de Jenny se llenaron otra vez de lágrimas.

–No lo sé.

Jenny parecía haberse calmado. Pero le duró muy poco.

–A veces no te entiendo. Parece que te diviertas haciendo todos estos planes. ¿Por qué quisiste una orden de alejamiento? Tengo miedo de que te busques a otra...

Mike la dejó que llorara. Al cabo de un rato se levantó y se fue al dormitorio.

–¿Te acuerdas? –Le enseñó un neceser de Liberty–. Me lo diste cuando empezamos a salir, por si alguna vez se te olvidaba el maquillaje cuando te quedabas a dormir en casa. Ahora vuelve a sernos útil. Ponte guapa otra vez, quizá lleguemos a tiempo para *Tres hermanas.*

Jenny llevaba la mirada de él al neceser, no sabía qué pensar. Y Mike le dijo:

–¡Este nuevo corte de pelo te sienta realmente bien!

24
«Tres hermanas»
West End. Sábado, 19 de abril

Mientras Pat se duchaba, Ron salió un momento a comprar los periódicos y los cruasanes para el desayuno. Después se puso a preparar la mesa: era su rito de los sábados.

Pat se bebió la última taza de té y abandonó la revista que había estado hojeando distraídamente. Ron estaba absorto leyendo las páginas de deportes y la luz de la mañana iluminaba los claveles que le había regalado. Pat se levantó, se ajustó el cinturón de la bata y se acarició el cuello; sentía su piel suave, perfumada aún por la crema que se había dado –*su* rito de los sábados, después de hacer el amor–, y se sentía satisfecha. Volvió la mirada; la falta de orden en casa de Ron había sido motivo de disputa entre ellos desde que empezaron a salir. La cocina estaba sin recoger: los periódicos de la semana estaban tirados en la cesta de la ropa junto a las prendas para lavar, del cajón de los cubiertos asomaba una tira de plástico blanca y rizada como espuma. Ahí Ron había metido a toda prisa las bolsas del supermercado cuando ella apareció. Las zapatillas de correr y el chándal compartían el cesto de las verduras con las patatas.

–Hace un día precioso –dijo Pat, tolerante por una vez–. Abramos las ventanas y antes de irnos al teatro limpiemos la cocina a fondo.

Sonreía, y Ron se puso manos a la obra de buena gana.

Pat empezó a tirar a la basura latas, botellas y comida caducada, sin lanzar en ningún momento miradas de desaprobación a Ron, quien se ocupó de limpiar las ventanas y los muebles de la cocina. Mientras se dedicaba a ello, ella le hablaba del día en la High Court.

–¿Y qué tal se las apañó Steve en el juzgado?

–Bien, obviamente. –Pat resopló–. Dentro de poco tenemos que irnos y nos hace falta otra ducha.

Le pidió que alzara el volumen de la radio. La BBC3 transmitía el *Eugene Oneguin* de Chaikovski, el tema de Lenski, acto tercero.

Eran asiduos, aunque parsimoniosos, al teatro y Ron había comprado unas entradas con descuento para *Tres hermanas*, en el primer anfiteatro, laterales y sin visión completa del escenario. Les gustaba ocupar sus sitios bastante antes de que empezara la función, para leer el programa de mano con comodidad.

Sonó el segundo aviso. Ron estaba inquieto; quería decirle algo, pero vacilaba, balbuciendo. Pat había cerrado el programa y lo miraba, como animándolo. Él empezó diciéndole que Jim, su hijo, había aceptado una oferta de trabajo en una empresa de Birmingham y le había escrito para agradecerle la ayuda que le había prestado durante los años de la universidad: ahora ya no le necesitaba.

–Es un buen chico, mi Jim. –Después Ron empezó otra vez a decir–: De ahora en adelante podríamos permitirnos asientos mejores. ¿Te gustaría?

Pero Pat estaba mirando al público del patio de butacas, abajo.

–¡Allí está mi jefe! –Le señaló a Steve, que estaba con una joven de pelo oscuro, vestida de negro, con pendientes y collar de perlas.

–Creía que era más joven.

–Lo es más de lo que parece.

–¿Quién es la mujer que está con él?

–No lo sé, pero no está casado.

En aquel momento, Steve se inclinó hacia la mujer y le dijo algo, ella le contestó con una amplia sonrisa.

–Debe de ser su novia.

–Tal vez. Yo sólo sé reconocer a las parejas casadas, no se hablan. Y algunas, al envejecer, hasta llegan a parecerse.

–Los hay también como nosotros, que se sienten como si... –Ron había dejado la frase a medias, no sabía cómo decirlo. Levantó la vista hacia la bóveda del techo, también profusamente decorada, como el resto del teatro, con estucos blancos y dorados, y soltó después–: Si estuviéramos casados, no creo que nos aburriéramos nunca, y podrías tener una excelente pensión...

–¡No hablemos de la muerte! –Las palabras de Pat quedaron cubiertas por el último aviso.

–Me gustaría mucho que nos casáramos.

Ron lo había dicho, por fin. Y no se atrevía a mirarla.

Pat le cogió la mano y se la estrechó contra el brazo de la butaca.

–Mi padre decía: «Si todo va bien, déjalo como está». –Y le acarició los dedos tiernamente, mientras las luces se apagaban poco a poco.

El telón se levantaba en una escena esencial. Dos mesas. Sillas diseminadas. Los bastidores laterales eran paredes claras recortadas por la silueta de una puerta. El foro de luz cálida hacía pensar en un exterior. Pat se acomodó en la butaca para ver mejor y soltó la mano de Ron, que quedó sola sobre el brazo, mientras ella dejaba las suyas en el regazo, entrelazadas.

Masha ya estaba en escena y tenía a su lado una cesta de manzanas rojas, el único elemento de color entre todo aquel blanco crema. En vez del habitual libro sobre sus rodillas, tenía una manzana en la mano, y mientras abordaba su primera intervención empezó a quitarle la piel.

«Hoy hace un año que murió nuestro padre... Exactamente en este 5 de mayo...»,[*] decía Olga, pero los ojos de los espectadores estaban hipnotizados por la evidente tentativa de desnudar el fruto de una sola vez: la cáscara debía caer entera sobre el delantal claro de Masha. La actriz seguía las indicaciones del di-

[*] Traducción de E. Podgursky en la Biblioteca Virtual Miguel de Cervantes. Cfr.: http://www.cervantesvirtual.com/servlet/SirveObras/12937732009075950754624/index.htm *(N. de T.)*

rector con naturalidad y el público no perdía ni media palabra, incapaz de apartar los ojos de la meticulosa operación.

Pat, como muchos otros en la sala, contenía el aliento. ¿Y si la actriz se hubiera equivocado?

Durante el primer intermedio, Pat y Ron paseaban por el vestíbulo.

–¡Ésos son nuestros clientes de ayer! –Pat se detuvo a mirar a dos parejas que charlaban al lado de una columna de falso mármol con capitel dorado–. Los que nos están dando la espalda. A ella la reconozco por el pelo, aunque debe de haber ido a la peluquería, lo tiene más corto. –Después, la gente que paseaba le estorbó la visión–. ¡Quién hubiera pensado que, con lo que están pasando, tuvieran ganas de ir al teatro! No sé si Steve los habrá visto.

–Puede ser una manera de lidiar con la infelicidad. Durante el verano de mi divorcio no me perdí ni un concierto de las Proms –dijo Ron–, la música era un modo de consuelo. Me sentía solo.

Pat no le contestó.

Así fue como Pat, de nuevo con pesadumbre, vio moverse en el segundo acto a Masha hacia la omnipresente cesta de manzanas y repetir la operación mientras escuchaba a Tusenbach declamar su perorata sobre el sentido de la existencia: «¡Los pájaros emigrantes, las grullas, por ejemplo, vuelan y vuelan y, sean grandes o pequeños los pensamientos que vaguen por sus cabezas, seguirán volando siempre, sin saber por qué ni adónde!...». En el patio de butacas, también Steve Booth se sentía atrapado por la visión de aquel cuchillo que hendía cuidadosamente el fruto y avanzaba preciso en unos giros perfectos.

«¿Y tiene eso algún sentido?», preguntaba Masha, y detenía por un momento el cuchillo –la piel retorcida, de color rojo sanguíneo, contrastaba con la candidez de la pulpa. Tusenbach contestaba: «¿Sentido?... Cuando nieva, ¿qué sentido tiene el que nieve?».

La actriz levantaba la manzana y el cuchillo y los contemplaba –parecía el instante en el que el acróbata, sobre el alambre, se detiene para recuperar el equilibrio– y volvía después a limpiar la fruta declamando su larga intervención: «¡Mi parecer es que el hombre ha de ser creyente o debe buscar la fe! ¡De otro modo, su vida está vacía!... ¡Vivir sin saber para qué vuelan las grullas, para qué nacen los niños, para qué hay estrellas en el cielo!... ¡O sabemos para qué vivimos o todo es tontería!...».

Steve estaba justo al lado del escenario. No había truco alguno. La actriz pelaba la manzana y la piel no estaba previamente cortada y enrollada cuidadosamente como había sospechado.

Faltaba un último gesto del cuchillo. Vershinin se acercaba y observaba de cerca las manos de Masha: «¡De todos modos, siente uno que se le haya ido la juventud!...».

Entonces caía la piel y Masha ofrecía la manzana a su amado.

Absorto en sus pensamientos, Steve se puso en la cola para recoger la chaqueta de su acompañante, una abogada italiana que estaba en Londres para estudiar la legislación inglesa sobre menores. La mujer le había atosigado a preguntas sobre el sistema legislativo inglés, mientras que él hubiera querido abandonarse a Chéjov. El guardarropa estaba bajo una escalera, aunque no por ello presentaba un aspecto humilde: el marco de encima del mostrador, decorado con angelotes y volutas doradas, parecía el de un escenario en miniatura. Steve entrevió a los Pitt y no pudo evitar el pensar en la coincidencia. Se quedó pensativo incluso mientras le daba la chaqueta a la mujer.

–¿En qué piensas? –le preguntó la abogada italiana.

–En lo que dice Masha: «¡No me hace falta nada, pero me indigna la injusticia!».

Steve la había acompañado al taxi y se dirigía a paso rápido hacia la parada del autobús. Resonaban en su cabeza las palabras de Vershinin: «Antes, la Humanidad era guerrera..., ocupaba su existencia en expediciones militares, asaltos, conquistas...; pero ahora todo eso, al morir, ha dejado un enorme espacio vacío que, por el momento, nada ha llenado... La Humanidad busca con ardor, y llegará a encontrar..., naturalmente...». Y se sintió consternado: ¿cuándo?

Mientras avanzaba lentamente con el resto del público hacia la salida, Mike Pitt tuvo que pararse al menos en dos ocasiones para saludar a varios conocidos. Jenny, a su lado, saludaba y asentía ante las opiniones positivas acerca de la función. Veladas como ésa, él las consideraba meras ocasiones para hacer vida social, pero esta vez la obra le había causado una gran impresión. Casi sentía miedo al pensar en cómo le había afectado esa atmósfera de derrota. Hasta el proverbial «¡A Moscú!, ¡a Moscú!» le resonaba dentro con una nueva imperiosidad. Basta, se decía, basta. Y apretaba el brazo de Jenny.

Cuando salieron a la calle, ella se apretó contra él.

–¿Adónde vamos?

Por un instante Mike sintió la inmensidad de aquella pregunta. Su impropiedad incluso. Y se puso pálido.

25
Las voces de las sirenas
Taormina. Domingo, 20 de abril

El hotel se había construido en el siglo XIX como residencia privada de un rico comerciante inglés. Los jardines en terrazas llegaban casi hasta el final de los acantilados que bordeaban una pequeña bahía. En el lado opuesto, otro acantilado carente de vegetación reflejaba su forma; era un aglomerado de macizos de lava, que desaparecían poco a poco bajo el agua, transformándose en gradas de las que emergían dos farallones negros que relucían ásperos bajo los rayos de un sol anaranjado que no estaba dispuesto aún a declinar. Según la leyenda, fueron arrojados al agua por el cíclope que vivía en las entrañas del volcán y su blanco eran los griegos que lo habían cegado.

La doctora Cliff vagaba por el jardín, con la mirada baja. Ralph la había humillado desde que se encontraron en el momento del embarque. Estaba sentado junto a su amante y los dos habían fingido no verla. En el congreso, los numerosos colegas de Ralph que la conocían le daban una calurosa bienvenida. Ella representó el papel de la esposa perfecta. Él se mostró obsequioso, incluso, pero cuando se quedaban solos no le dirigía la palabra. La tarde del domingo la tenían libre y los participantes podían escoger entre distintas excursiones. Ralph no le dijo qué pensaba hacer y ella, demasiado orgullosa para intentar averiguarlo a través de terceros, decidió quedarse en el hotel.

Le había entrado una piedrecilla en la sandalia y se apoyó contra un árbol para quitársela. Contemplaba la ensenada oculta de la bahía. El agua oscilaba entre un color azul, allí donde era más profunda, y un turquesa leve y luminoso que acababa por atenuarse en un verde claro. Las olas acariciaban dulcemente la pequeña franja de arena en el centro del semicírculo.

La doctora Cliff no hallaba sosiego; había llegado hasta un extremo del jardín, donde una minúscula plataforma se asomaba al agua. Desde allí la vista se extendía por el golfo. El mar –tranquilo, oscuro y profundo– parecía hincharse y alzarse más allá del horizonte. Invadía el espacio del cielo, insignificante por una vez ante tal vastedad. En la costa, se adentraba hacia el interior y se retraía después, formando una sucesión de pequeñas bahías, cada una distinta a las otras por su color: azul oscuro, azul claro, turquesa, esmeralda, verde y limón.

La doctora Cliff estaba apoyada en la barandilla y miraba hacia abajo. Las sombras de las plantas que crecían en la hendidura de las rocas que se asomaban al mar, y el reflejo oscuro de la lava, habían transformado el agua profunda a los pies de la roca en tinta negra. Se puso de puntillas y se asomó: miraba fijamente la oscuridad líquida y escuchaba el rítmico ruido del mar que sacudía los escollos, ola tras ola, ola tras ola. Cerró los ojos: las voces de las sirenas la llamaban, y ella contestaba soñando con arrojarse a una muerte magnífica. Un crujido en el pelo: un cuervo volaba a poca altura sobre el mar en dirección a los jardines, al llegar a los acantilados no había desviado su trayectoria y la había rozado. El pájaro se había posado sobre la rama baja de un pino. Se miraban, uno curioso, la otra implorante. Después, el cuervo se alejó, convirtiéndose en un puntito negro en el cielo. Que desapareció.

Ralph no se saldría con la suya. Después, sintió un escalofrío: la conversación con el doctor Vita la atormentaba tanto como su matrimonio, y precisamente al pensarlo, logró recobrarse un poco.

–No me pregunte dónde estoy, porque no quiero que me envidie en exceso –le había dicho a Justin Vita–, confórmese con saber que estamos alojados en un hotel que da a la bahía más hermosa del mundo. Quisiera disculparme por nuestra conversación del viernes, sin duda le pareció algo extraña. –Le explicó que tras ver a los Pitt le había entrado un terrible dolor de muelas. Casi se desmaya de dolor y había ingerido un cóctel de analgésicos que le había ralentizado el pensamiento y el habla. Ahora se sentía mejor, un estupendo dentista local había hecho milagros–. Temo haberle dado la impresión de estar borracha. Lo siento mucho, pero con ese dolor de muelas no podía escribir. Recibirá mi informe el martes por la mañana.

Y cortó la conversación sin darle la oportunidad de preguntar cuáles eran los analgésicos que la habían dejado en semejante estado.

26
Asistentes sociales y abogados
Fitzroy. Juzgado de Familia. Lunes, 21 de abril

–Fiona debe de estar a punto de llegar. Ha ido a ver a Jenny Pitt para una primera visita de valoración sobre la familia y las capacidades como progenitores de los Pitt. Confirmo mi impresión inicial: él la tiene bajo control y ella no muestra emoción alguna. ¡Bastaba con verlos en la sala! No me cabe duda de que se incluirá a Amy en el procedimiento. Necesita protección tanto como Lucy, corre el riesgo, como poco, de sufrir abusos emocionales –le decía Miss Barnes a Sandra Pepper.

Después se dirigió a Fiona, que acababa de llegar:

–Cuéntanos.

El primer encuentro con Jenny Pitt había sido positivo. Jenny había descrito a sus hijas con sensibilidad y había admitido que los últimos días habían resultado muy duros para ella; las visitas de los fines de semana, en todo caso, habían ido muy bien y las niñas estaban contentas.

–Me ha dicho que Amy y Lucy creen que su padre sigue viviendo en casa –comentó Fiona.

Miss Barnes no podía creerlo.

–¡Tienen que haberse dado cuenta de que ya no duerme allí!

–Eso mismo pensaba yo, pero es posible. La casa es muy grande y las niñas siguen una rutina muy rígida. –Fiona explicó que en la última planta los Pitt tenían prácticamente un apartamento para ellos solos: dormitorio, baños y un despacho para cada uno–. Las niñas no tienen permiso para entrar allí, a menos que se les diga que suban; duermen en la planta de abajo y se pasan casi todo el tiempo en el semisótano, donde está el cuarto de jugar y la cocina. Durante la semana, lo normal es que sólo vean a su padre para desayunar, durante media hora, y además, parte del sábado y del domingo. Jenny dice que él sale bastante durante el fin de semana o que se encierra en su despacho a trabajar.

–¡Por lo que se ve, tiempo para abusar de su hija sí que le queda! –exclamó Miss Barnes.

Fiona no le contestó. Jenny, prosiguió, estaba muy preocupada por lo que había ocurrido en casa de Mistress Dooms: Lucy le había vuelto a hablar de aquel hombre con barba. Quería copias de los dibujos e información acerca del estado de la reclamación presentada contra la guardería. Fiona se había vuelto hacia Sandra Pepper. Ésta le informó de que Mistress Bell había tramitado la reclamación ante su superior directo, quien a su vez había recurrido a sus abogados. Se estaba encargando una colega, pero la cosa iría para largo, porque Mistress Dooms se había negado a verla y había recurrido a los sindicatos. En cuanto a los dibujos, el viernes, después de la vista, ella misma había ido a casa de Mistress Dooms, quien le había prometido que se los daría.

–Ni siquiera me dejó entrar, sólo conseguí que me diera los dibujos que Lucy había hecho en la guardería. Dice que los otros los necesita para escribir su informe. Me pareció al borde de un ataque de nervios.

–Los Pitt no deben saber nada de todo esto, ¿entendido? –Miss Barnes apremió a Fiona–: Continúa, ¿qué más te dijo Jenny Pitt?

–Es consciente de su responsabilidad y de las promesas hechas al juez, al igual que Lisa, la *au pair*. En mi opinión, Jenny Pitt tiene claro qué significa una acusación de abusos sexuales y me ha parecido muy capaz de proteger a las niñas, que pueden quedarse con ella. Por el momento no me inspira desconfianza.

–¿En qué te basas? ¿Acaso admite los abusos? –intervino Miss Barnes–. Esa mujer niega de manera absoluta la realidad.

–Antes de asegurar nada, esperaría a leer el informe de la doctora Cliff –rebatió Fiona.

–La próxima vez iré contigo, es un caso muy complejo.

Miss Barnes y Fiona acordaron que volverían a discutir sobre los Pitt después de recibir el informe de la doctora Cliff.

La sala de espera del Juzgado de Familia estaba a rebosar, los contendientes se extendían cual mancha de aceite por los pasillos y hasta en las escaleras. Sandra Pepper había entrevisto a Steve en el otro extremo de la sala. Cuando todavía era estudiante universitaria, trabajó en el bufete Wizens durante unas vacaciones de verano y habían mantenido la amistad.

–Lo has vuelto a conseguir, enhorabuena –le dijo. Luego le habló de la postura de los servicios sociales: temía que Mistress Dooms pudiera dimitir y desaparecer llevándose consigo el resto de los dibujos de Lucy.

–Hazme un favor, solicita al tribunal que le ordene presentar los dibujos que faltan en la próxima vista.

Steve dijo que lo pensaría. Para él, sin embargo, era más urgente acordar qué experto examinaría y daría su opinión acerca de los dibujos. Iban a pagarlo los Pitt y querían al mejor.

–Entonces, ¿han rechazado la asistencia gratuita?

–Así es, y por ese motivo: porque quieren al mejor.

–¡Miss Barnes estará encantada! –bromeó Sandra.

Y se rieron.

27
«Ésa no es toda la verdad»
Brixton. Bufete Wizens. Lunes, 21 de abril

Pat llevaba trabajando desde temprano por la mañana en el caso de los Pitt: cartas a los servicios sociales para acelerar la respuesta a la reclamación contra la guardería; a Mistress Dooms, para volver a pedirle el nombre de su compañero y una explicación del papel que desempeñó en su casa con Lucy; a todos los testigos, para agradecerles el que hubieran acudido al juzgado, y además elaboró un módulo para las visitas de Mike Pitt, que habrían de completar todas las personas que las vigilaban. Por último, una larguísima carta a los Pitt en la que describía la estrategia y la actuación en la causa con un presupuesto adjunto de los gastos.

Después se presentó Mavis Clarke, sin cita. Se había traído a una amiga y parecían dos escolares contritas. La noche del viernes precedente, Mavis le había pedido a su amiga que cuidara de Stephanie mientras ella se iba una hora al pub. Había bebido y después había aceptado una dosis de heroína de un amigo, de modo que al volver no estaba en condiciones de ocuparse de su hija. La amiga se había quedado hasta el día siguiente y Stephanie no se había enterado de nada.

–¡Sabía que el asistente social haría lo que fuera para hacerme caer de nuevo! El padre de Stephanie ha salido de la cárcel, pero nadie me lo había dicho. Hace una semana se presentó en casa, y no me pegó porque los vecinos estaban asomados al balcón. Amenazó con matarme si no le dejaba ver a la niña. Vine aquí para contárselo a Mister Booth pero no estaba. Después me entristecí mucho y me fui al pub. Allí un amigo me ofreció una dosis con una jeringuilla limpia. Era la primera vez, desde que salí de la comunidad.

–Vamos, ésa no es toda la verdad... –Sharon le hablaba con voz dulce–. Tenías una cita con él en el pub y querías estar guapa. Por eso le compraste el anillo a Miss Gladys.

Mavis agachó la cabeza.

–Mister Booth está en el juzgado, se lo diré. Llama más tarde. Seguro que quiere verte.

–Yo me habría dejado llevar por el pánico, si hubiera sido mi cliente –dijo Pat llena de admiración.

–Aprenderás tú también. Era de prever que empezara otra vez.

Sharon le contó que Mavis se había pasado la mayor parte de sus diecinueve años bajo la custodia de los servicios sociales: su madre murió de sobredosis. A los dieciséis años, ya madre, vivía en un apartamento propio: tenía derecho a él, precisamente por estar bajo la custodia de los servicios. Era de esperar que el padre de Stephanie se aprovechara de la situación: podía traficar desde casa de Mavis y tener también una cama gratis, y todo lo demás.

–Es una equivocación darles una casa a muchachas como ella. Están aisladas, son vulnerables y carecen de referentes. –Sharon había bajado los ojos. Era su forma de expresar tristeza. Después levantó la mirada, que relucía de nuevo–. Venga, vámonos al Quality Cafe.

En aquel momento sonó el teléfono de Pat. Mistress Oboe estaba enfadada con ella por haberla dejado plantada el viernes anterior. Una vez aceptadas sus disculpas, le dijo que se pasaría por la tarde para recoger el DVD de su entrevista con la psicóloga.

A Pat se le había olvidado sacar una copia y le prometió que la tendría lista para la mañana siguiente: quería encargarse de inmediato y renunció a la comida con Sharon.

–El director de la oficina se ha negado a correr con los gastos de la copia del DVD. ¡Si sólo cuesta unas libras!

Enfadada y sin saber qué hacer, Pat aguardaba con ansia el regreso de Sharon.

–Tenemos que mirar hasta el último penique y Mistress Oboe recibe asistencia legal gratuita. Steve puede autorizarlo, ¡llámale!

Sharon dejó caer pesadamente sus compras sobre el escritorio.

–Steve está en el juzgado, no quiero molestarlo. Le pediré a Ron que me saque una copia..., pero ¿qué dirá Steve?

–Si no tiene que pagar estará encantado. Mira, sólo me han costado cinco libras: ¿no son maravillosas?

Sharon levantó sus nuevas sandalias doradas.

Pat no tuvo oportunidad de hablar con Steve, que estaba atareado con Mavis. Vino por la tarde, tras recoger a su hija de la guardería. Stephanie era una adorable niñita de tres años con ojos grandes y curiosos. Llevaba el pelo recogido en un moño encima de la cabeza, como una piña. Era igual que su madre, en miniatura. Sharon se la llevó a la sala de fotocopias a garabatear en el papel usado, para dejar solos a Steve y a Mavis.

–Hace más de dos años que te conozco –le dijo él–, y admiro tu valor.

No le preguntó nada sobre su recaída. Simplemente, recapituló su vida entre familias de acogida y hogares sociales. Alabó su determinación para ofrecer a Stephanie lo mejor y mantenerse alejada de la droga. Le habló de la época en la que estuvo en la comunidad y se esforzaba por atenerse al rígido programa de desintoxicación, la elogió por no haberse saltado ni una sola de las visitas a la niña.

–Siempre has procurado ser una buena madre. Pero Stephanie se merece más –concluyó.

El rostro de Mavis había cambiado mientras él hablaba. No era ya el de una muchacha, había adquirido esa expresión sin edad propia de la desesperación.

–¿Van a quitármela?

–Analicemos la situación desde su punto de vista. Los servicios sociales podrían decir: «La madre de Stephanie ha hecho todo lo que ha podido, pero eso no es suficiente: Stephanie se merece una vida serena. Ha sido alejada de su madre en tres ocasiones porque era incapaz de cuidarla. Ha visto a su padre pegar a su madre. Su madre quería que Stephanie creciera con su padre porque ella no llegó a conocer al suyo, ella sigue queriendo al padre de Stephanie a pesar de que sea un hombre violento y haya estado en la cárcel, le da pena, porque él también tuvo una infancia infeliz. Sin embargo, Stephanie necesita estabilidad, amor y los mejores cuidados».

Steve se detuvo. Mavis no levantaba los ojos.

–Mírame. Seguro que no quieres que Stephanie tenga que verte otra vez pisoteada por su padre o atiborrada de drogas. No quieres que se pase la vida entre la familia de acogida y tu casa. Tú quieres para ella una buena vida, libre del miedo, del ansia, de la inseguridad y llena de afecto. ¿No es así?

Sharon había regresado con Stephanie y traía una bandeja de té y galletas. La dejó al lado de Mavis, después se agachó para seguir jugando con la niña. Mavis le dio un mordisco a una galleta y bebió después un poco de té. Steve esperó a que acabara.

–Ahora vete. Vuelve mañana, y dile a Sharon lo que piensas de lo que te he dicho. A propósito, llevas un anillo muy bonito.

Mavis miró el anillo y después a Steve; no le dirigió la sonrisa que él hubiera esperado y se marchó con Stephanie de la mano.

Steve echó un vistazo a la montaña de carpetas y mensajes sobre el escritorio, después salió de la habitación. Volvió con la regadera y se entretuvo un rato con sus plantas.

Pat y Sharon se estaban maquillando en el baño.

–Qué comprensivo se ha mostrado Steve con Mavis. Podía haberlo sido un poco también con Mistress Pitt: en el juzgado estaba a punto de echarse a llorar, y él, como si nada. ¿Es porque es rica?

Sharon la reprendió.

–Los clientes privados son insistentes, pagan con retraso y son los primeros en quejarse, pero aquí a todos los clientes se les trata de la misma manera.

A Pat le quedó un pegote de rímel en el párpado. Sharon le

pasó un pañuelo de papel y le explicó que Mavis era una pobre drogadicta, mientras que Mike Pitt era sospechoso de haber cometido abusos sexuales. Su mujer, por lo que sabían, podría estar al corriente de todo y haber decidido no ver nada. Steve tenía que mantener la distancia con esa clase de clientes.

–Y eso mismo deberías hacer tú, si quieres un consejo no solicitado.

28
Excursión nocturna al cráter
Taormina. Lunes, 21 de abril

El equipo de jóvenes azafatas del congreso demostró una gran diligencia. Estaban por todas partes, sonrientes y listas para echar una mano a los participantes. Parecían una bandada de golondrinas: brillantes cabelleras negras, uniforme azul oscuro de la cabeza a los pies y blusa de seda blanca. Su inquebrantable voluntad de eficacia no había cedido ni siquiera en los mostradores de embarque del aeropuerto. La azafata que ayudaba a la empleada de la compañía aérea para la asignación de los asientos consiguió dos contiguos para el matrimonio Cliff.

Con gesto torvo y silencioso, los Cliff se ignoraban. Melanie escribía en su ordenador, Ralph había reclinado la cabeza y tenía los ojos cerrados. Ella le miró de reojo -dormía- y siguió redactando su informe acerca de Lucy Pitt, pero no lograba concentrarse del todo, a causa de los recuerdos de las últimas veinticuatro horas.

El doctor Vita había vuelto a llamarla el domingo por la tarde, mientras ella seguía en el jardín. Quería ser franco: realmente había creído que había bebido en exceso, y lo había atribuido al hecho de que no estaba segura de su parecer sobre Lucy Pitt. El historial médico de Lucy no concordaba con lo que la niña le había dicho y era necesario buscar otra explicación. La llamaba para sugerirle que lo discutiera con los Pitt.

Ella había olfateado el peligro: aceptar esa sugerencia significaría admitir, de manera tácita, su embriaguez y su incompetencia. Tal vez pudiera contar con la discreción del doctor Vita, pero los servicios sociales no dejarían de chismorrear y su reputación quedaría dañada.

–Estuve extremadamente atenta y hablé incluso con Amy. Creo que lo que Lucy me dijo es cierto –le contestó, a la vez que lo reprendía: su amistad con los Pitt quizás ofuscara su juicio profesional. A pesar de todo, ella estaba dispuesta a reunirse con ellos una vez más, si él creía que podía serles de ayuda.

Después se encaminó hacia el hotel, más aliviada. La perspectiva de unas cuantas horas sola le resultaba atractiva y tenía un propósito: escribiría el informe sobre Lucy. La recepcionista le entregó un mensaje. Ralph iba a quedarse en el refugio Sapienza y por la noche iría a ver la lava de la última erupción del Etna. Una afrenta, una rebelión, una declaración de guerra. Empezó a sentirse mal y subió a su habitación muy despacio, como una vieja, apoyándose en la barandilla.

La visión de la enorme cama le resultaba insoportable y salió al balcón. El sol había empezado a ponerse por detrás del Etna: desde allá arriba, esa mujer y él se mofaban de ella, y se sentía decrépita. Miraba y no veía. Era incapaz de pensar. Permaneció así hasta que notó en los huesos la punzante humedad de la noche. Se arrojó sobre la cama y se quedó dormida con la ropa puesta.

El alba había invadido la habitación, trayendo ráfagas de aire con olor a salitre. El sol más temprano le cosquilleó la cara, despertándola. Había pasado una noche inquieta, dando vueltas y más vueltas en la cama, y estaba exhausta. Tenía mucho que hacer antes de que Ralph volviera. Se había equivocado quedándose en el hotel, esos dos se lo habrían tomado como una renuncia.

Se dio un largo baño, se masajeó con la crema perfumada, se maquilló y, por último, se puso dos gotas de colonia detrás de las orejas. Se miró al espejo: su cuerpo no había perdido atractivo. El constante ejercicio físico, las inyecciones de botox y el uso constante de cremas habían mantenido la carne firme y el rostro sin arrugas. La otra era una furcia y Ralph acabaría por darse cuenta. Con esos pensamientos, se puso a hacer las maletas, dejando fuera una muda para él, mientras esperaba la hora para pedir el desayuno.

Ralph llamó antes de entrar, un nefasto presagio de lo que aún tenía que pasar. Se quedó de pie cerca del ventanal, tenía aspecto de cansado. Sin darle ni siquiera los buenos días, empezó a contarle que la tarde anterior había ido con el grupo a visitar los nuevos cráteres. El Etna había sobrepasado todas sus expectativas: era una montaña mágica, no en forma de cono, como parecía desde lejos, sino con una aglomeración de innumerables erupciones de sus numerosas bocas. El cráter principal, en lo alto, era tan grande que parecía un altozano.

–Por encima de los dos mil quinientos metros no hay vegetación, sólo lava, en todas sus formas: rocas, pilastras, columnas y lenguas grandes como ríos. En su parte baja, las laderas del volcán descienden a través de protuberancias y colinas cubiertas de árboles hasta la llanura de Simeto. Hemos visto uno de los canales de lava de la última erupción, había abrasado tierras y plantas y engullido casas enteras. Pero yo quería ver más.

Ralph se apartó del grupo y tomó una guía y un chófer dispuestos a llevarlo de noche al cráter. Tuvo que firmar un documento por el que los liberaba de toda responsabilidad y después arrancaron en un todoterreno.

–El jeep cruzaba y remontaba lechos de lava. Ascendimos por las viejas coladas, pero en los lugares en los que el terreno era más áspero no podíamos seguir adelante. Los faros eran como ojos de cocodrilo en la noche. Casi me entró miedo, pero el chófer conocía el volcán como la palma de su mano. Aunque cambie continuamente: la lava se quiebra y se despeña hacia el valle en gruesos bloques, sin avisar. Era un viaje hacia lo desconocido, pero salimos airosos. Flanqueados por muros de lava, recorrimos lo que a mí me pareció el borde de un gran cañón. El chófer apagó los faros: oscuridad total y silencio absoluto. Sin embargo, el animal que se oculta dentro del Etna está vivo y coleando. A medida que nuestros ojos se iban acostumbrando a la oscuridad, por las grietas del lecho de lava a nuestros pies, tupidas como una telaraña y profundas hasta las entrañas del planeta, brillaba, de un rojo luminoso con matices azulados, el magma incandescente, magnífico.

–¿No tienes nada más que decirme? –Ella no se había movido de la butaca en la que se había sentado a desayunar.

–Sí, hay más. He ido solo. Ya no soporto compartir la cama contigo. Escoge tú: o duermo en la habitación de invitados o me marcho.

–¿Para siempre o mientras te resulte cómodo?

–Te dije que tu presencia no era grata aquí. Sabes perfectamente que *Flag* es lo que me retiene. Ahora voy a darme una ducha.

El avión atravesaba una zona de turbulencias. La doctora Cliff comprobó que el cinturón de seguridad de su marido siguiera abrochado: él dormía profundamente y ella se lo quedó mirando.

La recepcionista tenía buenas noticias. Aquella mañana se había producido una falsa alarma de bomba en Belgravia Square, donde la APMP, la Asociación de Psiquiatras de Menores y Peritos judiciales, estaba impartiendo un curso de reciclaje profesional. Tuvieron que evacuar a los asistentes y necesitaron otros locales dotados de cámaras de vídeo y lectores de DVD. La doctora Moss, directora de los cursos de formación, había alquilado las tres consultas de la doctora Cliff al precio requerido.

La doctora se alegró. Había completado en el avión su informe sobre Lucy y sólo le quedaba por redactar el de Amy, que no le llevaría demasiado: vería el DVD. La entrevista con Lucy no la había grabado porque era un cliente privado y la carta de Justin Vita no le había dado motivos para creer que las preocupaciones de la guardería tuvieran fundamento alguno, pero después de haber escuchado a Lucy, decidió grabar la entrevista con Amy, sin decírselo a sus padres.

El DVD, sin embargo, ya no estaba en su ordenador. Revolvió sus cajones y sus papeles: fue inútil. Siguió buscando más minuciosamente; revisó incluso sus ficheros. Después le preguntó a la recepcionista si alguno de los médicos que había usado su despacho le había dado algún DVD, pero ella no sabía nada. La única explicación era que alguien lo hubiera cogido por error; maldiciendo su mala suerte, llamó a Caroline Moss. Estaba hablando por la otra línea, pero la secretaria le dijo que los participantes del curso llevaban consigo sus propios DVD para grabar sus testimonios simulados. En cualquier caso, mandaría un correo electrónico colectivo a todos ellos, pidiéndoles que revisaran el material del curso.

La doctora Cliff tuvo que resignarse a escribir el informe sobre la entrevista con Amy basándose en lo que recordaba y en las pocas notas que había tomado. Se lo envió más tarde todo al doctor Vita, interesándose por su opinión. Él contestaba siempre sin dilación, pero no ocurrió así esta vez. La doctora Cliff aguardó inútilmente una respuesta, hasta que lo llamó ella misma, por la noche.

Justin Vita le agradeció su rapidez y no añadió nada más.

29
Un elaborado ritual
Ortigia. Domingo, 20 de abril, y lunes, 21 de abril

El aeroplano había aterrizado en Heathrow y se dirigía hacia la zona de aparcamiento. Mike Pitt recogió sus papeles para ser de los primeros pasajeros de clase business en desembarcar.

El viernes por la tarde, después de la vista, había vuelto a la oficina. Rudy Halt, su jefe, le había informado de que uno de sus clientes más importantes, Jim Stutz, había llamado desde Malta: quería reunirse con él en Siracusa el lunes por la mañana. Estaba interesado en la adquisición de Wear-and-Go, una cadena de tiendas de ropa para adolescentes, cuyas acciones habían bajado y que, según se decía, tenía problemas con su directiva. Estaban sorprendidos, porque el año anterior Jim había vendido sus negocios y por lo que sabían, disfrutaba de una vida de exiliado fiscal practicando vela en el Mediterráneo.

Jenny había insistido en acompañarlo al aeropuerto, después de la comida del domingo. No hablaron mucho. De vez en cuando, Mike le acariciaba el brazo mientras conducía y cuando llegaron, ambos tenían los ojos húmedos.

Mike se hospedaba en el hotel Des Étrangers; había dejado la bolsa en la habitación y había salido para estirar las piernas. Ortigia era un islote habitado desde hacía milenios, y en el que desde hacía milenios se edificaba; con todo, había mantenido el desordenado laberinto de callejones medievales. Mike vagaba sin rumbo y sin prestar atención a las fachadas de los conventos, ni a las iglesias ni a los soberbios palacios de la antigua aristocracia. Pensaba en lo que iba a pedirle Jim, y en Wear-and-Go. Tras recorrer una callejuela había desembocado en una espectacular plaza semielíptica a la que daban las sedes de los poderes del pasado: la catedral y los antiguos palacios del Senado y de la Orden de los Caballeros de Malta. Pero a Mike lo único que le interesaba era trabajar en el dossier de Wear-and-Go. Se sentó a una mesita del café de delante de la catedral y prosiguió con la lectura de sus papeles, saboreando una cerveza. Se sentía inquieto, quería pagar la cuenta y marcharse.

Un camarero avanzaba hacia el otro único cliente, una muchacha sentada no lejos de él, y llevaba en la mano una bandeja con una copa de helado cubierta de nata montada y fresitas, con tres galletas hincadas en medio. Mike intentaba llamar la atención del camarero, pero el joven estaba absorto atendiendo a la chica, después se reunió con los demás camareros, todos alineados contra la pared. Mike los miró y levantó el brazo para que le atendieran, pero nadie respondió a su gesto. Tenían todos los ojos clavados en la muchacha. Mike se volvió a mirarla: una chica normal, en vaqueros y camiseta, que se comía con delectación su helado, siguiendo un elaborado ritual. Se inclinaba sobre la copa y metía la cucharilla para llegar hasta el helado por debajo de la nata, extrayéndola medio llena. Después ponía encima unas fresitas y también un poco de nata. Una vez hecho esto, se enderezaba y se llevaba la cucharilla a la boca. Después se dejaba caer contra el respaldo y miraba a su alrededor mientras el helado se le deshacía lentamente en la boca. Cada uno de esos movimientos, por pequeño que fuera, revelaba un cuerpo aún inmaduro, pero perfectamente moldeado y sensual. Su belleza era simple, natural, y se desvelaba únicamente ante una mirada cercana: su piel cetrina era lisa; sus cabellos negros, tupidos y relucientes; sus ojos, bien distanciados y carentes de maquillaje, con párpados pesados, orlados por pestañas largas y espesas. Sus labios parecían dibujados.

Por la puerta del café apareció la figura redonda de Jim: se estaba abrochando el cinturón y se dirigía con pasos veloces hacia la mesita de la muchacha. Turbado, Mike hundió la cara en sus papeles, pero el ojo atento de Jim Stutz le había reconocido:

–¡Estupendo! ¡Nos vemos antes de lo previsto!

Y le invitó a su mesa. No le presentó a la chica, que seguía comiéndose su helado como si Mike no estuviera allí. Jim le dijo que su velero estaba atracado en el puerto y le confirmó que se encontrarían al día siguiente para desayunar en la terraza del hotel.

–¿Te gusta? –le preguntó Jim a la muchacha.

Ella le contestó alzando la mirada –un resplandor repentino– y, bajando después los párpados, muy despacio, engulló otra cucharada de helado y se dejó caer hacia atrás lentamente, con una mano colgando del brazo de la silla y la otra apoyada sobre la mesa con la cucharilla vacía entre los dedos. Miraba la plaza, y no les prestaba atención. Sus pechos parecían hincharse, la camiseta estaba tan tensa como si se la hubieran cosido encima. Tenía los labios cerrados; el helado se iba deshaciendo. Cogió una galleta y rebañó un buen trozo de nata; fue tomándosela poco a poco con la punta de la lengua, la chupó entera después, como si fuera un bastoncito de regaliz, y, por último, la picoteó a pequeños mordiscos. Cuando terminó, se dirigió a Jim, cuyos ojos no la habían abandonado y sus labios se abrieron en una tranquila sonrisa de satisfacción, revelando una hendidura entre los incisivos.

Mike tenía hambre. Medía con largos pasos la terraza del restaurante esperando a que abriera. El hotel, el edificio más alto de aquella zona de la isla, construido a principios del siglo anterior, estaba restaurado y en parte reconstruido. Desde el restaurante, situado en la azotea, la vista se extendía por mar y tierra.

Una camarera servía, con presteza, los cócteles. Él lo había rechazado y la muchacha meneó la cabeza: los rizos del flequillo negro con mechas doradas rebotaron contra su frente bronceada.

–Este cóctel es la especialidad del chef, llámeme si cambia de idea. Y disfrute del ocaso, señor, desde aquí es precioso.

El cielo estaba velado; el mar, pálido; el aire, tibio. Delante de Mike, Ortigia era una extensión de techos de tejas a los que el tiempo había conferido matices color ocre quemado. Las tejas nuevas encendían aquí y allí un rojo brillante que chirriaba en aquel singular e inconexo mosaico. Viejas palmeras maltrechas, con sus finos troncos doblados por el viento, sobresalían en medio de los tejados como agujas oxidadas con restos de lana deshilachada en sus ojos. En aquella maraña de distintas laderas se encajaba la geometría más suave del tejado de una iglesia: de la fachada barroca, vista desde atrás, podía reconocerse la silueta de su forma; el tímpano estaba coronado por una enorme cruz rizada de hierro colado, cuyos brazos partían de un círculo central, como un sol negro y vacío; por debajo, los huecos simétricos de las campanas parecían las órbitas vacías de la fachada.

El sol había palidecido y moría en un desolado ocaso. La oscuridad caía poco a poco sobre Ortigia. Mike observaba ahora a los camareros, que preparaban las mesas perezosamente. Había un macetero con un enorme cactus arrimado al muro trapezoidal al final de la terraza. Mike se inclinó sobre la barandilla: al borde del tejado corría el canalón que, al igual que la tierra de la maceta, se usaba como cenicero y estaba lleno de colillas, repugnante.

Mike se encendió un puro y permaneció delante del cactus, sus hojas carnosas se extendían por capas unas sobre otras alrededor del robusto tallo como pétalos de una dalia gigante. En otros tiempos fueron de un verde intenso y reluciente –había restos aún de un verde rosado en la base–, pero ahora, abrasadas por el sol, se habían teñido de un rojo bermejo, perdiendo su brillo. Se habían vuelto ásperas, picadas por pequeñas cicatrices a causa del granizo.

Entonces los demonios se abatieron sobre él. El cactus era ahora un hermafrodita; sus hojas carnosas, una vulva roja y sufriente; el tallo robusto, con la punta rodeada de anillos de inflorescencias marchitas, un pene vibrante. Imágenes, reminiscencias y voces se enmarañaban unas sobre otras en rápida sucesión. Sus ojos estaban clavados en el hermafrodita. Aquellas hojas carnosas de un rojo oscuro lo hipnotizaban, los labios túrgidos de la muchacha en el café: «¿Te gusta?».

El tallo gris y tubular, en el dormitorio del colegio: «¡Así, así!». Y, después, otra vez se repetía: «¿Te gusta? ¡Así, así!».

«¡Fuera, fuera!», decía Mike, con el cuerpo tenso y contraído por el esfuerzo de ahuyentar lo que lo agitaba. Ahuyentarlo, sin saber qué era.

Desde lejos llegaba, distorsionada y cavernosa, la voz de la doctora Cliff: «Me ha dicho que su padre abusa de ella». «Su padre, su padre...», resonaba en toda la isla.

–¿Desea cenar?

La camarera con la melena rizada se le había acercado. Él la escudriñaba como si fuera una criatura de otro planeta, sin contestar nada. Después, una quemazón en los dedos: el puro se había consumido y se había convertido en un cilindro de ceniza.

El desayuno del lunes resultó muy provechoso. Jim había proyectado la adquisición hasta en todos sus detalles y estaba en perfecta forma. Se estaban tomando una última taza de café. Jim le recordó que cuando se deshizo de sus negocios estaba sinceramente convencido de que pasaría el resto de su vida con su mujer y sus nietos. Después se puso serio.

–Creo que entre tú y yo hay un mayor entendimiento que con el resto de la gente de Trolleys. Dado que ayer nos vimos por casualidad, es conveniente que sepas que esa niña me ha dado una nueva linfa y ahora vuelvo a escena con el fin de crear otra cadena de tiendas para ella. Es importante para nuestra relación de negocios: si me pasara algo, quiero que Trolleys proteja su patrimonio. Será la nueva Mistress Stutz, en cuanto tenga la edad. Helen sospecha algo –añadió–, pero sigue una pista equivocada. En todo caso, tengo la intención de convertirla en una rica divorciada: se lo merece, después de todos estos años.

–Ten cuidado –le advirtió Mike.

–Está todo bajo control. Vive en el barco, bajo bandera panameña.

Se había levantado una ligera brisa y Jim miraba el mar. Las embarcaciones deportivas parecían minúsculas en comparación con su velero. Arrugó la servilleta y la tiró sobre la mesa.

Bajo el sol, Ortigia era un festín para los ojos. Las terracitas de las antiguas lavanderías bajo techado y los balcones de las casas estaban aparejados con la ropa tendida, y cada colada era una secuencia monocroma de ropa: blanca –sábanas, toallas, manteles–, azul –pantalones, camisas, camisetas–, negra –faldas, blusas, medias, combinaciones, retales desteñidos–. De vez en cuando, una repentina mancha de ropa pequeña y colorida: la colada de los niños.

A los pies del hotel, la fuente de Aretusa estaba rodeada por turistas y grupos de estudiantes. Al lado, las lozanas copas de los ficus formaban un único cuerpo y desde lo alto parecía una isla flotante de verde, donde habían instalado sus nidos las palomas que revoloteaban a baja altura para recoger las migas que dejaban los turistas alrededor de la fuente.

El agua de los escollos frente al hotel era verde esmeralda: mar adentro se teñía de azul oscuro y permanecía de un color uniforme hasta el horizonte.

De repente, una bandada de golondrinas surgió de la nada, trisando. Eran centenares, y se dividían en bandadas más pequeñas. Cruzaban el cielo por encima de los tejados, a la altura de la terraza, zigzagueando, atentas para no invadir el mar. Descendían con las alas desplegadas y puntiagudas, y sus plumas azul oscuro brillaban al sol. Caían en picado para ascender después, como si danzaran.

Los huéspedes del hotel se habían precipitado fuera a mirar. Mike les siguió y volvió después a reflexionar sobre la adquisición de Wear-and-Go. Siguió pensando sobre ello en el taxi y en el avión hasta llegar a Londres. Con una sola interrupción: tras el despegue, el capitán informó a los pasajeros de que estaban volando en las cercanías del monte Etna, y levantó la cabeza del dossier. Como las golondrinas de Ortigia, el avión volaba a la altura del cráter. Mike miró hacia fuera brevemente. Pensó que a Amy y a Lucy les hubiera gustado mucho verlo, después maldijo a la doctora Cliff.

Que viajaba a bordo de su mismo avión, en clase turista.

30
Los Niños Jesús de cera
Highgate. Casa de Miss Wood. Lunes, 21 de abril

Jenny estaba acostumbrada a las frecuentes ausencias de Mike, pero aquella noche no conseguía dormir, le echaba de menos. Después se despertó recordando que tenía la visita de Fiona McDougall y ya no consiguió volver a conciliar el sueño. Por la mañana estaba exhausta y se lo contó a Mike cuando la llamó.

Él ridiculizó sus preocupaciones y le dijo que la visita de la asistente social era una buena señal: por fin se habían despertado de la modorra y empezaban a hacer algo por conocer a la familia.

–No tenemos nada que temer.

Jenny no le hizo notar que eso mismo había dicho antes de que se entrevistaran con la doctora Cliff.

Amy y Lucy se marcharon contentas, como cada lunes, de volver al colegio y completamente ignaras de los cambios; sin embargo, en su casa se habían producido muchos, y eran bien visibles. Eso pensaba Jenny mientras agitaba la mano para despedirse.

La noche anterior, Nora, que fue su *au pair* dos años antes y que era ahora estudiante universitaria, se había instalado en la habitación de invitados: además de vigilar las visitas, echaría una mano a Lisa con las tareas de casa. La tía Marjorie se había apoderado del comedor, donde pasaría los fines de semana. Había un amplio espacio para su cama, porque las sillas no habían llegado todavía y habían colocado la mesa contra la pared. La galería cerrada del rellano frente al comedor –que Jenny soñaba con llenar de plantas y butacas de mimbre– se había convertido en la habitación de Teresa, otra antigua *au pair* que viviría con ellos como invitada para asistir a las visitas de Mike durante los fines de semana y suplir eventuales ausencias de las otras vigilantes.

A Jenny le daba la impresión de que su casa se había convertido en un albergue para chicas extranjeras y ancianas, y le molestaba.

Fiona McDougall llegó puntual a las nueve y media. Le explicó a Jenny que debía conocer a la familia a fondo, para valorar la capacidad como progenitores tanto de ella como de Mike.

–En definitiva, eso significa conocerles bien.

Y después le explicó los distintos pasos de la investigación formal. Primero: objetivo prefijado de la investigación; segundo: punto de vista de los padres acerca del problema; tercero: historia de la familia complementada con una cronología de sus vidas; cuarto: análisis de las necesidades psicológicas y físicas de Lucy y de la capacidad de sus padres para satisfacerlas, además de una lista de los puntos fuertes y débiles de cada uno de los progenitores; quinto: elementos significativos del ambiente familiar; sexto: análisis de conjunto de toda la información obtenida.

Mientras Fiona hablaba, a Jenny le asaltó un recuerdo de infancia: estaban de vacaciones, en el campo, y su padre se la había llevado con él a la carnicería. La puerta que daba a la trastienda estaba abierta, y un joven carnicero estaba cuarteando el cuerpo de un cerdo sobre una tabla de madera. Como un malabarista, alternaba distintos cuchillos –largos, cortos, gruesos, finos– según la tarea. Sacaba del vientre las tripas y las arrojaba a distintos cubos que había en el suelo: hígado, bazo, intestinos y otros restos para las salchichas; y, por último, lo que venderían como alimento para perros: trozos amarillentos de grasa, grumos rojos y pulmones. Después buscaba el lugar exacto por donde separar las extremidades, preciso como un cirujano, y al final daba, uno tras otro, golpes rítmicos, con un grueso mazo sobre un cuchillo de hoja plana. Mientras su padre escogía las salchichas para la comida, el cuerpo del cerdo se convertía en chuletas, filetes, lomo y carne para estofado. De la misma manera, la doctora Cliff había cercenado la yugular de los Pitt y los servicios sociales se disponían a iniciar la investigación con la boca hecha agua ante el banquete final.

Fiona había notado su desazón:

–Lo hacemos para ayudarles –le dijo, tratando de animarla.

Después Jenny tuvo que enseñarle la casa entera. Fiona solicitó ver también los despachos y los baños de los Pitt; Jenny se sobresaltó: Mike se entretenía comprando pinceles de marta, cuchillas de afeitar, tarritos de crema y gel, y tal vez hubiera dejado algunos. Eso también corría el riesgo de convertirse en una prueba contra ellos.

Pero en su baño no había más que un jabón solitario sobre el lavabo.

La tía Marjorie estaba en su «habitación»: había dejado las maletas vacías junto a la puerta, lista para que Jenny la acompañara a casa, en cuanto Fiona se hubiera marchado. Sus herramientas de costura ocupaban toda la mesa del comedor y Fiona, a quien le gustaba trabajar con aguja e hilo, se puso a charlar con ella, de manera que la tía Marjorie la siguió hasta la cocina. Fiona era directa y respetuosa, y Jenny tuvo que admitir con reticencia que le caía simpática. Antes de marcharse, Fiona le dijo que probablemente volvería con su jefa. Fue suficiente para sumir a Jenny en el pánico, y para que volviera a sentir la angustia que se había apoderado de ella cuando oyó testificar a Miss Barnes. Se acordaba de todo lo que había dicho, palabra por palabra.

En ese estado emocional Jenny acompañó a la tía Marjorie hasta Highgate, y mientras conducía, se desahogaba con ella.

–Ya te he dicho que tienes que ser fuerte –le dijo la tía.

–No sé cómo –contestó Jenny, y era exactamente así.

Entonces, por primera vez, la tía le habló de cuando empezó a sospechar que el padre Patrick, el capellán, se estaba comportando mal con los más pequeños de la escuela del convento. Confió sus dudas a la madre superiora, quien se lo reprochó: se equivocaba, eran pensamientos impuros. Habló de ello entonces con una hermana que, al igual que ella, enseñaba en la guardería y recibió la misma respuesta. Poco a poco, empezó a notar que las demás hermanas parecían enfadadas con ella: muecas, réplicas, malas miradas. No había nada que hiciera bien. Siempre le daban tareas nuevas y distintas y se sentía aislada y perseguida. Pronto empezaron las murmuraciones de las hermanas y no tardó en verse con el convento entero en su contra: decían que se había prendado del padre Patrick y que, al sentirse rechazada, lo calumniaba.

–Rezaba a Dios todo el tiempo. Le pedía que me ayudara porque me sentía enloquecer. A veces llegaba a pensar que sus acusaciones eran ciertas, pero cuando la calumnia alcanzó incluso a los Niños Jesús de cera me di cuenta de que yo tenía razón, y no ellos. Las hermanas se equivocaban, y gravemente.

Jenny no entendía, y la tía Marjorie le explicó que cada mañana, tras haber recitado los loores, recogía los restos de cera de las palmatorias de las velitas que ardían ante las imágenes sacras, los deshacía después en una olla obteniendo una masa con la que moldeaba numerosos Niños Jesús como los del pesebre del belén. A fuerza de probar una y otra vez, consiguió hacerlos tan bonitos como los que se vendían en las tiendas. Eran su regalo de Navidad para los niños de la guardería.

Llevaba años moldeándolos, y ninguna de sus hermanas había dicho nunca nada al respecto. Ahora en cambio, insinuaban que sus caritas eran idénticas a la del padre Patrick, lo que demostraba su obsesión por el capellán. Hubo incluso quien sugirió que se llamara a un sacerdote exorcista.

–En aquel momento lo comprendí todo, y hallé fuerzas para acusarlo, a él y a todas aquellas que sabían y tapaban sus malandanzas. Desde entonces siempre he creído que la verdad, antes o después, sale a la luz; las mentiras y las calumnias están condenadas a una vida breve.

–¿Cuánto tendré que esperar? –lloriqueaba Jenny–. No sé si tendré fuerzas.

Se detuvo ante la verja de una casa privada, y levantó los ojos, hundidos en sus órbitas, para mirar a su tía.

La tía Marjorie se arregló un mechón de pelo blanco que se le había escapado del moño, y después dejó que sus manos resbalaran hasta su regazo.

–Sólo Dios sabe cuánto durará tu sufrimiento –dijo con un suspiro–. Debes tener paciencia y ser fuerte.

–¡Yo no soy como tú!

–Tonterías. Dios nos ama y no permite que suframos más de lo que podemos soportar. Nadie nace con fuerzas, las tribulaciones de la vida nos las dan. Una buena madre saca fuerzas de donde sea por sus hijos.

La tía Marjorie sacó el rosario del bolsillo y lo desgranó hasta llegar a casa.

El día de Jenny no mejoraba. Lisa y Nora desconfiaban la una de la otra y habían puesto a dura prueba su paciencia protestando sobre el baño que tenían que compartir; los obreros habían traído a dos ayudantes que habían derramado un cubo de pintura sobre el parqué del vestíbulo; le habían llamado de la oficina para decirle que habían suspendido a un colega sospechoso de fraude y por la tarde Amy había vuelto del colegio con un chichón en la cabeza.

En circunstancias normales, Jenny hubiera creído que nada de todo aquello tenía importancia, pero aquel día se sintió al borde de la desesperación. Sin embargo, consiguió recobrar la calma y hacer lo que debía. Y lo hizo susurrándose a sí misma: «A Lucy no le ha pasado nada. Lucy está bien», repitiendo cada frase como si fueran los avemarías y los padrenuestros del rosario.

31
«¿Para qué remover el pasado?»
Brixton. Bufete Wizens. Lunes, 21 de abril

Ron pertenecía al amplio grupo de varones a quienes la mera sospecha de enfermedad transforma en cobardes. Pat lo había acompañado al hospital, donde se vio que sus miedos eran infundados: nada de aneurisma, sólo fatiga digestiva. A pesar de todo, seguía conmocionado y le pidió a Pat que fueran a la pastelería a tomar un té para animarse. Ella había aceptado, aunque hubiera preferido estar ya en la oficina, sentía que se estaba perdiendo algo importante.

La premonición resultó correcta: Mistress Ansell había sido agredida y golpeada repetidamente por su marido y había decidido solicitar una orden de alejamiento contra él. Cuando Pat llegó a la oficina, Mistress Ansell ya se había marchado: se vería con Steve esa misma tarde en el juzgado.

–Se ha llevado una decepción cuando le he dicho que no estabas –dijo Sharon–. Nos ha contado que se encontró contigo en el mercado y que fuiste tú quien la persuadió para llegar hasta el final, si su marido volvía a pegarla.

–¿A Steve le ha molestado?

–¡Qué va!

Pat estaba a punto de confesarle que había estado en casa de Mistress Ansell, pero Mister Coutts había traído unos documentos que insistía en entregar en persona a Steve. Sharon tuvo que socorrer a la recepcionista y explicar a Mister Coutts que Steve estaba ocupado con el jefe del bufete; de los documentos se encargaría ella. No hubo manera. Mister Coutts quería dárselos en persona y lo esperaría. Escogió una silla delante de su puerta y se quedó allí sentado con las rodillas y los pies juntos, como un alumno crecidito que aguarda el reproche del director del colegio. Rechoncho y de mediana edad, tenía la piel lisa, papada y rasgos infantiles, casi de gnomo, que contrastaban con lo formal de su vestimenta: zapatos de cuero reluciente, chaqueta y corbata de rayas. Mister Coutts sujetaba con fuerza sus documentos, con los ojos bajos, sin prestar atención a lo que sucedía a su alrededor; de vez en cuando, procurando que nadie se diera cuenta, exploraba la oficina con la mirada, como para asegurarse de que Steve no se había colado a escondidas.

Steve cerró la puerta e invitó a Mister Coutts a sentarse, pero él se negó. Permaneció de pie en medio de la habitación.

–Mi inocencia está en sus manos, así como el futuro de mi *nasciturus* –dijo pomposamente, y le entregó a Steve la documentación de su proceso penal–. Ahora tengo que despedirme: esta mañana he llevado a mi mujer al hospital, un amago de contracciones.

–Mister Coutts se ha convertido en cliente prioritario: es un pedófilo, y ha pasado mucho tiempo en la cárcel –le dijo Steve a Sharon, cuando se marchó.

Le contó que el cliente había recurrido a toda clase de excusas para no darle el expediente de su proceso penal. Ahora que el niño estaba a punto de nacer, recurría a él: ¡sabía perfectamente que los servicios sociales intervendrían! Steve reorganizó de inmediato el día: una colega le sustituiría en el juzgado en la vista de Mistress Ansell y él no contestaría al móvil.

Al cabo de un rato recibió la llamada de Mister Coutts: había sido una falsa alarma y su mujer ya estaba en casa; Steve le dijo que volviera a la oficina esa tarde acompañado de su mujer.

Pero fues solo. Steve iba a hacerlo pasar, cuando apareció Mike; había llamado antes y no le había hecho gracia cuando Pat le dijo que Steve no atendía a llamadas telefónicas; le advirtió que, en tal caso, les llevaría él mismo el informe de la doctora Cliff. Steve debía leerlo inmediatamente. De modo que le dejó bruscamente el sobre en las manos, con rabia.

–Lo leeré esta noche, le llamaré después –le aseguró Steve.
Mister Coutts los escuchaba y tenía la mirada fija en Mike.

–Buena suerte –le dijo.

–Lo mismo le digo –contestó Mike, y se marchó.

–Tiene usted un certificado limitado a cinco horas de asistencia jurídica gratuita. Puedo dedicarle únicamente una hora de trabajo. Me he pasado la tarde leyendo su expediente. Confiaba en ver también a su mujer. ¿Dónde está?

–Necesita descansar. –Mister Coutts se sentía incómodo–. La policía me ha tendido una trampa, quiero que usted me diga que está convencido de ello.

Steve habló con calma:

–Me reconocerá que fue condenado por ejercer violencia carnal contra su sobrina de doce años y admitió haber cometido ese delito más de una vez. No interpuso recurso contra la sentencia, por lo que es poco probable que fuera víctima de una trampa y obligado después a confesar.

Mister Coutts no pestañeó. Sus ojos, clavados en Steve, eran sombríos.

–Ella fue la que me buscó, y no fui el primero. –Había un extraño orgullo en sus palabras.

–No me interesa. Estamos aquí para discutir sobre el niño que va a nacer.

Steve le informó de que, tras el nacimiento, los servicios sociales instruirían un procedimiento para retirarle la patria potestad; después llevarían a cabo una investigación y estudiarían la posibilidad de dejar al niño con la madre, tal vez incluso con los dos. Sin duda alguna, querrían saber si había parientes dispuestos a criar al niño, en el caso de que a ninguno de los dos se les considerara idóneos.

–Dígame por lo menos si tenemos alguna posibilidad de vivir juntos como una familia normal.

–Necesito hablar con su mujer. Es posible, pero improbable, dada su actitud.

Mister Coutts no reaccionó, y Steve prosiguió:

–¿Sabe su mujer lo que hay aquí? –Levantó el expediente y lo dejó caer con fuerza sobre el escritorio.

–Más o menos.

Steve quería más de él y Mister Coutts lo sabía.

–Voy a buscarla y vuelvo.

Su rostro rosado se había vuelto gris.

A pesar de su avanzado estado, Mistress Coutts tenía cierto aspecto de virginidad rancia. Ni guapa ni joven, llevaba un blusón fruncido por debajo del pecho y amplios pantalones. Era una mujer de actitud digna. Pero atemorizada. Le contó a Steve que trabajaba como contable en una cooperativa. Mister Coutts prestaba servicio como voluntario en su empresa, y se habían conocido allí. Su jefe lo enviaba al banco a depositar los cheques, pues confiaba plenamente en él. Se sonrojó al decir que se habían casado tras un breve cortejo y que se quedó embarazada al cabo de unas cuantas semanas.

–¿Por quién supo del pasado de su marido?

Fue el asistente social: la comadrona del hospital avisó a los servicios sociales.

–No sé cómo se ha enterado... –añadió Mistress Coutts, abatida.

–¿Qué sabe de la condena?

–Hemos hablado de ello. Quiero que sea usted quien me lo explique. –Y Mistress Coutts clavó sus ojos en los de Steve, con confianza.

Él empezó por las motivaciones de la sentencia.

–«Tras una seducción especialmente retorcida, Mister Coutts abusó de su sobrina de doce años, de manera particularmente sádica: además de una relación sexual completa, hubo penetración vaginal con una serie de objetos puntiagudos.»

El rostro de la mujer se contrajo y su mirada, sin apartarse de Steve, se ofuscó; sin embargo, seguía dándole la mano a su marido.

–¡Esa cría mintió!

Y Mister Coutts empezó a contar que en aquel entonces él era un chico de campo, de veinte años apenas y sin antecedentes. Fue a buscar trabajo a Chester, y vivía en casa de su hermano mayor. Su sobrina se prendó de él, y cuando él la rechazó, lo calumnió. La policía le obligó a confesar un delito que no había cometido. El abogado se puso de parte de la policía y no tuteló sus derechos como era su obligación. Durante el juicio él siguió proclamándose inocente, pero al final cedió, bajo las presiones de su abogado, por miedo a recibir una condena mayor.

–Estoy orgulloso de mi revancha: en la adversidad de un encarcelamiento injusto, conseguí sacarme el título de electricista. Cuando salí de la cárcel, empecé enseguida a trabajar y después me enrolé en el ejército. Me jubilé por motivos de salud, tras años de intachable servicio. Ahora recibo una pensión de invalidez y me dedico al voluntariado con los necesitados. ¡Soy un hombre honesto! –concluyó Mister Coutts, y se volvió hacia su mujer–: Puedo demostrar que esa chica mentía, y pido perdón por emplear palabrotas. ¡Tenía doce años pero ya era una maldita puta y urdió una red de mentiras!

Buscó la mirada de su esposa, pero Mistress Coutts miraba fijamente a Steve, intentando averiguar qué le pasaba por la cabeza al abogado, pero no lo lograba. Mister Coutts siguió hablando con convicción. Le habían llegado noticias de que para la chica las cosas habían ido de mal en peor. Creció rebelde y embaucadora, robaba a sus padres, y éstos, incapaces de soportarla, la habían echado de casa. ¡Se había convertido en una drogadicta, una ladrona y una prostituta! Mister Coutts había terminado. Aguardaba la reacción de Steve.

Pero Steve se dirigió a Mistress Coutts:

–Debo advertirle que, cuanto más insista su marido en su inocencia, más se reducen las posibilidades de que pueda criar junto a usted al niño que lleva en su seno.

Hizo una pausa y se acarició la barbilla. Mistress Coutts había captado el mensaje.

–¡Escúcheme, Mister Coutts! –Steve se irguió en la silla–, ¡negarlo no le ayuda en nada! –Siguió hablando lentamente, dirigiéndose a ambos–: Los servicios sociales se plantearán tres preguntas, y es cometido de ustedes, juntos o separados, ayudarles a encontrar la mejor respuesta para su hijo. –Steve escandía las preguntas dando golpecitos con la pluma sobre el escritorio–. Primera: ¿ha cambiado Mister Coutts? Y si ha cambiado, ¿cómo y por qué? ¿Está dispuesto a someterse a una terapia especializada? –Mientras hablaba, Steve miraba a Mister Coutts pero sus ojos se mostraban evasivos–. Segunda: ¿conoce Mistress Coutts todo el pasado de su marido? Y en tal caso, ¿qué piensa de ello? –Steve miró fijamente a Mistress Coutts. Sus mejillas se habían vuelto encarnadas, parecía no aguantar más. Él siguió, pero su voz se volvió más dulce–: Tercera: ¿qué le importa más a Mistress Coutts?, ¿su matrimonio o el bien de su hijo? De ser su hijo lo más importante, ¿sería capaz de protegerlo de su padre?

–¿Para qué remover el pasado? –lo interrumpió Mister Coutts–. ¡He vivido una vida decente, tengo por esposa a una mujer honrada y nos queremos!

–Porque es usted un pedófilo, Mister Coutts. Al igual que los alcohólicos, los pedófilos son lo que son. Y, al igual que los alcohólicos pueden abstenerse de beber, incluso para siempre, un pedófilo puede no tener recaídas: pero sólo si admite ser un pedófilo, si acepta un tratamiento terapéutico, si responde positivamente a él y si es consciente de la posibilidad de una recaída. Le aconsejo que mire hacia el futuro con esta óptica, es por el bien de su hijo. –Steve le dio el expediente–. Deberían leer la nota que les he escrito a ambos y después todos los papeles, uno por uno, y discutirlos juntos. Sería el primer paso en la dirección adecuada. Estoy dispuesto a representarles sólo si aceptan mis consejos.

Mister Coutts ayudó a su mujer a levantarse. Ella masculló un «gracias» a Steve y después la pareja se marchó en silencio.

32
El informe de la doctora Cliff
Lunes, 21 de abril

Examiné a Lucy Pitt con el fin de realizar una valoración clínica a petición de su médico de cabecera, el doctor Justin Vita, y después, a petición mía, examiné también a su hermana mayor, Amy Pitt.

Tuve la oportunidad de hablar con los padres de Lucy antes y después de nuestra entrevista y de reunirme previamente con Mistress Dooms, la maestra de la guardería a la que acudía Lucy. Mistress Dooms me informó acerca de su preocupación por el comportamiento de Lucy y por sus dibujos. Me enseñó veinticuatro de ellos. Fotocopié dos y devolví los demás a la maestra, como me solicitó.

1. Entrevista con Lucy Pitt (45 minutos)

Lucy es una niña de cuatro años y medio, rubia, simpática y segura de sí misma. Recordaba el nombre de su nueva maestra en Meadows. Me dijo que se sentía orgullosa de estar en el mismo colegio de su hermana mayor, Amy, y que le gusta.

Me habló de la tarde que pasó en casa de Mistress Dooms, hace aproximadamente dos semanas. Me refirió lo que comió allí, después se puso seria. Me dijo que había un hombre con barba, en esos momentos me pareció confundida. Le pregunté qué había hecho en casa de Mistress Dooms, me contestó que estuvo dibujando y que le regaló después los dibujos a la maestra. Lucy se sorprendió cuando le enseñé uno de los dibujos que hizo en casa de Mistress Dooms *(primer dibujo):* una serie de cilindros largos y estrechos con una hinchazón en lo más alto, había sido garabateado con un rotulador negro, como si Lucy hubiera querido borrarlo. Se negó a explicármelo. Después le enseñé otro dibujo hecho en casa de la maestra *(segundo dibujo):* otro cilindro parecido a los del primer dibujo, pero con unos hilos de lana pegados al bulto superior. El dibujo ocupaba toda la hoja y a la derecha había un círculo con una diminuta figura masculina, de espaldas y, por lo tanto, sin rostro. Mistress Dooms lo interpreta como un pene circuncidado eyaculando. Cuando le pedí a Lucy que me explicara ese segundo dibujo, se puso nerviosa y no quiso decirme nada.

Después hablamos de lo que le gusta dibujar. Lucy me dijo que le gusta dibujar personas. Me explicó que dibuja los ojos, la boca y las piernas. Después añadió: «Y también las rajitas». Para Lucy estaba claro que dibujar eso que ella llama «las rajitas» era algo que no debía hacerse.

Yo había dejado sobre un sillón los cuatro muñecos anatómicos que Mistress Dooms utilizó para jugar con Lucy en su casa –un varón barbudo y rubio, una mujer de pelo oscuro y dos niñas, ambas de pelo castaño–, que reflejan la composición de la familia de Lucy. Antiguamente, estos muñecos se empleaban para diagnosticar abusos sexuales mediante juegos con niños de quienes se sospechaba que podían haber sido víctimas de ellos. Están en desuso, creo que porque algunos operadores inexpertos los utilizaban de manera inapropiada. Decidí, sin embargo, utilizarlos porque Lucy ya los conocía.

Lucy se dirigió hacia los muñecos sin vacilación y cogió el muñeco padre: lo desnudó rápidamente dejándolo en calzoncillos y camiseta, después le quitó también esas prendas y no pareció sorprendida al ver los genitales. Me dijo: «Es como papá», y añadió que, cuando su madre no está en casa, se baña con su padre. Le pregunté si su padre se bañaba también con Amy y me contestó que no, decidida, lo cual me confirmó Amy más tarde. Lucy me dijo después que su padre era «muy grande» y me repitió que «se divertía» con ella en la bañera. Después no quiso añadir más y no me pareció adecuado hacerle más preguntas.

Después, Lucy cogió el muñeco más pequeño, con el que se

identificó, a pesar de señalarme que ella tenía el pelo rubio y no castaño, como el del muñeco. La desnudó y observó sus genitales: conocía la vulva, sabía cómo nacen los niños y qué era un parto con cesárea. No se sentía cómoda, pero siguió mirando los genitales del muñeco y después me dijo que antes, cuando tenía que ir al baño, la acompañaban sus padres o su niñera, pero que ahora ya no hacía falta porque había aprendido a limpiarse. En ese momento me pidió que la dejara ir al baño, pero cuando le propuse que siguiéramos jugando aceptó de inmediato. Me dijo espontáneamente que su padre da muchas voces cuando ella no le obedece, parecía asustada. Me explicó también que su madre, en cambio, la pone cara a la pared, que es un castigo totalmente razonable.

Lucy me contó después que su padre, de noche, va a verla al dormitorio que comparte con Amy y que, cuando Amy duerme, él la besa y le hace cosquillas. Sin ningún estímulo por mi parte, añadió que cuando su madre no está en casa, su padre entra en el dormitorio y le toca los genitales. Tras haber hecho esta confesión, Lucy describió con detalle las circunstancias en que se daban los abusos: ella duerme en la parte de abajo de la litera, el padre la besa y a ella no le gusta el roce de la barba en su cara. Me dijo que su padre le quitaba los pantalones del pijama y le hacía cosquillas, también hizo alusión a una crema lubrificante. Le pregunté cómo se sentía después, Lucy contestó: «Bien». Lucy me dijo que no se lo había contado a su madre. Después siguió jugando con los muñecos, padre e hija, y simuló besos y sexo oral frenéticamente, tal y como me lo había descrito Mistress Dooms.

Llegados a este punto, le enseñé otra vez a Lucy los dos dibujos. Esta vez parecía dispuesta a hablar. El primero era el del *cottage* de su tía, Miss Marjorie Wood, pero no quiso explicármelo.

Observó el segundo dibujo. Me dijo que el círculo a la derecha con una figura masculina sin rostro era su padre mirando por una ventana. Le pedí que me contara qué había hecho en el *cottage* de su tía. Ella me contó que había jugado en el jardín con Amy, dándome la impresión de que se había divertido. Después se puso seria y me contó que un día que llovía se quedó sola con su padre en el *cottage*, él se la llevó al desván, donde estaba el «hospital de las muñecas». Lucy parecía pensativa, después añadió que el largo cilindro del segundo dibujo representaba a su padre. Se calló y luego añadió que era un secreto entre su padre y ella. Lucy me dijo que tenía otros secretos con él, luego se mostró cansada y decidí no preguntarle nada más.

2. Entrevista con Amy Pitt (40 minutos)

Amy es una niña seria y reservada, de siete años y medio. Contestó con precisión a mis preguntas, me pareció sincera. Estaba muy contenta de tener a su hermana en su mismo colegio y me habló de ella con afecto. Me contó que Lucy dibuja mucho, pero no le enseñé sus dibujos.

Amy me confirmó la rutina nocturna de su padre: entra en su habitación para darles un beso de buenas noches y se queda un rato sentado en la cama de Lucy. Tienen una litera y ella duerme en la parte superior, de manera que no puede ver lo que sucede en la cama de Lucy. Me dijo que Lucy tiene el sueño ligero, mientras que ella duerme profundamente. Cuando tiene gripe o un resfriado también duerme mal. Recordaba con claridad que, en esas ocasiones, su padre se queda en la habitación después del beso de buenas noches y se sienta en la cama de Lucy. Amy está segura de que su padre no le lee ningún cuento antes de dormir a Lucy. Me contó que una vez se quedó largo rato sentado en su cama y que después buscó por el suelo algo que se le había caído. Amy sugirió que podía ser un tapón o una manta. En esas ocasiones, cuando el padre se marcha, Lucy llora hasta quedarse dormida y algunas veces llama a su madre.

Según cuenta Amy, Lucy y ella nunca se bañaban con su padre o con su madre en la casa donde vivían antes, y nunca ha visto a sus padres juntos en la bañera. Al mudarse, Lucy y ella empezaron a bañarse de noche en el *jacuzzi* de sus padres, que está en el dormitorio principal. Ella no se ha bañado nunca con su padre en el *jacuzzi*, pero Lucy sí. Todos los sábados por la mañana, cuando su madre y la *au pair* están fuera de casa, el padre envía a Amy a jugar a su habitación y se baña con Lucy en el *jacuzzi*.

Amy me confirmó que Lucy tiene secretos con su padre. Ella no recuerda haberlos tenido nunca.

Amy se acuerda del fin de semana en casa de la tía durante las vacaciones de Semana Santa, cuando Lucy y su padre se quedaron solos en el *cottage*. Me dijo que salió con su madre y con su tía y, cuando volvieron, su padre y Lucy estaban en la cocina: Lucy estaba dibujando, Amy no recuerda qué dibujaba, pero está segura de que ni su padre ni Lucy le dijeron que habían estado en el desván. Añadió que aquel día sus padres discutieron, porque su padre, a quien no le está permitido fumar en casa o delante de sus hijas, pensó en ir a hacer unos recados y la madre lo acusó de querer salir sólo para fumarse un cigarrillo.

Amy sabe perfectamente dónde se le puede tocar a un niño y dónde no. Me dijo que nadie le había tocado nunca los genitales y cuando le pregunté sobre Lucy, vaciló y después me dijo que no lo sabía.

3. Conclusión

Lucy da la impresión de ser una niña sana y feliz. El dilema, en estos casos, es comprender cuál es la solución menos perjudicial para el menor. Trastornar la vida familiar de Lucy se justificaría únicamente si el peligro de vivir en familia fuera mayor que el peligro de desmembrar la propia familia. Es una decisión atroz. En todo caso, las investigaciones científicas señalan claramente que dejar a un niño en una situación familiar anormal, con riesgo de sufrir abusos sexuales, es destructivo para su desarrollo psicosexual y psicológico, por lo que la protección del niño debe ser la prioridad.

Es menos traumático asignar a la niña a una familia de acogida en la que no haya riesgo de abusos sexuales que dejarla en su propia familia, en particular si el padre, sospechoso del abuso, rechaza cualquier medida terapéutica. Estas medidas sólo pueden llevarse a cabo cuando el padre acepta la responsabilidad de los abusos: Mister Pitt, por su parte, se niega a aceptar tal responsabilidad. La madre de Lucy también niega la culpabilidad del padre. El juez que ha de decidir el futuro de Lucy deberá valorar si es mejor que la niña viva con una familia de acogida o adoptiva, o si la madre puede protegerla en el caso de que el padre acceda a abandonar la casa familiar.

Nota

He visto veinticuatro dibujos de Lucy en total. En mi opinión, deberían ser examinados por un arteterapeuta con experiencia en la interpretación de dibujos infantiles. Yo carezco de tal experiencia, pero, según mi parecer, la interpretación de Mistress Dooms no debería ser excluida a priori.

33
«¿Cómo es posible?»
Peckham. Casa de Steve. Lunes, 21 de abril

Steve estaba de mal humor y no había seguido las noticias de la radio mientras secaba y guardaba los platos de la cena: no tenía ningunas ganas de reunirse con los Pitt, que, además, se retrasaban. El informe de la doctora Cliff era demoledor, sobre todo porque en lo que había admitido Lucy y había confirmado Amy se daban claras premisas de incesto: secretos, visitas nocturnas del padre, los baños juntos y la exclusión de la hermana.

Los Pitt estaban en pie de guerra: llevaban preparado su guión para la reunión y se dirigían a Steve como quien está acostumbrado a impartir órdenes.

–Hemos redactado una lista de todas las acusaciones y hemos escrito al lado de cada una de ellas nuestros comentarios –empezó Mike, y le dio una página escrita metódicamente en el ordenador–. Examinaremos cada acusación y decidiremos después la estrategia y la táctica.

–Antes de entrar en los detalles de las acusaciones, debe usted conocer el contexto del episodio del baño –lo interrumpió Jenny.

Él se lo permitió: no tenía el control en sus manos. Jenny le explicó que la familia se mudó a la nueva casa en noviembre del año anterior, y las obras de reforma se llevaron a cabo cuando ellos ya vivían allí. Los obreros empezaron por la planta de arriba, reservada para Mike y para ella, para seguir trabajando después gradualmente en las plantas inferiores. En febrero estaban trabajando en la tercera planta, donde dormían Lisa y las niñas. Su baño quedó inutilizable durante tres semanas y las niñas usaron la bañera de sus padres, un *jacuzzi* empotrado en el suelo del dormitorio. Mike se encargaba de las niñas el sábado por la mañana, cuando ella salía. Lisa se quedaba en casa, pero no trabajaba: dormía hasta tarde o permanecía en su habitación, y salía después de comer. En aquellos días, Mike estaba aquejado de una tendinitis en el brazo derecho.

Mike añadió que al salir a correr el dolor aumentaba y durante un breve periodo, antes de que las medicinas le hicieran efecto, el sábado por la mañana, después del ejercicio, se ayudaba con un baño caliente. Las niñas permanecían con él en el dormitorio, pero no llegaron a verle desnudo del todo: se dejaba puestos los calzoncillos. Amy y Lucy jugaban mientras él estaba en el agua; a veces se sentaban en el borde de la bañera y él les daba permiso para meter los pies en las burbujas. Sólo una vez dejó que Lucy se bañara con él. Ella estaba desvestida, pero, bajo el agua, ni se rozaron, el *jacuzzi* era bastante grande. En esa ocasión, Amy le preguntó si podía irse a su cuarto a terminar su nuevo puzzle, y él le dijo que sí.

–A Amy le habían regalado un puzzle por Navidad –intervino Jenny–, y tenía mucho interés en completarlo. El cuarto de jugar no estaba listo y los juguetes de las niñas estaban en su dormitorio, que, por grande que sea, carece de espacio para ambas. A Lucy le gusta fastidiar y desordenaba las piezas que Amy ya había seleccionado cuidadosamente y apartado. A Amy debió de parecerle una oportunidad inmejorable para acabar su puzzle sin que Lucy la molestara.

–¿Está usted circuncidado? –la interrumpió Steve dirigiéndose a Mike.

Sorprendido, contestó que sí.

–¿De modo que Lucy ha podido verle desnudo en alguna ocasión?

–Rotundamente no, en el *jacuzzi* me dejaba a propósito los calzoncillos –contestó Mike, irritado.

Jenny lo corrigió:

–Ha *podido* verte. –Le recordó que cuando hacía calor dormía desnudo; durante sus últimas vacaciones en la playa, Lucy se despertaba a menudo por la noche a causa de las pesadillas y ella se la llevaba a su cama. Cuando se quedaba dormida, volvía a llevarla a la habitación de al lado, que compartía con Amy–. Tú duermes profundamente y ni te darías cuenta, pero ha podido verte desnudo...

Jenny se quedó pensativa, pero volvió enseguida a su guión: las pesadillas de Lucy.

–Lucy no llora de noche, jamás. Sólo se despierta si tiene una pesadilla y me llama; puede que chille a veces, pero no llora. –Con Jenny en casa no ha ocurrido nunca, y tampoco se lo han referido ninguna de las *au pairs*, ni una sola vez–. No creo que Amy le haya dicho a la doctora Cliff que Lucy llora antes de quedarse dormida o que Mike se queda en su habitación después de darles el beso de buenas noches, o que fuma cigarrillos. ¡No es verdad! Amy se expresa con precisión y no dice mentiras, ¡se lo habrá inventado la doctora!

Mike pasó a la otra acusación: que él gritaba a Lucy.

–Tengo que admitir que he levantado la voz a las niñas, y especialmente a Lucy, sobre todo desde que estamos en la nueva casa.

Lucy era muy curiosa y no perdía ocasión de tocar las herramientas de los obreros y todas las cosas que dejaban diseminadas por la casa –maderas, pinturas, utensilios–, que podrían hacerle daño. Pero Mike no cree que Lucy tenga miedo de él. Jenny estaba de acuerdo: las niñas obedecían a su padre y a su madre, por más que Lucy tuviera tendencia a comportarse como una niña vivaz y rebelde.

Mike habló después del beso ritual de buenas noches. Al llegar a casa tarde, subía de inmediato a su habitación a cambiarse; de camino, hacía un alto en el cuarto de las niñas para darles un beso. A menudo Jenny le acompañaba y lo habitual era que las niñas ya estuvieran dormidas. A veces Lucy se despertaba o estaba en duermevela. Entonces él se sentaba en la cama y le hablaba o le acariciaba las mejillas como hacía cuando era pequeña para que se quedara dormida. Cuestión de segundos.

–Y hay una explicación para lo de la crema lubrificante –dijo Jenny–. El pasado febrero tuve que irme a París y pasé fuera una noche, celebrábamos la despedida de soltera de una amiga. Lucy había tenido una infección y estaba tomando unas medicinas prescritas por el doctor Vita. Además de los antibióticos, el doctor Vita le había prescrito crema Sudacrem si tenía picores. Cuéntale cómo sucedió.

Jenny invitó a Mike a hablar. Mike les había leído una historia a las niñas y embozó con las mantas a Amy; después se sentó en la cama de Lucy para darle la crema y la dejó echa un ovillo bajo la sábanas. Mientras estaba trabajando en la planta de arriba oyó unos gemidos: era Lucy, que se quejaba: «¡Papá, papá, me pica! ¡Ponme más crema!».

–A propósito –lo interrumpió Jenny–, mis niñas duermen siempre con camisón. No pueden haber hablado de pijamas, porque no los tienen.

Mike aguardó pacientemente a que Jenny acabara de hablar y después añadió:

–Amy tenía razón cuando dijo que buscaba algo en el suelo: le había dado más crema a Lucy y en la oscuridad no encontraba el tapón del tubito, que se había caído al suelo. Puede que la despertara mientras lo buscaba.

–Tal vez Amy estuviera despierta. Tuvo fiebre ese invierno, y le costaba quedarse dormida –se entrometió Jenny–. Se lo consultaré a Justin, cuando le pregunte la fecha exacta de la receta de la crema para Lucy. Ese episodio podría explicar las acusaciones de Mistress Dooms contra mí: «Mamá me cortó ahí abajo». –Y añadió–: Me pregunto por qué Mistress Dooms no le ha hablado de ello a la doctora Cliff.

–Te digo yo el porqué: a Mistress Dooms se le había metido en la cabeza atacar a uno de los dos. Cuando comprendió que yo era un blanco más fácil, te dejó en paz –contestó Mike–. Sea como sea, pasemos a los dibujos.

–El primero a mí me parece un dibujo de las chimeneas del *cottage* de la tía Marjorie. ¡Tenemos que sacar una fotografía, así quedará claro! –exclamó Jenny–. Del segundo no sé qué decir, ¡a mí no me parece un pene!

–En cuanto al segundo...

Una vez más, Jenny interrumpió a Mike. Quería explicar a Steve que, desde que llegaron los obreros, estaban pasando por un periodo difícil: la casa estaba siempre en desorden, los gastos crecían desmesuradamente y para seguir las obras ella había tenido que pedir una reducción de jornada. Discutían por nimiedades, tal vez hubiera insistido demasiado.

–No debería haberlo hecho, porque Mike tiene ya muchas preocupaciones en el trabajo.

Mike la escuchaba incómodo e intervino en ese momento:

–¡Más que «preocupaciones»! Es la fusión más importante de los últimos dos años, y todavía no ha terminado: ¡trabajábamos día y noche en aquel momento!

Jenny añadió que no quería que Mike fumara en casa –los puros, no los cigarrillos– y en aquella época fumaba a escondidas en las habitaciones en las que trabajaban los obreros y en el patio interior. Jenny insistía en que lo dejara e hizo que el doctor Vita le prescribiera parches:

–Tal vez escogiera también un momento equivocado para eso.

Mike quería seguir con el segundo dibujo. Pasaron las vacaciones de Semana Santa en el *cottage* de la tía Marjorie y una tarde él se quedó solo con Lucy. Tenía preocupaciones laborales y quería fumar: el puro le aclaraba las ideas. Pero llovía, y no podía sacar a Lucy fuera. Entonces se le ocurrió llevársela al desván, al «hospital de las muñecas»: allí podría fumar dejando el ventanuco abierto y el olor a tabaco no bajaría hasta la planta inferior. Le dijo a Lucy que sería un secreto que habían subido al desván, si no, Jenny se daría cuenta de por qué la había llevado allí. Recordaba vagamente haberle dado a Lucy uno o dos juguetes entre los muchos que había..., pero, francamente, pensaba más en el puro que en mantener entretenida a la niña.

–He pensado en el hombre pequeño o el pene que ha dibujado..., probablemente haya dibujado uno de los juguetes que estaban en el desván.

–Lucy nunca ha dibujado cosas así, o rajitas. Estoy convencida de que hizo ese dibujo bajo las directrices de Mistress Dooms.

¡Convencidísima! Puede que hasta le pusiera delante un vibrador. –Jenny se mostraba categórica, y después le dijo a Mike, como si fuera una orden–: ¡Ahora háblale de vuestros secretos!

–Puede que la figurita en lo alto a la derecha sea yo asomándome a la ventana... –dijo Mike.

Jenny lo miraba con aire de reproche y él explicó que le gustaba jugar a tener secretos con Lucy. Todo empezó en la cocina. Jenny no le permitía añadir alcohol a la comida de las niñas, ni que Amy ni Lucy comieran nada entre horas, de modo que cuando él preparaba el asado del domingo y añadía una cucharada de jerez a la salsa, o un poco de vino en el estofado de buey, o les daba una cucharadita de mostaza de manzana a las niñas, todo eso se convertía en sus secretos. Compartían secretos también cuando compraban regalos para Jenny o para Amy, o cuando organizaban una salida con toda la familia.

–Con Amy nunca hizo falta: ¡es muy sensata y habla poco! –dijo Mike.

Jenny corroboró lo que había contado Mike y se refirió después a la conversación con Amy.

No creía que Amy hubiera dicho lo que sostenía la doctora Cliff sobre las visitas nocturnas de Mike ni sobre lo que sucedía en el dormitorio. Estaba convencida de que la doctora Cliff había puesto en boca de Amy todo lo que le hubiera gustado que dijera, y nada más.

–Si la doctora Cliff se ha equivocado al referir lo que le dijo Amy, debe de haber hecho lo mismo con Lucy, que no habla con la misma claridad que su hermana y a quien se le da muy bien inventarse historias de principio a fin..., ¡imagínese si alguien la anima con una sugerencia!

Había pasado la medianoche y Steve estaba cansado:

–Ya es suficiente. Lo corroboraremos con el doctor Vita y discutiremos la respuesta de ustedes tras haber visto los DVD de las entrevistas: con ellos saldremos de dudas y responderemos formalmente al informe.

Mike no sabía que hubieran sido grabados: ¡nadie les había pedido permiso! Pero Steve le aseguró que era la praxis.

Jenny no les había escuchado: inclinada hacia delante, leía el informe de la doctora Cliff, completamente absorta, y miraba las páginas una a una.

–¿Qué pretende decir la doctora Cliff en sus conclusiones? ¿Que todo hombre es abusador sexual en potencia?

Mike le arrancó los papeles de la mano:

–¡Déjame ver!

Jenny le señaló la frase a la que se refería.

–No me había dado cuenta –farfulló él.

–¿Cómo es posible?

–¿De verdad pretende separarme de Lucy si me niego a admitir que soy un abusador? –Mike quería que Steve se lo aclarara.

Hasta ese momento, los Pitt no habían mostrado sus emociones, pero ahora afloraba toda la tensión soterrada. Steve les explicó que esas observaciones eran las que cabía esperar de un informe para el juzgado, aludía a la investigación científica y no había por qué preocuparse hasta el momento del proceso. Él se encargaría de conseguir otra investigación que pusiera en duda esa afirmación.

–Estos procedimientos tienen varias fases. Ahora tenemos que concentrarnos en la adquisición de pruebas. Habrá una vista para determinar los hechos, es decir, para establecer si se han producido los abusos. Después, al cabo de unos meses, tendremos la vista final, en la que se decidirá el futuro de sus hijas. La doctora Cliff cree que Lucy ha sufrido abusos por parte de su padre. Con lo que ustedes me han dicho basta para requerir la opinión de otro psiquiatra infantil.

–¿Dejar que otro psiquiatra vea a Lucy? No permitiré jamás que mis niñas se vean sometidas a un segundo examen. Lo de Lucy fue intolerable, ni siquiera se le permitió ir al baño. –Jenny se mostraba inflexible.

Mike la miró de soslayo pero no abrió la boca, reflexionaba.

Al cabo de un rato Mike le preguntó a Steve qué pensaba del informe de la doctora Cliff.

–La acusación es muy clara. Pero si la leemos con atención,

se detectan lagunas y también contradicciones. Tenemos que ver las grabaciones y los dibujos. Por el momento, durante los próximos meses, usted no podrá permanecer en la casa.

Los ojos de Jenny se llenaron de lágrimas:

–Les hemos dicho que las llevaríamos a Eurodisney, y a China también. Las niñas reaccionarán mal y querrán saber por qué Mike no viene con nosotras.

Mike no le hizo caso.

–Debemos irnos –le dijo después a Steve–. Discutamos la estrategia. En primer lugar, usted hará que le entreguen los dibujos y se los enviará a un experto. Después buscará a un psiquiatra infantil para una segunda opinión. Y, por último, tenemos que organizar las visitas durante las vacaciones. Donde sea, y sin importar los gastos de quienes las supervisen: ¡disfrutarán de unas vacaciones pagadas! –Y soltó una risilla despreciativa.

–De acuerdo. En cuanto a qué táctica seguir, debería decidirlo yo: es mi oficio –contestó Steve.

Tenía ahora la puerta abierta para dejarlos pasar.

–Usted también cree que a Lucy no le ha ocurrido nada, ¿verdad?

Jenny se había detenido en el umbral, con una voz normal pero los ojos suplicantes.

–Vamos, no seas estúpida.

Y Mike la aferró del brazo y la empujó fuera.

Estaban en el coche.

–¡Me has hecho daño!

Mike ni siquiera le había pedido perdón.

–Tienes que aprender que a los abogados no se les paga para que crean a sus clientes. Steve Booth debe sudar sangre por nosotros, y lo hará. –Se concentró en la marcha atrás. Jenny estaba a punto de montar una escena, pero le bastó con mirarle para contenerse: Mike tenía la frente cubierta de sudor y el rostro contraído en una mueca de dolor.

Arrancaron a toda prisa, las lágrimas contenidas surcaban las mejillas de Jenny.

Estaban pasando por Westminster Bridge. Llovía con fuerza. Ráfagas de viento barrían el Támesis y azotaban el coche como un látigo invisible. Jenny intentaba sofocar los sollozos. Mike bordeó el Parlamento para girar después a la derecha, en Great College Street. Aparcó dejando los limpiaparabrisas en marcha. Rodeó con el brazo la cintura de Jenny y la atrajo hacia él bruscamente, sin mirarla, con la vista al frente, clavada en la casa del final de la calle: parecía un callejón sin salida. Se quedaron así, como figuras de cera. Entre lágrimas, Jenny susurraba: «A Lucy no le ha pasado nada, absolutamente nada. A Lucy no le ha pasado nada».

La lluvia se había vuelto más rala y fina, y después había dejado de caer.

–¿Todo en orden, señora? –Dos policías llamaban discretamente a la ventanilla.

–Todo bien, muchas gracias –contestó Mike, seco, y se alejaron.

Jenny se incorporó en el asiento y él encendió el motor.

Mike aparcó en la zona para residentes y cerró el coche. Se metió las llaves en el bolsillo, después sacó las de casa y abrió la puerta. Hizo ademán de entrar, pero se detuvo:

–Es mejor que mis llaves te las quedes tú.

Y las dejó en las manos de Jenny.

Era una noche fría pero había dejado de llover. Mike caminaba a grandes pasos hacia Mayfair. Había llegado a Park Lane. Clubes y restaurantes llevaban largo rato cerrados y las aceras estaban desiertas. El tráfico de la noche discurría tranquilo: los faros de los taxis, de las limusinas y de los autobuses nocturnos reverberaban lívidos sobre el asfalto mojado. Sólo rompían el silencio de Londres los chirridos de los neumáticos en los semáforos y el sordo zumbido de los motores.

El viento soplaba de nuevo con fuerza. Las copas de los árboles de Hyde Park crujían y las ráfagas las doblaban. De repente, se formó un remolino: cruzaba el césped, levantaba y arrastraba ramitas, bolsas de papel, botellas de plástico. Una lata vacía rebotaba sobre el adoquinado de un sendero paralelo a la acera y, al caer, retumbaba como la caja de un instrumento musical. El viento la obligó después a un frenético voltear que acompañaba los pasos de Mike. Aquel oscuro entrechocar en el silencio de la noche sonaba como la ronca advertencia de un mal presagio. Mike aceleró para librarse de aquel estruendo, pero la lata rodaba, rebotaba, retumbaba. Una nueva ráfaga lo embistió; se abrochó la chaqueta y se levantó el cuello. Después se lanzó a una carrera con la cabeza gacha y cruzó así Park Lane. No se percató de que un coche había dado un volantazo para esquivarlo y prosiguió hasta Grosvenor Square. Desde allí continuó andando, ante la mirada de los guardias de la embajada americana.

–Parece que sigue lloviendo –comentó la recepcionista del Claridge's, y Mike se secó las mejillas con el dorso de la mano.

34
El abuelo de Mavis Clarke
Brixton. Bufete Wizens. Martes, 22 de abril

Cuando empezó a trabajar para Steve, Pat no comprendía su insistencia en dejar abierta la puerta de la sala de espera: después lo entendió y se adaptó de buen grado al ruido que provenía de allí, equiparándolo a la música pop que retumba sin cesar en los salones de peluquería. Era como música de fondo, por más que no siempre consiguiera hacer caso omiso a lo que allí ocurría.

Aquel martes había distinguido la voz ronca de Mistress Ansell, que insistía repetidamente en ver a Steve. Sharon se levantó para recibirla.

–¿Es ésta forma de tratar a los clientes privados?

Sin decir ni buenos días, Mistress Ansell se dirigió resuelta al despacho seguida por una mujer joven. Se había lanzado a una perorata contra Steve, porque el día anterior no la había representado en el juzgado. No le interesaba que su colega hubiera obtenido lo que ella quería. Mistress Ansell no estaba acostumbrada a que su abogado la dejara plantada; había tenido muchos, y todos la habían tratado siempre con el mayor respeto. Era como un río desbordado y pretendía que Steve le guardara en la oficina las cosas de su marido, hasta que se dignara venir a recogerlas. Al fin y al cabo, de ella no obtendría nada más, ya había cambiado el testamento y, sin decírselo, había hecho que quitaran el nombre de su marido del acta de propiedad de la residencia conyugal.

En ese momento, Steve la detuvo:

–Espere. Primero, pida disculpas por haber entrado en mi despacho sin presentar a su acompañante. Es una descortesía hacia mí y hacia mis colegas. –Señaló con un gesto del brazo a Sharon y a Pat. De mala gana, Mistress Ansell les presentó a su hija. Le explicó a Steve que se habían distanciado por culpa de su marido, pero ahora volvían a sentirse unidas y todo lo que poseía se lo dejaría a ella.

–No puede cambiar las escrituras de una casa sin notificárselo al otro propietario, que es su marido –le previno Steve–. A mí no me incumbe, porque tendrá sus abogados, pero es mi deber advertírselo.

Mistress Ansell se carcajeó.

–Ese otro abogado no hace tantas preguntas, por eso fui a verle a él. Puse la firma de mi marido en el acta de compra y lo mismo haré ahora.

–No me diga más –la interrumpió Steve–. Debe encontrar usted la manera de que su marido retire sus cosas, no cuente con nosotros. Mi colega quizás acuda al juzgado este viernes también, si yo no puedo. Sharon se lo comunicará.

Y se levantó para darle a entender que debía marcharse: acababa de ver a Mavis Clarke entrando en la sala de espera junto a un hombre mucho más anciano.

–Mi abuelo cuidará de Stephanie –dijo Mavis.

Después les presentó tímidamente a John Turle, un hombre minúsculo que llevaba una camisa excesivamente ancha metida en los vaqueros y una voluminosa gorra rasta que le hacía parecer una enorme seta. Mister Turle asentía.

–¡No me habías dicho que tenías familia! –exclamó Sharon, y se levantó para observarlos atentamente, en busca del parecido.

Mavis reía.

–Ha sido una sorpresa para mí también. Vamos, abuelo, cuéntaselo.

Mister Turle había perdido el contacto con su hija mayor, la madre de Mavis, cuando su nieta tenía la edad de Stephanie.

–Ayer fui al Quality Cafe y vi a esa niña, era una copia exacta de mi Mavis: la misma cara traviesa, los mismos ojazos. Le pregunté cómo se llamaba y me dijo: «Stephanie». «Stephanie,

¿qué?», le pregunté yo. «Clarke, Stephanie Clarke», dijo su madre. Y así era: ¡delante de mí estaba Mavis, mi primera nieta!

Steve quiso saber más, y Mister Turle le contó su vida. Había malgastado su juventud entre drogas y robos, y a sus treinta y ocho años, pasó cuatro en la cárcel.

–Cuando salí era un hombre distinto: quería vivir de mi trabajo y nada más. He tenido dos vidas. Una antes y otra después de la cárcel.

Se había casado y tenía cuatro niños. En su vida «de antes» hubo muchas mujeres, que le dieron nueve hijos. No había vuelto a ver a la madre de Mavis ni a su hija. Mientras estaba en la cárcel, supo que los asistentes sociales cuidaban de Mavis y más tarde que la madre había muerto de sobredosis: entonces dio por supuesto que habían dado a la niña en adopción.

–El abuelo me ha llevado a su casa, he conocido a su mujer y a sus hijos. Stephanie se lleva muy bien con Wayne, el más pequeño. Después vinieron dos hermanas de mi madre a conocernos, fueron muy amables. Será estupendo para Stephanie vivir con el abuelo. ¿Cree que los asistentes sociales estarán conformes? –Mavis miró a Steve.

–Anoche mi mujer y yo hablamos largo rato de Stephanie: podemos quedarnos con la pequeña, un niño más no supone gran diferencia para nosotros –dijo Mister Turle; añadió que estaba al corriente de la causa en curso, y que su mujer, que había sido madre de acogida, estaba dispuesta a asumir la responsabilidad de cuidar de Stephanie, para siempre.

No había tiempo que perder. Era una tentativa in extremis, porque la vista final se había fijado para el lunes siguiente. Steve debía hablar con los servicios sociales y les pidió a Mavis y a su abuelo que aguardaran en la sala de espera.

–¡Estupendo! –exclamó Sharon.

–No cantes victoria demasiado pronto. Los demás podrían no estar de acuerdo –la reprendió Steve, y tras decirle eso, se marchó.

–¿Adónde ha ido? –Pat esperaba que pusiera manos a la obra.

–No te preocupes, está pensando. Tú sigue con los Pitt. Yo acabaré lo que tengo pendiente y después trabajaremos juntos para Mavis. –Sharon sonreía de oreja a oreja.

Steve volvió con una jarra llena de agua y se puso a regar las plantas, demorándose en cada tiesto. Después llamó al abogado de Stephanie, y a continuación al de los servicios sociales. Ambos se opusieron tajantemente a aplazar la vista final: la familia adoptiva de Stephanie ya estaba lista y sólo esperaba la conformidad del tribunal. Nadie, ni siquiera Mavis, sabía nada de este bisabuelo de Stephanie.

–Nos queda mucho por hacer –le dijo Steve a Mavis y a Mister Turle: debía persuadir al juez para que obligara a los servicios sociales a realizar las oportunas investigaciones sobre Mister y Mistress Turle. Además, era necesario preparar su declaración y las de los demás miembros de la familia. En cuanto a él, estaba dispuesto a ir a ver enseguida a Mistress Turle.

Pat y Sharon esperaban que Steve les diera una gran cantidad de cintas, que las retendrían en la oficina hasta tarde. Habían decidido adelantar el resto del trabajo y anticipar la comida: tomarían *fish and chips* en el Quality Cafe; los bocadillos que se habían traído de casa los reservarían para la tarde. Trabajaban con gusto, ambas sentían debilidad por Mavis.

Pat se vio interrumpida varias veces. Jenny Pitt se quejaba de las *au pair:* habían discutido sobre qué y cómo escribir en los módulos que Steve había preparado para los informes de las visitas de Mike. Jenny estaba harta de las tres y quería que Pat fuera allí para explicarles lo que tenían que hacer. Después había llamado Mistress Oboe, según decía, para confirmar a qué hora estaba citada con el profesor de apoyo de Ali. En realidad, Mistress Oboe llevaba una vida solitaria y para ella esas conversaciones diarias eran más una charla entre amigas que una obligación. Esa mañana había estado en el mercado y se quejaba de un verdulero que había intentado venderle tomates podridos. Sharon, que esperaba a Pat para ir al Quality Cafe, le había escrito un correo: «¡Mándala al diablo!».

Por suerte, aquel día Mistress Oboe estaba de buen humor y no se ofendió cuando Pat le dijo que tenía una llamada por la otra línea.

Pat y Sharon comieron con calma.

–He visto cómo los mirabas. No crees que Mister Turle sea el abuelo de Mavis. ¿Por qué? –preguntó Pat.

–Ya ocurrió otra vez, con otro cliente.

Sharon dejó caer en el plato una más que generosa cantidad de ketchup y después empezó a untar las patatas de una en una. Mientras las mordisqueaba le iba contando: una cliente, tras una vista desastrosa, fue a un bar enfrente de la High Court y allí estalló en sollozos. Un joven que se hacía pasar por librero de Chancery Lane se le acercó para consolarla y se pusieron a hablar. Él le propuso que le presentara como el padre de su niño: habían perdido el contacto, pero ahora estaba dispuesto a asumir sus responsabilidades. El chico aparentaba ser una excelente persona, llegó incluso a enredar a Steve, a quien le pareció ver un gran parecido con el hijo. Pero algunas semanas después, el joven desapareció y la cliente tuvo que contar la verdad.

Sharon pensó que Mister Turle podría ser otro de esos buenos samaritanos o un lerdo que se había dejado engatusar por Mavis y estaba convencido de haber vuelto a hallar a su nieta perdida. Pero ahora estaba segura de que era realmente su abuelo, por mucho que se reservara su opinión acerca de su salud mental al ofrecerse para cargar con Stephanie. Tamborileó con sus uñas postizas sobre la mesa y dijo:

–El esmalte se me está saltando. Sea su abuelo de verdad o no lo sea, con la paga extraordinaria me voy a hacer unas uñas nuevas.

35
«Un dolor insoportable»
Kensington. Casa de los Pitt. Martes, 22 de abril

Steve había llamado a primera hora de la tarde. La visita a los Turle estaba siendo muy provechosa y se quedaría más de lo previsto en su casa; entretanto, le dio a Sharon una lista de cosas que hacer antes de que él regresara con la cintas: debía conseguir que el Legal Aid le autorizara las horas extra y encontrar un asistente social independiente, dispuesto a verificar la idoneidad de la familia Turle antes de una semana.

–¡Podías haberme llamado antes! Todas líneas del Legal Aid estarán ocupadas y hace falta una eternidad para encontrar un perito disponible. Por no hablar de uno que nos haga una peritación urgente –se quejó Sharon, y le pasó el auricular a Pat.

–Los servicios sociales pondrán en marcha un procedimiento para obtener la custodia de Amy y de Lucy –le dijo Steve.

Ya había informado de ello a Mike, pero no a Jenny: lo haría más tarde. En cuanto Pat le contó que Jenny le había pedido ayuda, él le contestó que fuera de inmediato a ver a la cliente y que metiera en cintura a las *au pair*. Pat se alegró: en las declaraciones de los Pitt había una descripción de la casa y sentía curiosidad por verla. Después Steve añadió, como si se le ocurriera en ese momento, que podía aprovechar para que Jenny prestara una segunda declaración y actualizar así la anterior.

–¡Sólo llevo aquí tres semanas, no lo he hecho nunca! Soy secretaria, no abogada.

A Pat le parecía que esa tarea sobrepasaba sus capacidades.

–Has transcrito muchísimos documentos de ese tipo. Te sabes de memoria lo que hay que escribir –la interrumpió Steve con sequedad–. ¡Sólo tienes que añadir lo ocurrido en los últimos días! Yo lo revisaré. –Y colgó.

La piel de Pat se había llenado de manchas rojas y la cabeza le daba vueltas. Se la cogió entre las manos y apoyó los codos en las rodillas. Sharon le ofreció un vaso de agua, ella se lo bebió de un trago y le refirió después la petición de Steve.

–¡Tendrías que haberlo mandado a hacer gárgaras!

Y Sharon volvió a su escritorio. Pero seguía mirándola con el rabillo del ojo, mientras hacía llamadas en busca de un perito para los Turle.

Cuando Pat vio que Sharon se tomaba un descanso, le explicó que no era culpa de Steve, sino de ella misma:

–Tú lo harías con los ojos cerrados, yo no soy capaz.

–Todo el mundo puede aceptar nuevos desafíos y superarlos: sólo necesitas un pelín de audacia. A ver, dime, ¿por qué yo soy capaz y tú no? –Había rabia y agresividad en la voz de Sharon, que, inclinada sobre el escritorio, le preguntaba, en tono cortante–: Dime, ¿acaso soy mejor que tú? –Y aguardaba.

Pat se puso lívida. Le contó que en su último año de colegio, los exámenes le fueron mal y que desde entonces siempre había tenido miedo al fracaso. Sus profesores la animaron a repetirlos, porque sabían que le hubiera gustado ir a la universidad y pensaban que tenía capacidad para ello. Sin embargo, le faltó valor y se sacó el título de secretaria. Aun así, la responsabilidad la angustiaba y por eso había preferido recurrir a una agencia de trabajo interino.

–Es un desperdicio de talento. Quien es bueno en su trabajo nunca debe dejar de aprender y de mejorar. Uno no puede detenerse, hay que ponerse siempre al día. –Sharon parecía realmente triste y no sólo por Pat.

Ahora le tocaba a Pat tranquilizarla.

–No quiero responsabilidades y no me gusta cometer errores. No tengo talento, pero no he desperdiciado mi vida. Estoy contenta de todas formas.

–No acepto esa manera de hablar, ni de un negro ni de un blanco. A fuerza de decirlo al final acaba volviéndose verdad. Hay demasiadas personas que siguen pensando de esa forma. –Sharon clavó sus ojos en los de Pat y le dijo que, por lo menos, debería haber tenido el valor para decirle a Steve que no quería hacerlo. Pat se sonrojó de nuevo y sobre su mirada pasó una sombra. Sharon temió haber hablado demasiado y se fue a preparar un café para las dos.

Cuando volvió, Pat tenía ya el bolso en bandolera. Se bebió el café y salió sin decirle lo que había decidido.

Pat se armó de valor para afrontar el trayecto en metro y se bajó en la parada de Gloucester Road. La acera estaba atestada de turistas y la calle bloqueada por el tráfico: había un ruido ensordecedor que, poco a poco, fue disminuyendo para desaparecer al final, a medida que se adentraba en la zona residencial. Allí las calles eran tranquilas, las aceras estaban desiertas, sólo algún taxi circulaba despacio entre las hileras de coches aparcados a ambos lados. La casa de los Pitt era la última al final de una serie de edificios que daban a una plaza, la mayor y más majestuosa. La fachada estucada de blanco relucía al sol. Pat no había entrado jamás en una casa así y dudó por un momento antes de llamar al timbre.

Jenny la condujo a la cocina. La puerta corredera que daba al cuarto de jugar estaba abierta y se entreveían los juguetes de las niñas, alineados contra una pared cubierta por sus dibujos. La casa de los Pitt era muy distinta a como Pat se la había imaginado: la cocina era grande y minimalista, modernísima. En el centro había una larga mesa de mármol, hecha de un único bloque: la parte superior parecía estar apoyada sobre una cinta ondulada, lo que le daba una impresión de extraordinaria ligereza; a su alrededor, había sillas de plástico blancas, de diseño, evidentemente. Todo lo demás, paredes y armarios de pared, era de color amarillo.

Las tres muchachas la estaban esperando, aburridas. Pat se sentía como un actor en el rodaje de una adaptación de una película antigua, en la que ella tenía un papel menor. Después se repuso y empezó a trabajar. Se había traído como ejemplo los informes escritos para otro cliente y se los enseñó. Después leyó lo que cada una había escrito. Nora era arrogante y quería demostrar a las demás que poseía un mayor dominio del idioma; Lisa era sencillamente perezosa y sus notas eran apresuradas y breves; Teresa tenía todo el aspecto de una rubia despistada y se comportaba como tal –o bien era poco inteligente, o una habilísima haragana–. Pat leyó con atención las notas de Nora y las corrigió en numerosos aspectos. Después le dijo a Lisa que debía estar más atenta y le enseñó cómo debía tomar notas de una visita. Por último, dio a entender a Teresa que debería considerarse afortunada por vivir en una de las zonas más prestigiosas de Londres, donde jóvenes acaudalados tienen sus apartamentos. La advirtió que tendría que esforzarse bastante más si quería seguir siendo huésped de los Pitt.

La escasa seguridad que Pat había adquirido con las muchachas se desvaneció mientras seguía dócilmente a Jenny hacia el despacho.

Las librerías eran de la misma madera clara que el parqué en forma de rombo, al igual que las sillas y el escritorio. Pat se sentó ante el ordenador, procurando no mirar a Jenny y aguardando a que empezara a hablar. No estaba claro cuál de las dos tenía más miedo de la otra. Al final, fue Jenny quien rompió el silencio:

–Fingiré que estoy trabajando y que trato de obtener un contrato en exclusiva para dos lámparas únicas: Amy y Lucy. Tengo que convencer a la fábrica para que me las venda a mí y no a la competencia.

Y empezó a hablar de las visitas de los fines de semana, de su amor por sus hijas y del que ellas sentían por su madre. Pat, mientras tanto, escribía. A veces Jenny se corregía, otras acababa una frase y luego se quedaba callada. Pat esperaba y miraba por la ventana abierta las cepas de los sicómoros en el jardín de atrás. Después Jenny se sentaba a su lado y releían juntas lo escrito. Pat había recobrado cierta seguridad y señalaba a Jenny dónde era necesario añadir algo.

La declaración estaba lista y firmada, pero Jenny seguía sujetándola con la mano como si no quisiera soltarla. No apartaba los ojos de su firma en la última página y parecía incómoda.

–Me resulta difícil hablar de mis sentimientos, incluso con Mike. –Calló. Pat esperaba, tranquila. El murmullo del viento entre las ramas de los árboles hacía el silencio más grave–. Estoy segura de que Amy y Lucy vivirán conmigo hasta que vayan a la universidad –dijo Jenny de repente y, después de una pausa, prosiguió–: Pero no estoy tan segura en lo que a Mike se refiere. –Se detuvo de nuevo–. Es un dolor insoportable. –Entonces dejó la declaración sobre el escritorio.

Pat farfulló algo sobre los comentarios de los Pitt al informe de la doctora Cliff, pero Jenny la interrumpió:

–No es eso. Se demostrará la inocencia de Mike porque mis hijas están sanas. De lo que tengo miedo es de que durante estos meses de separación pueda enamorarse de otra, más joven y atractiva. Me he convertido en una mujer quejica. –Y susurró–: Quiero a mi marido.

A pesar de su palidez, Jenny estaba muy hermosa. Sin embargo sus labios estaban llenos de arrugas y sus ojos desesperadamente tristes.

–¡No lo hará! –Pat, sorprendida por su propia reacción, se sonrojó de nuevo, pero prosiguió–: Es usted una espléndida esposa y madre. Steve me ha dicho que sin usted su marido no aguantaría esta tensión.

Jenny la miraba incrédula.

–Él la necesita.

Y Pat cogió su bolso, lista para marcharse.

Salieron del despacho. Una leve atmósfera de descuido se había cernido sobre la casa: las corolas de los crisantemos colocados bajo las ventanas de cada rellano estaban inclinadas y las puertas cerradas, como si las habitaciones se hubieran alquilado. Mientras se acercaban a la planta baja, del salón les llegaban sordos y rítmicos martillazos que acompañaban sus pasos: la casa de los Pitt gemía porque sus dueños habían dejado de amarla.

36
«¿Qué ha ocurrido?»
Embankment. Obelisco de Cleopatra. Martes, 22 de abril

Los comunicados de prensa ya se habían enviado: la fusión en la que Mike y su equipo llevaban trabajando desde principios de año se había cerrado. En Trolleys lo estaban celebrando, era una ulterior confirmación de su posicionamiento entre los mayores bancos de inversión del mundo. Como era costumbre, se trataba de una fiesta austera: champán de aquel año y unos canapés para unos cuantos invitados.

Estaba también el grupo de abogados de Beagles, entre ellos Chris Pottis. No tenía nada que ver con la fusión, pero se hallaba ahí para echar el lazo a nuevos clientes entre el personal de Trolleys. Mike estaba con su equipo –chicos de distintas nacionalidades, todos más jóvenes y más altos que él– y reía. Se había arreglado recientemente su barbita negra y sus ojos entrecerrados relucían; sin embargo se oscurecieron al ver a Chris; le hizo un gesto y aquél fue su único contacto en toda la velada: ya no le gustaba, era un recordatorio de sus problemas en un momento completamente inapropiado.

Rudy Halt se llevó a Mike aparte:

–Este éxito es en gran parte mérito tuyo. Mañana me gustaría charlar contigo en privado un momento. –Después le preguntó–: A propósito, ¿cómo van esos problemas familiares?

–Van. Ya te contaré.

En aquel momento dos colegas se acercaron a Rudy, y Mike se alejó. Su móvil vibraba, metió la mano en el bolsillo para apagarlo.

Era hora de irse. Mike no se había unido a su equipo: iban a cenar juntos y a un club privado después –alcohol, cocaína y mujeres, tal vez–. La exaltación de haber llevado a buen puerto meses de trabajo, le había dejado un vacío en su interior que sabía a tristeza. Caminaba, abatido, siguiendo el Embankment. A sus treinta y siete años, ya era viejo para su trabajo. A sus espaldas, hombres y mujeres más jóvenes tenían más energías y más ganas de triunfar. Se acordó de que el móvil seguía apagado y decidió esperar hasta llegar al Obelisco de Cleopatra, su lugar preferido para fumarse un puro en paz.

La base del obelisco es engañosa. Da la impresión de ser una ancha plataforma suspendida sobre el Támesis, cuando, en realidad, de los lados de la columna descienden dos anchas escalinatas simétricas hasta una terraza con dos atraques en el río por los que los turistas victorianos accedían al obelisco. Protegida de la vista de los peatones, la terraza estaba casi siempre vacía: una joya secreta en pleno centro de Londres.

Mike sacó un puro del estuche de piel. Trató de encenderlo protegiéndose del viento. Había muchísimos mensajes en el buzón de voz: felicitaciones y las primeras reacciones de la prensa y de la desilusionada competencia. El último, breve y fatal, de Steve: ese viernes, los servicios sociales solicitarían al juez que Amy y Lucy fueran separadas de su familia. Jenny aún no lo sabía. Frenético, Mike llamó a Steve: no contestaba. No había nadie más a quien pudiera dirigirse, pedirle explicaciones.

–¿Por qué quitárselas a su madre? –gritó al río.

Y éste le contestó. Como los bastidores de un escenario, el South Bank se retiraba lentamente y el Támesis iba ensanchándose plácido. Mike lo miraba hipnotizado. El sur de Londres se había convertido en una sutil línea que desaparecía en el horizonte. El río era un océano. La brisa se había transformado en ráfagas. Las aguas se habían alzado en forma de grandes olas espumeantes que habían engullido los atraques y ahora iban a por él.

–¿Por qué quitárselas a su madre? –gritaba.

Enfurecidas, las olas se acercaban y lo envolvían en un líquido abrazo que intentaba arrancarlo de la tierra.

Mike se había refugiado en lo alto de la escalinata. Los carriles del Embankment parecían sólidos, los coches en fila, con el zumbido de los motores, listos para arrancar, escupiendo negras estelas de carbono por los tubos de escape. Mike no conseguía respirar.

–¿Por qué quitárselas a su madre? –volvió a gritar.

Los coches habían tomado velocidad, daban bandazos y montaban sobre la acera para alcanzarlo. Mike se dirigió al obelisco: los jeroglíficos de los rectángulos a ambos lados parecían horrendas caras de cíclopes con el ojo central arrancado de la órbita y largas narices carnosas que acababan en una boca fina con mueca sarcástica.

–¿Por qué quitárselas a su madre? –les gritó.

Entonces se desencadenó el ataque: del Támesis enloquecido se elevaban columnas de agua que lo envolvían como tentáculos, intentando arrastrarlo. Mike se encaramaba al obelisco clavando las uñas y apoyándose con los pies en los jeroglíficos. Los automóviles, con los motores atronando, tomaban carrerilla para escalar el obelisco y alcanzarlo. Mike ya no se atrevió a mirar.

Había arrojado al suelo la colilla y proseguía a lo largo del río a paso rápido, como si alguien lo siguiera. Tenía sed, hambre: el efecto del champán. Pidió dos perritos calientes a un vendedor ambulante de Westminster Bridge, y mientras esperaba se bebió dos latas de Sprite. Se metió uno en la boca, con la mostaza amarilla y el ketchup goteándole en la camisa rosa.

Cruzó Parliament Square y llegó a Green Park. Se detuvo sobre el puente: seguía teniendo hambre. Estrujado en su mano, el otro perrito se había convertido en un amasijo de papel, miga y carne aplastada. Le dio un mordisco: era repugnante; lo escupió y tiró el resto al suelo. Las palomas acudieron en tropel. Cuantas más patadas les daba Mike, más se obstinaban. Consiguió alcanzar a una debajo del buche que, con chillidos estridentes, agitaba las alas e intentaba recobrar altura. Fue a chocar contra la barandilla, después se detuvo, tambaleándose.

Mike se secó la boca con el dorso de la mano y reemprendió su camino hacia el Claridge's. Llamó a Steve, pero seguía sin contestar. Quería oír la voz de Jenny, pero ella tampoco contestaba. Le mandó un mensaje: «Te necesito».

Las noticias de la bolsa en la televisión no le interesaban. Mike no dejaba de pensar en sus hijas y se desesperaba. Se había dado una ducha para quitarse el olor a mostaza y a ketchup, pero ya no había vuelto a vestirse. Se puso a ver la televisión, perdido en sus oscuros pensamientos.

Cuando llegó Jenny y lo vio en albornoz, se acordó de que, antes de casarse, él se daba siempre una ducha mientras la esperaba en su apartamento. Y como entonces, empezó a desnudarse.

No hablaron ni durmieron. En la penumbra del alba la mirada aguda de Jenny distinguió las manchas de chocolate en las sábanas arrugadas; en los momentos de pausa habían saqueado el mueble bar devorando todo lo que había allí: patatas fritas, cacahuetes, mazapán y chocolatinas.

–Lo sé –le decía a Mike mientras seguía acariciándole la frente.

–¿El qué? ¿Lo de la fusión?

–Eso también. Sé que quieren quitarnos a nuestras hijas, pero no lo permitiremos.

–¿Quién te lo ha dicho?

–Nadie. Lo comprendí enseguida, cuando me llamaste.

–¿Cómo te sientes?

Jenny se había incorporado: el brazo de Mike seguía sus movimientos, la presión en el interior de los muslos no había cedido.

–Si tú no me abandonas, yo resistiré.

Mike miraba a Jenny mientras se vestía a toda prisa: quería volver a casa antes de que las niñas se despertaran. Él también debería haberse levantado y preparado para ir a correr, pero, una vez solo, daba vueltas en la cama sin poder despegarse, como si estuviera atado a ella.

«Me ha dicho que su padre abusa de ella», había afirmado la doctora Cliff, y los demonios aparecían por debajo de la cama y revoloteaban a su alrededor, repitiendo: «¡El abusador es su padre! ¡Su padre!». Después la voz de Lucy: «¡Papá, me quema, ponme más! ¡Ponme más, aquí!». La mano de la niña lo había guiado. «¡Aquí, aquí!» Y los demonios le hacían eco.

–¿Qué ha ocurrido? –gritó–. ¿Qué ha ocurrido?

37
Destruir después de leer
Peckham. Casa de Steve. Martes, 22 de abril

Mike había insistido para que el informe de la agencia de investigación acerca de Mistress Dooms se le entregara a Steve en su propia casa y no en la oficina. Steve no había puesto objeciones a lo que consideraba una imposición caprichosa, porque le daba la oportunidad de leérselo sin interrupciones. El documento tenía un apéndice que incluía copias de extractos bancarios, información confidencial de la policía y de distintos empleadores, documentos fiscales y certificados médicos, todo obtenido ilegalmente.

Steve entendió la razón de la advertencia de Mike: «Destruir después de leer». Tras tomar numerosas notas, rompió las páginas y las metió en el cubo del abono de la terraza; después, para mayor seguridad, les echó encima una cafetera entera de café rancio.

«Linda Green nace a principios de los años sesenta. Tras el divorcio de sus padres, vive con su madre hasta obtener el título de maestra infantil. Su *college* la describe como una chica de fuerte personalidad que sabe tratar a los niños. Su primer trabajo es con una familia saudí. Lo deja al cabo de un año, convencida por completo de que los padres ricos descuidan a sus hijos. Viaja a la India durante unos meses y vive en un *ashram*, después regresa a Inglaterra. Allí realiza una serie de trabajos eventuales como niñera, mientras sigue cobrando el desempleo; en su tiempo libre realiza voluntariados en casas-refugio para mujeres maltratadas y víctimas de violaciones. Muy pronto, harta de cuidar a hijos de mujeres de éxito y de posibles, decide buscar trabajo en alguna de las casas-refugio. Sin embargo, estos trabajos no le duran mucho: o a las casas refugio se les retiran los fondos, o es despedida por entrometerse en exceso en la relación de los clientes con sus niños. Más de una vez deja las casas-refugio de forma voluntaria para dedicarse a su otra pasión, la New Age: es un druida y una "bruja blanca", y acaba haciéndose socia del Crop Circle Society. Entre junio y agosto se muda al West Country para observar los campos donde se aguarda la aparición de los círculos y visita los campos donde ya se han descubierto.

»A los veintiséis años tiene a su única hija: durante el embarazo, se casa con John Dooms, un americano que quiere convertirse en ciudadano británico. Es un matrimonio de conveniencia, pero el hombre le coge cariño a la niña (adulta ya, que actualmente vive en California con la familia de él). Mistress Dooms es capaz de conciliar el trabajo y la maternidad. Vive con poco y trabaja a tiempo parcial en casas-refugio para mujeres. Es probable que John Dooms le pase una asignación mensual. En determinado momento, su estilo de vida poco convencional alarma al colegio de su hija, de donde saca a la niña durante la estación de los círculos –junio y julio–. Mistress Dooms decide entonces educarla en casa, cosa que consigue hasta que la niña alcanza la edad de hacer la secundaria. En esa época empieza a interesarse por la arteterapia y encuentra trabajo en una institución de caridad que incluye la arteterapia en sus programas de ayuda a las familias necesitadas. Permanece allí dieciséis meses, el periodo de trabajo más largo de su vida.

»Mistress Dooms tiene desde hace tiempo un compañero sentimental, un latinoamericano que afirma haber trabajado como arteterapeuta en Estados Unidos. Es también socio del Crop Circle Society y ha cambiado de nombre, adoptando el del marido de Mistress Dooms. Los motivos de esta decisión no están claros. Parece que tiene cierta familiaridad con los servicios de espionaje y nos hemos topado con dificultades para encontrar información acerca de él. Al compañero de Mistress Dooms se le describe como un hombre agradable, un activista del movimiento Outing Perverts, dedicado a identificar a los pedófilos que al salir de la cárcel intentan reintegrarse en las comunidades y los expulsa de las zonas en las que viven. Asesora a grupos de residentes que se oponen a la asignación de un alojamiento a los pedófilos. Además, enseña a grupos de vigilantes cómo reconocer los abusos sexuales a través de los juegos de los niños y de sus dibujos. Pese a vivir oficialmente en el piso de Mistress Dooms, tiene una cama en un albergue para personas sin hogar donde realiza pequeños trabajos, esto le ofrece la posibilidad de localizar a abusadores sexuales. Se gana la vida vendiendo en los mercadillos jerséis de lana que confeccionan él y Mistress Dooms.

»Mistress Dooms organiza sesiones de punto con las mujeres de las casas-refugio donde presta servicio como voluntaria, después vende sus productos en los tenderetes de su compañero. Es muy apreciada entre las mujeres y ninguna se siente explotada. No hemos pedido referencias a los empleadores privados de Mistress Dooms porque hace más de veinte años que ha dejado de trabajar como niñera. Las ONG y las asociaciones de voluntariado para las que ha trabajado desde entonces se dividen entre las que la consideran digna de confianza, solícita y voluntariosa –si bien excesivamente involucrada– y las que la juzgan, por el contrario, una entrometida prepotente, dependiendo de si Mistress Dooms dejó el trabajo por propia voluntad o fue despedida.

»Desde el mes de septiembre pasado, Mistress Dooms trabaja como maestra a tiempo completo en la Sunshine Nursery. Ha abandonado la medicina ortodoxa a favor de métodos de curación hindúes tradicionales, pero recientemente su médico de cabecera le ha extendido la baja por agotamiento nervioso. En su cuenta bancaria consta un pequeño descubierto y no tiene ahorros.»

Steve pensó que se había hecho una idea de Mistress Dooms: era una mujer anticonformista, obsesiva, entregada a los niños y a las mujeres víctimas de la violencia u otros abusos, que no se ocupaba de sus propios asuntos. Podía provocar daños, intencionadamente o no.

Siguió atareado con los helechos, sin dejar de pensar en la vista de los Pitt. Sus clientes querían que las hijas se quedaran en casa con Jenny, igual que la doctora Cliff, y que Mike viera más a sus hijas. Tal vez la doctora se mostrara de acuerdo, era necesario que ella estuviera de su parte para conseguirlo.

Sin embargo, los Pitt cuestionaban los métodos de la entrevista con las niñas y el contenido del informe. En tal caso se la pondrían en contra y la doctora ofrecería su apoyo a los servicios sociales, que estaban decididos a separar a las niñas de su madre. Los Pitt, por último, querían acelerar los tiempos del proceso, por más que el retraso jugara a su favor, siempre que las niñas permanecieran en su casa.

La táctica que debía seguir se delineó con claridad en la mente de Steve: hasta el último momento, los Pitt no debían impugnar el informe de la doctora Cliff. Él solicitaría al tribunal que las niñas permanecieran en su casa hasta la vista final, y si el juez se ponía de su parte, intentarían ampliar el régimen de visitas para Mike. Daría la impresión de querer acelerar los plazos del proceso y presionaría a Mistress Dooms para que entregara los dibujos, pero no tomaría medidas contra ella si no los entregaba. Mistress Dooms haría todo lo posible para no facilitárselos, era evidente que los dibujos y el juego con los muñecos los había dirigido su compañero. Y un hombre que adopta la identidad de otro nunca se ofrecerá como testigo voluntario.

Steve no quería que los Pitt testificaran. Jenny se mostraría fría y Mike prepotente. Él no se había formado aún una opinión acerca de Mike Pitt, pero había algo que le hacía pensar que podía haber abusado de Lucy y que debía mantener un cara a cara con él acerca de su pasado, tarea siempre desagradable.

Había otro personaje importante, el doctor Vita. Él sí que debía testificar. Steve regó el último helecho y, a continuación, lo llamó.

El doctor Vita se lamentaba amargamente de haber sugerido el nombre de la doctora Cliff.

–No he querido ni discutir con ella su informe, a pesar de que tuve la oportunidad –le dijo a Steve–. Lucy y Amy no son como las describe. Me había dado a entender que tenía mayor experiencia en este campo. Es una mujer que hace demasiadas cosas y todas mal. Pacientes privados, la carrera de perito legal y, ahora, también las consultas, que procura alquilar y que deben de haberle costado una fortuna. Tendría que haberse limitado a aquello en lo que destaca: los niños autistas. No volveré a mandarle ningún otro paciente.

–¿Ni un niño autista siquiera?

–Mire, precisamente tengo un paciente que es probable que sea autista. Lo mandaré a otro especialista.

–Si usted cree que la doctora Cliff es el mejor médico para ese niño, le agradecería que se lo enviara –comentó Steve.

–Me sorprende usted.

–Es importante que mantenga usted buenas relaciones con la doctora Cliff y que por el momento los Pitt no la critiquen de manera abierta, porque podría apoyar la propuesta de dejar a las niñas con su madre.

–Lo pensaré.

Steve siguió regando las plantas, absorto en sus pensamientos sobre la psiquiatra. No sabía cómo atacarla en el contrainterrogatorio y farfullaba: «Ambiciosa, insegura, acaso con problemas financieros», y poco a poco Melanie Cliff iba cobrando forma.

Sandra Pepper llamó a Steve para decirle que los servicios sociales no habían encontrado ninguna familia de acogida para ambas niñas. Su propuesta era llevarse primero a Lucy y más tarde a Amy, cuando la familia de acogida de Lucy tuviera sitio para ella también. Sandra añadió que estaba segura de que se verían esa noche: la doctora Cliff hablaba en la conferencia de clausura del curso de adiestramiento de peritos médicos, organizado por la Asociación de Psiquiatras de Menores y Peritos judiciales.

Steve se había olvidado de la invitación y confiaba en poder trabajar en la causa de Mavis Clarke, pero tuvo que resignarse a hacerlo bien entrada la noche.

38
Huésped de honor
Belgravia. Martes, 22 de abril

La intervención de la doctora Cliff tuvo una buena acogida. Había hablado bien, y con autoridad, sobre cómo afectan los procedimientos legales en los niños discapacitados y sobre los problemas que se encontraban en sus nuevas familias. Después contestó a las preguntas del público.

Steve estuvo tomando notas y le pidió al colega que se sentaba a su lado que le hiciera a la doctora la pregunta que había preparado, de modo que él pudiera seguir escribiendo.

–Dos hermanas a las que separan de su familia por primera vez, en una situación de emergencia (una de las hermanas ha sufrido abusos sexuales), van a parar a familias de acogida distintas. ¿Qué efectos podrían tener el alejamiento y la separación de su hermana para ambas?

–Las hermanas deben permanecer juntas –contestó la doctora Cliff, y explicó que en caso de abusos sexuales por parte de uno de los padres, era probable que los niños no volvieran nunca a su casa. En el futuro lo único que le quedaría a cada uno de ellos sería el otro, y esos lazos no debían romperse–. La opción preferible es que sigan viviendo en su casa, si es posible, pero a salvo.

La siguiente pregunta se refería al caso de un niño autista que había sufrido abusos físicos por parte de su padre: el hombre fue alejado del hogar.

–¿Es más conveniente que el padre vea a su hijo en casa, como desean la madre y el propio niño? ¿O las visitas deberían ser en un lugar neutral?

–Los niños discapacitados no son distintos al resto, y el niño víctima de abusos quiere ver al padre violento. Es más natural y menos traumático que el régimen de visitas se ejerza en el ambiente familiar, siempre que haya un sistema de supervisión. Una repentina pérdida de contacto con el padre puede causar sentimientos de culpa en el niño que ha revelado los abusos. Los niños víctimas de abusos a menudo quieren al padre que abusa de ellos.

Como era costumbre, la doctora Cliff era el huésped de honor de la cena organizada por la doctora Sara Todd, presidente de la APMP. Conocía a la mayor parte de los miembros del comité directivo, pero no a todos. Se sentía distinta del resto, sobre todo porque las mujeres eran más jóvenes que ella, y se preguntaba si no habría empezado demasiado tarde la carrera de perito judicial.

Sara Todd le explicaba que el objetivo del curso era instruir a otros psiquiatras infantiles y animarlos a emprender la actividad forense en las causas de menores, sobre todo en el caso de jóvenes adjuntos que no eran aún profesores titulares. La demanda iba en continuo aumento, y los directores de clínicas, como era su propio caso, estaban desbordados de trabajo. Por lo que debían rechazar muchos encargos: ella misma se veía obligada a escribir los informes de noche y durante el fin de semana.

–Los casos son apasionantes; testificar exige esfuerzo, pero es gratificante a la vez, y representa un cambio respecto a la rutina del trabajo hospitalario.

–También deberían advertir a Melanie de que escribir de noche es muy fatigoso: más de una vez he pensado en dejarlo, pero los honorarios subvencionan cenas en los mejores restaurantes y las cuotas del colegio de los hijos –dijo Roger Watts, que estaba sentado a la izquierda de la doctora Cliff.

Lo conocía sólo de vista, pero sabía que iba por su tercer matrimonio y que era un manirroto.

Sara Todd estaba en desacuerdo.

–No lo veo así. Todos nosotros sentimos el deber de poner

a disposición de los tribunales nuestra competencia profesional. Piensa en todos esos niños que, de lo contrario, quedarían a merced de los abusos familiares.

–¿Cuántos de sus casos son de abusos sexuales? –preguntó la doctora Cliff.

–Muchos –contestó Roger Watts–, y otros muchos que no salen a la luz. El año pasado fui, nada menos que en cuatro ocasiones, el primero en conseguir que un menor confesara abusos sexuales –presumió.

–Yo voy por el sexto caso en cuatro meses –dijo muy ufana Arietta Jones. Era una estrella emergente, a la que habían nombrado hacía poco asesora del ministro de Sanidad.

–Enhorabuena –farfulló Sara Todd tras lanzarle una mirada asesina.

Luego le contó a Melanie Cliff que la mayor parte de los casos no era de abusos sexuales, sino de malos tratos: madres solteras muy jóvenes, incapaces de atender a sus hijos por culpa del alcoholismo, las drogas o enfermedades mentales.

–Muchos de esos niños son discapacitados también –le dijo–, y tú podrías ayudarlos.

–En treinta años de experiencia forense, puedo contar con los dedos de una mano los casos de abusos sexuales en los que el juez no aceptó mi valoración clínica –dijo Mary Little, una anciana psiquiatra que había seguido la conversación a trozos porque su audífono no funcionaba bien.

–Ésta no ha escrito un trabajo científico decente en toda su carrera –le susurró Roger Watts–. Sin embargo, en la sala resulta convincente y goza de gran predicamento ante algunos jueces. Una vez tuve que testificar y dar una opinión contraria a una de sus valoraciones, y al final se impuso mi criterio. Cuando el juez le pidió una explicación de cómo había llegado a errar en el diagnóstico, contestó: «¡Señoría, creo que me estoy haciendo vieja!», y él, en el proceso, ¡ni aludió a su incompetencia! Al contrario, ¡la encomió por su diligencia, por proporcionar la peritación en las fechas acordadas! Mary hace ya tiempo que ha superado su fecha de caducidad: ¡necesitamos sangre nueva, como la tuya!

Melanie Cliff se estremeció: el hombre tenía el aliento fétido y mientras le hablaba no apartaba los ojos de su escote. La conversación derivó hacia los magistrados: chismorreaban acerca de los jueces de nómina reciente y Sara Todd afirmó que los peritos legales gozaban de su respeto.

–Mis adjuntos habían mostrado cierto interés, pero se desanimaron ante la enorme cantidad de artículos que aparecían en la prensa en los que se nos acusa de haber apoyado el alejamiento de algunos menores de sus padres, quienes, después, al apelar, volvieron a obtenerlos –objetó Arietta Jones, y añadió que sabía por fuentes fiables que los nuevos jueces se mostraban críticos con los peritos y permitían a los abogados llevar a cabo interrogatorios agresivos–. Es justo que nuestros adjuntos lo sepan.

–Yo no he visto ni oído nada parecido –la contradijo Roger Watts–. Si un juez osara comportarse así conmigo, le recordaría que estoy ahí por el menor.

–Nuestra querida Arietta exagera... –dijo Sara Todd en tono paternalista.

Pero Arietta Jones no la escuchaba, estaba hablando con el compañero de su izquierda, y Sara Todd repitió que a ella tanto jueces como abogados siempre la habían tratado de manera respetuosa e incluso obsequiosa. En todo caso, los adjuntos tenían que saber que las críticas no cruzarían los umbrales de la sala: los procedimientos sobre menores se realizaban a puerta cerrada y hablar de ello con personas ajenas al caso, fueran quienes fuesen, constituía un delito.

La vicepresidenta del grupo era la doctora Caroline Moss, una mujer de mediana edad y sin pretensiones. Era la directora del programa educativo de la APMP y tenía fama de ser una formidable jefa de departamento en un hospital del norte, puntero en excelencia clínica. Cuatro de sus adjuntos habían participado en el curso para convertirse en peritos judiciales y no tenían ningún temor a que se les criticase en la sala.

–Quienes trabajan con diligencia no tienen nada que temer: éste es el mensaje que debemos transmitir a las nuevas hornadas.

Sara Todd asintió, pero el relámpago que destelló en sus ojos reveló que había tomado esas palabras como una crítica.

–Con tu reputación no tendrás la menor dificultad en el Tribunal de Familia –le dijo a Melanie Cliff.

El anciano profesor Melville-Smith había permanecido silencioso durante la cena. Cuando acabó, dejó el tenedor y declaró, con la mirada fija en la doctora Cliff:

–El perito desempeña un papel de notable poder en el ámbito forense, mucho más que en el hospital.

–Tenemos que comer juntas en cuanto podamos –le susurró Sara Todd–. Me gustaría que entraras a formar parte de nuestra asociación.

Ignoraba que Melanie Cliff no necesitaba que la animaran más. Las palabras del profesor Melville-Smith habían reforzado su determinación para convertirse en perito legal.

Anécdotas autoadmirativas recorrían mientras tanto la mesa, Melanie Cliff escuchaba y no dejaba de expresar admiración ante los éxitos de sus colegas cuando era oportuno, aunque no prestara demasiada atención.

–¿Te estás aburriendo de escuchar los desvaríos egocéntricos de nuestros colegas? –le preguntó Roger Watts.

–¡En absoluto! Estaba pensando que he visitado en mi consulta privada a una niña que me confesó que su padre había abusado de ella. No grabé la entrevista y me preguntaba si no debería grabarlas siempre, las entrevistas con los niños, me refiero. Como rutina, con o sin el permiso de sus padres.

–Hiciste bien en no hacerlo: hubieras podido encontrarte en serias dificultades con los padres. A menos que el procedimiento legal esté en marcha, no tenemos obligación de llevar a cabo una audición protegida. ¡Los viejos métodos siguen funcionando a la perfección!

Ella se volvió hacia él y le obsequió con una sonrisa muy dulce: a cambio recibió una potente bocanada de su aliento fétido, pero esta vez no le importó.

La doctora Cliff volvió a casa de un excelente humor: sus colegas le habían expresado admiración y Sara Todd la había tomado bajo su tutela. Estaba segura de que su nueva carrera –inaugurada con los Pitt– resultaría financiera y profesionalmente muy satisfactoria.

La buena racha proseguía. Al día siguiente, el doctor Vita le pidió que viera a un paciente y eso le quitó un peso de encima, era evidente que no le guardaba rencor.

Invitó a Sara Todd a comer, después movilizó su red de conocidos para alquilar las consultas y por último reservó una entrada para ver *El rey Lear* en el Globe Theatre, sin la menor preocupación o sentimiento de culpa por Ralph. Desde que volvieron de Taormina, él dormía en la habitación de los invitados y llevaban vidas separadas. Sólo el perro los mantenía unidos.

39
La receta del postre de lima
Brixton. Bufete Wizens. Miércoles, 23 de abril

Pat quería darle las gracias a Sharon por los ánimos del día anterior y le llevó un postre de lima hecho según la receta de su abuela.

Sharon no se lo esperaba. Al contrario, le dijo que lamentaba haber sido brusca, pero no quería oírla hablar como muchos inmigrantes y sus hijos, que decían que no valía la pena competir con los blancos, que al final no conseguirían nada, que todo estaba en contra de ellos.

–Aunque en realidad yo misma soy una cobarde: me hubiera gustado estudiar literatura inglesa y dar clases en la universidad, pero entonces pensaba que una chica negra de un colegio de barrio no lo conseguiría.

A Sharon le gustaba mucho Shakespeare y actuaba con una compañía de aficionados: ahora lo hacía muy de vez en cuando, su tío George no se encontraba bien y después del trabajo iba a visitarlo.

–Pero eso no quiere decir que me haya abandonado. ¡No me pierdo una representación en el Globe! –Sonrió a Pat, guiñándole un ojo.

Sharon le pidió a Pat la receta del postre de lima. Halagada, ella le explicó que se la habían enseñado con cucharas y tazas, y se le escapó que su abuela, pese a ser analfabeta, era una gran cocinera.

Después se mordió el labio y cogió las tijeras para cortar los lazos de los paquetes del correo.

Steve estaba en el juzgado: representaba a Kahin Sivan, una nueva cliente infantil, una muchacha kurda a la que su familia maltrataba y explotaba. Antes de marcharse al juzgado, Steve probó el postre también y dijo que le recordaba a las pastas de té que tomaba durante sus vacaciones de infancia, en Zanzíbar. A Pat le hubiera gustado oír más de su vida en África, pero ella no contó más.

Mavis Clarke hizo su habitual visita matutina: la asistente social le había hecho muchas preguntas acerca de su abuelo y le había dicho que llegó a pensar que era un impostor, pero que, después de haber leído la declaración de Mister Turle, se había dado cuenta de que estaba equivocada. Mavis seguía preocupada, pese a todo: su abuelo se había reunido con sus hijas la noche anterior para ver si conseguían el dinero necesario para un perito privado; era necesaria una investigación sobre él y su mujer. Steve le había dicho que tal vez el Legal Aid no se lo concediera. Sharon la tranquilizó: lo importante era que se mantuviera alejada de la droga y evitara ver al padre de Stephanie. Steve obtendría una orden del tribunal y todo acabaría por resolverse.

–Steve deberá luchar por obtenerlo –le dijo a Pat cuando Mavis se marchó–. Es todo cuestión de dinero. Tu Mister Pitt lo tiene a montones: cuando Steve le pide un anticipo para gastos, recibe un cheque al día siguiente. Estoy segura de que Steve ganará su causa, sea inocente o culpable. –Sharon hizo una mueca.

–¿Tú crees que lo ha hecho?

–Es posible –contestó Sharon–, no tengo tiempo de pensar en eso. Yo me preocupo por Mavis: ella es mi cliente prioritaria.

En aquel momento, llegó Mistress Oboe. Llevaba un conjunto que solía ponerse para el juzgado, un elegante traje gris con una chaqueta ajustada en la cintura que resaltaba sus curvas. No quiso sentarse, quería hablar con Steve. Ni siquiera estaba dispuesta a decirle a Pat por qué había venido. Pat le dijo que Steve no volvería hasta última hora de la tarde, entonces Mistress Oboe le dio un sobre, invitándola a abrirlo. Pat vacilaba.

–Me han prohibido entrar en el colegio de Ali –le dijo Mistress Oboe, resentida–, ni siquiera puedo ayudarle a quitarse el abrigo.

–¿Y eso?

–Léela –insistió.

–¿Es que usted no la ha leído?

–Tú léela.

Pat leyó en voz alta la carta del director del colegio. Mistress Oboe, de pie frente a ella, escuchaba con los ojos cerrados, el ceño fruncido y los labios metidos hacia dentro; su bonito rostro se había transformado en el de un bestión medieval. El director la avisaba de que no toleraría otra falta de respeto al profesor de apoyo de Ali. El día anterior, cuando se citaron para deliberar cómo ayudar a Ali a mejorar su escritura, Mistress Oboe había dado un empujón al profesor mientras le enseñaba cómo debía sostener el lápiz, haciéndolo caer. Después lo había acusado de haberla tocado de manera ofensiva, cuando él sólo guiaba su mano para ayudarle a adoptar la posición adecuada. Ali padecía dispraxia, era fundamental que la madre colaborara con el colegio. A Mistress Oboe se le impedía volver a pisar el instituto, habían informado a los servicios sociales de su gratuito comportamiento agresivo contra un profesor meticuloso.

–¿Por qué le empujó?

–Me había tocado.

–¿En la mano?

–Te estoy diciendo que me había tocado. Fue un maleducado. Tengo que hablar con Steve, llámalo –dijo Mistress Oboe de un tirón. Después se calló, con mirada torva.

Pat estuvo pensando.

–¿Ha venido aquí para evitar una visita domiciliaria de los servicios sociales?

–Sí –admitió Mistress Oboe, que pareció relajarse después. Creía que los servicios sociales querían quitarle a Ali. Había venido para hablar con Steve y pedirle que fuera enseguida al juzgado para detenerlos. Pat intentó explicarle que aquel pobre hombre le había tocado la mano por una buena razón. La animó a leer de nuevo la carta con atención y a darle una explicación mejor de lo sucedido.

–Léemela tú.

En la voz de Mistress Oboe había un tono de desesperada frustración: había vuelto la cabeza y miraba por la ventana.

Entonces Pat vio el bolso de Gucci que colgaba del brazo de Mistress Oboe y ya no consiguió apartar la mirada. También Sharon tenía los ojos clavados en el bolso: en el bolsillo exterior había dos viejos ejemplares del *Evening Standard*. Pat frunció la nariz y Sharon bajó los párpados.

–Ayer hice un postre. Sharon tomó un trozo y Mister Booth también: lo encontraron muy rico. ¿Quiere probarlo?

La voz de Pat era persuasiva.

–No tengo hambre.

Mistress Oboe no se volvió, al contrario, levantó la barbilla. Tenía un perfil delicado como el de una niña, con la frente abombada, la nariz pequeña y respingona, labios gruesos y brillantes y un cuello delgado.

Pat hablaba y ella la escuchaba, pero sin mirarla.

–Era el postre especial de mi abuela, no sabía ni leer ni escribir. Precisamente, le estaba diciendo a Sharon que cortaba los flecos de los manteles para acordarse de cada receta, cada mantel era un postre. Era buena, muy inteligente, pero no sabía leer. Lo que padecía se llama dislexia, y hoy en día puede curarse. Si estuviera viva, mi abuela ya no necesitaría cortar los flecos de los manteles.

–Ya sé lo que es. Creen que es lo que tiene Ali. Además de la dispraxia.

–Mistress Oboe, ¿es usted una buena cocinera? –le preguntó Sharon.

–Sí, de la comida que nos gusta a nosotros. –A continuación, Mistress Oboe lanzó una mirada de fuego a Pat–. Y de la vuestra también.

–¿Y no hace postres?

–No.

–Entonces es usted como mi abuela, inteligente aunque no sepa leer.

Mistress Oboe volvió a mirar por la ventana.

–Le quitarán a Ali si no les explica que no sabe leer ni escribir y que por eso no puede ayudarlo a escribir. Podría aprender con la ayuda de un psicólogo..., la señora que la vio con Ali la semana pasada es una psicóloga.

–¿Cuándo podría verla? –preguntó Mistress Oboe sin darse la vuelta.

–Se lo preguntaremos. Pero antes debe admitir que no sabe leer.

Silencio.

–No hay de qué avergonzarse. Ha intentado usted que todos creyeran que sabe leer, y por eso lleva siempre el periódico. Ese profesor no pretendía ofenderla, pero tuvo usted miedo de que descubriera su secreto y por eso le dio un empujón..., ¿verdad?

–Mi marido dejó de amarme cuando descubrió que era una ignorante –dijo Mistress Oboe con voz triste y plana–. Ahora los servicios sociales me quitarán a Ali.

–¡Tonterías, nunca se lo permitiremos! –Sharon había levantado la voz.

Entonces Mistress Oboe se sentó y les contó su historia: tenía diecinueve años cuando un poderoso jefe de tribu, mucho mayor que ella, la vio y la tomó como mujer.

–Era muy guapa entonces –explicó, sin vanidad alguna–. Por eso me eligió.

Aprendió a ocultar su analfabetismo hasta tal punto que durante bastante tiempo él no se dio cuenta de nada. Más tarde, su marido montó una compañía de importación-exportación y se la llevaba consigo en sus viajes. Eran tiempos felices, él la cubría de regalos. Un primo de su marido consiguió que les dieran una vivienda protegida en Londres y pasaban mucho tiempo en Inglaterra. Ali nació en Londres: fue un parto difícil y el niño tuvo problemas respiratorios. Los médicos la informaron de que podría sufrir alguna minusvalía y su marido le echó la culpa a ella: en aquella época ya sospechaba que algo no andaba bien, a pesar de que Mistress Oboe hubiera aprendido a desplazarse por su barrio y con el metro. La llamaba ignorante, después empezó a interesarse por otras mujeres, hasta que decidió mandarla de regreso a Nigeria con Ali. Pero Ali necesitaba asistencia médica que no recibiría en Nigeria, por lo que ella se negó a marcharse. El marido la abandonó y se buscó otra mujer. Al principio, un pariente de Mistress Oboe se mudó a su casa y la ayudaba leyéndole las cartas; así sabía cuándo estaba citada con los médicos y cuándo eran las reuniones en la guardería y con los servicios sociales. Pero ese pariente se fue a vivir a Coventry y, aunque al principio la visitaba con regularidad para ayudarla a pagar las facturas y leerle el correo, hacía un año que se dejaba ver sólo muy de vez en cuando. Cuando le leía las cartas, ella ya se había perdido las reuniones. De ahí nacieron sus problemas.

–¿Quiere que le pida al abogado que hable con la asistente social para explicarle la situación? –preguntó Pat.

Mistress Oboe asintió con la cabeza.

40
Una visita inesperada
Brixton. Bufete Wizens. Jueves, 24 de abril

Los colegas de Mike lo recibieron con excelentes noticias: la prensa había dado una amplia cobertura a la fusión. Él también estaba de buen humor. Además, tenía una idea clara de lo que Rudy quería decirle.

–Nos fuimos de Hedwich a las tres, pero viéndote, se diría que tú también lo celebraste hasta altas horas... –le dijeron algunos. El rostro de Mike revelaba su noche de sexo consolatorio.

–Exacto –contestó, y les dio la espalda.

Rudy empezó diciéndole a Mike que en la City corrían malos vientos y que la recesión se cobraría muchas víctimas. Trolleys tenía previstos bastantes despidos. La estrategia a largo plazo consistía en quedarse con una selección de los mejores, preparados para aprovechar las ocasiones y aumentar las ganancias. A continuación Rudy miró a Mike: probablemente habría recibido ya ofertas de la competencia tras el éxito de la fusión, sin embargo, quería que supiera que la dirección le había autorizado a hacerle una proposición poco habitual. Se daba perfecta cuenta de que la perspectiva de una promoción o del *bonus* a finales de año no era suficiente para retenerlo, de manera que le ofrecían un contrato de dos años con una fuerte penalización si Mike lo rompía, pero con un inmediato y notable pago en efectivo que se justificaba como una suerte de *bonus* anticipado. Era más de lo que Mike habría esperado: discutieron las cláusulas del contrato y llegaron rápidamente a un acuerdo.

–Sabía que no perderíamos el tiempo –concluyó Rudy–. No ha sido fácil convencer a los demás: te ofrecemos una suma enorme, pero no queremos sentar un precedente.

Se dieron un apretón de manos para sellar el acuerdo.

Rudy le preguntó por sus problemas familiares. Mike se lo resumió de manera realista y concisa: el futuro de sus hijas estaba en juego. Hubiera preferido no añadir más, sin embargo Rudy mostraba curiosidad. Le escuchó y después le contó que su hermano menor había pasado por una experiencia parecida cuando se divorció. Su cuñada lo acusó de abusar sexualmente de su hija.

–Determinadas acusaciones no pueden confirmarse ni desmentirse. –Le contó que llamaron a testificar a dos psiquiatras infantiles–. El juez le concedió un régimen de visitas, pero no le sirvió. Su ex mujer puso a la niña en contra de él. Hace dos años que no la ve. Tú eres más afortunado que él, tu mujer está de tu lado.

Mike tuvo uno de sus raros momentos de emoción.

–Tal vez tenga más suerte que tu hermano, pero las niñas desde luego, no. –Y añadió–: Parece mentira, pero si mi mujer fuera menos leal, tendría garantizado que las niñas se quedaran para siempre con ella. –Y le explicó a Rudy lo que había ocurrido.

–Vamos a hacer lo siguiente –dijo Rudy–. Yo te doy mi apoyo incondicional, a menos que cometieras ese delito..., posibilidad muy remota. Esta conversación queda entre nosotros. Tómate el tiempo que te haga falta pero hazme saber si no puedes con el trabajo.

–El trabajo es mi droga: cuando trabajo me olvido de todo. Trolleys obtendrá de mí mucho más que antes.

–No me cabía la menor duda.

Jenny llamó a Mike a la hora de comer: consiguió irritarlo, preguntándole primero cómo estaba y más aún después con su cháchara. Miss Barnes y Fiona la habían visitado esa mañana y le habían dicho que querían reunirse con él lo antes posible.

Jenny creía que la visita había ido bien. Les había explicado que no irían a la reunión.

–La decisión no tiene marcha atrás –concluyó Jenny–. A Lucy la inscribirán en el registro de niños que requieren protección, y a Amy también.

Y hubiera seguido hablando si Mike no la hubiera interrumpido, sugiriéndole salir a cenar, después de ir al despacho de Steve.

La cita en el bufete Wizens era a las seis menos veinte, cuando las oficinas ya estaban cerradas. Steve esperaba a Mike Pitt con impaciencia: le había cambiado la hora dos veces, dándole como explicación: «Mi sueldo paga sus honorarios». De esa forma Steve debería pasarse toda la noche trabajando para la vista del día siguiente. Sentados uno frente al otro, eran como dos luchadores que se estudian mutuamente antes de pasar al ataque. Steve estaba hundido en la butaquita giratoria y parecía cansadísimo: tenía la corbata suelta, la camisa por fuera de los pantalones y hacía tiempo que la chaqueta reclamaba una visita a la lavandería. El escritorio estaba desordenado, como de costumbre. Los papeles de Mavis Clarke estaban esparcidos por doquier y sobre ellos descansaba, abierto, el expediente de los Pitt.

Mike, muy rígido, estaba listo para tomar notas en la Blackberry. Su aspecto era impecable y su traje, de sastrería. Los zapatos tenían un alza interior bien mimetizada, porque tenía las piernas cortas respecto al tronco. De haber sido más alto, sería un hombre muy guapo, aunque en conjunto resultaba bastante atractivo, con un cuerpo musculoso que desprendía energía.

–He hablado con su mujer: ha aguantado bien el impacto –arrancó Steve.

–Jenny está bien. Me ha dicho que sigue usted negándose a hablar en contra de la doctora Cliff. Me gustaría saber la razón. –Mike había entrado directamente en materia.

–Se lo explicaré después. –Steve se incorporó sobre la butaca y clavó sus ojos claros en los de Mike–. Primero hablemos de usted. De Jenny Pitt he podido formarme una idea, por lo que me ha dicho ella misma y también Miss Wood. Ahora necesito conocer a Mike Pitt. Cuando tenga lugar el contrainterrogatorio, necesito ser capaz de prever sus reacciones para poder acudir en su socorro con mis preguntas, si fuera necesario.

Mike estaba seguro de que aguantaría bien y no quiso responderle.

–He preparado una lista de las visitas que debería poder hacer.

–La leeremos más tarde, antes tengo que hacerle unas preguntas personales. –La voz de Steve era severa, después se suavizó–. Debo hacerlo, lo siento.

–¿Qué quiere saber?

–Todo sobre usted. Desde su infancia.

–Se está comportando como un investigador.

–Exactamente. Es una tarea ingrata, pero debo hacerla.

Mike lo entendió.

–Adelante.

–¿Cómo se siente?

–Sinceramente, hecho polvo. Pero durante el día, en el trabajo, aguanto bien.

–Hábleme de su familia.

Mike quería acabar lo antes posible. Ya sin reticencias, habló rápidamente, yendo al grano, como si estuviera leyendo el informe de un analista sobre una sociedad pública. Su padre había muerto hacía años, su madre padecía artrosis y no se movía de casa, en Glasgow. Tenía un hermano mayor que enseñaba química en la Universidad de Ciudad del Cabo y una hermana menor que vivía en Santa Fe, casada con un americano.

–Internado, universidad, trabajo, y después la boda y las niñas. Eso es todo. –E hizo un gesto con las manos. Luego las cerró y se las puso en el regazo, consternado.

–¿Su familia lo sabe? –preguntó Steve.

Mike contestó que Jenny y él no habían hablado del asunto con nadie aparte de la tía Marjorie.

–Hábleme de su hermano.

Se llevaban cinco años y nunca habían estado muy unidos. Su hermano escogió vivir en el extranjero para estar lejos de la madre.

–Y mi hermana igual: se fue al extranjero en cuanto tuvo la

posibilidad –añadió Mike para adelantarse a la siguiente pregunta.

–Usted prefirió quedarse, ¿por qué?

–Desde luego, no por estar cerca de mis padres. Mi trabajo me gusta y Jenny no quiere abandonar Londres.

Las largas sombras de última hora de la tarde invadían la habitación a través de las tiras verticales de plástico blanco que protegían las ventanas, repitiendo en el suelo el juego de rayas alternas. En el silencio, podía oírse la respiración ligera de Steve, regular, protectora, tranquilizante. Mike dijo que su madre no se interesaba por sus hijos menores y después se detuvo, sorprendido: jamás había hablado de ello con extraños. Se pasó una mano por la rodilla y añadió:

–Idolatraba al mayor. –Hizo otra pausa–. Para su desgracia... –Y le contó a Steve que su hermano, destinado a heredar la destilería de whisky de la familia materna, había huido, poco más o menos, a África–. Mi madre era una mujer dura, egoísta. Sigue dirigiendo la empresa con éxito y a nosotros, sus hijos, nunca nos ha dado ni un penique.

–¿Y su padre?

–Pertenecía a la aristocracia en decadencia de provincias. Un hombre amable, distante, no era mala persona. Muy aficionado a las carreras de caballos.

–Hábleme del internado.

Steve miró a Mike, que se había puesto rígido, doblando los brazos, para dejarlos caer después. Cuando contestó, contó poco.

–¿Ha habido abusos sexuales en su familia?

–Ni soñarlo.

–¿Qué asignaturas cursó en la escuela superior?

Mike no entendía la finalidad de la pregunta. En su declaración constaba que era licenciado en matemáticas, era obvio que había estudiado asignaturas de ciencias. Pero Steve había dejado la pluma sobre la mesa y estaba esperando.

–Física, química y matemáticas.

–Hábleme de su vida sexual.

–Soy fiel a Jenny, igual que ella me lo es a mí.

Steve frunció el ceño.

Mike se revolvió en la silla.

–¿Qué entiende por «vida sexual»? Llevamos la vida normal de una pareja casada. Lo mejor sería que se lo preguntara a Jenny.

–Quisiera saberlo por usted.

Mike le lanzó una mirada torva y Steve cambió de tema.

–¿Cuándo le circuncidaron?

–Al nacer, como a mi hermano.

–¿Y sus compañeros de colegio qué decían?

–¿Acaso le pago para que me haga preguntas tan estúpidas? ¡Si ni siquiera escribe las respuestas!

Steve no reaccionó. Después Mike suspiró:

–No éramos muchos así. –Parecía cansado.

Había llegado el momento. Steve debía correr el riesgo de dar como cierto algo que en realidad no sabía.

–Creo que hubo abusos sexuales en su pasado, probablemente en el colegio.

Un momento de silencio y después, la respuesta, clara, sin emoción alguna.

–Un chico mayor me obligó a masturbarlo. –Mike hizo un gesto con la mano–: El viejo sistema de tiranizar a los más pequeños no había desaparecido aún en ciertos internados.

Steve estaba quieto y callado, ni siquiera había brillo en las pupilas. No tomaba notas, y aquel silencio implacable obligó a Mike a hablar y a decir cosas que nunca había dicho. Penosamente vívidos, emergieron entonces recuerdos enterrados. Todos.

Steve pasó a discutir las visitas de Mike a sus hijas.

–¿Qué contestaría a las niñas si le preguntaran por qué no duerme en casa?

Mike estaba exhausto, pero soltó un profundo suspiro y se repuso.

–Dígamelo usted –rebatió en tono de desafío.

–No, quisiera que me lo dijera usted.

–Que papá y mamá creen que lo mejor para ellas es vivir con mamá.

–¿Les diría a las niñas que se han separado?

–Podría ser. Probablemente les diría que mamá quiere separarse y que seguimos siendo amigos.

–Eso podría valer. ¿Jenny estará de acuerdo?

–Quizás. Tengo la impresión de que cada vez empieza a pensar más con su propia cabeza.

Después discutieron las tácticas para la vista del día siguiente y Mike tuvo que aceptar de nuevo la estrategia que proponía Steve: no se atacaría a la doctora Cliff.

La sala de espera estaba desierta, iluminada únicamente por una bombilla mortecina. De los despachos de detrás salía el zumbido de un aspirador amortiguado por la distancia. Mike notó una extraña forma al final de las hileras de sillas, acaso un montón de ropa sucia. Sin embargo, mientras se dirigía a la puerta, se dio cuenta de que era una pequeña figura femenina con las piernas abrazadas contra el pecho y cubiertas por una amplia falda plisada, la cabeza apoyada sobre las rodillas y sus largos cabellos sueltos sobre los hombros, cayéndole sobre la cara como un abanico de plumas de avestruz. Mike cerró la puerta y soltó un suspiro de alivio. Cuánta gente extraña había en aquella oficina.

Mister Coutts iba de camino al bufete Wizens. Cuando se cruzó con Mike, le detuvo y le preguntó si Mister Booth seguía atendiendo.

–Acabo de dejarle –dijo Mike.

–Confío en que su causa esté yendo como usted desea –dijo Mister Coutts.

Mike le dio las gracias y Mister Coutts se volvió a mirarlo hasta que llegó a la calle principal. Después llamó al timbre, pero nadie le abrió. Dejó caer el sobre por la ranura del correo y se marchó, lamentándose por su mala suerte.

–No sabía que estabas aquí –dijo Steve, inclinándose hacia Kahin–. ¿Quién te ha dejado entrar?

La muchacha se apartó el pelo de la cara y se incorporó en la silla, soltando las rodillas.

–Las mujeres de la limpieza me han dicho que estaba usted aquí y le he esperado. Espero no haberle molestado –se disculpó con un temblor en la voz.

–No, en absoluto. Espera un momento, vuelvo enseguida. –Y Steve desapareció en las despachos de detrás. Regresó al poco rato con dos mujeres de la limpieza, que encendieron todas las luces y empezaron a restregar enérgicamente el mostrador de la recepción. Steve se sentó cerca de Kahin:

–¿Qué ha ocurrido?

La muchacha no cambió de expresión, sus labios apenas se entreabrían.

–No puedo seguir con mi madre de acogida. Hay hombres por la casa y me dan miedo.

–Esa mujer vive sola, como habías pedido. Serán parientes o amigos. ¿Te los ha presentado?

Ella meneó la cabeza.

–Me quedo en mi habitación, haciendo los deberes, pero oigo sus voces y me encontré con uno cuando iba al baño. Después vine corriendo aquí. Nadie sabe que he venido.

–Esos hombres no te harán daño.

–No puedo quedarme allí. Créame, señor, tengo miedo. No puedo estar en una casa en la que haya hombres.

–Escúchame: tú querías seguir en el mismo colegio y por eso te buscaron esta familia de acogida. De lo contrario, los servicios sociales te habrían ofrecido una lejos de tu colegio. Los exámenes empezarán el próximo mes y el miércoles, en el juzgado, me dijiste que para ti el colegio era una prioridad.

Steve hablaba rápidamente pero con tono dulce y sus ojos saltaban de Kahin a las mujeres de la limpieza.

–¿Puede buscarme otra familia? O también podría tener una habitación por mi cuenta en un albergue: sé cocinar y limpiar, puedo vivir sola.

–Eres demasiado joven. Antes de los dieciséis años no es posible.

–Entonces, señor, me quedaré allí hasta mi cumpleaños.

Y se levantó para irse. Parecía una viejecita sin arrugas: sus ojos cansados estaban rodeados de círculos oscuros y el uniforme escolar se le adhería a los hombros caídos como si colgara de una percha.

–Espera –dijo Steve–. ¿Tienes dinero para el autobús?

–Sí. Me lo dio la asistente social, pero he venido andando.

Steve cerró la puerta detrás de Kahin y recogió el sobre del suelo. Decía: «Urgente. Para Mister Booth». Lo abrió y le echó un vistazo para ver quién se lo había enviado. Después, sin leerlo, lo dejó en la bandeja de la correspondencia entrante.

–¡El mostrador está reluciente, venga a verlo! –La más anciana de las mujeres de la limpieza llamó a Steve y añadió molesta–: El director nunca ha tenido queja de nosotras. ¿Podemos seguir con lo que estábamos haciendo antes de que nos llamara? –Se había erguido y lo miraba ceñuda con los brazos en jarras.

–Perfecto. Gracias.

Steve apagó las luces y se marchó.

Mike cogió un taxi. Se sentía mejor después de haber hablado con Steve. Era un hombre del que empezaba a fiarse, a pesar de que le gustara cada vez menos. Tenía hambre. Hacía días que comía en el restaurante o en el pub y añoraba la comida casera. En los largos meses de las negociaciones para la fusión, a menudo llegaba muy tarde a casa, cuando Jenny ya dormía y se paraba a comprar unos *kebab* en el *take-away* turco. Entró y pidió *döner kebab,* pimientos rellenos y arroz. En el momento de pagar se dio cuenta de que en la caja no estaba la chica de siempre, sino uno de los hermanos.

–¿Qué tal va la quemadura de su hermana?

–Bien, ya se le ha curado. Está estudiando para los exámenes.

Jenny lo estaba esperando en el hotel. Mike le contó sólo lo indispensable acerca de su entrevista con Steve. Comieron deprisa lo que había comprado, porque querían redactar juntos la lista de las visitas que iban a proponer al juzgado. Mike insistió en añadir otras, con ocasión de las actividades organizadas en Meadows, y Jenny comentó que las niñas se sorprenderían al verlo en el colegio tan a menudo; por lo general, no iba nunca.

–¡Pues que se sorprendan! –contestó Mike–. Quiero ver a mis hijas.

Era de noche. Mike estaba cansadísimo. Había leído y releído las acusaciones de Lucy. Las páginas se le caían de las manos, sobre las sábanas, pero él las aferraba, embarullándolas. Las acusaciones de Lucy. Contra su padre. Él, Mike Pitt, no conseguía asumirlo. No le había hecho nada malo a Lucy, al contrario, la había complacido. Entonces los demonios volvieron a visitarlo.

«¡Me quema, ponme más! ¡Ponme más, ponme más, ponme más!», gritaba Lucy, y su carita se transformaba en el rostro bronceado de Jim Stutz, que se convertía en la cara retorcida de un gnomo, cuya nariz aquilina se alargaba en una probóscide rugosa. «¿Te gusta? ¿Te gusta? ¿Te gusta?» Después la probóscide se contraía y volvía a ser nariz, el gnomo se convirtió en Jim y después en Lucy. «¡Así, así! ¡Ponme más, ponme más! ¡Papá, papá! ¡Ahí abajo! ¡Me quema, me quema!»

41
Material estrictamente confidencial
West Hampstead. Jueves, 24 de abril

La doctora Cliff hubiera preferido no recibir una segunda carta del bufete Wizens en la misma semana. Reclamaban de nuevo los DVD de las entrevistas con Lucy y Amy. Tenía que hacer algo, y había más: a la carta del bufete Wizens iba unida una nota con las respuestas que había dado al público en la conferencia de la APMP. Steve Booth le informaba de que Sandra Pepper, la abogada de los servicios sociales, presente también en la conferencia, confirmaba la exactitud de la nota. También el doctor Vita afirmaba que coincidía con lo que ella le había dicho el jueves precedente. Steve Booth solicitaba su confirmación para evitar el tener que llamar al doctor Vita a testimoniar acerca de las tres conversaciones telefónicas que había mantenido con ella el día de su entrevista con Amy.

La doctora Cliff se estremeció. Después se calmó. El doctor Vita le había enviado un nuevo paciente. En cualquier caso, ella no quería que testificara, y confirmó vía correo electrónico la precisión de sus notas, sin hacer alusión alguna a los DVD.

Después llamó a la secretaria de la doctora Moss, quien le aseguró que había recibido una respuesta negativa de uno de los médicos y que había mandado, por solicitud de la doctora Moss, otro correo electrónico general explicando que aquel material era estrictamente confidencial. La doctora Cliff estaba furiosa. Carolina Moss había querido mortificarla con su premura.

Decidió hacer una última búsqueda minuciosa en la consulta: el DVD no apareció, pero como compensación encontró las dos copias de los dibujos de Lucy. Pocos minutos más tarde le llegó un correo electrónico de Steve Booth. Los Pitt no podían seguir considerándola su perito, a partir de ese momento debería remitirse a los servicios sociales para el pago de sus honorarios. Mister Pitt saldaría la minuta del informe y nada más. La doctora Cliff daba lo mejor de sí misma cuando se veía entre la espada y la pared, y tuvo una iluminación: al testificar trataría de privar a Mister Booth del placer de ponerla en evidencia con el DVD.

42
«¿Quién paga las facturas?»
Kensington. Casa de los Pitt. Jueves, 24 de abril

Jenny abrió la puerta esperando ver a Miss Barnes y a Fiona McDougall.

–¡Buenos días! Mañana tengo clase de historia en la universidad de la tercera edad y he pensado en traer hoy mi bolsa –dijo la tía Marjorie, mientras entraba en la casa.

A Jenny no le hizo mucha gracia. Cuando encontró su primer trabajo y se fue a vivir sola, tuvo que dar a entender a la tía Marjorie que no era adecuado que se presentara sin avisar en su casa para llevarle comida preparada ni provisiones. Ahora Jenny temía que esas injerencias volvieran a producirse, por muy afectuosas y bienintencionadas que fueran. Le recordó que esperaba a los asistentes sociales, pero la tía, impertérrita, contestó que se tomaría una taza de té antes de irse. Después añadió, como por casualidad, que Jenny podría decirles a las asistentes sociales que estaba en casa, por si querían conocerla.

La primera pregunta de Miss Barnes fue sobre la reunión de la Mesa para la Protección de la Infancia de aquella tarde: los Pitt no habían contestado a la invitación. Jenny pareció desorientada, balbuceó que estaban citados con el abogado y que creyeron que eso era prioritario.

–Usted ya sabe lo que pensamos –añadió mirándole fijamente a los ojos, dura.

Después Jenny dijo que la tía Marjorie estaba arriba. Miss Barnes lo pensó un momento y dijo a continuación que le encantaría conocerla.

Tras tomarse un té con la tía, Miss Barnes fue al grano. Pidió que la entrevista con Jenny fuera en el cuarto de jugar. Sus ojos inquietos saltaban del patio interior a la cocina, anotando mentalmente cada detalle. Cuando miraba a Jenny, observaba vestidos y joyas como si estuviera haciendo una estimación de su coste. Repitió las preguntas que ya le había hecho Fiona, pero con mayor hondura, e indagó en sus relaciones con su marido, en su vida social y en sus respectivos trabajos; por último, preguntó acerca del informe de la doctora Cliff. En este punto, Jenny siguió la línea sugerida por Steve: estaba convencida de que Lucy no había sufrido abusos sexuales por parte de su padre y no haría ningún comentario hasta ver los DVD de las entrevistas de la doctora con las niñas. Con todo, no pudo contenerse y subrayó que Lucy raramente tenía pesadillas y que de noche no lloraba nunca. Miss Barnes la acosó a preguntas sobre la organización doméstica: no nombró explícitamente a Mike en ningún momento.

–¿Le ha pedido las llaves de casa?

–Me las dio él, espontáneamente.

–¿Quién paga las facturas?

–Yo. Se han cambiado a mi nombre. Pago también las cuotas y la comida del colegio.

–¿Qué han dicho en Meadows?

–El director lo sabe, al igual que las maestras de las niñas –dijo Jenny. Después preguntó–: ¿Ha informado usted al director de que piensan retirar a mis hijas del colegio? –Y por segunda vez la miró con dureza a los ojos.

Miss Barnes pareció sorprendida:

–Lo haremos, más adelante. –Y siguió haciéndole preguntas–: ¿Qué ocurre con el correo postal de su marido?

–Sigue llegando aquí, hasta que encuentre otro alojamiento.

–¿Lo ve usted, aparte de en las visitas a las niñas?

–Cuando estamos citados con nuestro abogado y debemos discutir de distintas cuestiones relativas a la casa y a la familia. Nos vemos por la noche.

–¿Qué dicen las niñas, ahora que su padre no vive en casa?
–No han preguntado nada. Creía que todos nosotros teníamos prohibido hablarles de ello.

Miss Barnes estaba satisfecha de la visita: era evidente que, desde que Mistress Dooms se llevó a Lucy a su casa, Mike Pitt se había dado cuenta de que los abusos podían salir a la luz y, ante tal eventualidad, había predispuesto los aspectos prácticos de la falsa separación de Jenny.

–Juraría que le da mucho más de lo que le hace falta para pagar las facturas –le dijo a Fiona–, es el precio de la connivencia. –Jenny Pitt había hecho todo lo posible para hacerle creer que su marido no formaba ya parte de su vida–. Pero no ha podido tomarme el pelo.

–Jenny no ha dicho que Mike no forme ya parte de su vida: a mí me dijo que aún lo amaba –rebatió Fiona.

–Los aman, los aman, a esos hombres que abusan... Ése es el problema. ¡Son incapaces de proteger a sus hijos! ¡Él volverá a abusar de Lucy, no importa cuánta gente se meta en su casa para vigilarle! Te lo digo yo: ¡antes o después entrará en la casa de noche y tendrá una coartada perfectamente preparada! ¿Te has fijado en que fue él quien le dio las llaves de casa? ¿Por qué no se le ocurrió a ella cambiar la cerradura? Él ha tenido todo el tiempo del mundo para sacarse copias de las llaves antes de dárselas.

La reunión de la Mesa para la Protección de la Infancia duró sólo media hora. Como estaba previsto, se inscribió a Lucy y Amy, por unanimidad, en el registro de niños que requerían protección. Después llegó Sandra Pepper para discutir el caso Pitt con Samantha Harvey, Mistress Bells y Miss Barnes.

La doctora Cliff se opondría a la intención de los servicios sociales de alejar a Lucy de la familia e insistiría en no separar a las dos hermanas, les comunicó Sandra. Miss Barnes les recordó que eran los servicios sociales, y no la doctora Cliff, quienes decidían los plazos y modalidades de las medidas de protección de los menores bajo su tutela.

–Si Lucy volviera a ser víctima de abusos, será mi cabeza la que caiga en la cesta y no la de esa Cliff.

Después discutieron sobre Mistress Dooms. El viernes anterior, Mistress Bells había ido a su casa y la maestra le había prometido hacerle llegar el lunes siguiente los dibujos y el informe. En su lugar, llegó un certificado médico.

–No sé realmente qué hacer con Mistress Dooms –dijo.

–¡Yo me encargo! –exclamó Miss Barnes–. Dígale que mañana iré a su casa con un taxi, si se niega a acompañarme a la vista, por lo menos volveré con los dibujos. Con lo que esa mujer quiere a Lucy, vendrá.

Entretanto, Fiona hablaba con Samantha.

–No pareces convencida de la decisión.

–La doctora Cliff ha visto algo de lo que no me había percatado. Me siento una inepta, porque debería haberlo notado. ¿Tú qué piensas de Jenny Pitt?

–Es una mujer muy controlada. La cuestión es: ¿de verdad es autocontrol o está manipulada por su marido? A él no lo conozco aún.

–Yo sí, al poco de nacer Lucy. No es un hombre muy agradable, pero parecía ser un buen padre. No estoy de acuerdo con vuestra propuesta de separar a las hermanas.

–Yo tampoco. Pero ésa es la posición de mi departamento, tengo que aceptarla. Por suerte, a finales de mayo me marcho. Todavía no me han encontrado sustituto. De los Pitt se encargará personalmente Lucretia Barnes.

43
La segunda vista de los Pitt
Strand. Royal Courts of Justice. Viernes, 25 de abril

Había quedado con los Pitt y las tres *au pairs* a las diez menos cuarto en la cafetería del juzgado. Steve los localizó enseguida: estaban sentados en silencio, mientras que en el resto de las mesas, cubiertas de carpetas, carteras, ordenadores, tazas de café y bollería, todo era un clamor, con los abogados y sus clientes hablando exaltadamente en espera de sus vistas. A las diez y media en punto empezarían las sesiones y la cafetería se quedaría desierta.

–Malas noticias –anunció Steve–. La vista de hoy puede suspenderse: la lista está completa y nos meterán en el primer hueco que haya, en la sala que se nos ha asignado o en cualquier otra; de no ser así, la vista quedará aplazada. Tendremos que esperar delante de nuestra sala y confiar en que alguna de las vistas de la lista sea más breve de lo previsto: podrían llamarnos en el último momento.

Mientras se encaminaban, se encontraron con Sandra Pepper y Fiona. Los dos abogados abrían la marcha por los pasillos de techo abovedado, escandidos por arcos de piedra esculpida y pesadas puertas de madera. Fiona los seguía, pero manteniéndose a cierta distancia de los Pitt: en el juzgado, asistentes sociales y clientes se comportan como extraños. Mike tenía los ojos hundidos y Jenny se mordía los labios. Las *au pairs* miraban a su alrededor con curiosidad, pero tampoco ellas hablaban.

Steve iba y venía de sus clientes a la puerta de la sala. Cuando el ujier hizo pasar a los primeros de la lista se apartó a un rincón desde donde miraba a los Pitt y a las chicas de vez en cuando, pensativo, como si tuviera que resolver un problema.

Mike lo miraba fijamente y no comprendía. De repente, Steve se dirigió con paso firme hacia ellos y se llevó a Lisa. Mike hizo ademán de seguirlos, pero Steve lo detuvo: quería hablar con la muchacha a solas.

Desde la noche anterior, Steve se devanaba los sesos sobre cómo sacar a colación en el contrainterrogatorio de Mistress Dooms lo que había descubierto a través de la agencia de investigación. Entonces se le ocurrió algo tan obvio como que Lisa podía estar al corriente de las actividades de la mujer. Efectivamente, así era, pero el testimonio de la muchacha no bastaba: era necesario que lo confirmaran las casas-refugio en las que Mistress Dooms prestaba servicios como voluntaria y organizaba grupos de mujeres que tejían a mano los jerséis que su compañero vendía más tarde en el mercado.

Ese viernes, la cliente prioritaria de Pat era Mistress Oboe: la verificación de sus dificultades de aprendizaje era esencial y urgente, pero costaba centenares de libras y el Legal Aid se había negado a autorizar semejante gasto. Pat debía dirigirse a Sanidad, a la superintendencia de Instrucción y a los centros de formación para adultos. Steve la llamó y le dijo que interrumpiera esa tarea para investigar las actividades de Mistress Dooms en las casas-refugio para mujeres maltratadas.

Pat lo solucionó antes de lo previsto, con excelentes resultados: el personal de las casas-refugio, imaginándose que quería localizar a Mistress Dooms para ayudar a alguna cliente víctima de malos tratos, mostró la mayor disponibilidad y rozó la indiscreción: Steve tenía ahora la prueba de que el trabajo del compañero de Mistress Dooms no tenía nada que ver con la arteterapia.

Desconocedor de todo ello, y resentido por la actitud de Steve, Mike no perdía de vista al abogado: Steve era un torbellino de actividad, hablaba con Lisa, por teléfono después, de nuevo con Lisa y escribía como un loco; había arrancado unas hojas del bloc de notas azul en el que los abogados redactaban las actas, las llenaba con sus apuntes y después le leía a Lisa lo que había escrito.

Cuando regresaron, sin dar explicaciones Steve le pidió a Mike que fotocopiara la declaración que acababa de preparar para Lisa. Él obedeció, comprendiendo que no era el momento de hacer preguntas. Desde ese instante, se sirvieron de los Pitt como si fueran becarios. Cuando a Jenny –y no a una de las *au pairs*– se le encomendó salir a comprar bebidas para todos, Mike, indignado, recriminó a Steve que no hubiera llamado a Pat para que les echara una mano. Obtuvo una respuesta seca:

–Pat tiene otras cosas que hacer: usted es uno de nuestros muchos clientes. –Y le advirtió de que la vista podría aplazarse hasta la tarde porque Miss Barnes y Mistress Dooms no habían llegado.

Sin embargo, en ese preciso momento las dos mujeres entraron en el atrio. Sandra Pepper y Steve se apartaron para establecer sus acuerdos, después se acercaron a la sala. Poco después, el ujier gritó su nombre y todos entraron rápidamente.

El juez no estaba al tanto de los pormenores de la causa. Steve hizo un rápido resumen. El asunto del día era el inmediato futuro de Amy y Lucy Pitt, a quienes los asistentes sociales querían apartar de la familia: a Lucy sin dilación, a Amy en el curso de unas semanas, en cuanto hubiera alguna familia de acogida disponible. Los Pitt querían mantener el actual estado de las cosas, con visitas más frecuentes.

En cuanto al informe de la doctora Cliff, Steve explicó que los Pitt y su médico de cabecera –fue él quien se la recomendó– ponían en tela de juicio su contenido. Estaban convencidos de que se había equivocado con Lucy, o de que Lucy había mentido fruto de la manipulación de Mistress Dooms, la maestra de la guardería. Sus clientes no habían visto aún los DVD de las entrevistas, por lo que no habían hecho comentarios sobre el informe de la doctora, aunque estaban dispuestos a testificar, de ser necesario.

A continuación, Sandra Pepper expuso la postura de los servicios sociales y sus proyectos para las niñas: su primer testigo era Mistress Dooms, después llegaría la doctora Cliff, que ya estaba en camino.

Linda Dooms habló de forma persuasiva y sentida de Lucy, una niña triste, aislada, desatendida por su madre, que se reencontraba consigo misma cuando tenía un lápiz en la mano. La madre de Lucy enviaba a la *au pair* en su lugar a las sesiones de «padres e hijos», pero la muchacha prefería charlar con las otras madres en lugar de prestar atención a la niña. Mistress Dooms explicó que se había llevado a Lucy a casa por desesperación: los servicios sociales no habían contestado al aviso de la guardería y alguien tenía que ayudarla. La forma en que Lucy usó las muñecas resultó sobrecogedora; la niña reveló los abusos sexuales a través de los dibujos sólo después de que la maestra le asegurara que se los guardaría y que no tendría que llevarlos a casa. Mistress Dooms afirmó que Lucy sentía terror de su padre.

Steve empezó el contrainterrogatorio.

–¿Cuándo empezó usted a preocuparse por Lucy?

–Me acuerdo perfectamente: el lunes 14 de enero, cuando su madre la trajo a la guardería por primera vez. Mistress Pitt iba muy emperifollada y parecía ausente, como si no tuviera tiempo para su hija y sólo quisiera dejarla y marcharse. El comportamiento de Lucy, que entró enseguida en clase y no parecía triste por dejar a su madre, me dio a entender que su madre le provocaba temor.

–¿Ha visto a menudo a Mistress Pitt?

–No. Vino los dos primeros martes por la tarde a la sesión de «padres e hijos», pero se veía que no quería tener nada que ver con las otras madres y no volvió a aparecer, mandaba a la *au pair* en su lugar.

–Descríbame cómo era Lucy en febrero.

–Una niña infeliz. Me dijo que le dolía cuando hacía pis y que su mamá le había cortado ahí abajo con unas tijeras, pero creo que no lo entendí bien: hablaba de los abusos de su padre. Debió de ser eso, a juzgar por lo que ha descubierto la doctora Cliff, ¿verdad?

–¿Ha leído usted el informe de la doctora Cliff?

–No, pero la doctora me dijo que el padre había abusado

sexualmente de la niña. Fue cuando volví a verla para recoger los dibujos que le había prestado.

–¿Por qué fue a recogerlos usted, en lugar de los servicios sociales?

–Los necesitaba para escribir mi informe. Esos dibujos requieren una explicación. Ya harán copias los servicios sociales para esta causa.

–Pero usted no ha escrito aún su informe, a pesar de varios requerimientos. ¿Por qué?

–He sufrido una persecución; hasta he caído enferma. Ahora tengo los nervios destrozados y estoy exhausta, todo por culpa de Mister Pitt: en la Mesa para la Protección de la Infancia me insultó. Sé que está intentando que me echen del trabajo. Ha presentado una reclamación formal contra mí. Sus abogados me bombardean con cartas. Mistress Bells me atormenta, quiere que vuelva al trabajo y que hable con sus superiores; hasta me he encontrado ante la puerta de casa con el abogado de los servicios sociales.

Mistress Dooms se enjugó las lágrimas.

–De modo que no es sólo culpa de los Pitt. Acaba de decir usted que también sus colegas y sus empleadores la persiguen, ¿no es así?

–Están siendo instigados por los Pitt. La gente hace preguntas sobre mí en los mercados. Los Pitt están indagando en mi vida privada.

–De modo que afirma usted que hay una persecución en su contra por parte de Mistress Bells, la abogada de los servicios sociales y de los Pitt. Y a su compañero, ¿también lo persiguen?

–Sí. Tanto es así que ha tenido que marcharse de casa.

–¿Sostiene seriamente que su compañero ha tenido que marcharse por culpa del comportamiento de los servicios sociales y de los Pitt?

–Sí.

–¿Es posible que lo que usted denomina «persecución» por parte de Mistress Bells y de los servicios sociales se deba al hecho de que le reclaman los dibujos de Lucy para presentarlos como pruebas?

–Podría ser. Les daré esos dibujos, pero por ahora los necesito para escribir mi informe.

–¿Dónde están esos dibujos?

–En un lugar seguro. Cuando esté mejor, iré a recogerlos y escribiré el informe, y luego los servicios sociales podrán verlos.

–¿Cómo es que esos dibujos necesitan un lugar más seguro que la oficina de los servicios sociales?

–¡Necesito proteger a otros, a gente inocente!

–¿Es decir...?

–¡A mi compañero!

–¿El hombre que estaba presente cuando se llevó usted a Lucy a su casa?

–Sí.

–Dígame cómo se llama su compañero.

–No. Ya se ha visto metido en bastantes dificultades por haberme ayudado con Lucy.

–¿Es él el hombre con barba que la acompañó cuando llevó a Lucy de vuelta a casa, tras haberla tenido con usted en su piso?

–Sí.

–¿Cómo se gana la vida su compañero?

–No voy a decírselo. Tiene derecho a proteger su vida privada.

–Usted hizo que entrara en la vida de Lucy, estuvo presente mientras jugaba usted con Lucy en su piso. *Debe* contestar. ¿Es maestro?

–No.

–¿Un arteterapeuta?

–No es de su incumbencia.

–¿Es un arteterapeuta? Necesito una respuesta.

Mistress Dooms no contestó, en la sala reinaba un silencio absoluto. Mistress Dooms se ruborizó por completo, parecía a punto de estallar en lágrimas. Después recuperó el control. Steve continuó:

–Necesito una respuesta por dos motivos: el primero para saber si la animó a llevarse a Lucy a su casa sin el permiso de sus padres, y el segundo para que nos explique su papel en este asunto, por qué la ayudó y cuál es su cualificación. Piense en ello. ¿Sigue negándose a decirnos su nombre?

En ese momento Mistress Dooms estalló en lágrimas, después bebió el agua que le ofreció el ujier.

El juez preguntó a Steve si era necesario conducir el interrogatorio de esa manera. Steve contestó que sí. Sandra Pepper se levantó y le apoyó: todos necesitaban saber quién era el compañero de Mistress Dooms y el papel que había desempeñado cuando Lucy estuvo en su casa.

Mike soltó un suspiro de alivio. Ahora Steve se lanzaría contra Mistress Dooms. Pero no fue así. Steve retomó el contrainterrogatorio abordando otro tema y con voz suave:

–Mistress Dooms, le ha hablado usted al juez de su entrega a los niños. Háblenos ahora de su trabajo.

–Llevo más de treinta años trabajando con niños: primero como niñera, después en casas-refugio para mujeres maltratadas y en guarderías.

–Por lo tanto sabe perfectamente que las maestras no tienen derecho a llevarse a casa a los niños sin permiso de sus padres. ¿No es así?

–Tenía que proteger a Lucy. La ilegalidad es moralmente justa, en ciertos casos.

–Explíquenos cuáles son esos casos en los que es justo desobedecer las leyes.

–Para ocultar en un lugar seguro a una mujer que huye con sus hijos de un animal que quiere llevársela a Arabia Saudí, por ejemplo. Para proteger a una mujer de un hombre violento, y a un niño de un hombre que ha abusado de él y que consigue obtener con sus mentiras un régimen de visitas. Para dar la posibilidad a una niña como Lucy de revelar los abusos de su padre.

Mike pensaba que Steve hurgaría en la herida, partiendo de esa última frase, pero Steve cambió otra vez de tema y habló con voz aún más aterciopelada.

–¿En cuántas casas-refugio ha trabajado?

–En muchas. Decenas.

–¿Y por qué tantas?

–Porque acababa por marcharme, me surgían otros asuntos.

–¿La han despedido alguna vez de alguna de esas casas-refugio?

–¿Y eso qué tiene que ver con Lucy? En algunas ocasiones quisieron que me marchara porque ayudaba demasiado a las mujeres contra los hombres violentos y a los niños contra los abusadores, pero nunca fui despedida por incompetencia o por haber hecho daño a los niños. Soy una buena maestra.

–De modo que, llevándosela a su casa, lo que intentaba era ayudar a Lucy.

–Desde luego. Y tenía razón. Su padre abusaba de ella. Nadie me ha dado las gracias por haber sacado a la luz los abusos y haberla protegido.

–De manera que ha trabajado usted a menudo por periodos breves. ¿Por qué aceptó un trabajo estable en la Sunshine Nursery?

–Mistress Bells no lo sabe, pero tengo la intención de marcharme en junio.

–¿Y qué la empuja a abandonar un trabajo fijo al cabo de sólo nueve meses?

–Tengo otros asuntos que atender.

–¿Otros niños víctimas de abusos a los que ayudar?

–No, mis otros intereses no tienen nada que ver con los niños.

–¿Cuáles son esos intereses?

–Soy miembro de la Crop Circle Society.

El juez intervino:

–Apenas sé nada de la Crop Circle Society. Hábleme un poco de ella.

–Es una asociación científica muy respetable. Velamos sobre las cimas de las colinas, porque los círculos aparecen de repente, entre las mieses. Los crea la fuerza del Universo o de la Madre Tierra, no se sabe. Verlos es una gran experiencia espiritual. Son enormes, con formaciones extraordinarias e intrincadas. Hay también símbolos celtas y hasta bíblicos. Algunos aparecen regularmente en los mismos lugares. Por lo general en el West Country.

Steve retomó su contrainterrogatorio.

–¿Es también su compañero miembro de la Crop Circle Society?

–¿Y eso qué tiene que ver con Lucy?

–Bastante. Porque necesitamos conocer al hombre que la ayudó a organizar el juego de Lucy en su casa, y que, presumiblemente, le dio los muñecos anatómicos; fue él, ¿verdad?

–Sí. Quería ayudar a Lucy. Es más experto que yo en ese tema, y sabe qué hacer y qué decir a los niños.

–Pero usted, Mistress Dooms, tiene treinta años de experiencia con los niños. No tenía necesidad de su ayuda. ¿Qué es lo que él sabe y usted no?

–Yo trabajo como maestra infantil, él como arteterapeuta.

–De modo que en su charla con Lucy la ayudó un arteterapeuta. Pero usted no tiene intención de decirnos su nombre. Ese hombre no quiere testificar a favor de Lucy porque teme algo, ¿verdad?

–No. Está dispuesto, pero ahora no puede. Los Pitt lo persiguen.

–¿Y los servicios sociales también?

–Exacto.

–Mis clientes dirán que fue su compañero quien organizó su juego y el de Lucy con los muñecos anatómicos, y que fue él quien la guió cuando empujó a Lucy a hacer esos dibujos que según cierta interpretación podrían tener un componente sexual. Tal vez fuera él mismo quien le dijera cómo mover la mano y el lápiz. Mis clientes creen que en la consulta de la doctora Cliff Lucy repitió la clase de juego que había tenido lugar en su casa y la doctora Cliff, ignara del asunto, llegó a una conclusión equivocada: que Lucy había sufrido abusos por parte de su padre. ¿No es así?

–¡No! ¡Se equivoca! La doctora Cliff sabía lo ocurrido en mi casa, lo de los juegos y los dibujos. Pasé una tarde con ella y se lo expliqué todo, ¡absolutamente todo! Me entendió a la perfección.

Steve hizo una pausa y tomó unas notas sobre esta última respuesta. Después levantó la voz y habló con tono severo:

–¿Hay algo que quiera corregir en las respuestas que me ha dado hasta ahora?

–No.

–Piénselo, Mistress Dooms.

–He dicho toda la verdad.

–Entonces permítame que le diga que su compañero no trabaja como arteterapeuta. ¿No es así?

–Se equivoca.

–En realidad no es arteterapeuta. Piénselo, Mistress Dooms. ¿Quiere decirnos su nombre, para que podamos llamarlo a declarar y que así él mismo nos diga cuál es su verdadero trabajo y su cualificación?

–No. Tiene derecho a proteger su vida privada. Es un arteterapeuta.

–Tal vez fuera una especie de arteterapeuta en el pasado, pero ahora ya no se gana la vida así. A usted le gusta hablar, Mistress Dooms, y era usted la que distraía a Lisa los martes por la tarde, no las otras madres. La distraía para saber más cosas acerca de la familia Pitt...

–¿Qué tiene que ver con mi compañero el hecho de que hablara con Lisa? *¡Debía* averiguar algo sobre la familia de la pobre Lucy!

–Déjeme que continúe. Usted le dijo a Lisa que seguía comprometida como voluntaria en las casas-refugio y que organiza grupos de mujeres que tejen jerséis que su compañero vende después en el mercado. Incluso le intentó vender uno a Lisa. Los responsables de las casas-refugio saben perfectamente que usted organiza grupos así y la animan a ello, porque les ofrece a esas pobres mujeres la oportunidad de ganar algo de dinero. No hay nada malo en ello, tampoco lo hay en el trabajo de su compañero: es decir, vender jerséis tejidos artesanalmente en los mercadillos. Lo malo es que él se ha hecho pasar por arteterapeuta sin serlo y que, con la finalidad de crear falsas pruebas de abusos sexuales, ha orquestado su juego con Lucy. ¿No es verdad?

–Mister Pitt ha abusado de Lucy. Nosotros somos inocentes y todos ustedes nos están persiguiendo.

Mistress Dooms empezó a sollozar. El juez miró con severidad a Steve.

–No tengo más preguntas, gracias, Mistress Dooms.

Steve se sentó y el juez concedió cinco minutos de pausa.

Sandra Pepper llamó a declarar a la doctora Cliff. Ésta confirmó la veracidad de su informe y después añadió de un tirón que había leído las propuestas de los servicios sociales respecto a las niñas y no estaba de acuerdo. Se volvió hacia el juez y le habló a él directamente, evitando mirar a Sandra. Separar a ambas hermanas resultaría traumático. Se preguntaba con qué objeto los servicios sociales querían alejarlas de su casa y de su colegio: las niñas ya están bajo protección gracias a las órdenes dictadas por el juez anterior. Por lo que sabía, el padre no había contravenido esas disposiciones ni había intentado hacerlo. Llegados a ese punto, Sandra Pepper no le preguntó nada más.

Steve inició el contrainterrogatorio lentamente. Hacía pausas para observar el comportamiento y las reacciones de la doctora Cliff.

–En primer lugar, querría hacerle algunas preguntas sobre lo que sucedió antes del jueves de la semana pasada.

La postura de la doctora Cliff se relajó.

–Antes de su encuentro con Lucy Pitt, todo lo que usted sabía era lo que le había dicho y descrito el doctor Vita y lo que Mistress Dooms le había contado y mostrado. No es mucho, ¿está de acuerdo?

–Sí, aunque había hablado también brevemente con los padres de Lucy.

–¿Cuándo llegó a la conclusión de que Lucy había sufrido abusos?

–Tras mi conversación con la niña. La charla no dejó lugar a dudas.

–Eso fue el martes 15 de abril. Usted no habló de ello con nadie hasta el jueves siguiente, el 17 de abril. ¿Por qué?

–Quería que su hermana me confirmara cuanto había dicho Lucy. Pensaba que Lucy no sufriría nuevos abusos en esos dos días. –La doctora se puso rígida, lista para defenderse.

–¿Por qué?

–Quienes abusan no lo hacen cotidianamente. Pensaba que Mister Pitt no osaría abusar de Lucy durante aquel breve periodo, cuando no sabía aún qué podía contarme la niña. Si informaba a los servicios sociales, hubieran podido alejar a Lucy de la familia de inmediato, lo que a mi parecer hubiera sido perjudicial para ella.

–Tampoco el jueves siguiente informó usted a los servicios sociales. Aceptó, en cambio, las promesas de los Pitt. ¿Por qué?

–Fue una decisión difícil. Quería evitar que se llevaran a Lucy de casa esa misma noche. Sabía que el doctor Vita conocía bien a toda la familia, lo estuvimos hablando. Me fié de las promesas de Mister Pitt y de las de su mujer.

–Y por lo que usted sabe, ¿se han mantenido?

–Sí.

–No le preguntaré nada sobre su informe o acerca de lo que discutió con mis clientes ese jueves, ni con el doctor Vita en las tres conversaciones telefónicas de aquel día. –Steve hizo una pausa y la doctora Cliff, visiblemente relajada, esbozó una sonrisa–. Me concentraré en lo que estamos debatiendo hoy: el alejamiento de las niñas, Lucy primero y Amy después, de sus familiares, y en el régimen de visitas de su padre. Mi primera pregunta es sobre las visitas supervisadas. Durante las vacaciones, las niñas irán al *cottage* de su tía abuela, Miss Marjorie Wood: ¿tendría usted algo que objetar a que Mister Pitt continuará viendo a sus hijas en las mismas condiciones allí también? ¿Y si las visitas fueran más largas?

–Las niñas, en estos momentos, están perfectamente protegidas, y seguirían estándolo aunque las visitas de su padre bajo vigilancia fueran más largas.

–¿Y eso vale también para Amy?

–Amy no ha sufrido abusos.

–Entonces, ¿Amy podría vivir para siempre con sus padres?

–Por el momento, no. Y probablemente nunca, si ambos padres niegan los abusos de Lucy. Amy podría correr un gran riesgo. Pero una opinión definitiva sería prematura. Es necesario valorar todas las pruebas y todas las investigaciones. Los servicios sociales también deberían evaluar los riesgos que sus padres representan para Amy.

Mike se volvió hacia Jenny: miraba fijamente a la doctora

Cliff y, al igual que durante el testimonio de Mistress Dooms, murmuraba muy despacio su letanía: «A Lucy no le ha pasado nada».

–Una última pregunta. Un experto debería examinar los dibujos de Lucy, ¿no es cierto?

–Absolutamente de acuerdo. Son pruebas fundamentales y completan mi informe. Reconsideraré mi parecer, si es necesario, tras conocer el parecer de un experto, como hago siempre.

Era casi la hora de comer y el juez declaró que había escuchado lo suficiente. Estaba totalmente de acuerdo con el razonamiento de la doctora Cliff: separar a las hermanas era, sin duda, la peor solución. Por lo tanto, solicitó a Sandra Pepper que lo consultara con sus clientes. Miss Barnes tuvo que ceder. El juez estableció que Amy y Lucy permanecerían en su casa con su madre y no cambió las disposiciones precedentes sobre las relaciones entre los Pitt, es decir, la custodia para la madre y la orden de alejamiento contra el padre.

En cuanto al régimen de visitas, el juez dijo que podía ampliarse si los servicios sociales estaban de acuerdo. Otros supervisores podían sustituir a los ya nombrados, con el consenso de los servicios sociales. En caso de desacuerdo, decidiría el tribunal.

–¿Por qué le ha hecho esas preguntas sobre Amy a la doctora Cliff? –Mike apenas podía contener su ira.

–Para calibrar de qué está hecha. He visto que no cambiará ni una coma de lo que ha escrito –contestó Steve, sin hacer caso al tono de Mike. Después se volvió hacia Jenny, que estaba junto a su marido y no traslucía emoción alguna–: Llegados a este punto, es inevitable requerir la opinión de otro psiquiatra infantil.

Jenny se ensombreció y pareció oscilar sobre sus altos tacones.

–No se preocupe, lo hablaremos después, cuando hayamos visto los DVD. –Y Steve añadió que tenía otra vista por la tarde y que tenía que marcharse.

–¡Espere! Tenemos que discutir el régimen de visitas. ¡No nos hemos puesto de acuerdo durante la vista como yo quería! –Mike hervía de indignación.

–Más tarde –contestó Steve, y lo examinó de arriba abajo–. Deberían considerarse afortunados por lo que hemos obtenido hoy.

44
«Ella se lo buscó...»
Wandsworth. Juzgado de Familia. Viernes, 25 de abril

Steve debía representar a Mistress Ansell en el juzgado de Wandsworth. La vista era por la tarde, se saltó el almuerzo y cogió un taxi. Durante el breve trayecto hojeó la documentación y se olvidó enseguida de los Pitt.

Se había citado con su cliente en un quiosco frente al juzgado, para evitar que entrara en contacto con Mister Ansell, quien había recibido la notificación de la orden de alejamiento, pero no se había buscado un abogado.

Mistress Ansell estaba con su hija, quien, a diferencia de su madre, no llevaba maquillaje y vestía de forma sencilla. Le dijo enseguida a Steve que se había tomado la tarde libre en el trabajo y que debía salir del juzgado a tiempo para ir a recoger a los niños al colegio.

Mientras hablaban, Mistress Ansell rebosaba indignación.

Mister Ansell estaba apoyado contra una pared de la sala de espera y miraba vagamente a la gente que pasaba por delante. Steve lo reconoció por la fotografía que le había dado al alguacil: un joven fornido de rasgos marcados, tez oscura y brillante. Llevaba un elegante traje azul y una camisa blanca con el cuello abierto, por donde se entreveía una gruesa cadena de oro.

Steve le preguntó si tenía abogado.

–No. Me han dado estos papeles... –contestó Mister Ansell con un acento marcadamente jamaicano, y enarboló los documentos que le habían notificado sin mirarlo. Steve le sugirió que se aplazara la vista hasta que encontrara un abogado y Mister

Ansell farfulló–: Quiero acabar cuanto antes, no tengo tiempo para tantas tonterías.

Entonces Steve tuvo que explicarle sin eufemismos que le hacía falta un representante legal porque, si no obedecía la orden de alejamiento, podría acabar en la cárcel.

–Bueno, de acuerdo –aceptó Mister Ansell.

Steve hablaba con su cliente, pero lo seguía con el rabillo del ojo. Mister Ansell iba de un lado a otro de la sala, y había adoptado la actitud insolente de los hombres que se saben atractivos y quieren hacerse notar. La ujier, una joven negra con los labios rojos y una camiseta muy escotada, cada vez que él la daba la espalda seguía sus pasos sin ocultar una especie de encantamiento.

La vista fue rápida. Steve solicitó una ampliación de la orden temporal de alejamiento hasta el viernes siguiente, para dar la posibilidad a Mister Ansell de buscarse un abogado.

El juez quiso escuchar al demandado antes de tomar una decisión.

Mister Ansell subió al estrado con movimientos desarticulados; aguardaba a que le trajeran la Biblia para el juramento y miraba a su alrededor. Era como si aquélla no fuera una causa en la que estuviera involucrado y formara parte de un grupo de jóvenes desempleados a quienes la asistencia social intentara encaminar hacia algún oficio, llevándolos por ahí para que se hicieran una idea de los distintos puestos de trabajo.

–¿Admite haber agredido a mi cliente tal como aparece descrito en su declaración? –preguntó Steve.

–Bueno, sí, pero había un motivo –contestó Mister Ansell sin dignarse mirarle ni a él ni al juez.

–¿Ha agredido usted a su mujer, en la forma descrita en la declaración de Mistress Ansell? –preguntó el juez con severidad.

Mister Ansell clavó la mirada en la ujier, la chica que se había fijado antes en él y que se había demorado en la sala, junto a la puerta de entrada.

–Ella se lo buscó... –contestó sin volverse hacia el juez. Y añadió después–: Ella sabe perfectamente que se lo buscó. –La ujier lo estaba escuchando y en ese momento cerró los ojos.

El juez declaró que estaba dispuesto a ampliar la orden temporal de alejamiento siete días más y exhortó después a Mister Ansell a que se buscase un abogado. Él dejó de mirar a la ujier y se volvió para observar el escudo dorado de la justicia que colgaba de la pared a espaldas del juez.

–¿Y qué ocurre con mi ropa? ¡Se la ha quedado ella! –exclamó de repente. Entonces bajó su mirada hacia el juez, quien le aconsejó que lo discutiera fuera de la sala con el abogado de Mistress Ansell.

La vista había terminado. Steve se volvió hacia Mistress Ansell, pero ella también se había ido, sin hacer ruido. Steve recogió sus cosas y salió. Mister Ansell se quedó en la sala, parecía fascinado por el león y el unicornio del emblema de la justicia.

De pie, junto al gran ventanal de cristales opacos, Mistress Ansell esperaba. Su aspecto era completamente distinto a cómo se había mostrado hasta entonces y muy seductor. Se había desembarazado del sobretodo negro, dejando al descubierto un vestido de raso rojo con una abertura; su pierna izquierda estaba doblada y el pie, calzado con una sandalia plateada de tacón de aguja, se apoyaba contra la pared; tenía el busto vuelto hacia la ventana, como si quisiera mirar algo, con la mano derecha bajo la barbilla y las uñas esmaltadas de sus dedos ocultando la cicatriz.

Sentada no muy lejos, con el bolso y el sobretodo de la madre en el regazo, su hija estaba visiblemente cohibida.

Steve temía que Mister Ansell se marchara sin llegar a un acuerdo para retirar sus cosas y permaneció cerca de la puerta de la sala para interceptarlo.

Por fin salió, caracoleando. No hizo caso de Steve y miró a su alrededor. Después se detuvo. Mistress Ansell había girado la cabeza hacia él, como si lo supiera, y sus ojos se clavaron los de uno en los del otro, depredadores los de ella y despreciativamente indiferentes los de él. Mistress Ansell dejó resbalar la mano, revelando poco a poco la herida que la desfiguraba; después la mano prosiguió, rasante, por el pecho y resbaló aún más hacia abajo, acariciando la seda, hasta que, tras haberse demorado en la cadera, llegó a la rodilla.

Un numeroso grupo de contendientes se interpuso entre ellos impidiendo la visión a Steve; cuando entraron en la sala, Mister Ansell estaba ya en el descansillo de las escaleras. Mistress Ansell no se había movido. Seguía allí, lánguida, con el rostro vuelto otra vez hacia la ventana.

Steve tuvo una extraña sensación de *déjà-vu*. Mistress Ansell le recordaba a Mike Pitt: al igual que él, era ella la que lo controlaba todo. El marido, como Jenny Pitt había hecho con Mike, le había permitido asumir el papel dominante y después se había rebelado con violencia. Steve no sabía cuándo se rebelaría, pero no le cabía duda de que ese momento acabaría por llegar.

45
Sharon se preocupa
Brixton. Bufete Wizens. Viernes, 25 de abril

Durante la pausa de la comida, Pat y Sharon se habían quedado en el despacho esperando la llamada de Steve tras acabar la vista de los Pitt. Estaba seguro de que acabaría a tiempo para poder representar a Mistress Ansell en la vista de la tarde en la County Court de Wandsworth, pero de no ser posible, debían avisar al sustituto.

El responsable administrativo del bufete Wizens entró en el despacho. Buscaba a Steve. Las mujeres de la limpieza se habían quejado de él. La noche anterior les había reprochado no haber limpiado bien el mostrador de la sala de espera y les había obligado a limpiarlo de nuevo, sin darles ni siquiera las gracias por haber dejado entrar a una cliente suya, una chica que se había presentado en la oficina mientras él estaba ocupado en otra reunión.

Cuando se marchó, Sharon meneó la cabeza, parecía angustiada. Pat intentó tranquilizarla y le dijo que en muchos de los bufetes en los que había trabajado ocurría lo mismo: los abogados trabajaban hasta tarde, y pagaban la acumulación de estrés con el personal de la limpieza, conocido por su falta de cuidado.

–No es eso lo que me preocupa. Pensaba en esa cliente: confío de verdad en que no sea quien me imagino, Kahin. Steve debería dejar de ver a los clientes después del horario de trabajo.

Sharon meneó de nuevo la cabeza.

–Pero sobre los Pitt nunca has dicho nada, y los ve siempre por la noche.

–Es distinto. Los niños que han sufrido abusos acusan también a otros adultos inocentes. Kahin, por ejemplo, podría acusar a Steve de haberse comportado mal: es un hombre –contestó Sharon impaciente, y siguió comiéndose su *roti.*

–Kahin ha sufrido malos tratos, ¡no se trata de abusos sexuales!

–Tiene que haber algo más; una chica a la que pegan no solicita abandonar a su familia, en tal caso nos encontraríamos aquí con la mitad de los hijos de los inmigrantes. Una buena tunda resulta a veces necesaria.

Sharon fingió no darse cuenta de la mirada de desaprobación de Pat. Terminó de comer y se chupó después los dedos, pero seguía de mal humor. Pat se fue a tomar un café. Cuando volvió, de nuevo alguien se quejaba de Steve. Esta vez era el abogado que debía sustituirlo en la vista de Mistress Ansell. Quería saber si Steve había llamado y se marchó molesto cuando le contestaron que no y que su móvil estaba apagado.

–Steve se ha implicado demasiado en el caso de los Pitt. Se está metiendo en líos con el personal y con sus colegas, acabará arrepintiéndose –comentó Sharon.

Incluso Pat tenía razones para quejarse. Steve le había hecho perder el tiempo con esas llamadas a las casas-refugio, que no eran necesarias porque Mistress Bells, en su declaración, ya había dicho que Mistress Dooms había trabajado en ellas.

–Los clientes privados nos obligan en ocasiones a trabajos innecesarios. Como pagan... –dijo Sharon–. Si Mistress Oboe tuviera una centésima parte del dinero de los Pitt, a estas alturas ya la habría visitado un psicólogo. –De repente, fue como si se iluminara–. ¿Le has preguntado si puede pagarlo?

–¡Pero qué dices! Mistress Oboe vive de subsidios, no tiene ni un penique –protestó Pat.

–A veces, los clientes tienen ahorros. No nos lo dicen porque perderían la asistencia legal gratuita. ¡Deberías ver lo que ocurre en verano y en Navidad! Se marchan y tenemos que aplazar vistas, acomodándonos a ellos. Tendrías que preguntárselo. –Después añadió–: Los auténticos pobres es la gente como nosotros: asalariados, mal pagados y hasta las cejas de trabajo. –Cogió un bombón que Pat le ofrecía, regalo de Ron–. Mientras hablábamos de Kahin, me ha venido a la cabeza mi tío George.

–¿Y eso?

Pat no veía la relación: el tío de Sharon era un viejecillo diabético y sin hijos.

Sharon cogió otro bombón y le habló de su tío. Cuando sus padres emigraron a Inglaterra, la dejaron en Jamaica con su abuela y su tío George. Ella se lo tomó muy mal, pues hubiera querido irse con ellos. Se volvió una rebelde. Su tío la obligaba a hacer los deberes y la mantenía alejada de las malas compañías. Sharon se perdió en sus pensamientos, pero luego continuó:

–Era muy severo. Cuando desobedecía me pegaba fuerte, pero siempre por un buen motivo. Siento todavía sus golpes con el cinturón en mi espalda.

–¡Qué horror! ¿De verdad te pegaba con el cinturón?

–Tú no lo entiendes. Le quiero más que a mi padre. Cuando se vino a Londres, tras la muerte de mi abuela (yo ya llevaba aquí cinco años), hubiera querido irme a vivir con él, pero mi madre no quiso ni oír hablar del asunto. Tenía que quedarme en casa cuidando de mis hermanitas. Estoy convencida de que él me habría mandado a la universidad. –Sharon suspiró.

–¿Cómo te sentías cuando te pegaba?

–Me daba rabia, pero tenía razón. Tampoco a él le gustaba, pero después de una buena zurra con el cinturón ya no me atrevía a faltar al colegio o a salir por la noche, ¡durante unas cuantas semanas, por lo menos! Los adolescentes de aquí no tendrían tantos problemas con la policía o con los embarazos si tuvieran en casa a alguien que los quisiera lo suficiente como para sacudirles con el cinturón cuando fuera necesario. –Después añadió–: No es nada nuevo. En vuestros colegios se pega a los estudiantes, ¿no?

–No, ya no. Se castiga de otras maneras –dijo Pat con convicción.

–En todo caso, el cinturón sigue funcionando mejor que cualquier otro método –cortó Sharon.

46
Mike se desahoga
Brixton. Bufete Wizens. Lunes, 28 de abril

Steve hizo una rápida aparición por la oficina para recoger la mochila: aquella mañana tenía una vista. Sharon le pasó el mensaje del abogado de los servicios sociales de Kahin, él lo dejó sobre el escritorio sin leerlo y la miró.

–No podía negarme a recibirla. El jueves por la tarde, Kahin vino al bufete a pie desde Battersea, son más de cinco kilómetros.

–Lo sé. Las mujeres de la limpieza se han quejado de ti.

–Así que ellas también la tienen tomada conmigo... –La voz de Steve expresaba desánimo.

Sharon le puso una mano en el hombro y susurró:

–No te preocupes, todo saldrá bien. Todo saldrá bien –repitió, y Steve esbozó una sonrisa. Parecía empequeñecido, mientras que Sharon había adoptado una actitud maternal. Pat se sintió excluida, y no le sentó bien.

La recepcionista anunció a un nuevo cliente, una caso de paternidad. El bufete Wizens tenía un acceso desde la calle precisamente para animar a nuevos clientes y presumía de un protocolo de recepción que garantizaba una entrevista preliminar en menos de media hora. Steve parecía titubear, pues no podía llegar tarde al juzgado. Sharon salió en su ayuda ofreciéndose a recibir al cliente en su lugar.

–No sabía que te encargaras también de atender a los nuevos clientes –dijo Pat.

–Pues sí, aunque no lo hago a menudo. Si no, Steve se aprovecharía. Se le da muy bien descargar sobre nuestros hombros sus responsabilidades, pero esta vez necesita toda la ayuda que podamos darle –dijo Sharon y no añadió nada más.

El nuevo cliente, Mister Abel, era un joven pelirrojo: parecía confuso, y por sus respuestas, Sharon se dio cuenta enseguida de que no era demasiado inteligente. Sin embargo, de vez en cuando se encendía en sus ojos un resplandor. Trabajaba en una tienda de Oxfam y hacía quince años se había enamorado de una cliente, una refugiada moldava que bailaba *lap dance* en un local nocturno. El matrimonio no duró mucho, a ninguno de los dos se les ocurrió divorciarse y perdieron el contacto. Él estaba ahora con una chica inglesa y había recibido, para su consternación, el aviso de un procedimiento instruido por los asistentes sociales para separar de su madre, que aún seguía siendo su mujer, a un recién nacido que se presumía hijo suyo. Acudió al juzgado por su cuenta para aclarar la situación y la mujer le confirmó que el hijo no era suyo. El juez, sin embargo, le explicó que debía representarle un abogado y que tenía derecho a la asistencia legal gratuita. Sharon le aseguró que Steve obtendría fácilmente una orden para realizar el test del ADN que excluiría su paternidad, no había de qué preocuparse.

A Pat le hubiera gustado saber más de Mister Abel, pero tuvo que atender una llamada de Mike Pitt desde un taxi; se dirigía al aeropuerto, estaba de buen humor y charlatán. Empezó diciéndole en broma que el viernes la habían echado de menos en el juzgado; después preguntó por qué sus visitas debían ser vigiladas por dos personas, sobre todo cuando se trataba de gente como Lady Snowball y Miss Wood. Pat le recordó que cualquier cambio debía aprobarse en el juzgado, sugirió que lo hablara con Steve. Pero Mike tenía más cosas que decirle:

–Ayer me sentí muy incómodo mientras preparaba la comida del domingo con las niñas y dos adultos presentes. Que quede bien claro, estaré obligado a aguantarlo, y lo aguantaré, pero el domingo siempre ha sido el día reservado a la familia.

–Por el momento, tendrá que soportarlo.

–Sí. Echo de menos a mi familia, odio estar en un hotel.

–También su mujer le echa de menos a usted.

–Gracias, me siento mejor. Me concentraré en el trabajo. –Tras una pausa añadió–: ¿Sabe qué? Voy a cambiar el vuelo, volveré esta noche: no quiero perderme el desayuno con las niñas. A Mister Booth no me atrevo a decírselo, pero me siento realmente solo.

Desde entonces Mike empezó a llamar a menudo a Pat, aparentemente para preguntar sobre el progreso de la causa o para dejar mensajes a Steve, pero en realidad llamaba porque hablar con ella le hacía sentirse mejor.

Pat había reemprendido la búsqueda de un psicólogo para Mistress Oboe: una tarea ardua y larga, en la que, sin embargo, no estaba sola, porque la asistente social de Ali también se lo había tomado muy a pecho. Nada más iniciarse la causa, la asistente social se había puesto en contacto directamente con ellos, algo que, según le había explicado Sharon, era contrario a las reglas de la deontología profesional, pues todas las comunicaciones debían realizarse a través de los respectivos letrados. Pero Steve había hecho la vista gorda, se sabía que sentía debilidad por Mistress Oboe. La asistente social estaba de acuerdo con Steve: el analfabetismo de Mistress Oboe se debía, sin duda alguna, a algún problema de aprendizaje, lo que explicaba que se saltase las citas y tuviera ataques de ira. Ali y su madre merecían ayuda y la asistente social había intentado persuadir al colegio y al tutor del chico para que solicitaran un aplazamiento de la vista final con el fin de obtener un diagnóstico acerca del problema de Mistress Oboe. Sin embargo, se habían negado: las exigencias de Ali eran imperiosas y el internado especial que le había ofrecido una plaza tenía una larga lista de espera, alguien entraría en su lugar.

Un diagnóstico privado quedaba descartado por el coste. Pat sólo podía recurrir a un psicólogo dependiente de la Superintendencia de Instrucción, municipal o nacional. Tras varias llamadas telefónicas, le dijeron que Mistress Oboe no entraba en su ámbito de competencias, al no estar en edad escolar ni inscrita tampoco en un curso educativo a tiempo completo.

Pat se puso en contacto con colegios que organizaban cursos de alfabetización para adultos y para estudiantes con dificultades de aprendizaje. La mandaban de un sitio a otro, y habló con numerosos responsables de admisión, directores de cursos y profesores. La escucharon con atención, prometieron informarse, pero al final recibía de todos la misma respuesta: sin un diagnóstico previo, no había posibilidad de que admitieran a Mistress Oboe. Por si fuera poco, la normativa de la superintendencia había cambiado recientemente: los cursos de alfabetización habían pasado a ser gratuitos sólo para estudiantes a tiempo completo, y Mistress Oboe debía encargarse de Ali.

También el médico de Mistress Oboe se mostró muy comprensivo: le prometió a Pat que se interesaría por el asunto. Esa mañana, sin embargo, le dio una mala noticia. No podía enviar a un adulto a un psicólogo experto en aprendizaje a expensas del sistema sanitario; los presupuestos cubrían sólo los casos de menores. A falta de algo mejor, le ofrecía a Mistress Oboe citarse el fin de semana siguiente para hablar de su problema; cuando Pat le hizo saber que la vista estaba fijada precisamente para esa semana, contestó que no podía hacer más, tenía un montón de pacientes en lista de espera. En cualquier caso, estaba dispuesto a escribir un informe positivo para el tribunal. Después sugirió que solicitara a los servicios sociales el pago de los gastos del psicólogo –Pat ya lo había intentado– y acabó concluyendo:

–La verdad es que tiene muy mala suerte, ¡pobre mujer!

Llegados a ese punto, Pat habló de nuevo con la asistente social de Ali: ella le contó que los servicios sociales confirmaban su negativa a pagar un psicólogo para Mistress Oboe. Sin embargo, la asistente social no pensaba rendirse. Sugirió que Steve formalizara una petición para beneficiarse de un fondo creado por un juez que facilitaba ayuda financiera a familias involucradas en procedimientos de tutela. La asistente le apoyaría, aunque había un problema: el proceso burocrático era largo y su jefe no estaba dispuesto a aplazar la vista final ni un solo día. Cada vez más frustrada, como última tentativa, Pat se dirigió a varias ONG, asociaciones de voluntarios y hasta a las obras pías recogidas en el manual del bufete. Estaban todas dispuestas a proporcionarle listas de consultas privadas de psicólogos, pero ninguna lo estaba a financiarlo.

Por un instante, Pat se hizo la ilusión de haberlo conseguido cuando una de las obras pías le dijo que pagaban la visita del especialista en casos excepcionales. Quisieron saber más sobre Mistress Oboe, Pat les habló de ella. Al mencionar que, en su opinión, era muy inteligente, descartaron a Mistress Oboe: los beneficiarios debían tener un coeficiente de inteligencia bajo, con alguna minusvalía, o con una enfermedad mental. Pat desesperada, le consultó a Sharon: ¿qué más podía hacer?

–Nada, por desgracia –contestó Sharon–. Mistress Oboe tendrá que encontrar dinero para pagarse el psicólogo o se quedará como está. Este mundo no funciona.

Mistress Oboe telefoneó a media mañana, adelantándose a su horario habitual. Pat le puso al corriente de las dificultades y de sus esfuerzos, pero parecía tomárselo bien, seguía teniendo confianza. Aquel día, sin embargo, estaba inquieta. Empezó a contarle a Pat que, en el curso de los años, su marido le había regalado joyas muy bonitas, que guardó con la idea de venderlas, antes o después, para comprarle una casa a Ali. Ahora proponía venderlas para pagarse la visita médica. Pedía consejo sobre cómo hacerlo, para evitar que la engañaran. Sharon sugirió que las valorase Miss Gladys y enseguida se organizó todo.

Mistress Oboe no perdió el tiempo: llegó y se sentó sujetando con fuerza su bolso, sin permitir a Pat ni a Sharon echar siquiera una mirada.

Miss Gladys se reunió con ellas casi de inmediato: estaba en casa cuando recibió la llamada de Sharon, no había tenido tiempo de cambiarse. Llevaba una camiseta y unas mallas que ceñían sus anchos muslos. Su cabello lanoso estaba en desorden y parecía lo que era: una abuela atareada que no tenía tiempo ni dinero para sí misma. Mistress Oboe abrió la bolsa de Gucci y sacó sus joyas: las había guardado en los estuches forrados de seda y parecían recién salidos de la joyería. Miss Gladys levantaba cada pieza y la examinaba lentamente bajo la mirada recelosa de su propietaria. Pat y Sharon fingían trabajar en sus ordenadores, pero lanzaban miradas de reojo.

Miss Gladys habló directamente a Mistress Oboe: si fueran auténticas valdrían muchísimo, pero creía que sólo estaban chapadas en oro. Se ofreció para llevárselas a un joyero de confianza, en Brixton High Road, y la invitó a acompañarla. Tras dudar un momento, Mistress Oboe dijo que prefería esperarla allí.

–Volveré enseguida. Los lunes no hay muchos clientes. Si son de oro debería venderlas en una subasta: si son falsas no quiero encargarme yo para evitar que sienta usted que la engaño. Tendrá que encargarse usted misma de venderlas.

Miss Gladys se marchó llevándose los tesoros de Mistress Oboe.

Volvió con noticias descorazonadoras: el joyero había confirmado que eran falsas, de excelente calidad, pero falsas. Después se marchó a recoger a su nieto más pequeño, al que había dejado con una vecina.

Los clientes de Steve sabían que las dos sillas junto a la ventana estaban allí para permitirles apartarse mientras esperaban a que Steve recogiera sus papeles antes de ir al juzgado, o para leer los documentos, o simplemente para recuperarse tras una charla especialmente difícil. Mistress Oboe se había sentado en una de esas sillas, silenciosa. Cogía un estuche, lo abría, lo miraba, volvía a cerrarlo, después le daba vueltas en las manos. Cada joya suscitaba recuerdos y le brillaban los ojos. Mistress Oboe rememoraba la ocasión en que su marido se la había regalado. Cada vez murmuraba:

–Entonces, no me quiso nunca. –Y volvía a meter el estuche en el bolso.

47
«Éste no ceja»
Brixton. Bufete Wizens. Jueves, 1 de mayo

Steve había tenido dos días muy duros. Representaba en la vista final a dos clientes adictos a esnifar pegamento, a quienes hacía ya un año se les había retirado la tutela de una niña de tres años y de un niño de ocho. Los repetidos intentos de desintoxicación habían fracasado; Steve estaba convencido de que perderían a sus hijos, que ahora vivían en una casa cuna, adonde sus padres iban a visitarlos a menudo. El desacuerdo entre los servicios sociales y el tutor estribaba en el destino definitivo de los niños y el régimen de visitas de sus padres.

Cuando Steve estaba bajo presión, Sharon se volvía protectora. Le ocultaba los pequeños problemas de la oficina y se comportaba como una secretaria solícita y servicial. Aquel jueves por la mañana aguardaba con ansia su llamada para saber cuál había sido la decisión del juez. La causa había acabado peor de lo que Steve se esperaba. A la niña la darían en adopción y el niño, que tenía problemas de comportamiento, lo entregarían a otra familia. Los padres sólo habían obtenido una última visita para despedirse de sus hijos.

Era la primera vez que Steve perdía una causa desde que Pat había empezado a trabajar en el bufete Wizens.

–A los esnifadores es a quienes más les cuesta desintoxicarse. El pegamento no vale nada, es legal y se encuentra en todas partes –le dijo Sharon. Después dejó en lo más alto de la montaña de carpetas del escritorio de Steve la de Mister Coutts. Era su primera cita de la tarde–. Éste no ceja, masculló.

Steve volvió de pésimo humor, que empeoró al leer de nuevo la carta de Mister Coutts, a la que se habían adjuntado algunos recortes sobre el suicidio de su sobrina, que, según sostenía, eran la prueba incontrovertible de la culpabilidad de la muchacha: se había matado incapaz de soportar los remordimientos por haberlo acusado injustamente de abusos sexuales. Mister Coutts informaba a Steve de que su mujer había dado a luz a una niña prematura; influida por los servicios sociales, había obtenido una orden de alejamiento contra él. Ahora se había quedado sin casa y no le estaba permitido acercarse ni a su mujer ni a su hija. Sin embargo, su mujer había conseguido enviarle un mensaje secreto en el que le decía que lo amaba y que quería que Steve lo representara en el procedimiento legal instruido por los servicios sociales en relación con la niña.

Mister Coutts llevaba, como siempre, chaqueta y corbata, pero la camisa estaba arrugada, los bordes de las mangas manchados de gris y los zapatos llenos de polvo. Desprendía ese tenue mal olor de quien lleva tiempo sin lavarse. Le dijo a Steve que la niña tenía ictericia, por lo que seguiría en el hospital junto a su madre. Él vagaba de un albergue a otro, porque en cuanto conocían su pasado lo echaban.

A pesar de todo, tenía más confianza que antes. Estaba seguro de que Steve volvería a aceptar su caso porque su inocencia había quedado demostrada por la muerte de su sobrina. Le dijo que en los últimos días había sufrido mucho, pero que ahora se sentía mejor. Un buen samaritano se había ofrecido para alquilarle una habitación en su casa, en Chelsea, y además, añadió, adoptando un tono mesiánico, estaba más decidido que nunca a luchar por su familia. Steve le señaló que el suicidio sólo demostraba que aquella joven era muy infeliz: probablemente a causa de los abusos que sufrió, por lo que su postura no había cambiado en absoluto. Él no podría representarlo.

–¡No le hice nada que pueda llamarse abuso! –ladró Mister Coutts–. Si alguien abusó de alguien, fue ella de mí.

Steve insistió en que no podía defenderlo. Mister Coutts

cambió de táctica, le pidió que defendiera a su mujer. Steve le explicó que era imposible: habría un conflicto de intereses.

Mister Coutts adoptó entonces un tono cómplice y casi jovial:

–Le aseguro que en cuanto nos libremos de los servicios sociales, volveré a casa. No hay conflicto de intereses alguno entre nosotros. –Y añadió con un guiño–: Ella me quiere a su lado otra vez.

–Si eso que me cuenta es cierto, entonces ambos han mentido a los servicios sociales y al juez. No apoyaré una mentira.

La actitud rígida de Steve produjo un nuevo y aún más repentino cambio. Del tono ligero, Mister Coutts pasó a la amenaza, al desafío:

–Gente que conoce bien el derecho me ha dicho que las comunicaciones entre cliente y abogado son confidenciales, el abogado debe guardar secreto. Es su deber prestarme asistencia. Está usted jugándose su credibilidad profesional.

Mientras Mister Coutts hablaba, Sharon se levantó de repente para ir a hacer fotocopias. Pat, en cambio, se quedó escuchando, atónita. Había cogido ya dos llamadas de Mike Pitt, quien llamó por tercera vez cuando Steve ya estaba a punto de perder la calma.

–Disculpa, ¿puedo hacerte una pregunta? –lo interrumpió Pat–. Es la tercera vez que llama Mister Pitt: quiere saber si sería posible comer en el Giraffe el domingo, en vez de en casa.

–Dile que de acuerdo –asintió Steve, agradecido por la interrupción, y prosiguió–: Mister Coutts, no tenemos nada más que decirnos. Debe buscarse otro letrado. –Y se levantó.

Mister Coutts se quedó mirándolo con aire de desprecio. Se puso en pie con gesto militar: más alto y corpulento que Steve, descollaba sobre él. Le señaló con el dedo:

–A usted le gusta hacerse llamar «abogado de menores», pero de menores no entiende nada. Las personas como yo, que comprenden su verdadera naturaleza, y que los aman, se ven perseguidas sólo por darles el placer que piden. Recuérdelo: lo quieren, y les gusta.

Sharon estaba de vuelta y, percatándose de la situación, no

había cerrado la puerta. Steve se levantó de detrás de su escritorio, abrió la puerta y lo invitó a marcharse.

Mister Coutts retiró el dedo amenazador, se metió la mano en el bolsillo y se inclinó para desafiar a su interlocutor en una especie de cara a cara.

–Por última vez, voy a repetírselo: aquella puta lo quería y, ¡maldita sea!, vaya si le gustó.

Lo había dicho como si el ultraje lo salvara más y mejor que los escuálidos servicios de un abogado. Apartó su cara con esfuerzo de la de Steve y se alejó sin que se apagara la luz acre del desafío.

Pat sintió alivio cuando la habitación quedó por fin vacía.

48
Sharon no deja de preocuparse
Brixton. Bufete Wizens. Jueves, 1 de mayo

–Necesito un poco de aire fresco, voy a dar una vuelta –dijo Steve después de cerrar la puerta detrás de Mister Coutts.

Mister Coutts se había declarado culpable cuando intentaba convencer a Steve de lo contrario. Pat creía ahora que el malhumor de Steve se debía a ese episodio y no a la derrota en el tribunal, como había pensado.

–¡No es por eso! –contestó Sharon con sequedad–. A Steve le llegan cientos de clientes que son casos perdidos, ¡y él los acepta! Está preocupado desde que vio a Kahin en la oficina, la semana pasada.

Y al darse cuenta de que Pat no la entendía, recapituló los hechos. El jueves anterior, Kahin se escapó de su casa y se presentó en la oficina después de la hora de cierre; las mujeres de la limpieza la dejaron entrar y ella se sentó a esperar. Steve no se dio cuenta de su presencia hasta que acompañó a Mike Pitt a la puerta y llamó inmediatamente a las mujeres de la limpieza como testigos.

–¿Como testigos de qué?

Sharon le explicó que, a pesar de los controles, en ocasiones algunos pedófilos consiguen infiltrarse entre quienes trabajan con menores. Con toda razón, la prensa había dado amplia cobertura a los casos de abusos en los que estaban implicados servicios sociales, familias de acogida y profesores; abogados y tutores habían gozado de menor publicidad, pero algunos habían sido investigados y condenados. Un tutor acusado de formar parte de una red de pedófilos se había suicidado. Cualquier profesión que implique estar en contacto, de manera regular, con niños vulnerables incluye normas detalladas de cómo comportarse con ellos. Los asistentes sociales, por ejemplo, no pueden tocar a sus clientes –jamás un beso de despedida ni una caricia ni, siquiera una mano en el hombro cuando un niño llora–. Asimismo, los abogados de menores debían ser precavidos cuando se veían con uno de sus clientes a solas. Sharon conocía a un penalista muy respetado que, apiadándose de la miseria de los hijos de sus clientes, se los llevaba al teatro y al cine. Después, una de esas niñas, de adulta, acusó al abogado de toquetearla en el teatro, afirmó incluso que había ido más lejos. Tras recibirse una acusación parecida por parte de otra chica, el abogado fue detenido y procesado. Al final, le absolvieron por falta de pruebas, pero aquel episodio sirvió de lección a todos los demás letrados. Los hombres debían ser más precavidos con las mujeres. Steve debería saberlo mejor que nadie.

–¡Si estaban allí las mujeres de la limpieza!

–No sabían nada y me juego lo que quieras a que ni se dignaron mirarlos, ¡estarían furibundas por los reproches!

Y Sharon le contó que hacía dos años el mismo departamento de los servicios sociales que se encargaba de Kahin había vertido graves sospechas sobre el comportamiento de Steve con una cliente.

Era una chica de doce años que había acabado bajo la custodia de los servicios sociales porque se escapaba de casa. Vivía con una familia de acogida, no muy lejos de la piscina a la que iba Steve cada sábado. También acudía allí la chica y, un día, mientras nadaban, lo reconoció y se le acercó. Cuando salió del agua, lo siguió, y él le compró una Coca-Cola. El sábado siguiente ella estaba de nuevo en la piscina, con otros niños; se saludaron sin más. Steve volvió a verla a la salida de las instalaciones deportivas. Estaba sola, junto a la puerta, le dijo que estaba esperando que dejara de llover, tenía miedo de llegar tarde a casa. Incautamente, se ofreció para acompañarla en coche y ella aceptó. Después se presentó ante el padre de acogida, le explicó lo que había ocurrido y se marchó.

La chica contó que Steve la esperaba todos los sábados en la piscina y la invitaba a beber algo; después, en vez de nadar, rondaba a su alrededor y no le consentía que estuviera con sus amigos. Lo acusó de haber intentado toquetearla bajo el agua, varias veces, explicando que no tuvo valor para decirle que la dejara en paz –le tenía miedo– y cuando Steve insistió en acompañarla a casa, fue incapaz de negarse. Añadió que en el coche se sintió muy incómoda. Él insistió en abrocharle el cinturón de seguridad, le hablaba incesantemente y no dejaba de hacerle preguntas, y hasta la manera en que la miraba la había turbado.

El padre de acogida se lo repitió todo a los servicios sociales, que iniciaron de inmediato una investigación interna. Su abogado exigió a Steve un informe detallado de los encuentros con la niña además de una explicación de su comportamiento y de las acusaciones; llegó a insinuar que podría denunciarlo al colegio de abogados, e insistía para que renunciara a su nombramiento. El tutor de la muchacha estaba de acuerdo con los servicios sociales: Steve no debería seguir representándola.

Steve negó las acusaciones. Rechazó abandonar a su cliente: sostenía que los servicios sociales deberían intentar comprender los motivos por los que contaba semejantes mentiras. Les advirtió que, antes o después, dirigiría acusaciones de la misma clase a otros hombres. Pero estaba muy preocupado, al igual que el jefe del bufete.

Pocas semanas después, la chica acusó a su padre de acogida de deambular por el pasillo cuando ella se bañaba y de lanzarle miradas lascivas. Los servicios sociales la trasladaron a otra familia, allí el blanco de sus acusaciones fue el hijo de la madre de acogida. Al final, terminó en una comunidad. Steve seguía defendiendo que aquellas acusaciones eran un grito de ayuda. Se esforzó para acelerar la valoración clínica de una psiquiatra infantil, pero había una larga lista de espera. Al final, la chica confesó a la psiquiatra que su padrastro abusaba de ella, ése era el motivo por el que huía de casa; admitió además que había mentido acerca de Steve y de todos los demás.

–Steve fue exculpado, pero debería ser más cauto. En el caso de Kahin, se limitó a darle su tarjeta, algo que es completamente normal y razonable, pero alguien podría interpretarlo como una tácita invitación para verlo a solas en su despacho, cuando no hubiera nadie. –Pat la escuchaba desconcertada, y Sharon prosiguió–: La calumnia deja siempre cierto rastro y en el mundo de la protección de menores, los chismorreos están a la orden del día.

Bajó la mirada.

–¿Es que Kahin ha dicho algo sobre Steve?

–No que yo sepa, pero él se lo guarda todo dentro y se vuelve ansioso. Le he cogido los mensajes del abogado, parece ser que sólo quiere hablar con él, pero no tiene valor para llamarlo. Confío en que lo haga ahora: tal vez le resulte más fácil cuando no estemos nosotras.

49
Los buenos propósitos del Lunes de Pascua
Highgate. Casa de Miss Wood. Viernes, 2 de mayo

La doctora Cliff se dirigía al St. Stephen's Hospital, donde había desarrollado la mayor parte de su actividad profesional: no experimentaba sensación alguna de pérdida ni de tristeza por abandonarlo. No echaría de menos a los pacientes –tenía ya otros, de forma privada–, ni tampoco la investigación –seguiría llevándola a cabo a través del departamento–, ni mucho menos a sus colegas, que no habían apoyado su solicitud de promoción a jefa del departamento y se habían alineado de inmediato con el nuevo jefe, un profesor alemán. Le tocaba soportar por última vez su humorismo teutón, y después se acabó.

Al llegar, se enteró, para su satisfacción, de que el profesor había tenido que marcharse a Berlín y sería su adjunto quien pronunciaría el discurso en la fiesta de despedida, previsiblemente breve y agradable: ella misma sugirió que se hiciera a la hora de la comida en lugar de al acabar la jornada con la idea de proseguir en un pub o en un restaurante. Todo salió según lo previsto: la doctora Cliff se mostró muy ilusionada con las tarjetitas de felicitación escritas por los padres de los pacientes, luego fingió reírse con las dedicatorias humorísticas escritas por sus colegas y por el personal del centro en el tarjetón que le entregaron junto a los regalos, una agenda Asprey y un gran ramo de rosas. Al final pronunció un discurso de agradecimiento en el que no había olvidado a nadie. Pasó el resto de la celebración entre sorbitos de vino y alegres charlas con todo el mundo. Volvió a casa en taxi, con una placentera sensación de liberación y de bienestar que desapareció de inmediato al ver la bicicleta de su marido atada a la verja.

Ralph vivía fuera de casa, aunque se hubiera reservado la habitación de invitados, adonde había trasladado sus cosas. Regresaba cada día a la hora de comer y los fines de semana para sacar de paseo a *Flag*. Sin embargo, pasadas las dos, debería estar en el trabajo: era evidente que la estaba esperando. La doctora Cliff temió que le pidiera el divorcio. Dudó entre subir enseguida a casa y enfrentarse a él o marcharse, al final optó por no estropearse el día y subió la escalera que la llevaba directamente a su consulta.

Aquel día no había ninguna sala alquilada y la recepcionista, a la que se le pagaba por horas, se había marchado dejándole el correo en el escritorio. La doctora Cliff lo abrió y el cheque del bufete Wizens cayó del sobre: una paga más que bienvenida. Después leyó la carta que lo acompañaba, se puso pálida. El abogado de los Pitt enumeraba las veces que la habían apremiado, telefónicamente incluso, a enviar los DVD de Lucy y Amy, añadía que su silencio era totalmente inaceptable. Si no le daba una explicación satisfactoria por el retraso, la citaría en el juzgado. En ese momento, la doctora Cliff descolgó el teléfono y llamó a Caroline Moss:

–Siento molestarte, pero han pasado diez días y necesito con urgencia esos DVD.

Caroline Moss se mostró sinceramente sorprendida: cierto, el DVD había aparecido entre el material de uno de los participantes del curso y el jueves de la semana pasada ella misma se lo había enviado por mensajero, era imposible que se hubiera perdido. Le sugirió que preguntara por él a sus colegas del hospital.

–¡La verdad, esperaba recibirlo aquí, de donde se lo llevaron! –se irritó la doctora Cliff.

–Si me lo hubieras dicho, lo habríamos hecho así, pero, como de costumbre, te lo enviamos al hospital. ¿Has revisado tu correo? –repitió Caroline Moss por segunda vez.

–De allí vengo, precisamente.

–Debió de llegar el viernes o el sábado pasado, nuestros mensajeros son de toda confianza. Te enviaré el albarán, si te hace falta. Avísame, por favor, cuando lo encuentres. –Después añadió–: Sara Todd me ha dicho que has aceptado sustituirme en la mesa redonda con los abogados. Gracias, y disculpa que te lo hayamos pedido con tan poco tiempo, es que tengo que ir a una misa novendial.

La doctora Cliff llamó al hospital. La directora administrativa era tenaz y eficiente. Le confirmó que se le había reenviado el correo a su casa, estaba segura de que no había ningún paquete recibido por mensajero; en cualquier caso, indagaría y le diría algo el lunes.

–¡Ha sido un placer volver a verte! Te he visto estupenda, la vida de jubilada te sienta muy bien.

A la doctora Cliff no le quedaba elección, tenía que hacer algo: se apresuró a contestar. Abrió su correo electrónico y se disculpó por el retraso, debido a un problema con la APMP. Uno de sus médicos se llevó por equivocación el DVD, pero ya lo habían encontrado y la doctora Moss acababa de confirmarle que se lo habían enviado: en cuanto lo recibiera, lo duplicaría y lo remitiría a las partes. Después releyó el texto y quedó satisfecha: pondría en evidencia a Caroline Moss. Apretó «enviar» y se fue a buscar un jarrón para colocar las rosas.

Encontró enseguida otro correo electrónico: «¿Dónde está el DVD de Lucy? ¿Se ha perdido también?».

«La entrevista con Lucy no se grabó. No se trataba de una visita clínica para obtener elementos probatorios. Lucy era una cliente privada y no había sospecha alguna de abusos sexuales. Le mandaré por correo fotocopia de los dibujos a los que hago alusión en el informe, por si pueden servirle de ayuda, junto a la factura.»

La doctora Cliff salió para echar la carta; los almendros que se veían en la calle estaban florecidos y los jardines de las casas, rebosantes de flores y matorrales. Inspiró el aire perfumado de la primavera y se sintió mejor. Al volver, observó que la bicicleta de Ralph ya no estaba: podía volver a tomar posesión de su casa.

Sobre la mesa había un jarrón de cristal blanco y azul repleto de peonías rosas recién abiertas, sus flores preferidas. Al lado una nota: «Te he estado esperando. Felicidades por la jubilación».

Se quedó de una pieza. Después prosiguió con su rutina y fue a su habitación a cambiarse. La puerta del salón estaba entreabierta, la luz de la tarde entraba a raudales. Estaba decorado con los muebles que Ralph y ella habían comprado juntos en el curso de los años; las taraceas doradas del Canterbury, lustrado con cera, destacaban bajo los rayos de sol sobre el verde y el rosa del intrincado dibujo de la alfombra oriental. Dudó antes de entrar, después vio la botella de whisky sobre la bandeja.

–¿Nota el aroma de los claveles rojos? Proviene directamente de los jardines de un monasterio cerca de Alepo. Nuestra fe es fuerte allí, y los musulmanes la respetan –dijo Miss Wood con una sonrisa cautivadora.

Era una gloriosa tarde de mayo, las lilas y los cerezos en flor a lo largo de la empalizada eran el escenario perfecto para los parterres llenos de *impatiens* multicolores.

–Deberíamos hablar de las notas sobre las visitas de Mister Pitt –le recordó Pat, y no era la primera vez.

Mike presionaba mucho a Steve para que solicitara al tribunal alargar las visitas y cambiar el sistema de vigilancia, pero los servicios sociales no querían ni oír hablar del asunto. Las notas de Miss Wood debían depositarse en el tribunal y Pat estaba allí para enseñarle, con tacto, a escribir de la manera más apropiada. Pero la viejecita no le había dado la posibilidad de intercambiar ni media palabra y parecía querer evitar toda referencia al objetivo de su encuentro.

–¡Naturalmente! Lo haremos en un santiamén –dijo esta vez Miss Wood, y después le contó que, muchos años atrás, había escrito un librito sobre su infancia en los barrios populares de Glasgow, que vendían en la feria del convento. Una de las hermanas tuvo que corregir el texto porque se demoraba demasiado en los detalles–. Le enviaré lo que vaya escribiendo, usted puede corregirlo y acortarlo. ¡Como hacía en otros tiempos la buena de la hermana Mary Magdalene! Si he omitido algo, ponga un asterisco y añadiré lo que falte. De esta manera, ¡mis notas serán perfectas! ¿Cree que al abogado Booth le parecerá bien?

Era la hora del té. Miss Wood decidió poner la mesa en el jardín, en honor de su invitada. Era pejiguera en todo: se entretuvo un buen rato en buscar un sitio desde el que Pat gozara de las mejores vistas de la magnolia, y después en preparar la bandeja con las tazas «buenas» y el platito de pasteles.

Mientras se tomaban el té, Miss Wood le hablaba de Jenny. Había adelgazado mucho y estaba en los huesos, como cuando empezó a trabajar.

–Llegué incluso a temer que fuera anoréxica, como tantas otras jóvenes, pero en cuanto conoció a Mike, fue como si floreciera: ¡cuando la cortejaba, la sacaba a cenar casi todas las noches! –Miss Wood describía a Jenny como alguien que quiere hacerlo todo sola, que necesita programar su vida y la de sus seres queridos. Por eso se encontraba muy incómoda con extraños en casa: estaba estresada y añoraba algunos momentos de soledad. Después miró a Pat–: Jenny me dice que le sienta bien hablar con usted. Anímela a desayunar como es debido por las mañanas, es la comida más importante del día, ¿no está usted de acuerdo?

Pat, ya a punto de irse, se vio retenida una vez más. Ahora Miss Wood quería enseñarle sus hombrecillos de Lego.

–No me he olvidado de que se lo prometí, me los he traído del *cottage* a propósito, entre otras cosas porque voy retrasada con el trabajo y tengo que restaurarlos antes del 30 de junio.

–¿Tiene que cumplir un plazo?

–Naturalmente, querida mía, como todo el mundo. La gente rinde más y mejor si las cosas tienen un plazo. Yo me lo establezco cada Lunes de Pascua, cuando la naturaleza se despierta y sentimos nuevas energías. Es el mejor momento del año. Mis plazos son como los buenos propósitos para el año nuevo, o mejor. No consigo entender cómo los demás insisten en plantearse buenos propósitos en los meses invernales, cuando tan oscuro está todo y hace tanto frío. Después no los cumplen, se sienten culpables y se deprimen. ¡Los buenos propósitos para el año nuevo son una pésima idea! Yo me siento más satisfecha de mis plazos pascuales.

Estaban en el porche. Las caritas rosadas, los ojos y las bocas –dos puntitos y una media luna sonriente– de los Lego que había hecho a mano el padre de Miss Wood, ella los había pintado de nuevo siguiendo los restos originales descoloridos; por debajo tenían las formas geométricas del Lego auténtico, el de plástico.

–Tengo muchas dificultades con el pelo. Mi padre pegaba en las cabezas trozos de hilos de lana, después mi madre le hacía a cada uno un peinado diferente. Pegaré lana de colores distintos y después, poniéndoles a todos una huevera sobre la cabeza, les cortaré lo que sobresalga. No soy tan buena como lo era mi madre, pero me divierto muchísimo.

Miss Wood soltó una risita y se puso seria después. Estaba preocupada también por Mike. El peso de las acusaciones era devastador, pero él no hablaba nunca de ello. Jenny reaccionaba mejor, en el fondo era más fuerte, y contaba con la ayuda de su tía, que agradecía aunque a veces ella se sintiera un estorbo.

–Jenny debería dar a su marido más afecto y ternura del que le da. Mike tiene menos recursos porque fue un niño desatendido. –Y Miss Wood le explicó que los Pitt eran una de las familias más conocidas de Glasgow: los padres de Mike estaban muy ocupados con la destilería y con los puestos que ocupaban en la administración municipal y metieron a sus hijos en un internado cuando eran muy pequeños–. Nosotros éramos una familia modesta. –Y Miss Wood subrayó la última palabra–. Pero también afectuosa y unida.

50
Una inversión inmobiliaria
Chelsea. Viernes, 2 de mayo

El avión había aterrizado en Heathrow y se dirigía hacia el área de estacionamiento. Mike miraba por la ventanilla, impaciente. Otros aeroplanos avanzaban por las pistas, lentísimos, como monstruosas lagartijas volantes en espera de unirse a las pasarelas.

Mike sostenía la Blackberry, con el dedo tembloroso a punto para encenderla. Había corrido un gran riesgo al invertir su *bonus* en las acciones de un banco de inversiones que estaba a punto de quebrar, compradas a un precio de risa. Las acciones habían subido vertiginosamente, pues se hablaba de una oferta pública de adquisición. El agente de cambio le había exhortado a vender y habían estado al teléfono hasta que la azafata le pidió por segunda vez que lo apagara. Mike le dijo al agente que esperara hasta que aterrizase en Londres para discutirlo con más tranquilidad, pero se había arrepentido enseguida: durante el vuelo, no había pensado en otra cosa.

Por el contrario, el retraso resultó providencial: la City se había llenado de rumores acerca de otro banco que estaba interesado en lanzar una contraoferta y el precio de las acciones había seguido subiendo. Mike dio orden de venderlo todo. Después sintió una descarga de adrenalina y avanzó por los pasillos de Heathrow llamando por teléfono y mandando correos electrónicos como un desesperado. Por último, llamó a Jenny: pasaría a recogerla por el trabajo, tenía una sorpresa para ella.

–¿Era ésta la sorpresa de la que hablabas? –preguntó Jenny.

Mike le había regalado una caja de bombones belgas, no mayor que las que le traía habitualmente de Bruselas. Él negó con un gesto y le recordó que el año anterior, cuando buscaban casa, vieron una, no muy lejos de la suya, que les había gustado a ambos pero que al final descartaron porque se quedaron prendados de la de la plaza. Era muy bonita, y tenía un jardín con una espléndida espesura de rododendros rojos. Los propietarios, unos norteamericanos, debían regresar a Nueva York, por lo que habían bajado el precio, confiando en una venta más rápida. Mike no tuvo tiempo de decir más: el taxi había llegado y el agente inmobiliario les estaba esperando en la acera.

Los propietarios los seguían a prudente distancia mientras el agente les enseñaba la casa. Mike decidió sacar provecho de la irritante presencia de aquellos dos, y empezó a inspeccionar los armarios, a comprobar las ventanas y a medir en pasos las habitaciones más pequeñas sin expresión aparente y sin decir ni media palabra, pero enarcando las cejas a cada imperfección. La mujer le decía a Jenny que le dejaría las cortinas, mientras pasaba la mano por el brocado con tristeza. Jenny pensaba que tenían mucho en común: ambas estaban a punto de abandonar la casa que habían creado con tanto amor.

Al llegar al desván, Mike y Jenny se quedaron solos.

–¿Te sigue gustando? –le preguntó él.

–Podríamos vivir aquí. No me molesta cambiar, si es por el bien de las niñas y para pagar los gastos de los abogados.

–¿De qué hablas? ¡Vosotras os quedaréis donde estáis! Detesto el hotel, necesito una casa propia hasta que todo esto haya terminado. –Mike le contó lo de la venta de las acciones: podían permitirse mantener las dos casas y si consiguiera comprarla por la cifra que tenía en la cabeza, cuando aquella pesadilla acabara la vendería sin duda alguna con un notable beneficio. Jenny estuvo de acuerdo y Mike llamó al agente; le dijo que tenía el dinero en efectivo para cerrar el asunto en menos de una semana, pero a un precio bastante más bajo. El agente intentaba negociar y se mostraba reticente a transmitir la oferta a los propietarios–. Nos quedan otras casas por ver. Hágales la oferta de inmediato pero, que quede bien claro, no modificaré la mía –le advirtió Mike.

Estaban aún en el desván, esperando una respuesta.

–De modo que quieres vivir aquí –dijo Jenny.

–Está a cinco minutos de casa y es un chollo.

–Tendrás una casa con cuatro dormitorios sólo para ti.

–¿Y qué más da? Es una inversión.

Jenny soltó el brazo de Mike de su cintura y se situó frente a él.

–A una casa le hace falta una mujer.

–Exacto. Yo ya tengo una mujer.

–Pero está nuestra casa, y las niñas... He vuelto a trabajar... ¿De dónde sacaré el tiempo para venir aquí?

–Como cuando éramos jóvenes. Por la tarde y de noche. Nos trasladábamos de un piso a otro, ¿te acuerdas? La única diferencia es que yo no podré ir a tu casa.

Jenny no estaba convencida del todo.

–Ya veremos cuando se sepa por ahí que vives solo. La City está llena de mujeres al acecho. Te buscarás a otra...

–¡Un padre acusado de incesto y pedofilia no es exactamente un buen partido! –soltó.

Jenny pareció encorvarse, la mujer celosa dejó pasó a la madre frágil que, entre la espada y la pared, recitaba una vez más su habitual letanía: «A Lucy no le ha pasado nada. Lucy está bien... A Lucy no le ha pasado nada».

El agente inmobiliario llamó a la puerta: los propietarios estaban dispuestos a reunirse con ellos.

Mike no conseguía dormir: después de haber acompañado a Jenny a casa, ordenó que le llevaran directamente a la oficina, donde se quedó hasta tarde. Ahora se sentía culpable por haber sido tan brusco con ella y temía haberse quedado financieramente al descubierto.

Entonces regresaban sus demonios. Venían de una extraña lejanía y los recibió sin oponer resistencia. Estaba allí, con los ojos abiertos de par en par, esperando. Sabía que eran ellos. Sin embargo, Mike no sabía ya quién era él en realidad. Intentaba no oír, no ver, pero si cerraba los ojos las luces se deslizaban por debajo de sus párpados, «¡Ponme más crema! ¡Más, más!», resonaba la voz de Lucy. Después se le apareció su carita, que se ensanchaba y se convertía en la de Jenny. «¡Más, más, más!» Lucy-Jenny gritaba y un torbellino de túrgidas hojas de cactus lo engulló.

51
Steve y sus clientes
Brixton. Bufete Wizens. Viernes, 2 de mayo

Steve había acudido a los juzgados todos los días de aquella semana. La última vista, el viernes por la mañana, era la de Mistress Ansell. El joven abogado que representaba a su marido había declarado al juez que Mister Ansell estaba muy avergonzado y admitía la responsabilidad de sus acciones. Dado que carecía de antecedentes penales, prometía solemnemente no volver a agredirla. Por lo que no sería necesario prolongar la orden de alejamiento. Steve planteó sus objeciones, y el juez le dio la razón en todo. Mister Ansell no sólo perdió el derecho a residir en la vivienda conyugal, sino que también se le prohibió acercarse a menos de trescientos metros de la casa, bajo pena de arresto.

Steve no podía arrogarse el mérito de aquel notable éxito. Se debía por entero al médico de Mistress Ansell, quien declaró en su informe que su cliente estaba enferma de cáncer desde hacía cuatro años y que, a pesar de varias operaciones y de la quimioterapia, tenía una malas perspectivas: cualquier tensión o preocupación le acortaría la vida.

Mister Ansell se marchó de la sala sin despedirse de su abogado siquiera, y Mistress Ansell, en vez de estar agradecida a Steve, le reprochó que hubiera hecho público ante el tribunal el informe del médico: ¡ella tenía ante sí bastantes más años de vida de lo que suponía ese cretino!

Y también Mistress Ansell se marchó sin pronunciar media palabra de agradecimiento.

El escritorio de Steve estaba repleto de pilas de carpetas, separadas según la urgencia: en cada carpeta había una nota con lo que Sharon o Pat habían hecho y con lo que debía hacer él. A pesar de los esfuerzos de las secretarias, la lista era larga. Steve empezó con las llamadas telefónicas, hizo docenas.

La cliente prioritaria era Mistress Oboe; era imprescindible obtener otro aplazamiento de la vista final: era la última oportunidad para encontrar un psicólogo. Después, Steve hojeó la carpeta de los Pitt: por indicación de Mike había escogido como perito al profesor Duncan, un anciano catedrático de psicología de la Universidad de Miami que se había construido una brillante carrera como experto en arteterapia. Hacía falta obtener el consenso del tutor de Lucy, que aún no había sido nombrado, así como el de los servicios sociales, y solicitar después la autorización al juez. Steve telefoneó a la agencia responsable de los tutores: los Pitt tendrían que aguardar su turno, había una larga lista de espera.

Steve insistió en hablar directamente con el director y al final lo consiguió. Éste se quejó de que no tenía la plantilla al completo; los escasos tutores estaban sobrecargados de trabajo, y le dio a entender que el caso de las hermanas Pitt no era urgente, porque estaban en su propia casa y bien cuidadas. Steve no estaba de acuerdo en absoluto: el profesor Duncan era uno de los mejores especialistas del mundo y era muy probable que en otro momento ya no estuviera disponible, los Pitt pagarían sus honorarios, por lo que el tutor tendría a su disposición otro experto sin coste extra para el presupuesto público. El director se mostró inamovible: tenían que esperar. Entonces Steve recurrió a las amenazas: sus clientes lo denunciarían; era una negativa irrazonable y contraria a la justicia natural. Además, tanta demora alargaba el procedimiento y, por lo tanto, atentaba contra el derecho de los Pitt a reanudar su vida familiar. Al final, el director cedió y le autorizó a informar al tribunal de que él no tenía nada en contra del nombramiento del profesor Duncan como perito por parte de los Pitt. Tras lo cual Steve decidió jugarse otra carta y, a pesar de no contar con el consentimiento de Jenny, solicitó que como segundo perito psiquiátrico se diera el visto bueno a la doctora Caroline Moss. El director la conocía y enseguida se mostró conforme.

–¡Estupendo! –exclamó Sharon, que por fin exhibió la primera sonrisa del día.

–Escribe cuarenta minutos de conversación: lo he cronometrado –intervino Pat: sabía que a Steve no le gustaba calcular el tiempo, que sin embargo debía ser justificado en la minuta definitiva.

–Debes de haberlo tumbado con tu labia –añadió Sharon, pero Steve no la escuchaba. Estaba al teléfono con Mike Pitt y parecía preocupado: Jenny seguía firme en su postura, no quería que a Lucy la examinara otro psiquiatra. Tras colgar, Steve le dijo a Pat:

–¿Podrías intentar convencerla tú antes de que me vea obligado a recurrir a medidas más drásticas?

–Lo intentaré. Tal vez sea Mike, que la irrita...

Pat se vio interrumpida por una llamada de la asistente social de Ali. Habían estado en contacto a menudo, a causa de los fallidos intentos de encontrar fondos para el psicólogo, pero en ese momento la asistente social quería hablar con Steve. La conversación se prolongó un buen rato y él acabó por citarla en el despacho.

Sharon escuchaba, atenta. Cuando colgó, dejó de escribir y le preguntó:

–¿Qué ocurre?

–Es necesario que nos veamos –contestó Steve.

Sharon meneó la cabeza.

–¿Podríais explicarme lo que ocurre? –preguntó Pat.

La asistente social quería ver a Steve sin la presencia de su letrado, como era costumbre en el ámbito judicial. Pero los casos con niños eran distintos: había que colaborar en vez de comportarse como adversarios y, en el pasado, cuando era necesario, entre abogados y asistentes sociales fluía la comunicación. En la actualidad, los asistentes sociales estaban más a la defensiva y se les había prohibido de manera taxativa comunicarse directamente con los letrados de la parte contraria, por miedo a que éstos ejercieran presiones y obtuviesen información acerca de cuestiones que debían mantenerse ocultas.

–Esta mujer es una perla rara, y por si fuera poco sigue a Ali desde hace más de dos años. No le han renovado su permiso de trabajo y está a punto de regresar a su país. Ali no tendrá otro asistente social porque no hay nadie disponible para reemplazarla. Ayer fue a ver a Mistress Oboe, la encontró otra vez poco razonable y hostil; el piso estaba muy desordenado, con el contenido de los armarios de la cocina sobre la mesa. Teme que pueda caer en una depresión y quiere que nos reunamos los dos con ella para comprender qué ha ocurrido e intentar crear una red de apoyo para madre e hijo, cuando la asistente deje su puesto. La alternativa, un encuentro formal con los respectivos letrados y la tutora, lo retrasaría todo y, además, toda esa gente conseguiría que a Mistress Oboe le entrara el pánico. ¡Ya pensaremos en las quejas de su abogado cuando me las plantee!

Steve se volvió para mirar a Sharon. Ella seguía meneando la cabeza, pero no dijo nada.

Entretanto, había llegado la carta de la doctora Cliff con los dos dibujos de Lucy. Los examinaron juntos y al final estaban de acuerdo: era posible que fueran penes.

–Pero si alguien me lo pregunta –susurró Sharon–, nunca diría que podría ser el de Mister Pitt. –Y soltó una carcajada.

Sandra Pepper y los asistentes sociales debatían su respuesta formal a la solicitud que Steve había presentado para prolongar las visitas de Mister Pitt y que sólo una persona las supervisara. A Fiona, que trabajaría allí sólo dos semanas más, la dejaba ciertamente perpleja: Teresa no se llevaba bien con las otras chicas, ni tampoco con los Pitt, hasta el punto de que pensaba marcharse. Le había dicho que, durante las visitas del sábado y del domingo, Mike se mostraba nervioso con su mujer y sus hijas, y más aún con ella, y a menudo se notaba la tensión. Últimamente, Jenny se comportaba de manera extraña, sacaba las cosas de los cajones y de los armarios como si estuviera haciendo inventario o temiera que alguien le hubiera robado algo; a menudo salía después de cenar, sin decir adónde iba.

–En mi opinión, empieza a darse cuenta de lo que le está pasando, y procura distraerse, ver a sus amigas... o a alguien... Las visitas del marido deberían ser más breves, y tal vez en algún otro sitio, fuera de casa.

–En el colegio, ¿qué dicen? –preguntó Miss Barnes, y Fiona le aclaró que según el colegio y el médico de cabecera todo iba bien.

–No me sorprende, ¡les pagan! –exclamó Miss Barnes.

En aquel momento, Steve llamó a Sandra: el jefe de tutores estaba de acuerdo con los dos peritos que proponían los Pitt. Miss Barnes meneó la cabeza:

–Los Pitt no aprenden de la experiencia: también esos dos peritos darán la razón a la doctora Cliff. Entretanto, nos opondremos a sus solicitudes. De ahora en adelante me encargaré de la familia hasta que llegue otro asistente social. Debo tener un cara a cara con Mike Pitt lo antes posible, ¡me ha cancelado ya dos citas por compromisos de trabajo!

52
Una orquídea para Jenny
Kensington. Casa de los Pitt. Sábado, 3 de mayo

El sábado, Lisa y la tía Marjorie supervisaban el desayuno y las clases de natación. A las once, Annabel Snowball sustituiría a Lisa y se irían al Giraffe, el restaurante infantil situado en la terraza del Royal Festival Hall.

Jenny había decidido pasar la mañana en casa. Los obreros se habían marchado definitivamente y durante la semana había separado las muestras de moqueta para el salón: llevaba tiempo saboreando anticipadamente el placer de la elección, pero ahora le parecía una tarea dolorosa. Cada vez le angustiaba más que Mike su fuera a vivir a una casa propia: le parecía el principio de un distanciamiento entre ellos. Además, él le había cargado con todas las tareas prácticas, desde la decoración a la limpieza de la nueva casa. Los antiguos propietarios habían dejado moquetas, cortinas y mobiliario suficiente para vivir de manera espartana, pero era necesario encargarse de vasos, cubiertos, platos, ollas, sábanas, manteles, toallas y otras pequeñas cosas necesarias para equipar una casa.

Jenny cogió su estilográfica y empezó a hacer sus listas: completó la de la ropa de cama, pero no pudo seguir escribiendo. Cada cosa que escribía era como un clavo más en la tapa del ataúd de su matrimonio. Estaba escogiendo las sábanas cuando la llamó Annabel: se había hecho un esguince en el tobillo y el médico le había prescrito reposo. Jenny sintió como si el mundo se le viniera encima, se dejó caer sobre una pila de toallas, con la cabeza entre las manos. Lágrimas silenciosas caían sobre el papel, manchándolo y corriendo la tinta. Desde el vestíbulo le llegaron los grititos de alegría de Lucy, se repuso y corrió al baño a retocarse el maquillaje.

Después se hizo un silencio grave. Jenny se preguntó qué más podía haber ocurrido y bajó las escaleras a la carrera para ir al cuarto de jugar. Lucy estaba acuclillada entre los brazos de su padre, con Amy sentada a su lado: leían el tebeo que había comprado, mientras la tía Marjorie estaba enseñando a Lisa a hacer ganchillo.

–Hola, mamá.

Lucy había levantado la vista pero volvió enseguida a concentrarse en el tebeo.

–Hola, mamá –dijo Amy.

Jenny notó un resplandor en sus ojos y miró a Lucy; su cuerpo estaba quieto, pero las piernas le temblaban por la emoción contenida.

–Hemos comprado unos Chelsea Buns, ¿por qué no nos haces un zumo? –le pidió Mike sin levantar la vista, y apretó la mano temblorosa de Lucy.

Jenny comprendió y fue a la cocina. Sobre la mesa de mármol descollaba una gran orquídea. De la masa de hojas lustrosas se elevaban largos tallos con blancas flores colgantes.

–¡Es una sorpresa para ti! ¡Amy y yo hemos elegido la orquídea, papá la ha pagado!

Lucy corrió hacia su madre mientras los demás la seguían. En la cocina todo era un vocerío, con las niñas que describían la visita a la floristería y las demás orquídeas, entre las que escogieron la más bonita.

La tía Marjorie se había dado cuenta de la palidez de Jenny bajo el maquillaje fresco.

–¿Qué ocurre? –le susurró. Y se enteró de la mala noticia–. Tú quédate con tus hijas, no te preocupes por nada. Hablaré con Lisa y lo arreglaré todo. –Los dejó allí discutiendo sobre dónde colocar la planta.

–Debería estar en el salón, pero aún huele mucho a pintura –dijo Amy tras pensarlo un poco.

–Entonces, en el vestíbulo.

Amy no estaba de acuerdo.

–Es demasiado grande, al pasar podríamos rozarle esas hojas tan largas y la dependienta dijo que no las tocáramos.

Lucy, por una vez, cedió ante la autoridad de su hermana mayor.

–Entonces, en la habitación de papá y mamá, cerca del *jacuzzi*. Es una planta tropical y le gustan las salpicaduras de agua –dijo ansiosa por mostrar a los demás los conocimientos de botánica recién adquiridos.

–No, es la planta de mamá y debería estar en su despacho –sentenció Amy, muy seria.

La tía Marjorie intervino con autoridad:

–Yo la pondría sobre un pedestal en el rellano de la última planta, allí hay mucha luz.

–¡No hemos comprado el pedestal! En la tienda tenían uno –subrayó Amy.

–Entonces que papá vaya a comprarlo, será mi regalo para mamá –dijo la tía y, a continuación, volviéndose hacia Mike–: ¿Me harías ese favor?

Jenny enseguida la apoyó:

–Es cierto, realmente necesita un pedestal. ¿Irás a por él, Mike? Mi orquídea quedará estupenda bajo la ventana.

Se tomaron juntos el zumo de naranja y se acabaron los Chelsea Buns mientras Lisa se mostraba impaciente según se acercaba el momento de marcharse. Annabel no había llegado y Mike miró la hora: las once. Entonces la tía Marjorie le dijo a Mike aparte:

–Annabel se ha lesionado. Lisa se reunirá con nosotros a la una y comeremos juntos en el Giraffe. Cuando Lisa salga, vete tú también y compra lo que tienes que comprar. Jenny y yo llevaremos a las niñas al Royal Festival Hall y nos veremos allí.

Amy los observaba con curiosidad, intentando comprender lo que estaban haciendo: la tía Marjorie acababa de abrir a toda prisa su cartera y había puesto varios billetes en las manos de su padre, bajo la mirada perpleja de él y la más ansiosa de su madre. Después, la tía se volvió hacia ella y Lucy y les dijo, alegre:

–Hace un día precioso. ¿Por qué no nos vamos directamente al South Bank? Podréis jugar en esa fuente de la que tanto me habéis hablado, mientras papá va a comprar el regalo para mamá; ¡después nos reuniremos todos en el Giraffe!

–¡Yuju! –dijo Amy.

–¡Yuju! –repitió como un eco de Lucy.

–Ahora iros arriba y tended vuestros bañadores, comprobaré que lo habéis hecho como es debido. Después podremos marcharnos.

La tía y las niñas dejaron solos a Mike y a Jenny en la cocina.

–¿Por qué no me has llamado para contarme lo de Annabel?

–Porque estabas en la piscina.

–Podías haberme mandado un mensaje, lo hubiera leído después. Perderé dos horas.

–Ya ves... –saltó Jenny–. Cuando yo volvía pronto el sábado por la mañana, te apresurabas a dejármelas para hacer tus cosas, quejándote de que no tenías tiempo para hacer tus recados: ¡hoy puedes hacerlos sin agobios!

–¡No seas estúpida, ahora es distinto! –Mike había levantado la voz, estaba a punto de decir algo más, pero se dio cuenta de que Jenny tenía los ojos rojos y se calló.

Lisa apareció en las escaleras; le pidió a Mike que la acompañara en coche a la estación, su forma de decirle que se diera prisa.

Mike la miró perplejo y después buscó a Jenny, pero ésta le había dado la espalda y estaba atareada llenando el lavaplatos.

Mike compró el pedestal para la orquídea. Estaba a punto de llevárselo a casa, cuando se acordó de que no tenía llaves. Entonces, le pidió al florista que se lo enviara por la tarde. Quedaba más de una hora para la una y, resentido por el comentario de Jenny, no estaba de humor para hacer recados. Compró el *Financial Times,* pero se dio cuenta de que no sabía dónde leerlo. No quería volver al hotel, tenía que buscar un lugar para sentarse. Pensó en un café, pero los de alrededor estaban a rebosar, en cualquier caso, no tenía hambre ni sed. Desistió, iría al restaurante andando.

La acera estaba abarrotada, turistas y compradores del sábado se detenían a mirar los escaparates y a charlar, obstaculizando el paso. Constantemente, la gente abordaba a Mike pidiéndole información; harto, tomó por calles secundarias para llegar hasta Chelsea Embankment a través de la zona residencial. Se reencontró con la calma somnolienta de los días de su infancia, cuando su padre llevaba a la familia a visitar a los parientes londinenses. Caminaba por calles flanqueadas por *cottages* adosados, en otros tiempos viviendas de modestos artesanos, se metía por callejones para salir a plazas con jardines rodeados de casas imponentes, adosadas también, pero construidas en época victoriana para la burguesía que iba concentrándose ahí. Los residentes de Kensington y Chelsea habían cambiado. La alta burguesía inglesa y los franceses estaban en retirada, y los americanos y otros europeos se habían trasladado allí en masa, amalgamándose bien: los ricos tienen mucho en común. Las casas no habían perdido su carácter inglés. Las fachadas de estuco pintado de blanco o de crema estaban relucientes y carecían de grietas o de hendiduras. Las puertas de entrada estaban pintadas con los colores oscuros tradicionales: negro, azul, verde o amaranto. Las macetas, bajo las ventanas y en los balcones, rebosantes, como en otros tiempos, de plantas colocadas siguiendo una geometría simétrica tradicional, carente de imaginación. Avanzando en zigzag, hacia el río, Mike se cruzaba con niñeras que empujaban carritos, criados extranjeros que sacaban de paseo a los perros de las familias, pero con ningún joven: se habrían ido al campo a pasar el fin de semana o estarían en el centro de compras.

Mike se encontró en una plaza de casas blancas no muy distintas a la suya. En el jardín del centro, árboles altos y lozanos, como los de enfrente de su casa, salpicados de yemas color verde claro. Tuvo un instante de cólera: siempre deseó criar a sus hijas en Londres, y en la zona más hermosa; su sueño, que acababa de realizarse, se estaba haciendo añicos. Por culpa de una maestra infantil y de una psiquiatra. Mike apretó los puños y aceleró el paso. Al llegar al río, lo bordeó hasta Charing Cross a paso de marcha y llegó antes de tiempo.

Vagaba por el laberinto del mercado cubierto en el interior de la estación ferroviaria para matar el tiempo. Los tenderetes de souvenirs, joyas étnicas y ropa lo irritaban, y se metió por los pasajes cubiertos que llevaban hacia el Hungerford Foot Bridge.

Todavía le sobraba tiempo y se había parado en el puente, que no quedaba lejos de la escalinata que llevaba a la terraza del South Bank, en un lugar desde el que podía vigilar el restaurante y la fuente, e incluso ocultarse detrás de la espesura de un joven plátano, por si sus hijas lo veían.

–Buenos días. –Mister Coutts se le había acercado en silencio.

–Buenos días –contestó desabridamente Mike y clavó la mirada en el río.

El flujo de gente que caminaba hacia el South Bank había aumentado. No lejos de él, una familia tomaba fotografías. Los gritos en un idioma eslavo de los jóvenes lo irritaban y los miraba con desaprobación, pero no le entendieron bien y el padre le pidió que les hiciera una foto de grupo. Después le pidieron más y Mike los contentó. El hombre le tendió la mano.

–Yo le he visto ya en alguna parte..., trabajo para el Central European Investment Bank. –Y le dio una tarjeta de visita–. ¿Tiene usted una tarjeta?

–No, lo siento.

–¿Cómo se llama?

–Mike Pitt. Trabajo en Trolleys.

–Quizá volvamos a vernos. Gracias, que pase un buen día.

Se apresuró a reunirse con los demás, que se habían adelantado.

–Qué bonito espectáculo, una familia feliz. Mi mujer no me permite ver a mi hija, una recién nacida a mi tardía edad. ¡Creía que era una buena mujer! –dijo Mister Coutts, situado a escasos metros de Mike, que ya no estaba apoyado en la barandilla, y sosteniendo unos prismáticos en la mano. Aguardaba únicamente un gesto para acercarse.

–Lo siento –farfulló Mike.

–¡Es una injusticia! –afirmó Mister Coutts, aguardando una respuesta.

Mike asintió vagamente y después se volvió hacia South Bank. Jenny y la tía Marjorie estaban en la terraza delante del Queen Elizabeth Hall.

El diseño de la fuente de Jeppe Hein es simple e ingenioso, una plataforma de goma, sobreelevada y dividida en cuatro rectángulos, de cuyos bordes manan chorros de agua con distinta presión, según una secuencia no fácilmente previsible: chorros repentinos se elevan sobre uno o más lados de cada rectángulo y forman una alta pared de agua, mientras que en los otros lados los chorros se hacen más débiles y acaban por agotarse, o vuelven a alzarse con renovado vigor, mientras la pared de agua mantiene la presión o va disminuyendo gradualmente.

Mike nunca había prestado demasiada atención a la fuente. Era Jenny la que llevaba allí a las niñas. Estaba abarrotada de niños que se divertían como locos, unos completamente vestidos, otros en ropa interior. Algunos estaban rodeados por paredes de agua más altas que ellos y permanecían inmóviles, los unos junto a los otros, con las caritas tensas por la excitación. Otros saltaban de un rectángulo a otro con gran destreza, sin dejarse sorprender por los chorros repentinos, mientras que había otros a quienes les daba de lleno y quedaban empapados. Los más audaces, empapados de arriba abajo, se divertían pasando a través de las cortinas de agua.

Mike no consiguió localizar a sus hijas, a pesar de concentrarse al máximo.

Mister Coutts miraba la fuente con la misma intensidad.

–En una ocasión trabajé en un parque de atracciones. Qué placer ver a los niños jugar felices. ¡Son tan hermosos!

Mike no lo escuchaba; acababa de ver a Lisa, que venía del National Film Theatre, y había dado unos pasos: calculaba el momento adecuado para avanzar y cruzarse con ella delante de la fuente.

–Me quedaré aquí mirando un rato más. Vengo a menudo, es un lugar excelente. Hasta pronto, caballero, buena suerte.

La voz meliflua de aquel hombre tenía un tono desagradable y Mike se marchó, sin preocuparse siquiera de despedirse. Mister Coutts lo siguió con la mirada; después levantó los prismáticos y los dirigió hacia él. Mike se había situado detrás del bar de la terraza, pegado a la pared para impedir que lo vieran, esperando a que Lisa apareciera por las escaleras; de vez en cuando asomaba la cabeza para mirar a sus hijas. Lucy se había empapado, saltando incauta sobre una pared que ascendía y Jenny la había obligado a bajar: ahora la estaba secando. Amy saltaba hacia delante y hacia atrás en medio de las paredes de agua que se alzaban y descendían.

En ese momento apareció Lisa. Mike salió disparado hacia la fuente y se detuvo delante de la plataforma.

–¡Hola, papá! –gritó Amy, y le hizo un gesto con la mano, sonriente y cautivador. Después se lanzó a un salto arriesgado y más alto que los demás para quedar bien delante de su padre.

En cada salto se le levantaban los bordes de la falda con un gracioso movimiento: su cuerpo flexible y femenino ya se estaba transformando en el de una preadolescente. Mister Coutts había seguido la mirada de Mike y desde ahí dirigió los prismáticos hacia Amy.

–Menudo delincuente... –murmuró, y se pasó la lengua por los labios ardientes.

53

El Wig Bazaar

Brixton. Lunes, 5 de mayo

Era una extraña primavera: días de chaparrones y viento cortante –casi tropical– se alternaban con periodos de calor y sequía.

Steve estaba en el juzgado y Pat confiaba en disfrutar de un día tranquilo. Quería despachar el trabajo poco urgente que había dejado a un lado y seguía ahí esperándola. El calor que entraba por la vidriera era asfixiante. Había preparado una jarra de limonada: se traía de casa unos cubitos congelados de zumo de limón azucarado, muy populares entre colegas y clientes. Acababa de servir dos vasos, uno para ella y otro para Sharon, cuando sonó el teléfono.

Era Jenny Pitt, que iba de camino al trabajo.

–El domingo fue un suplicio. Annabel se lesionó, tuvimos que pedirle a Teresa que la sustituyera. Le había dado el sábado libre, cuando la llamé me dijo que estaba en Cornualles: suponía que no íbamos a necesitarla. Le recordé que tenía alojamiento y comida pagados precisamente para hacer frente a las emergencias del fin de semana. Vino, pero su mal humor nos estropeó el día a todos. Mike tuvo que soportar sus caprichos y por la noche la tomó conmigo. –Jenny interrumpió la conversación bruscamente: se le había acercado un colega.

Poco después volvió a llamar:

–Siento ser tan quejica, pero Mike ni siquiera me escucha. El trabajo se ha convertido en mi consuelo, lejos de ese infierno de casa.

Inmediatamente después llamó Mike. La visita del domingo había resultado un desastre: Teresa llegó tarde y Lisa se ofreció para quedarse en casa pero sólo para el desayuno; cuando se marchó tuvo que irse él también, diciéndoles a las niñas que iba a comprar el periódico del domingo. Amy quiso acompañarlo, no entendió por qué no quería llevarla con él. Tuvo que esperar fuera de casa hasta que llegó Teresa, con los ojos legañosos y muy enfadada; más tarde acabó peleándose con las niñas y se comportó mal con todos los demás. La tía Marjorie intentaba apaciguar los ánimos, pero exasperó a Jenny al meter baza en la elección de los objetos para la nueva casa. Mike ya no aguantaba el tener dos personas a su alrededor controlándole: una ya era demasiado, quería que Steve se apresurara a fijar la vista para cambiar el sistema de vigilancia.

El teléfono volvió a sonar en cuanto Pat colgó. Mistress Oboe no era de las que se rendía fácilmente: le anunció jubilosa que había olvidado que, cuando se trasladaron al piso, su marido perdió un reloj de cierto valor. Le echó la culpa a ella porque todo estaba lleno de cajas y maletas sin guardar, como él hubiera esperado. En realidad, su marido no aceptaba que se ocupara de Ali: aquélla fue la primera vez que le propinó un bofetón. Después se convenció de que el reloj se le había deslizado de la muñeca en una famosa zapatería de Jermyn Street y que el ladrón era el dependiente que le había tomado las medidas. Un amigo le contó que a un poderoso general nigeriano le ocurrió lo mismo en esa tienda y él se sintió halagado de que lo equipararan a aquel hombre tan rico e importante.

Días después, Mistress Oboe encontró el reloj en una caja llena de toallas. No se atrevió a decírselo por miedo a que la pegara de nuevo. Lo escondió para que no lo encontrara, pero olvidó dónde. En los últimos días había puesto la casa patas arriba para buscarlo, al final lo había conseguido: estaba en una enorme caja de zinc repleta de granos de pimienta negra. Quería que Miss Gladys lo valorara. Aquél era precisamente el día de mercado de Miss Gladys y Pat le sugirió que lo trajera al despacho de inmediato.

Vendedores y compradores se reponían lentamente de los esfuerzos del fin de semana y el lunes por la mañana el mercado estaba prácticamente desierto: había muchos tenderetes sin montar siquiera. Los verduleros intentaban deshacerse de los restos de fruta y verdura. Algunos las exponían en bandejitas de plástico envueltos en celofán, dejando a la vista los productos más presentables, otros formaban pequeñas pirámides de manzanas, tomates, limones, calabacines, zanahorias. Los ofrecían a un precio muy rebajado, pero ni siquiera así conseguían deshacerse de ellos, y los pocos compradores que pasaban por ahí llevaban los capazos medio vacíos.

Flotaba un aire de melancolía en el mercado de Brixton, pero Pat y Mistress Oboe no lo notaban y avanzaban a paso rápido hacia la calle que bordea la línea ferroviaria, donde se hallaba el tenderete de Miss Gladys, una modesta mesita encajonada entre dos grandes puestos de ropa usada. Abrigos, pieles y chaquetones colgaban en una imponente exposición de los armazones de hierro y formaban dos tupidas paredes a ambos lados. Ella estaba allí comiendo arroz con judías en una escudilla de plástico; en cuanto las vio, interrumpió su comida. Se percató enseguida de que Mistress Oboe llevaba pendientes y se los alabó. Mistress Oboe se sonrojó.

–Estoy aprendiendo a llevar mis joyas. Ahora que sé que no son auténticas, las disfruto.

Miss Gladys observó atentamente el reloj y se lo devolvió.

–Es un Rolex auténtico: vale miles de libras. Debería venderse en subasta, en el West End. Métaselo en el sujetador, aquí los ladrones tiene vista de águila.

Había elegido aquel rincón porque confiaba en que la ropa a ambos lados la protegiera de los robos. Después empujó rápidamente a Mistress Oboe a través de la pared de abrigos a su derecha, donde la hilera de las perchas creaba una zona destinada a probador. Pat se quedó vigilando la mercancía y, sentada en el taburete, rezaba para que ninguno de los que se paraban a mirar decidiera comprar nada: Miss Gladys no ponía nunca etiquetas con el precio en sus joyas.

Al cabo de lo que le pareció una eternidad, ambas mujeres reaparecieron entre los abrigos, satisfechas.

Era la hora de comer, Pat y Mistress Oboe charlaban agradablemente mientras paseaban a través de las galerías del mercado cubierto. Mistress Oboe llevó a Pat a la zona nigeriana, en la parte de atrás. La última galería estaba en estado de abandono. Tiendas cerradas desde hacía tiempo o parcialmente en uso estaban rodeadas por montañas de cajas de cartón, cestas desfondadas o restos podridos de pescado o verduras. El hedor llenaba el aire y todo suponía un estridente contraste con las blancas vidrieras de los techos abovedados, las elegantes arcadas y las espigadas columnas de hierro colado que el ayuntamiento había vuelto a pintar recientemente con sus colores originales: blanco y azul. El resto de galerías que se ramificaban de ésta se encontraban en uso, cada una de ellas dedicada a una clase distinta de comercio: textil, verduras, droguería. En todos los puestos atendían mujeres. Mistress Oboe y Pat se dirigieron por la galería de las verduras y del pescado seco. Semillas, hortalizas y legumbres de todo tipo y de extravagantes formas, montañas de verduras blandas, grandes hojas carnosas cortadas en tirillas, tubérculos y pepinos nudosos y alargados. También numerosas variedades de pescado seco: pequeñas barracudas ahumadas y enroscadas, con la cola metida en la boca; largos pescados grises de enormes cabezas; filetes y rodajas de pescado rojo desecado; pescados de inmensas cabezas y cuerpos alargados como anguilas, y otros prensados y desecados con sus cabezas enteras, de cuyas bocas sobresalía, como un abanico con encajes, la dentadura completa. Y, por el suelo, cajones de pescaditos y menudillos de todo tipo.

Mistress Oboe se había parado delante de un verdulero que exponía una cesta de caracoles gigantes, grandes como melones: las conchas estaban selladas y parecían muertas. Le dijo a Pat que eran una auténtica exquisitez y compró uno; lo pondría a remojo con un poco de agua fría y sal para limpiarlo. Después lo metería en una olla de agua hirviendo y una vez hervido, lo cortaría en pedacitos para hacer un curry.

Avanzaban hacia la galería de las telas y los vestidos africanos. Era un festín para los ojos: en lo alto, colgaban de la fachada trozos de variopintos tejidos para los trajes tradicionales; en los escaparates se exponían relucientes turbantes, sombreros de fabulosos lazos y tocados decorados como árboles de Navidad, todo ello con combinaciones cromáticas audaces y extraordinariamente refinadas; en la parte de delante, grandes cajas de cartón repletas de rollos de brocados, algodón estampado, satén y cajas más pequeñas llenas de retales. Habían llegado hasta el centro del mercado; el cruce de las galerías principales era octagonal y a él daban cuatro tiendas: una carnicería caribeña, dos verdulerías y el Wig Bazaar. Sobre la puerta de este último había una estantería con cinco cabezas, cada una con una vistosa peluca de distinto color: negro, amarillo, naranja, verde y marrón; a los lados, colgaban de grandes ganchos manojos de tupés, pelucas y extensiones. En el interior y en los dos escaparates, había una enorme cantidad de pelucas acicaladas con delirante fantasía, rizos voluminosos, cardados descollantes, modelados en forma de cresta de yelmo, en cascada, con volutas tornasoladas; algunas multicolores, pero en su mayor parte negras.

Mistress Oboe estaba diciendo que si después de pagar al psicólogo le quedaba suficiente dinero, se compraría una, pero Pat la escuchaba distraídamente: en el interior estaba Mistress Ansell, de espaldas, sentada en un taburete cerca del mostrador. Se estaba probando una peluca. La dependienta sostenía un espejo redondo para que pudiera verse, y se reían. A continuación cogió otra peluca y se la enseñó, después le quitó rápidamente la que llevaba puesta para cambiársela por otra. Pat se sobresaltó: Mistress Ansell tenía el cráneo reluciente y ralos mechones de pelo rizado en el cuello. La dependienta levantó de nuevo el espe-jo; entretanto, Mistress Ansell había cambiado de posición y, reflejada en el espejo, estaba la imagen de Pat: su rostro se endureció y Mistress Ansell arrancó el espejo de las manos de la dependienta, de manera que Pat no pudiera verla.

Steve y Sharon tenían mucho trabajo y no les interesaban las vicisitudes de Mistress Oboe. Pat se sentó a escribir el resumen de la mañana y después siguió trabajando en silencio. Más tarde le preguntó a Sharon cómo había ido la vista de Mavis.

–El juez ha ordenado a los servicios sociales investigar la capacidad como progenitores de Mister y Mistress Turle.

–He visto a Mistress Ansell en el mercado –le dijo entonces Pat–, y el reloj de Mistress Oboe es un objeto de valor.

–Estupendo –le dijo Sharon, y no le hizo ninguna pregunta.

Estaba ansiosa: había dejado en el escritorio de Steve dos mensajes urgentes de parte del abogado de Kahin y tampoco esta vez había querido contestarle.

54
Los demonios de Mike
Green Park. Martes, 6 de mayo

Mike llamó a Steve por la tarde: estaba de excelente humor y le contó muy satisfecho la compra de la casa. Las eventuales ganancias de una futura venta estarían exentas de impuestos porque, dado que la orden de alejamiento del tribunal no le permitía entrar en la casa que había comprado con Jenny, ésta era su única residencia.

Steve le informó de que la doctora Cliff no había grabado su entrevista con Lucy: su informe se convertía así en la única prueba acusatoria, irrefutable –de no existir una pericia contraria– hasta el contrainterrogatorio.

–¿Cuándo lo ha sabido?

–A finales de la semana pasada.

–¿Y no me lo dice hasta ahora?

–No he tenido tiempo. Tampoco se puede hacer nada.

–En el futuro, quisiera que me informara rápidamente de cualquier novedad.

–Lo tendré en cuenta, pero no puedo prometérselo: eso me obligaría a estar al teléfono constantemente con todos los clientes. Le informo de inmediato sólo cuando es necesario –rebatió Steve, y después añadió, conciliador–: El DVD de Amy tal vez pueda ayudarnos. –Y volvió a sugerir que llamaran en la causa a la doctora Moss–. ¿Cree que ahora su mujer aceptará que otro médico vea a Lucy?

–Es mejor que se lo pida usted.

Discutieron rápidamente de otras novedades. Mistress Dooms había dejado la guardería y se había marchado de su piso sin facilitar una nueva dirección, llevándose consigo un gran número de dibujos de Lucy, probablemente los que hizo en su casa guiada por su compañero. Ambos estuvieron de acuerdo en que no los recuperarían, y Steve le aseguró a Mike que mandaría los restantes al profesor Duncan, en cuanto obtuviera el consenso de los servicios sociales y el beneplácito del tribunal.

–¿Por qué? –preguntó Mike–. No entiendo qué tienen que ver el juez y la parte contraria. Soy yo quien paga, y ese hombre no necesita reunirse con mi hija, sólo ha de ver unos pedazos de papel.

–Porque así lo exige el procedimiento.

–¡Es ilógico! Los dibujos deberían estar a disposición de cualquier experto escogido por las partes.

–El procedimiento tiende a controlar los costes y el volumen de las pruebas.

–¡Los costes no tienen nada que ver, soy yo quien paga! ¡Todo esto lo único que hace es menoscabar mi derecho a escoger a los mejores!

–Ninguno de nosotros puede cambiar la ley ni el procedimiento. Su caso es uno de los muchos para los que no se ha nombrado aún un tutor porque hay muy pocos. Malgasta su dinero y mi tiempo con tanta queja, procure ser práctico. Usted quiere ver más a sus hijas y que haya una sola persona presente. Sería mejor que nos concentráramos en eso; fijaré una fecha para la vista –dijo Steve.

–En tal caso, le diré exactamente lo que quiero que pida. Hablaré lentamente, para evitar equívocos. En primer lugar, el colegio. Quiero tener la libertad de ir al colegio cada vez que se invite a los padres: representaciones, día del deporte y cualquier otra ocasión en la que se llame a las familias a participar. A continuación, las visitas. Quiero pasar algunos fines de semana en el *cottage* de la tía Marjorie; dormiré en un hotel, pero quiero poder estar con mis hijas durante el día y me llevaré conmigo a las *au pairs*. Tercero, la inauguración de la casa. Jenny había escogido el 21 de junio y ha mandado a decenas de personas el *save the date;* quiero poder entrar en casa esa noche, las niñas dormirán en casa de la tía Marjorie. Cuarto, las vacaciones de verano. Les habíamos prometido a Amy y a Lucy que las llevaríamos a Eurodisney y después pensábamos irnos a China, en los hoteles hacen descuentos fantásticos. Invitaremos a Annabel Snowball, no es rica y se sentirá feliz de disfrutar de unas vacaciones pagadas. Será la única vigilante, pero estoy seguro de que en agosto el juez ya se habrá dado cuenta de que no soy un pedófilo.

–Es imposible. Absolutamente imposible. No lo conseguiré jamás. Sobre usted pende una sospecha de abusos sexuales que no se disipará hasta la vista para el establecimiento de los hechos, y probablemente tampoco entonces.

–Le pago para que haga exactamente lo que le digo.

–Usted me paga para que le asesore. Si no está conforme, ya puede ir buscándose otro abogado.

Steve no estaba de humor para tolerar tantas tonterías. Mike cambió de tono:

–Podríamos volver a negociar sus honorarios. Estoy dispuesto a doblarlos.

–Me está ofendiendo usted.

Silencio.

–Le pido disculpas. Confío en que se dé cuenta de que soy un hombre desesperado.

–Ahora le diré mis condiciones. Francamente, su actitud no me gusta, no estoy dispuesto a tolerar más conversaciones de este estilo. De ahora en adelante, hablará usted con mi secretaria de todo aquello que tenga que ver con las visitas y otras cuestiones colaterales. Le pasaré por escrito lo que puede solicitar en referencia a las visitas, eso es todo.

Steve dio un puñetazo sobre la mesa y la pila de papeles que estaba al borde se esparció por el suelo. Se puso en cuclillas para recogerlos, bajo la mirada de Sharon y de Pat.

–¿Te importa coger tú las llamadas de Mike Pitt de ahora en adelante? –le preguntó Steve a Pat.

–En absoluto. Si ya lo hago. Me llama casi a diario para saber qué sucede.

–Si se comporta de manera grosera, aunque sea vagamente, dímelo enseguida y me desharé de él.

Mike estaba furioso. Estaba acostumbrado a discutir con los abogados, y siempre acababan cediendo. Siempre. Había salido del trabajo antes de lo habitual, y decidió irse al hotel andando para calmarse.

Iba reflexionado sobre distintas cosas –la casa nueva, la adquisición de Jim Stutz– que al final acababan convergiendo ineluctablemente en la muchacha de Siracusa. Mike era muy abierto en cuestiones sexuales, siempre que ambas partes dieran su consentimiento y estuvieran en igualdad absoluta: ésa era una regla férrea. Hubiera jurado que para Jim valía lo mismo. Sin embargo, esa muchacha no se le iba de la cabeza. Desde que se casó, Mike gozaba de una vida sexual regular y satisfactoria, en la que no pensaba durante su jornada laboral. La acusación de abusos le había obligado no sólo a abandonar su casa y a alterar los tiempos y las modalidades de su intimidad conyugal, sino también a considerar el sexo en todos sus aspectos, con el resultado de aumentar su deseo. Y el recuerdo de la muchacha lo excitaba cada vez más. Entonces Mike llamó a Jenny.

–Malas noticias con el DVD. La entrevista con Lucy no se grabó.

–Ah. ¿Y qué pasa con el de Amy?

–Lo habían perdido, pero acabará por aparecer. ¿Nos vemos?

–No lo sé, llámame más tarde. Quiero ir a ver a las niñas, están en el baño.

A Mike no le hizo gracia.

–Está bien. Si eso es lo que más te preocupa, vete tranquila a bañar a las niñas.

–Exactamente –le contestó Jenny–. Eso es lo que más preocupa a todas las madres que trabajan: ver a sus hijos, cuando vuelven a casa, y estar con ellos.

Mike se había sentido humillado dos veces, por su abogado y por su mujer. Buscó el consuelo de la comida y se arrojó sobre los cacahuetes y las galletitas saladas del minibar, después se sirvió algo de beber. Excitado aún, mandó un mensaje a Jenny invitándola a cenar en el hotel.

Ella lo llamó inmediatamente:

–Me he tomado las sobras de las niñas.

–Me gustaría verte.

–Mañana por la noche.

–Steve quiere que hablemos del otro psiquiatra infantil.

–Ni lo intentes. Tendrás que pasar por encima de mi cadáver.

–Escúchame. Podría ser determinante. El informe de la doctora Cliff no deja lugar a dudas.

–Tonterías. Esa mujer entendió mal lo que le dijo Lucy.

–Exacto. ¡Pero tiene que ser otro psiquiatra quien lo diga, no tú! Eres una egoísta, ¿es que no te das cuenta de que así me dejas hundido en la mierda?

–Lucy está perfectamente. Todos acabarán por tenerlo claro. Es sólo cuestión de tiempo.

–¡Sí, tiempo! ¡Y, mientras tanto, yo tengo que estar lejos de mi casa y vivir como un refugiado!

–¡Bonita vida de refugiado, en una casa en Kensington toda para ti!

–Me gustaría verte.

–Me voy a la cama, estoy cansada. Nos veremos por la mañana.

Mike no quería cenar en el Claridge's. Se compró dos bocadillos en una galería detrás de Berkeley Square y prosiguió después hacia Green Park a paso de marcha. Los trabajadores de las afueras hacía tiempo que se habían ido. Al anochecer, el parque era meta habitual de parejas, de borrachos y de aquellos a quienes les gustaba pasear solos por las veredas semidesiertas. Mike no aflojó el paso hasta que llegó a la rotonda central.

Todo el parque se veía muy verde: los prados, las hojas de los inmensos plátanos y los raros matorrales; con una excepción, una mancha redonda y amaranto se veía a distancia y destacaba entre la vegetación. Mike abandonó el sendero y se encaminó hacia allí. Era un cerezo achaparrado de tronco oblicuo, parecía un globito ondeando sobre la hierba bajo las ramas protectoras de árboles mucho más imponentes: la tupida fronda redondeada y en plena floración estaba envuelta por una nube de mosquitos zumbantes, embriagados por el polen.

Mike prosiguió hacia Hyde Park Corner, donde el césped se elevaba en un conato de colina. Aquí y allá, entre la hierba, sobresalían los tallos de los gamones de cabezas marchitas. Allí el parque parecía realmente vacío, pero Mike no estaba solo: diseminadas entre la hierba, a plena vista, parejitas silenciosas se abrazaban y se hacían arrumacos, sin el menor gemido, sin risa alguna, como si el sonido de la voz pudiera destruir la ilusión de la intimidad. Y sin embargo, habían evitado las zonas protegidas, entre otras cosas por temor a ser vistos. Mike lanzaba miradas de soslayo a cada pareja que descubría y se excitaba cada vez más. Una de ellas parecía estar sobrepasando ciertos límites.

Igual que los ojos de un cazador, los de Mike escudriñaban el terreno en su ávida búsqueda del placer ajeno. Cuanto más veía, más quería. Subió por la ladera de una pequeña colina; en la distancia, daba la impresión de ser una prominencia del césped, pero en la cima había un claro llano, rodeado por un círculo de grandes plátanos. Los troncos eran anchos en la base y llenos de nudos, como si les hubieran inyectado una densa resina que, al resbalar bajo la corteza, se solidificara en goterones.

Mike estaba solo en el centro del claro. El cielo, por encima de las frondas de los árboles, estaba pálido. Por el oeste, donde el sol acababa de ponerse, se amontonaban nubecillas suaves y cándidas de bordes matizados de rosa. Mike sentía el peso del deseo. Cuanto más se movía, más aumentaba, sin gobierno. Buscó refugio debajo de un plátano y tuvo que tocarse. Lo necesitaba. Lo que siguió fue un alivio doloroso. Se doblo sobre sí mismo, resbalando con la espalda contra el tronco.

Más tarde, en su habitación, se conectó a la red y estuvo navegando hasta que no pudo más.

Los demonios se reunieron con él para su cita nocturna, y no le costó reconocerlos.

Tercera parte

55
«Haga lo que sea mejor para usted»
Brixton. Bufete Wizens. Jueves, 8 de mayo

La jornada de Pat empezó con una llamada de Jenny; había informado a Miss Barnes de que había conseguido reducir su semana laboral a cuatro días, dejándose el jueves libre para estar disponible en caso de tener que citarse con ellos. Esperaba, por lo tanto, que las visitas se organizaran en consecuencia, pero esa mañana Miss Barnes le anunció que iría a verla el viernes. Cuando Jenny le recordó que trabajaba, comentó que la mayoría de las madres preferían tomarse el viernes libre para tener tres días consecutivos con sus hijos.

–¡Siempre tienen algo por lo que criticarme! No doy una a derechas, según parece.

–No se preocupe demasiado, haga lo que sea mejor para usted y para su familia.

–Tampoco a Mike le va bien nada de lo que hago. No entiende que tengo muchas cosas que hacer: quiere que esté siempre a su servicio. Es un egoísta. Y luego dice que la egoísta soy yo...

–Está muy estresado. ¿Qué tal van las visitas?

–Bien, para las niñas. Se muestra descortés con las *au pairs* y les da a entender que odia tenerlas a su alrededor. Quisiera prolongar las visitas, pero yo, por el momento, creo que sería mejor si fueran más breves. Las niñas no se darían cuenta: ¡antes de este lío no lo veían tanto!

–¿Se lo ha dicho?

–No, aún no. Acabaríamos peleándonos; cuanto menos lo vea, mejor será. A veces me pregunto si no sería mejor separarnos. ¿Sabe que se ha comprado una casa y se ha mudado?

Pat dijo que sí, Steve le había dicho que se la había comprado como inversión.

–Quién sabe si será verdad. Tengo la impresión de no conocer bien a mi marido.

Después llamó Mike. Quería saber si habían encontrado el DVD de Amy; confiaba en que, tras verlo, Jenny aceptara llamar a otro psiquiatra.

–Se ha vuelto irrazonable y tremendamente egoísta.

El día prosiguió con innumerables llamadas y visitas por sorpresa de los clientes. La primera fue Mistress Ansell. Su caso estaba cerrado, y cuando apareció por la oficina, ignoró a Pat y fue derecha hacia Sharon, con los honorarios que acababa de recibir en la mano.

Esperaban que discutiera la liquidación, pero, en lugar de eso, pagó impasible y se marchó sin dar las gracias siquiera.

Después llegó Mavis. El resultado del test antidroga en el pelo revelaba que no había vuelto a hacer uso de ellas y los servicios sociales se mostraban muy favorables a la familia del abuelo, sin embargo ella no parecía muy contenta. Había rechazado la limonada que le ofrecieron, pero no quería marcharse. Se sentó al lado de la ventana y observaba desolada tanto el escritorio vacío de Steve, como a Pat y a Sharon, que seguían trabajando. Después se había subido las mangas y le había enseñado los brazos a Sharon, estaban llenos de largos moratones azules. Contó que la noche anterior el padre de Stephanie entró sin consentimiento en la casa, ella no se había opuesto para no despertar a la niña y él la agredió. Stephanie se despertó, llamándola; él la dejó ir a tranquilizarla y después la sacudió de nuevo.

Mavis estaba preocupada.

–La madre de acogida de Stephanie ha vuelto de vacaciones y los servicios sociales han dicho que si él vuelve a pisar la casa me volverán a quitar a la niña para dársela a ella. Sé que van a quitármela... ¡Lo sé, lo sé!

Sharon fue al grano.

–¿Te dio drogas?

–No.

–Entonces, ¿te acostaste con él?

–No tuve elección... –Mavis estalló en lágrimas.

–Tienes que decírselo a los servicios sociales. Stephanie podría haber hablado de ello en la guardería: habrá pasado una noche horrible. Hasta puede que haya visto algo.

Mavis la miraba aturdida.

–Vete ahora. Steve te llamará. Mientras tanto, nada de drogas, ¿entendido? Y cuídate.

Steve llamó desde el juzgado. Se había tropezado con el antiguo jefe de la doctora Cliff y se había enterado de que la doctora había recibido el DVD de Amy el día anterior. Pat debía conseguir que se lo entregara para transcribirlo sin pérdida de tiempo. Si la doctora Cliff se negaba a proporcionárselo, Pat la amenazaría con citarla ante el tribunal.

Pat fantaseaba sobre quienes intervenían en las causas y, a menudo, se había preguntado si la voz de la doctora reflejaría la mujer que se había imaginado: pomposa y muy amanerada. En cambio, la doctora Cliff le explicó con una vocecita suave, de ligero acento de *public school,* que pediría copias del DVD para hacerlas llegar a las partes. Pat se ofreció ocuparse de ello en su lugar y transcribir la entrevista.

–¿Está segura? ¿No deberían encargarse los servicios sociales?

–Como quiera. Aunque los servicios sociales tienen procedimientos muy complejos para todo y se tomarán su tiempo. Estoy dispuesta a recogerlo por mensajero en su consulta hoy mismo; le haré llegar la transcripción al cabo de dos días como mucho, así podrá revisarla: se ahorrará tiempo y molestias. –Después añadió–: El abogado Booth está en el juzgado, tiene preparada una solicitud formal para ese DVD si no lo consigue de manera inmediata.

56
El apartamento de Ron
Westminster. Viernes, 9 de mayo

Ron era un fanático de los ordenadores. Se pasaba gran parte de su tiempo libre en un cuartito que había transformado en despacho y taller. Era capaz de desmontar y volver a montar las piezas de un ordenador y esperaba jubilarse lo antes posible para emprender una nueva carrera como asesor informático.

Siempre receptivo a las peticiones de Pat, volvió a casa a la hora de comer para preparar la instalación que le permitiría transcribir el DVD. Casi se conmovió cuando vio en la mesa de la cocina un *take-away* del Curry Cabin.

Pat se había sentado ante el ordenador, y Ron estaba a punto de marcharse. Había asomado la cabeza y se demoró un momento para ver el vídeo.

–¡Pero si a ésa la conozco! –exclamó.

Pat no le escuchaba: estaba absorta en seguir la grabación. Ron le lanzó una mirada afectuosa y tuvo que contenerse para no acariciarle el cabello, que bajo la luz brillaba con reflejos de bronce. Regresó al ministerio.

–¿Estás contenta de que Lucy esté en Meadows?

–Sí, va a la guardería. Le gusta muchísimo.

–Me gustaría preguntarte algunas cosas sobre Lucy. Habla mucho, ¿verdad?

–Sí. Habla incluso cuando está dormida.

–¿Cómo lo sabes?

–Me lo han dicho papá y mamá. Yo duermo toda la noche, en la cama de arriba.

–¿Y papá y mamá entran en vuestro cuarto de noche?

–Papá viene a darnos un beso de buenas noches cuando vuelve a casa, no sé si mamá viene con él, porque casi siempre estoy dormida.

–¿Te acuerdas de cuando entra tu papá en tu habitación por la noche?

–Sólo cuando estoy resfriada o tengo la gripe, porque entonces no duermo bien.

–¿Y qué hace?

–Nos da un beso de buenas noches. Y nada más.

–Pero ¿se queda hablando con Lucy algunas veces?

–Algunas veces sí, si no puede dormir. Algunas veces Lucy tiene pesadillas.

–¿Sabes qué hacen Lucy y papá cuando él se queda hablando con ella?

–No lo sé. Hablan. No puedo verlos, porque estoy debajo de las sábanas y además estoy durmiendo. Papá puede que hable con Lucy. Estoy segura de que no lee ningún libro porque la luz está apagada.

–¿Y qué hace papá?

–No lo sé. Una vez estuvo buscando algo por el suelo.

–¿El qué?

–No lo sé, un tapón a lo mejor.

–¿Te acuerdas de lo que hace Lucy cuando papá se marcha?

–Supongo que se queda dormida.

–¿Y no llora alguna vez?

–¿Por qué iba a llorar?

–Creía que me habías dicho que tiene pesadillas.

–Lo siento, no lo entiendo.

[Amy parece no comprender y tiene un aspecto confuso.]

–Los niños lloran cuando tienen pesadillas.

–Ella no. Cuando tiene pesadillas Lucy llama a mamá y me despierta. *[Amy tiene una mirada determinada.]*

–Pero puede que llore, o puede que hable hasta quedarse dormida.

–No lo sé. Puede que sí, claro. Pero yo nunca la he oído hacer esas cosas.

–Lucy me ha dicho que vivís en una casa nueva y que durante mucho tiempo no habéis podido usar vuestro baño.

–Nos duchábamos en el de Lisa.

–Entonces, ¿nunca os bañabais?

–Todas las noches, en el *jacuzzi* de mamá y papá. Está en su habitación, detrás de una mampara. Es muy bonito y muy grande. Ahora ya tenemos nuestro baño.

–¿Seguís usando el *jacuzzi*?

–De vez en cuando. Mamá nos deja usarlo en ocasiones especiales. Se mete en el agua con nosotras y nos lo pasamos muy bien.

–¿Y papá? ¿Él también os deja bañaros en el *jacuzzi*?

–Ahora ya no. Hace tiempo, sí. Bueno, es que antes, el sábado por la mañana, papá se bañaba en el *jacuzzi* cuando volvía de correr. Mamá estaba fuera y nosotros entrábamos con él, bueno yo sólo metía los pies en el agua, cerca de un chorrito. Soy demasiado mayor para entrar. Lucy se sentaba conmigo, cerca de otro chorrito.

–¿Entraba papá en el agua contigo y con Lucy, como hacía mamá?

–No, papá es muy grande. Entró en el agua una vez con Lucy, pero conmigo no. Ya le he dicho que no hay sitio para los tres.

–¿Has visto alguna vez a tus padres bañarse juntos?

–Nunca se bañan juntos con nosotros delante. No sé si lo hacen cuando no estamos.

–¿Te gustaba bañarte con papá cuando eras pequeña?

–Nunca lo hacía. Ni tampoco en el *jacuzzi,* porque papá es demasiado grande.

–¿Tú qué haces cuando papá y Lucy están en el *jacuzzi*?

–Hice un montón de cosas bonitas mientras Lucy se bañaba con papá. Jugué, leí, miré por la ventana.

–¿Te quedas en la misma habitación o les dejas solos en el *jacuzzi*?

–Al cabo de un rato le pregunté a papá si podía irme a jugar a mi cuarto. A veces Lucy me desordena el puzzle y no me deja jugar sola. Él me dijo que sí. Ahora Lucy ya no se baña en el *jacuzzi* con él porque tampoco se baña papá. Ahora papá está mejor.

–¿Adónde va tu mamá el sábado por la mañana?

–Se va de compras o a la peluquería.

–¿Y Lisa dónde está?

–En su cuarto. Después come y sale.

–Lucy me ha dicho que tiene secretos con papá. ¿Lo sabías?

–Sí, es un juego que tienen.

–¿Jugabas tú a lo mismo cuando tenías su edad?

–No. Porque yo era más tranquila. Lucy, en cambio, habla mucho. Por ejemplo, si papá le compra un regalo a mamá, Lucy va corriendo a decírselo. Si es un secreto, a lo mejor no se lo dice a mamá.

–¿Sabes algo de su secreto en el desván del *cottage* de la tía Marjorie?

–¿Qué secreto? Allí está el hospital de las muñecas. La tía Marjorie tiene allí los juguetes rotos, y los arregla muy bien.

–¿Te acuerdas de que una vez salisteis con mamá y la tía Marjorie y dejasteis a Lucy y a papá en el *cottage*?

–Sí. Fuimos a visitar a una señora que después murió. Estaba muy triste...

–¿Te contó Lucy que había estado en el desván?

–No me acuerdo. Cuando volvimos, estaba dibujando en la cocina.

–¿Te acuerdas de lo que estaba dibujando?

–No, pero dibuja muy bien.

–¿Y qué hizo papá cuando volvisteis?

–Quería irse de tiendas y mamá se enfadó. Papá fuma puros y mamá no le deja fumar en casa o delante de nosotras. No debería fumar nunca. De vez en cuando se fuma uno en el patio y nosotras le vemos por la ventana. Ese día papá le preguntó a mamá si quería que le comprara algo, y mamá le dijo que él no tenía que comprar nada, que salía para fumar.

–¿Viste los dibujos que hizo Lucy aquel día?

–Seguro que sí. Veo todos sus dibujos y ella ve los míos. Lucy dibuja muy bien, pero a veces los pintarrajea un poco.

–¿No te cuenta nada de sus dibujos?
–Sí, sus historias.
–¿Alegres o tristes?
–Historias alegres. Lucy es muy alegre, pero de vez en cuando monta mucho alboroto.
–¿Conoces la diferencia entre la forma de tocar buena y la mala?
–Sí.
–¿Y quién te la ha enseñado?
–Mamá y mi maestra.
–Hablemos de la forma de tocar buena. Si papá te acaricia la cabeza, ¿es bueno o malo?
–Bueno.
–Pero alguna vez podría... ¿podría haber habido una forma de tocar mala? ¿Por qué no me enseñas cómo te tocaría de forma mala?
–No. No sé...
–¿Te ha tocado alguien de forma mala?
–Nunca.
–Cuando papá te toca aquí *[señala las partes íntimas de Amy]* y te hace un poco de daño delante de la rajita, ¿te toca por dentro o por fuera de la rajita?
–Por fuera.
–¿Y qué te dolería más, que te tocara por dentro o por fuera?
–Por dentro.
–Si entrara un poco más, ¿qué te dolería más? Quiero decir, ¿qué te dolería más, si entrara un poco o si entrara mucho?
–Un poco.
–Un poco... ¿Y tú le dirías que parara si te hiciera daño, le dirías «Papá, para, no me gusta que me toques así»?
–Sí.
–¿Y él se pararía o seguiría?
–Se pararía.
–¿Y qué diría después de que tú le dijeras: «Para, por favor»?
–Diría «Vale».
–¿Y te diría «Díselo a mamá» o «No se lo digas a mamá»?

–Me diría «Díselo a mamá». O podría decir «No se lo digas a mamá».

–¿Te tocaría en otros sitios donde no te gusta, sitios en los que tú crees que no se puede tocar?

–Aquí. *[Amy se señala sus partes íntimas.]* Y aquí. *[Amy se señala el trasero.]*

–¿Y te tocaría con la mano abierta o con un dedo?

–Sólo con la mano abierta.

–Sólo con la mano abierta... ¿Y te tocaría fuera o dentro?

–Fuera.

–Porque tú sabes lo que se siente cuando hay alguien que te toca dentro, ¿verdad? Tú papá te ha tocado dentro...

–No.

–¿No? Muy bien. Si alguien le hiciera preguntas como éstas a Lucy, ¿crees que podría inventarse una mentira? ¿Sabes qué mentiras podría inventarse?

–No.

–Tampoco yo sé qué mentiras podría inventarse. ¿Sabrías adivinar qué mentiras podría inventarse Lucy?

–No sé, no estoy segura.

–¿Crees que podría ser algo sobre tocamientos?

–Podría ser algo sobre tocamientos, sí.

–¿Y qué clase de tocamientos sería? ¿Qué clase de tocamientos sería?

–Sería en este sitio. *[Amy se señala sus partes íntimas.]*

–Mmm mmm. *[Apenas audible.]* ¿Has dicho que Lucy podría hablar de cierta clase de tocamientos? ¿Qué clase de tocamientos?

–Aquí y aquí. *[Amy se señala sus partes íntimas y el trasero.]*

–¿La misma clase de tocamientos que no te gustan?

–Sí.

–¿Crees que esos tocamientos de Lucy serían en alguna otra parte del cuerpo de los mayores?

–No. No lo creo.

–¿Era solamente un tocamiento con la mano o con alguna otra parte?

–La mano. Sólo la mano.

–Sí. Bien. Si Lucy hubiera dicho que era otra parte del cuerpo, ¿qué parte del cuerpo crees que hubiera dicho?

–¿Las piernas? O a lo mejor... No estoy segura...

–No estás segura. Bien. Te estás portando muy bien. ¿Te acuerdas de que hemos hablado de la boca? *[Amy la mira sorprendida y la doctora Cliff prosigue.]* El interior de la boca. ¿Te ha tocado alguna vez alguien dentro de la boca?

–Mi dentista.

–Tu dentista... Bien, pero tu dentista tiene permiso para hacerlo. Los doctores tienen permiso para tocarte dentro de tus partes íntimas, allí abajo. ¿Alguien ha intentado meterte dentro de la boca algo o te ha tocado dentro de la boca?

–Bueno, de vez en cuando mamá me da vitaminas, o algo parecido.

–Si alguien te tocara dentro de la boca, ¿con qué crees que te tocaría?

–Con una cuchara.

–Si alguien quisiera tocarte con una parte del cuerpo, ¿con qué parte del cuerpo te tocaría?

–Con estos dedos. *[Amy señala los dedos índice y pulgar.]*

–Con los dedos. Exacto. Si fuera otra parte del cuerpo, ¿qué parte del cuerpo sería?

–No sé...

Ron había vuelto del trabajo. Entró despacio en la habitación y apoyó las manos sobre los hombros de Pat. Ella le sonrió e interrumpió el DVD.

–Has llegado en el momento perfecto, estaba pensado en hacer una pausa. Steve lo quiere esta noche. ¿Te importa si me quedo aquí hasta que lo acabe?

–¡Claro que no! ¿Puedo verlo yo también? –preguntó Ron titubeante.

Pat estaba cansada y empezaba a no oír lo que decían en la grabación. Se pusieron a trabajar juntos, Ron le repetía las palabras que se le escapaban, de manera que el trabajo avanzaba rápidamente.

–Bien, ahora jugaremos con estas muñecas. *[La doctora Cliff coge un muñeco anatómico y se lo enseña a Amy.]*

–Cuando papá te tocó aquí y allí y a ti eso no te gustó, ¿cuántos años tenías? Porque tú ahora eres una niña mayor, tienes casi nueve años... o diez...

–Tengo casi ocho años.

–Casi ocho años... Creía que eras mayor. ¡Uf! Con lo bien que te estás portando... Así que tenías casi ocho años cuando papá te tocó ahí.

–No me tocó. *[Amy parece estar casi ofendida.]*

–No te tocó... Creía que habías dicho que te tocaba ahí algunas veces y que no te había gustado. Que habías pensado que era una forma de tocar mala.

–Si alguien me hubiera tocado ahí hubiera pensado que era una forma de tocar mala.

–Si alguien te hubiera tocado ahí hubieras pensado que era una forma de tocar mala...

–Sí.

–¿Estás segura de eso?

–Sí.

–Si alguien te hubiera tocado ahí, ¿cuántos años tendrías entonces?

–A lo mejor fue cuando tuve un problema... O cuando era un bebé...

–¿Cuántos años tenías cuando tuviste ese problema?

–Seis.

–¿Y qué problema era?

–Bueno, una vez fui al baño y dentro me pasaba algo, me salía sangre, así que al día siguiente me llevaron al médico.

–¿Te acuerdas de cuántos años tenías?

–He dicho que tenía seis años.

–¿Eras mayor de lo que es ahora Lucy?

–Sí. Ella tiene cuatro años.

–Creía que Lucy era mayor.

–Lucy parece mayor. ¡Había uno que creía que tenía ocho años!

–Estoy algo confusa... Creía que me habías dicho, hace un momento, que a veces tu papá te había tocado de forma buena y que otras veces te había dolido lo de delante.

–Mmm...

–Y eso porque tu papá te frotó demasiado y tú le dijiste que parara.

–Él no hace eso. Usted ha dicho: «*Si* él te hubiera tocado ahí».

–Qué niña más inteligente, lo ha entendido: *si* es muy distinto a *cuando* –dijo Ron, y Pat lo miró con admiración. Ella, completamente absorta en la transcripción, no se había dado cuenta.

–Oh, sí, tienes razón. De esa forma haría daño, ahí. Si papá lo hiciera, ¿dónde lo haría? ¿En el salón o en el dormitorio?

–No sé... A lo mejor en el dormitorio...

–En el dormitorio. ¿Sería en tu dormitorio o en el de papá?

–En mi dormitorio.

–¿En tu dormitorio?

–Porque algunas veces nos lee una historia y otras veces nos da un masaje en la espalda al darnos el beso de buenas noches, o a lo mejor no...

–Algunas veces es una forma de tocar buena y otras podría ser mala.

–A veces es un poco mala y otras veces no es mala.

–Si es un poco mala, ¿dónde te tocaría?

–Yo estaría acostada así. *[Amy enseña su trasero contra la silla.]* Y él haría así. *[Hace el gesto del masaje.]*

–Es un masaje en la espalda, efectivamente. Yo también se lo daba a Jim cuando era pequeño –comentó Ron.

Pat se dio la vuelta:

–Espera, aún hay más...

–Es que me duele de verdad, ahí.

–Hace mucho daño ahí. Entonces tú le dices a papá: «Para, para».

–Mmm.

–¿Es desagradable?

–No me molesta, a veces.

–No te molesta... Y cuando papá te frota ahí y es un poco malo a veces, ¿te frota también en algún otro sitio?

–No.

–¿Vestimos a las muñecas?

–Sí.

–¿Qué muñeca vestimos primero?

–Al papá. *[Le ponen la ropa a las muñecas.]*

–Qué bien pones la ropa a las muñecas. Cuando te vistes, ¿te vistes de la misma forma?

–Sí, pero yo no puedo ponerme cabeza abajo para vestirme. *[La doctora Cliff suelta una risita.]*

–Te has portado muy bien. Se lo diré a tu mamá y a tu papá. Una última pregunta: ¿sabes si alguien ha tocado a Lucy de forma mala?

–Yo no lo he visto. Si lo hubiera visto, se lo hubiera dicho a mamá o a papá. Eso es lo que se debe hacer. ¿Se lo ha preguntado usted a Lucy?

57
«Lo único que creo es que eres insoportable»
Chelsea. Domingo, 11 de mayo

Desde que Mike estaba en el Claridge's no hacía más que pensar en marcharse, y sin embargo, no estaba contento de mudarse a su nueva casa. A primera hora de la mañana había llevado sus maletas y las había dejado en el vestíbulo, para recorrer después la breve distancia que separaba las dos casas echando una carrera.

Habían establecido una nueva rutina para los domingos: Mike y las niñas preparaban la comida, mientras Jenny se encargaba de todo lo de la casa. Así Amy y Lucy estarían a completa disposición de Mike. Aquel día, sin embargo, Jenny no los dejaba en paz: entraba y salía de la cocina, abría una y otra vez los armarios como para comprobar lo que había; se aseguraba de no haberse olvidado de nada para la casa nueva. Aunque en realidad, no quería dejarlos solos. Mike la había sorprendido más de una vez junto a la puerta y en silencio, observándolos, como si tuviera un mal presentimiento, y esa actitud suya lo desestabilizaba; él, mientras tanto, comparaba esa hermosa cocina con la de su otra casa y se arrepentía de haberla comprado.

La tía Marjorie había prometido llevar a las niñas al cine para que sus padres pudieran poner orden en la nueva casa. En cuanto salieron, Jenny corrió a acabar de hacer las maletas que había que llevar a casa de Mike.

Él la estaba esperando. Vaciaron el maletero del Land Rover deprisa y en silencio, mirando a su alrededor como si fueran ocupas: no querían llamar la atención de los vecinos.

Después Mike la precedió camino de la cocina. Había una cesta de mimbre sobre la mesa.

–La he comprado en Harrods. Fortnum no me la enviaba a tiempo. –Después añadió mirando a Jenny–: ¿Te acuerdas de cuando entramos en nuestra casa con las niñas?

Fue la última vez que ella se sintió completamente feliz. Se habían olvidado de hacer la solicitud al ayuntamiento para el permiso de aparcamiento y se vieron obligados a dejar el coche en una calle perpendicular, en un parking de pago. Cogidos de la mano, con las niñas entre Mike y ella, habían caminado con paso decidido, como si la acera sólo les perteneciera a ellos. Amy y Lucy, incapaces de contener su exaltación, fueron dando saltitos por toda la calle y cantando. Cuando salieron a la plaza, Mike había soltado la mano de Amy y había corrido a abrir la puerta de la casa.

–Bajemos –había dicho.

Y en la cocina les esperaba una enorme cesta de Fortnum & Mason con todo lo necesario para un delicioso té.

Mike y Jenny estaban arreglando el dormitorio. Les habían comprado a los antiguos propietarios los muebles de la cocina y de los cuartos de los niños, el sofá y los sillones del salón; las demás habitaciones estaban vacías. Amueblaron la habitación de Mike y llevaron después a la sala de estar todo lo que sobraba: mesitas de niños, sillas, estanterías. Después pasaron a la cocina y empezaron a vaciar las cajas y los paquetes que había traído Jenny. La cesta de Harrods, envuelta en celofán y coronada por un gran lazo de seda, estaba rodeada de ollas, sartenes, platos, vasos, frascos de detergentes, bayetas y trapos para quitar el polvo.

En medio de la tarea sonó el móvil de Mike, era Jim Stutz, y se dirigió al salón. Jenny, mientras lo esperaba, empezó a colocar los cubiertos. De vez en cuando se oía su sonora carcajada –la pseudocarcajada «ja, ja, ja» que jalona la conversación de la buena sociedad inglesa–. Empezó a llorar, sintiéndose humillada, como una esposa a la que dejan de lado, obligada a amueblar la vivienda de su marido desenamorado, que ríe al teléfono con su nueva amante. Jenny apartaba de su cabeza el motivo por el que Mike se había visto obligado a vivir solo. Se había hecho tarde y él seguía al teléfono. Tenía que marcharse para acompañar a la tía Marjorie a casa; le hizo un gesto de saludo y le dijo que volvería después de cenar.

Jim seguía hablando y Mike miraba a su alrededor. El salón era sórdido. Sus ojos se detuvieron en la pared de la chimenea: como todas las demás, estaba desnuda, sólo había quedado el cerco de un espejo que se habían llevado. Mike miraba fijamente esa forma rectangular que afeaba el muro, y de repente le pareció que aquella casa le era hostil. El año anterior, cuando la vieron por primera vez, le pareció acogedora, pero todas aquellas bonitas sensaciones se habían desvanecido; su nueva casa sólo le ofrecía tristeza.

–¿Sigues ahí, Mike? No te oigo.

Jenny regresó después de que las niñas se durmieran y siguieron poniendo en orden la cocina.

En determinado momento, sintieron hambre y abrieron el cesto de Harrods. Sacaron champán, paté, aceitunas y galletas. Jenny bebió demasiado y eso le dio valor para hablar. Las visitas no iban bien: Mike se mostraba descortés con las *au pairs* y las niñas estaban inquietas, cocinar con él cada domingo se había convertido en una obligación. Ellas ya no se divertían, y él ni se daba cuenta.

–¡No puedo hacer otra cosa! No tengo permiso para sacarlas de casa. ¡El problema es que me molesta sentirme observado tan de cerca por esas malditas supervisoras!

–No es eso. ¡Es que te has obsesionado con la cocina! Podrías jugar con ellas, hacer un puzzle, leer un libro, salir al jardín, ver una película... y hasta dejarlas solas, un rato. Les sentaría bien, a ellas y a ti. De vez en cuando, en casa, te ausentas, ¡lo haces cuando te conviene, y ni te das cuenta! Esta mañana, por ejemplo, has perdido un montón de tiempo mirando el correo.

–Y menos mal que lo he hecho. Había cartas sin abrir y facturas por pagar.

Jenny no le hacía caso y proseguía: las visitas eran demasiado largas y las niñas no podían ir a casa de sus amigas, sobre todo Lucy, que estaba haciendo nuevas amistades en la guardería y empezaban a invitarla. Jenny lo había hablado con Fiona, quien había entendido por completo su preocupación.

–¿Le has hablado de *eso* a la asistente social? –Mike estaba furioso.

–Tuve que hacerlo. Tienen derecho a hacerme esas preguntas. ¿Qué más da, de todas formas? Estaba de acuerdo conmigo.

–Desde luego. ¡Es lo que quieren que les digas! Yo quiero ver más a mis hijas, y tú te pones de su parte.

–¿Qué quieres decir?

–Quiero decir que la tienes tomada conmigo. Y sé desde cuándo: has cambiado desde que puse el pie en esta casa. Sabes perfectamente por qué la hemos comprado.

–Porque no te gustaba estar en el hotel. –Jenny se tomó el último sorbo de champán y añadió–: ¿Cómo voy a estar bien? Tú estás en tu casa y yo vivo con tres chicas extranjeras y la tía Marjorie, los fines de semana, y no sé cuánto durará.

–Pareces a punto de abandonarme y de apartarme de la vida de mis hijas –dijo Mike–. Las niñas se han dado cuenta. Hoy Lucy me ha pedido que te compre un regalo y me ha dicho después: «Así mamá será más amable contigo».

Jenny no contestó y ambos siguieron devorando lo que había quedado. Vaciaron la botella de champán. Mike intentó acariciar el brazo a Jenny, pero ella lo retiró.

–Crees que soy un pervertido.

–Te equivocas, lo único que creo es que eres insoportable.

Cuando Jenny se fue, Mike se percató de que los platos sucios estaban en el fregadero.

58
La hojita amarilla de Mistress Oboe
Brixton. Bufete Wizens. Miércoles, 14 de mayo

Steve estaba en el juzgado y no había recibido ninguna llamada de emergencia, justificada o no, de ningún cliente. Pat y Sharon se dedicaban a terminar asuntos administrativos. Sharon canturreaba en voz baja mientras rellenaba los módulos sobre el tiempo empleado en casos concluidos –en función de lo cual prepararía las facturas el contable– y Pat ponía en orden cronológico la correspondencia de un expediente que Steve había sacado durante una causa y que no había vuelto a colocar en su sitio. Pat estaba preocupada por los Pitt.

Desde principios de semana la llamaban cada día y ambos parecían deprimidos. No sabía qué hacer, por lo que cuando Steve regresó le pidió consejo. Mike, en especial, le hacía sentirse incómoda. Desde que supo que no había un DVD de la entrevista con Lucy parecía obsesionado: no hacía más que leer una y otra vez el informe de la doctora Cliff y la transcripción de su entrevista con Amy y se desesperaba. Le repetía las frases que más lo turbaban y sostenía que hablar con ella le ayudaba a recobrar la normalidad en la oficina y con su familia. Mike parecía paranoico: Steve la tenía tomada con él, los nuevos vecinos le espiaban desde detrás de las cortinas y Jenny ya no le quería.

Steve sólo había echado un vistazo a las notas de Pat, y se sintió alarmado por lo que le estaba contando. Le dijo que las cosas no iban bien para los Pitt, y que el lunes siguiente, el 19, se celebraría la vista para incrementar las visitas, que, según se desprendía de los informes, eran un gran éxito. Haría notar al juez que la transcripción de la entrevista con Amy demostraba que la doctora Cliff había tergiversado algunas de las respuestas cruciales, y estaba seguro de que los servicios sociales se habían dado cuenta. El doctor Vita había confirmado por escrito que Lucy había sufrido una infección de las vías urinarias el pasado febrero y que le había prescrito una crema. En el colegio estaban muy satisfechos con las niñas. Y presionando al director del servicio de tutoría habían logrado otro inesperado éxito: las niñas tenían por fin una tutora, Mistress Fox. Hasta la ausencia de una grabación de la entrevista podría revelarse como una ventaja, sobre todo si la niña había dicho determinadas verdades.

–Los Pitt deberían estar contentos –comentó.

–Hablas de ellos como si fueran marionetas, son personas. Necesitan hablar contigo, que les consueles tú, no tu secretaria.

Steve se masajeó la barbilla.

–¿Quieres que coja yo sus llamadas?

–No, seguiré haciéndolo yo, pero deberías leer lo que escribo y aconsejarme cómo contestar a Mike cuando habla de las acusaciones.

–Escucha y no digas nada. Los abusadores sexuales sienten el impulso irrefrenable de convencer a los demás de su inocencia.

–¡No sabemos si es un abusador! Todavía no se ha demostrado.

–Ni se demostrará nunca. El pediatra ha sido clarísimo: no ha habido penetración y la palabra de una niña de cuatro años no es suficiente. Mike no será incriminado ni tampoco procesado por ningún delito. Esto no quita que en un procedimiento civil, como el nuestro, el juez pueda decidir que lo ha cometido –contestó Steve. Su mirada era dura, después se relajó–: Jenny me preocupa más. Convéncela para que acepte que la doctora Moss entreviste a Lucy, tú eres capaz. ¡Si lo has conseguido con Mistress Oboe, que es un hueso mucho más duro de roer!

Pat y Sharon se maquillaban antes de salir. Pat se iba a comer con una amiga, Sharon con uno que le gustaba.

–No creo que alguien como Mike Pitt pueda haber abusado de su hija –dijo Pat, mientras se repasaba el rímel.

–No lo sabemos.

–Si nos atenemos a los informes de las visitas, es un buen padre que se comporta bien con las niñas.

–Eso no basta –rebatió Sharon.

Le contó que en el edificio en el que vivía su madre había un joven que parecía un ángel, de lo bueno y amable que era. Ayudaba sobre todo a las madres solteras; les hacía toda clase de chapuzas y no había nada que no supiera arreglar. De esta manera había obtenido libre acceso a sus casas y se había ganado la confianza de los niños.

–Hasta arregló la lavadora de mi madre. Sabía que los hijos de mi hermana se quedaban a menudo con ella. Cuando después se descubrió lo ocurrido y mi madre me lo dijo, ¡le hice jurar que no permitiría que volviera a pisar nuestra casa! –exclamó Sharon orgullosa. Hizo una pausa para volver a hacerse una trencita que se le había soltado. Aquel hombre había abusado de un chiquillo, y la madre lo había denunciado. El juicio no acabó bien, tuvieron que retirar la acusación: no había pruebas suficientes y el niño estaba traumatizado, no habría soportado un contrainterrogatorio–. Ahora ese pervertido está libre, pero ya no se atreve a hacerles favores a las madres del edificio: los hace en un edificio cercano, en el que vive mi tío George. Lo veo todos los sábados, zascandileando donde juegan los niños. ¡Cómo los mira!

Sharon se había acalorado.

–¡Se me revuelve el estómago de tener que trabajar para pedófilos! Sin embargo, es parte de nuestro trabajo, te darás cuenta con los Pitt. Pienso en el sueldo y sigo tirando. Con la paga extra del mes pasado me compré el traje para la boda de mi prima, y la de este mes será para los complementos a juego. –Vaciló un instante y añadió después con un temblor en la voz–: Uno de mis tíos abusó de una sobrina...

Mistress Oboe estaba sentada junto a Steve: esperaban al asistente social de Ali. Había conseguido vender rápidamente el reloj de su marido. Tras obtener una bonita suma por él insistió en que la examinara la misma psicóloga que había visto a Ali. El diagnóstico se esperaba en unos días.

Mistress Oboe habló primero. Le pidió disculpas a la asistente social y le explicó que cuando ella apareció en su casa acababa de poner patas arriba la cocina buscando el reloj de su marido. Le daba vergüenza que entrara y había intentado que se fuera.

–Mi lengua se vuelve muy mala cuando me siento metida en un lío.

Cuando le dijo que la asistente social se marcharía, Mistress Oboe no pareció preocupada.

–Siempre me queda llamar a Pat –dijo.

Steve le aseguró que incluso después de que concluyera el caso, Pat seguiría siendo su amiga. Después discutieron sobre el futuro: mientras se esperaba al nuevo asistente social de Ali, el profesor de apoyo –que había aceptado las disculpas de Mistress Oboe, y con el que ahora se llevaba muy bien– sería su punto de referencia.

La asistente social sugirió también que Mistress Oboe se uniera a un grupo de apoyo para padres y ella, curiosa, pidió más información, mostrándose asertiva y esperanzada. Después pasaron a hablar de la escuela secundaria de Ali y Mistress Oboe dijo que también ella podría asistir a un *college*. Al final mencionaron el regreso a Israel de la asistente social y Mistress Oboe sorprendió a todos diciendo que había estado varias veces allí, tenía proveedores israelíes.

Cuando se marcharon, Pat le preguntó a Steve qué podría hacer con Mistress Oboe una vez cerrado el caso.

–Escucha lo que te dice. Si hay algo que te parece pertinente para nuestro trabajo, dímelo. En caso contrario, no tomes notas. A menudo los clientes siguen llamándonos incluso después de la última vista, pero con el paso del tiempo lo van dejando y nos olvidan. Es como destetar a un niño, es mejor hacerlo gradualmente.

En ese momento, el informe de la psicóloga apareció entre los correos electrónicos de Pat, y ella llamó enseguida a Mistress Oboe: estaba en el mercado, pero no quería volver e insistió para fijar una cita por la tarde.

Cuando Mistress Oboe entró en la oficina, Pat y Sharon se quedaron con la boca abierta. Se había rehecho el maquillaje y llevaba un suntuoso conjunto nigeriano –vestido y tocado de brocado amarillo y negro–, con un grueso collar dorado en el cuello y vistosos pendientes. Su aspecto era regio. Antes de venir, había llamado: quería que fuera Pat, y no Steve, quien le leyera el informe. Pat se quedó sorprendida, porque era así como se hacía generalmente, pero el objetivo de semejante petición quedó claro cuando Mistress Oboe desplazó la silla cerca de la suya y sacó del bolso una hoja amarilla de plástico transparente, pidiéndole que lo pusiera sobre la página cada vez que apareciera escrito su nombre. Mistress Oboe quería mostrarle lo que le había enseñado la psicóloga: esa hoja amarilla hacía que las palabras resaltaran más y ella era ahora capaz de reconocer su propio nombre. Mistress Oboe añadió que había otros instrumentos, pero era consciente de que no iba a aprender rápidamente a leer y no pareció consternada cuando Pat le leyó el diagnóstico: dislexia grave.

Mientras esperaban a Steve se tomaron una limonada.

–¿Tiene hijos? –preguntó Mistress Oboe.

–No.

–¿Ha estado en un internado?

–Yo no, pero mi padre sí. Mi abuelo estaba en el ejército y vivían en el extranjero.

–¿Y estaba bien, en el internado?

–Sí, le gustaban los deportes.

–¿Era el hijo de la abuela que no sabía leer?

Mistress Oboe había tomado la iniciativa incluso con Steve: quería saber con toda honestidad qué podría hacer Ali de adulto. Steve se vio en un aprieto, el chico tenía una minusvalía grave y además nunca lo había visto: Ali no era cliente suyo y tenía ya un abogado.

–Tiene muchos problemas y se mueve con dificultad. Encontrará una ocupación, pero le hará falta apoyo. Al principio tendrá la ayuda del colegio y de los servicios sociales.

–Ali ya me tiene a mí: ya me encargaré yo de ayudarlo. –Y después Mistress Oboe añadió–: El tutor dice que lo mejor para él es un internado especial. El padre de Pat estuvo interno: ¿el suyo también?

–Él no, lo estuve yo.

–¿Así que su padre estuvo también en el ejército?

–No, trabajaba en el extranjero para el gobierno.

Mistress Oboe miró a Steve y parecía pensativa. Después le soltó la pregunta:

–¿Se molestaría usted si cambio de idea y le dijera que yo también quiero que vaya a ese colegio?

–En absoluto. Es usted quien debe decidir. Podría ser una buena solución.

Mistress Oboe dijo que no quería que Ali pudiera contar únicamente con la asistencia de los servicios sociales. Ella le daría todo lo que le hacía falta, pero para hacerlo tenía que aprender a leer y a escribir. Y mientras él estaba en ese colegio, ella podría estudiar a tiempo completo.

–Ali comprenderá que no es que quiera librarme de él, sino que lo hago por su bien.

Steve le preguntó si prefería pensárselo mejor antes de que se lo comunicaran a las partes.

–No, hágalo ahora. –Mistress Oboe se levantó y sacó un billete que le dio a Steve con gesto solemne–. Tómese una cerveza.

Steve aceptó y le dio las gracias. Después le recordó que volverían a verse porque habría otra vista para informar al juez de su decisión y permitir a los servicios sociales retirar su procedimiento.

–Yo ya no quiero volver al juzgado. Dígaselo usted.

Mistress Oboe les dio la mano a Sharon y a Steve a continuación. Cuando llegó el turno de Pat, le retuvo la mano entre las suyas un poco más y le dijo:

–No se preocupe, le haré saber cómo le va a Ali.

59
Un llavero de diamantes
Brixton. The Green Man. Viernes, 16 de mayo

Steve decidió verse con los Pitt a solas en la sala de reuniones, que era también la biblioteca del bufete Wizens. Las paredes estaban enteramente revestidas con estanterías y el resto del mobiliario consistía en una larga mesa cubierta por una tela encerada, butaquitas y varias sillas plegables amontonadas contra una estantería. Mike y Jenny se sentaron separados el uno de la otra y escucharon a Steve mientras éste recapitulaba la situación. De vez en cuando, Mike le echaba un vistazo a la habitación, muy distinta de las elegantes salas de reuniones a las que estaba acostumbrado, y se preguntaba por qué razón había ido a parar a manos de esos abogados muertos de hambre. Steve explicó después lo que quedaba por delante y les dio algunos consejos sobre cómo comportarse con Mistress Fox. Los Pitt participaban en la conversación sin dirigirse la palabra entre ellos y, a pesar de que más de una vez Steve les invitó a hablar de su distanciamiento, evitaron cualquier alusión personal.

El encuentro fue breve y acabó antes de la hora de comer. Los Pitt se cruzaron con Pat en la recepción y Jenny la invitó a comer juntas. Pareció desilusionada cuando Mike insistió en acompañarlas, pero no puso reparos y los tres se fueron al Green Man, un pub en Atlantic Road.

Los habitantes de Brixton, blancos y negros, viven en armonía, pero en los pubs ambas comunidades prefieren estar separadas; cada una se apropia de una zona del bar o del salón. Mike llevó a Jenny y a Pat al salón, más cómodo, que estaba lleno de jamaicanos, pero nadie les prestó atención.

Por teléfono, marido y mujer le hablaban con libertad de sí mismos a Pat, pero ahora que la tenían delante parecían turbados y sin mucho que decir. Pat rompió el hielo y les preguntó acerca de la reunión con Steve. Jenny le dijo enseguida que solicitarían el prolongamiento de las visitas:

–Mike sabe que tener en casa a las *au pairs* y a la tía Marjorie supone más presión para mí, pero Amy y Lucy quieren mucho a su padre.

Steve le había asegurado a Mike que sometería a la doctora Cliff a un contrainterrogatorio exhaustivo; él le había dado muchas páginas con observaciones sobre el texto de la entrevista de Amy, y Steve sabría cómo usarlas.

–Estoy orgulloso de Amy. Tiene sólo ocho años, pero rechazó todas las insinuaciones contra mí; hubiera podido dejarse enredar, en cambio, no cayó en la trampa. Lucy es más pequeña y poco precisa, sólo Dios sabe lo que le hizo decir esa mujer.

–Por eso no quiero que la examine la doctora Moss –intervino Jenny–. Ya te lo he dicho, sería perjudicial para ella.

Mike no le contestó; se le había olvidado decirle a Steve que le preguntara a la doctora Cliff por qué había usado los muñecos anatómicos con Amy también y le pidió a Pat que se lo recordara. Después se volvió a quejar de que Steve no le informara con regularidad.

–Si no fuera por usted, no sabríamos nunca lo que sucede.

Pat objetó que Steve tenía muchos clientes, y el papel de su secretaria era precisamente el de mantenerlos informados: él leía más tarde sus notas.

–Confío en que no ponga por escrito también mis quejas personales, cuando le digo que me siento solo y que me pesa la ausencia de mi mujer y de mis hijas.

Mike miró fijamente a Pat, pero ésta se había distraído mirando a tres hombres sentados a la mesa de al lado, dos ancianos y otro más joven: llevaban allí un buen rato, a juzgar por el número de jarras vacías que tenían delante, y se reían.

Entonces Mike empezó otra vez a quejarse de Steve: al principio había apreciado su rapidez, ahora en cambio se lo estaba tomando con más calma.

–Tú te quejas de todo el mundo: el profesor Duncan no contesta a tus correos, yo no hago lo que tú quieres, las *au pairs* son lentas... Si nos dejaras hacer las cosas a nuestra manera, seríamos más eficaces. Y estaríamos más serenos –intervino Jenny.

–Dile la verdad a Pat, ni siquiera tú contestas a mis llamadas. –Mike se volvió hacia Pat–: Ni mi mujer tiene ya tiempo para mí.

Jenny se enfadó, estaba a punto de contestarle del mismo modo, cuando sonó el teléfono de Mike y éste salió del pub.

Pat aprovechó la oportunidad de quedarse a solas con Jenny para hablarle de la doctora Moss.

–Debería permitirle que viera a Lucy. Si las cosas se pusieran feas y sucediera lo peor, Lucy no se lo perdonaría nunca.

–¿Qué significa «lo peor»?

–He pasado a limpio la carta en la que Steve le dice que si el juez cree a la doctora Cliff, y no hay ningún otro psiquiatra que pueda contradecirla, y usted sigue insistiendo en que Mike es inocente y que nunca abusaría de un niño, los servicios sociales podrían quitarle a Amy y Lucy para darlas en adopción. Steve hará todo lo que pueda, pero si no lo consiguiera, ¿sería usted capaz de vivir con ese peso?

–Creía que Steve tenía fama de ganar todas las causas –contestó Jenny con aires de suficiencia: había adoptado el tono de Mike, algo que no le pegaba.

–¡Menuda tontería! –saltó Pat–. Pregúnteselo. Le dirá que la semana pasada perdió una causa con dos padres como ustedes.

Y le dio un mordisco a su bocadillo de queso. Cuando Mike regresó a la mesa, Pat se dirigió a él e ignoró a propósito a Jenny, quien, aislada, iba comiéndose las hojas de lechuga muy despacio, con los ojos clavados en su plato.

Los tres de la mesa de al lado estaban a punto de irse. El joven se levantó y vació sobre la mesa el contenido de un bolsillo: estaba reuniendo las monedas para pagar. Entre ellas, brillaba un llavero de diamantes.

–Con permiso –dijo Pat.

Se levantó a toda prisa para ir al baño. Al pasar, miró entre las jarras y reconoció el llavero de Mistress Ansell con la letra E.

Cuando regresó, Jenny se había dejado caer en la silla y Mike apoyaba el brazo sobre el respaldo. Aunque no se tocaban, la agresividad había desaparecido.

–Dígale a Steve que estoy de acuerdo con lo de la doctora Moss –le dijo Jenny.

–Ha triunfado usted donde yo había fracasado.

Mike miró a Pat: sus pupilas parecían puntas de alfileres.

La doctora Cliff se estaba tomando un tentempié mientras veía el DVD de Amy. Era la primera vez, porque desde que se lo trajo del hospital no había tenido tiempo ni tampoco ganas.

Flag, acurrucado a sus pies, empezó a carraspear. Era un viejo setter blanco y anaranjado. Enfermo, como se evidenciaba por su pelaje raído. A pesar de las frecuentes visitas al veterinario, tenía los dientes incrustados de sarro y olía mal. Ralph llamaba todos los días, cuando no se pasaba a ver cómo estaba. *Flag* levantó sus ojos acuosos y se le acercó aún más, restregando el hocico contra las pantorrillas de su ama. Después intentó levantarse y vomitó sobre la alfombra.

En el rato que se ocupó de *Flag* y limpiar la alfombra, el DVD había acabado. La doctora Cliff lo volvió a poner desde el principio y se sentó a verlo con papel y lápiz, y una copia de su informe abierta sobre sus rodillas.

Ella había dicho: «Los niños lloran cuando tienen pesadillas» y Amy le había contestado: «Ella no. Cuando tiene pesadillas, Lucy llama a mamá». Melanie Cliff apagó el lector DVD.

60
La tercera vista de los Pitt
Strand. Royal Courts of Justice. Lunes, 19 de mayo

Era el día establecido para la tercera vista de los Pitt.

Sandra Pepper y Miss Barnes se habían citado en la cafetería para discutir la táctica del día. Era muy probable que aplazaran la vista –el tribunal les había asignado únicamente media hora–, pero tenían que estar listas para cualquier contingencia.

–Me molesta tener que pagar a Cliff con mi propio presupuesto –decía Lucretia Barnes–. Me ha defraudado mucho la forma en la que llevó la entrevista con Amy. –Había visto con atención el DVD y lo había comparado con el informe de la psiquiatra–. Amy sale muy bien parada: madura y meticulosa. ¡Desde luego, lo que habrá detrás de una actitud tan controlada en una niña de apenas ocho años, no lo sabemos aún! Cliff, en cambio, oscilaba entre la informalidad y la prepotencia, ¡y a veces reformulaba la pregunta antes incluso de que le respondiera! –Miss Barnes se mostraba muy crítica. La doctora había exagerado con la historia del *jacuzzi* y de las visitas nocturnas–. No hacía falta. Lo que importa es que Amy confirmó que Lucy se había quedado a solas con su padre, y que él iba a su habitación todas las noches.

–No entiendo por qué lo hizo. –También Sandra Pepper estaba perpleja.

–Yo te lo diré –contestó Miss Barnes no sin cierto afán de revancha, y susurró–: Ésa ha transferido sus propios traumas infantiles a Lucy: la doctora Cliff debe de haber sufrido abusos de niña. –Añadió que conocía personalmente a muchos profesionales que trabajaban con menores víctimas de abusos, que los habían padecido a su vez de niños–. Algunos son capaces de gestionar su bagaje emocional, pero no es su caso: es una víctima que no recibió ayuda en el momento adecuado.

–Chisss. –Sandra miró a su alrededor–. Exageras. No se lo comentes a nadie o nos meteremos en un lío. En cualquier caso, sigue siendo nuestra única testigo, a Mistress Dooms no volveremos a verla.

–No estoy de acuerdo, a ella sí que le importa el bien de Lucy, y si es necesario, vendrá. Me pidió mi número de móvil y me llamará para saber qué ha ocurrido.

Steve se encontró con los Pitt en la entrada principal del juzgado. Mike y Jenny hubieran preferido no perder un día de trabajo, pero él había insistido en que estuvieran presentes, ya que había una pequeña posibilidad de que no se aplazara la vista. El equipo de los servicios sociales estaba delante de la sala. La doctora Cliff estaba sentada sola, a escasa distancia. Se saludaron con un frío «buenos días», después Steve condujo a los Pitt a una mesa alejada y empezó a sacar de la mochila sus voluminosas carpetas, sin demasiada prisa. Entretanto, vigilaba con el rabillo del ojo a Sandra Pepper: hablaba con la doctora Cliff, quien no parecía demasiado contenta. Después Sandra se acercó para decirle que la doctora Cliff no ponía objeción a que la doctora Moss diera una segunda opinión.

Elaine Stanley, la abogada de Mistress Fox, llegó con retraso. Explicó que la tutora de las niñas llevaba tiempo enferma y ni siquiera se había leído el expediente: había venido para solicitar un aplazamiento hasta que su cliente regresara al trabajo. Añadió que Mistress Fox estaba furiosa por el comportamiento de Steve, quien había solicitado –y obtenido– que se aprobara la intervención de dos expertos antes de que se hubiera nombrado una tutora. Pedía al juez que reconsiderara el beneplácito del juez precedente hasta que tuviera la oportunidad de valorar la competencia de los dos expertos. Los tres abogados hicieron un aparte y discutieron largo rato; Steve era el que más hablaba. Mike se quedó mirando a la doctora Cliff: la odiaba. Jenny, a su lado, parecía no estar presente, con una sensación de vacío que le embotaba cuerpo y mente.

En determinado momento, los tres abogados entraron en la sala sin mediar palabra con sus clientes. Steve no se dignó mirar a los Pitt, ni siquiera volvió a recoger sus carpetas. Mike lo vio desaparecer tras las enormes puertas de la sala. Se sintió impotente; apretó los puños mirando fijamente las puertas talladas, que se cerraban implacables tras el arcano de una justicia invisible.

–¡Un día desperdiciado! El juez quería saber si habíamos llegado a un acuerdo. ¡La parte contraria estaba dispuesta a aceptar tanto a la doctora Moss como al profesor Duncan si hubiéramos cedido en el régimen de visitas, de manera que la tutora tuviera ocasión de conocer a la familia! En cualquier caso, volveremos el jueves, tendremos toda una tarde para discutir el régimen de visitas.

Steve había salido de la sala y estaba metiendo otra vez las carpetas en la mochila.

–Te dije que era mejor dejarlo correr. La tutora no hará nada entre hoy y el miércoles, será otra pérdida de tiempo –exclamó Jenny, dirigiéndose a Mike. Después miró a Steve esperando su apoyo, pero estaba cerrando la mochila.

Mike se levantó de golpe, con los brazos caídos, pero con los puños cerrados. Estaba sudando.

–¡Que quede bien claro, no hemos desperdiciado el día! Quiero ver más a mis hijas.

Había hablado en voz alta y esperaba una reacción de Steve, pero éste estaba mirando a la doctora Cliff, quien, con Miss Barnes, se había acercado a Sandra Pepper y escuchaba un resumen de lo sucedido en la sala.

Miss Barnes había oído las palabras de Mike y le lanzó una dura mirada. La doctora Cliff, en cambio, empalideció y se puso rígida, parecía haber dejado de escuchar a Sandra Pepper.

–¿Qué harías con las niñas un día entero? ¿Y yo qué hago? No te creas que las veo mucho más que tú, ahora que estoy trabajando. ¡Las tardes libres salíamos juntas y nos divertíamos, ahora tienen que quedarse en casa!

–Ya es suficiente. Vámonos.

Mike se llevó de allí a Jenny.

El equipo de Mike le esperaba en la oficina. El consejo de administración de Wear-and-Go había declarado la oferta de Jim Stutz OPA hostil. Estaban en guerra.

Rudy Halt hizo un aparte con Mike y le preguntó qué tal le había ido.

–Otro jodido aplazamiento. Hasta el jueves.

–¿Tendrás tiempo para ocuparte de la adquisición?

–Desde luego. Y ganaremos.

Rudy le dio una palmada en el hombro.

Mike y su equipo trabajaron frenéticamente todo el día. Por la noche fueron juntos a un club y Mike aceptó una raya de cocaína.

61
La cuarta vista de los Pitt
Strand. Royal Courts of Justice. Jueves, 22 de mayo

Eran las ocho de la mañana, Pat y Sharon se ocupaban del correo cuando se abrió la puerta y apareció Steve.

–¿Qué esperan los Pitt de la vista de hoy? –le preguntó a Pat, y se puso a trabajar a su lado.

Steve abría los sobres y colocaba las cartas en orden para ponerles el sello de la fecha en el lugar adecuado con gran rapidez, como si esa tarea no le resultara nueva.

–Pareces tener mucha práctica –observó Sharon.

–En mis tiempos, los jóvenes del bufete nos encargábamos de estas cosas también. –Después se volvió hacia Pat, dispuesto a escucharla.

Mike sabía que iban a obtener poco o nada: confiaba mucho en el profesor Duncan y se esperaba de Steve un contrainterrogatorio despiadado con la doctora Cliff. Jenny estaba bastante extraña: no hablaba mucho y parecía más absorta en su trabajo. No había hablado de su marido más que para decir que iba a menudo al extranjero y que se había saltado ya algunas visitas durante la semana. Según Pat, la tensión entre marido y mujer aumentaba día tras día.

–¿Aguantarán? –preguntó Steve.

–Esperemos.

Y Pat empezó a sellar el correo de los penalistas.

La vista había empezado a su hora. El juez había leído los documentos y observó que los otros jueces habían omitido fijar una vista para la determinación de los hechos contestados. En este caso, se trataba únicamente de un hecho: si Mike Pitt había abusado sexualmente de su hija. Si el juez llegaba a la conclusión de que los abusos se habían producido, en la vista final únicamente se discutiría el futuro de Lucy. De lo contrario, si los hechos no se demostraban, los servicios sociales tendrían que decidir si abandonar la causa o formular nuevas acusaciones. El juez quería que las partes reunieran la información necesaria y le comunicaran, tras discutirlo, las posibles fechas para dicha vista.

El primer testigo era la doctora Cliff. Habló del régimen de visitas en general y opinó que no había razón para ampliarlo: era ya generoso, por lo que en todo caso habría que reducirlo, en el supuesto de que los supervisores demostraran que a las niñas no las beneficiaba. Tras esto, el juez le dio la palabra a Steve por si quería interrogar a la doctora Cliff, dado que su postura estaba clara. Steve replicó que veía necesario un contrainterrogatorio porque la transcripción de la entrevista con Amy indicaba que la doctora había tergiversado las palabras de la niña. Sus respuestas determinarían el peso que había que dar a su testimonio.

Steve hablaba despacio, con mesura, y cada vez que leía frases del informe o de la transcripción, hacía una larga pausa.

–Ésta es una solicitud para prolongar el régimen de visitas vigiladas, y reducir el número de supervisores. Intento establecer el grado de conocimiento que posee usted de la familia y me concentraré en el DVD de la entrevista. Sin duda, habrá comparado la transcripción con su informe: ¿hay algo de lo que ha escrito que desee cambiar?

–Nada.

–En su informe dice que, según le contó Amy, su padre siempre les da a sus hijas un beso de buenas noches: «El padre se queda en su habitación después del beso de buenas noches y se sienta en la cama de Lucy. Cuando el padre se marcha, Lucy llora hasta quedarse dormida y algunas veces llama a su madre». ¿Desea modificarlo?

–No.

–Permítame que lea parte de la transcripción. Amy, en respuesta a una de sus preguntas, le dijo: «Papá viene a darnos un beso de buenas noches cuando vuelve a casa, no sé si mamá viene con él, porque casi siempre estoy dormida». ¿Es correcto?

Steve hizo una pausa y la doctora Cliff miró la transcripción.

–Sí.

–Después le preguntó a Amy qué hacía su padre en su dormitorio y ella le contestó: «Nos da un beso de buenas noches. Y nada más».

Una nueva pausa, la doctora Cliff lo comprobó en la transcripción.

–Sí.

–Después le preguntó usted a Amy si su padre se quedaba hablando con Lucy, y Amy le contestó: «Algunas veces sí, si no puede dormir. Algunas veces Lucy tiene pesadillas».

Pausa. Lee de nuevo la transcripción.

–Así es.

–Después le preguntó qué hacían Lucy y su padre cuando él se quedaba hablando con ella, y Amy no lo sabía porque no podía verlos.

–Exacto.

–Lo que Amy describe me parece el comportamiento normal de un padre afectuoso. ¿Está de acuerdo?

–Lo que hice fue resumir las respuestas de Amy. Su descripción de la angustia de Lucy cuando su padre se marcha no es lo que cabría esperar de una relación sana entre padre e hija.

–Entonces, ¿afirma usted que escribió un resumen de lo que acabo de leerle?

–Sí.

–¿Tengo razón al deducir que está usted convencida de que los abusos se produjeron en esas circunstancias?

–Sí, es lo que entendí a través de Amy.

Steve hizo una pausa y se volvió hacia los Pitt. Sus rostros eran inexpresivos. Mike tenía la mirada clavada en la doctora Cliff. Jenny susurraba: «Lucy está bien, no le ha pasado nada».

–No fue eso lo que dijo Amy. «Supongo que se queda dormida», dijo Amy, refiriéndose a cuando su padre se marchaba.

Fue usted quien le preguntó a Amy si Lucy lloraba alguna vez, y la respuesta de Amy fue: «¿Y por qué iba a llorar?». Después, cuando le recordó a Amy que Lucy tenía pesadillas, Amy le confirmó que tenía las pesadillas, pero no que Lucy lloraba. Usted comentó: «Los niños lloran cuando tienen pesadillas». Amy, sin embargo, no siguió por ahí; es una niña sincera, y le contestó: «Ella no. Cuando tiene pesadillas, Lucy llama a mamá y me despierta». A continuación, le sugirió a Amy que Lucy podría llorar o hablar hasta quedarse dormida. Amy le respondió: «No lo sé. Puede que sí, claro. Pero yo nunca la he oído hacer esas cosas». Usted escribió que Amy explicó que Lucy lloraba hasta quedarse dormida. No es cierto. La invito a admitir su error al escribir: «Cuando el padre se marcha, Lucy llora hasta quedarse dormida y algunas veces llama a su madre».

–Lo importante es que Mister Pitt va todas las noches al cuarto de sus hijas y se sienta en la cama de Lucy.

–Amy no dijo que su hermana lloraba hasta quedarse dormida. ¿Es cierto o no?

La doctora Cliff miró la transcripción y susurró:

–Es cierto.

–¿Hay algo sospechoso en el comportamiento de un padre que, al volver a casa por la noche, cuando sus hijas están dormidas, va de puntillas a su cuarto para darles un beso de buenas noches?

–Nada.

–¿Resulta sospechoso que el padre se siente en la cama de su hija de cuatro años que está despierta y hable un rato con ella?

–Amy no podía ver lo que Mister Pitt le hacía a Lucy. Dijo que hablaban.

–¿Pretende decir que Mister Pitt abusaba de Lucy mientras hablaba con ella, sabiendo que Amy estaba despierta?

–Los abusos pueden ocurrir en múltiples circunstancias que parecen totalmente inocentes, como ésta. Los abusadores son muy astutos.

–Usted ha declarado que Mister Pitt se baña con Lucy en el *jacuzzi* todos los sábados por la mañana, los dos solos porque envía a Amy a su habitación. ¿Es exacto?

–Eso es lo que me dijeron las niñas.

–Sin embargo, no fue eso lo que dijo Amy. Amy se atuvo a la verdad, como lo han confirmado mis clientes. Durante el mes de febrero, el sábado por la mañana, Mister Pitt volvía a casa después de salir a correr y, a causa de una tendinitis, se daba un baño caliente en el *jacuzzi* mientras cuidaba de las niñas. En una ocasión dejó que Lucy entrara en el agua con él. Su informe dice: «Todos los sábados por la mañana, cuando su madre y la *au pair* están fuera de casa, el padre envía a Amy a jugar a su habitación y se baña con Lucy en el *jacuzzi*».

–Eso es lo que me dijo Amy.

–No, no fue así. Amy dijo: «Entró en el agua una vez con Lucy, pero conmigo no». Y, a continuación, para responder a su pregunta, especificó qué hizo mientras Lucy y su padre estaban en el *jacuzzi:* «Hice un montón de cosas bonitas mientras Lucy se bañaba con papá. Jugué, leí, miré por la ventana». Después le preguntó si se quedaba con ellos y ella le contestó: «Le pregunté a papá si podía irme a jugar a mi cuarto. Él me dijo que sí». A lo que Amy añadió: «Ahora Lucy ya no se baña en el *jacuzzi* con él porque tampoco se baña papá. Ahora papá está mejor». Doctora Cliff, ¿admite que el resumen que hizo de la conversación con Amy presenta errores?

–Podría ser, en algunos detalles.

De repente, la sala se había oscurecido. Una de las tormentas de granizo que castigaban Londres en aquella primavera se estaba abatiendo contra los cristales. La respuesta de la doctora Cliff apenas fue audible. Los presentes se habían quedado inmóviles con los ojos vueltos hacia la ventana: los abogados, con la pluma en la mano, el juez con la mirada inmóvil, como los niños que juegan al escondite inglés. El repiqueteo del granizo era cada vez más fuerte y la luz era lívida.

La doctora Cliff fue la primera en romper el hechizo. Inclinó la cabeza hacia el juez y esbozó una sonrisa. El juez parpadeó y le dijo a Steve que continuara:

–¿Le dio Amy algún ejemplo de los secretos que Lucy tenía con su padre?

–No recuerdo que lo hiciera.

–Permítame decirle que le falla la memoria. Voy a leerle el único ejemplo que Amy puso sin que nadie la condicionara a ello: «Si papá le compra un regalo a mamá, Lucy va corriendo a decírselo. Si es un secreto, a lo mejor no se lo dice a mamá». No es ésta, desde luego, la clase de secretos que denota abusos sexuales.

–Podría haber otros secretos. Se lo pregunté a Lucy, pero no quiso hablar de eso. El juego de los secretos es determinante en los casos de abuso de menores, sobre todo de los más pequeños. Tal vez debería habérselo preguntado a Amy.

–Usted ha descrito a Amy como una niña formal y minuciosa en sus respuestas. Diría también que era sincera, ¿no es así?

–Sí.

–A Amy, durante las visitas, le gustaría salir con su padre, y si alguien se lo preguntara, respondería que querría verlo más a menudo. ¿La creería?

–Los niños víctimas de abusos sienten un gran deseo del afecto de sus padres, incluso cuando son ellos los que han abusado. Estamos aquí para protegerlos.

–Gracias, doctora. A propósito, Amy le dijo que su padre fuma puros, no cigarrillos.

Miss Stanley no tenía preguntas para la doctora Cliff, explicó que la tutora seguiría de baja por enfermedad una semana más por lo menos y pidió un aplazamiento.

El juez, remisivo a cambiar el régimen de visitas sin el parecer de la tutora, se conformó con especificar que las visitas fuera de casa debían ser supervisadas por Miss Wood o Lady Snowball, con el auxilio de otra vigilante. Después preguntó si las partes habían llegado a un acuerdo sobre los dos peritos que proponían los Pitt. Miss Stanley había cambiado su postura inicial, ahora la tutora no se oponía a la solicitud. Sin embargo, los servicios sociales, por más que no tuvieran otros peritos que presentar ante el juez, seguían siendo contrarios. Sandra Pepper advirtió a Miss Barnes de que otra vista aumentaría los gastos: entonces Miss Barnes dio su consentimiento, no sin reticencia. La vista para la determinación de los hechos se fijó para el 4 de julio, a pesar de las protestas del abogado de la tutora, que creía que era demasiado pronto. El juez les dio las fechas límite para presentar la documentación: los peritos, el 13 de junio; los Pitt y los servicios sociales, el 20, y el análisis de los hechos que debía preparar la tutora, el 27 de junio.

–¡Si el juez no se ha dado cuenta de que esa mujer es una mentirosa redomada, perderé la fe en la justicia! –exclamó Mike.

A pesar de no haber obtenido cambios en el régimen de visitas, estaba satisfecho por el contrainterrogatorio de Steve; y quiso demostrárselo estrechándole la mano. Después se llevó rápidamente de allí a Jenny, que seguía murmurando: «A Lucy no le ha pasado nada... nada en absoluto...».

A Steve le pareció ver, en la palma de la mano de Mike, unos arañazos en forma de media luna, como causados por los dedos. Uno de los arañazos estaba sangrando.

62
«Mi Mike de otros tiempos»
Brixton. Bufete Wizens. Viernes, 23 de mayo

A la mañana siguiente, el doctor Vita llamó a Steve. Quería que le pusiera al día sobre la vista y sobre el interrogatorio de la doctora Cliff. Después le dijo que Mike acababa de mandarle un mensaje para anular el partido del domingo sin más explicaciones. El doctor estaba preocupado: Mike había mencionado brevemente el infructuoso resultado de la vista, y pensaba asociarse al Father's Rights, un movimiento que pedía mayor justicia para los padres frente a las madres que se oponían a su derecho a las visitas, que en realidad no tenía nada que ver con los Pitt. Cuando se lo hizo ver a Mike, éste le contestó con sequedad:

–Por eso mismo.

Había algo más. En su opinión, clínicamente Mike padecía una depresión y había rechazado los fármacos que le había ofrecido, alegando que si llegara a salir a la luz en el curso del procedimiento, los servicios sociales lo usarían contra él. Mike necesitaba hablar con alguien, pero Jenny no parecía capaz ni dispuesta. Poco después Jenny llamó a Steve al móvil. Quería verlo a solas, así que acordaron reunirse por la tarde.

Esa mañana se había presentado Miss Barnes. Se quedó largo rato con ella. De repente, le preguntó si pensaban separarse. Jenny lo negó, pero no había sido completamente sincera. Quería que Steve supiera que había tensiones entre ellos. Le echaba la culpa a Mike. Él no aceptaba haber perdido el control de su familia y soportaba a duras penas el vivir solo. Las visitas se habían convertido en una carga para todos, y empezaban a serlo también para las niñas, que todavía ignoraban que su padre no vivía en casa. No hacía mucho, Amy le había hablado de una compañera cuyos padres se estaban separando y le había preguntado si ella y su padre también pensaban en divorciarse.

–Amy no pregunta sin un motivo.

–No hay nada de extraño, los niños notan la tensión en el ambiente y Amy hace bien en hablar con usted. –Steve cambió de tema–: ¿Ha hablado de las acusaciones con su marido?

–No hace falta: Lucy está muy bien y yo intento no pensar en ello. Si tuviera que hacerlo, volvería a decir que Mike no es un abusador y no lo será nunca.

En ese momento, Steve se aventuró a hacer la pregunta que le acuciaba:

–¿Está usted tan segura por tener conocimiento directo de un abusador?

Los ojos de Jenny se ensombrecieron, y no contestó. Después volvió al tema que más le preocupaba. Con cierto pudor le dio a entender a Steve que volvía cansada del trabajo y que no estaba disponible para Mike, no tan a menudo como él hubiera deseado.

Steve la observaba: perfectamente maquillada y con pantalones y blusa a juego, de un corte impecable y apariencia de caro, Jenny era infeliz, y sin embargo hacía un esfuerzo valeroso para aparentar normalidad.

–¿Tiene miedo de que pueda buscarse a otra mujer?

–Sí. –Jenny se inclinó hacia delante y contrajo los labios–. Cuando no nos vemos, lo deseo y le echo de menos. Como hoy, porque sé que no lo veré hasta el domingo. Pero cuando estamos juntos no hay ternura. Creo que Mike me culpa de nuestros problemas, por la aversión que yo le tenía a la Sunshine Nursery. Ya no soporto la intrusión de los servicios sociales en nuestra vida. –Se detuvo y bajó la voz–: He venido a preguntarle qué opina de... Tal vez todo esto acabaría si Mike y yo... nos tomáramos... un periodo de separación... hasta que su inocencia quede demostrada..., ya se vería... –Después se repuso–: Amaba a mi marido, podría volver a ser mi Mike de otros tiempos... –Y se calló.

–Tanto si se separan como si no –contestó Steve sin compasión–, la causa proseguirá y los servicios sociales y la tutora no desaparecerán de sus vidas hasta que acabe el juicio. Permítame sugerirle algo: debería ser más comprensiva con su marido. Está acusado de un crimen odioso, usted no.

63
Mike adelanta su regreso de Malta
South Bank. Sábado, 24 de mayo

El jueves, la noche de la vista, Mike se marchó a Ginebra para asistir a una reunión que se celebraría el viernes por la mañana. Mientras estaba allí, le informaron de que debía viajar a Malta, Jim Stutz quería verse con él allí; se perdería también la visita del sábado. Cuando se lo dijo a Jenny, le pareció que casi se alegraba, luego añadió enseguida que el sábado por la mañana llevaría a Amy y a Lucy a un concierto para niños en el Queen Elizabeth Hall y que después almorzarían en el Giraffe.

Jim Stutz le había reservado una suite en un hotel a las afueras de La Valeta y había insistido en citarse con él. Cenaron en la suite, como si Jim no quisiera que los vieran juntos. El motivo quedó claro después de cenar, cuando acabaron de hablar de trabajo.

–¿Qué sabes de los internados para chicas de buena familia? –preguntó Jim.

–Nada, pero puedo enterarme.

–Hazlo, y dame la información en persona. En un yate nadie puede recibir una buena instrucción y esos bastardos de Wear-and-Go me están dando caza. Pero no me cogerán. –Después Jim se quedó pensativo y ensartó un calamar con el tenedor–. Sé que la compra llegará a buen puerto.

Masticaba despacio, saboreando, y le dijo después a Mike, medio en broma:

–No hubieras debido sentarte en ese café en Siracusa.

Era de noche, Mike fumaba un puro en la terraza de la suite. El aire era suave. Las luces de Medina se veían lejanas y en aquel silencio absoluto el mar, liso y oscuro como el petróleo, brillaba bajo el cielo estrellado. Mike no tenía sueño, a pesar del cansancio. Los túrgidos labios de la muchachita de Siracusa y el rostro rugoso de Jim se alternaban como en un destello ante sus ojos cansados con repugnantes visiones de lo que sucedía en el yate, que tal vez estuviera anclado en la bahía de delante. ¿Sabía la muchachita lo que le esperaba? ¿Es lo que quería?

Mike hizo una búsqueda en Internet y consiguió encontrar un vuelo nocturno a Budapest que enlazaba con otros dos que lo llevarían a Londres a tiempo para ver a sus hijas.

Mike, aturdido, tomó un taxi desde Heathrow hasta el Hungerford Foot Bridge, allí enfiló a la carrera las escaleras frente a las que se había detenido el conductor, sin darse cuenta de que eran las del lado opuesto del puente sobre el Támesis, y que por lo tanto los trenes que cruzaban el río le impedían ver el teatro del que Jenny y las niñas saldrían después de la función. Confiaba en que la función no hubiera acabado aún, para poder ver a su familia sin ser visto.

–Buenos días, caballero.

Desde su puesto de vigilancia, Mister Coutts había reconocido la figura de Mike, que se dirigía hacia el bar de enfrente del Royal Festival Hall, y se había acercado a él. Mike estaba a punto de pedir un zumo de naranja y, cogido por sorpresa, le preguntó si quería beber algo.

–No le diré que no. Una limonada, gracias.

Después, los dos se quedaron de pie mirando la fuente de Jeppe Hein.

Lucretia Barnes llevaba de visita por la ciudad a los dos propietarios jamaicanos de una agencia de empleo para asistentes sociales. Alimentaba el sueño de montar su propia agencia, en cuanto consiguiera jubilarse. Les había enseñado el Royal Festival Hall, recientemente restaurado, y había reservado una mesa en el restaurante de la segunda planta, desde donde disfrutarían de la vista del río.

En aquella calurosa tarde de sábado, distinguió de inmediato la silueta de Mike Pitt, era el único que llevaba un traje oscuro y una amplia bolsa de piel en bandolera. Jenny le había comentado que su marido había cancelado la visita del sábado porque estaba en el extranjero y que aprovecharía para llevar a las niñas al teatro: una excusa perfecta para una infracción bien orquestada.

El concierto había terminado y las familias salían del Queen Elizabeth Hall con niños de ojos hechizados y rostros sonrientes. Lucretia Barnes tenía la mirada clavada en las puertas: siempre atenta a las minorías, buscaba caras oscuras, pero sólo había una, una mujer india con una chica de piel clara.

–A pesar de lo mucho que se habla de integración, los niños negros están excluidos de la vida cultural en Londres. ¡A ver si hay, por lo menos, una cara caribeña entre toda esa gente!

Y sus invitados se volvieron a mirar, dándole así la oportunidad de observar a los Pitt sin ser molestada.

Jenny se había negado a comprar un helado antes de la comida, pero Lucy no había desistido y miraba con ojos ávidos el quiosco del bar.

–¡Ahí está papá! –chilló, e intentó soltarse de la mano de su madre.

Pat y Ron habían ido a ver una exposición en la Hayward Gallery. Mientras bajaban por las escalinatas en dirección a la terraza, Pat miró hacia abajo: un hombre se abría paso en sentido contrario al flujo de espectadores que salían del teatro, era Mike Pitt. Pat se puso de puntillas para buscar a Jenny y la localizó de inmediato, quieta en medio de la multitud que la empujaba, estrechaba con fuerza las manos de Amy y de Lucy mientras la gente que salía del teatro la adelantaba.

Olvidándose de Ron, Pat corrió escaleras abajo. Lucy se había soltado de la mano de su madre y corría también hacia su padre.

–¡Papá, estás aquí!

Llegó hasta él un instante antes que Pat y levantó los brazos para que la cogiera.

–No te esperaba. ¿Cuándo has llegado? –Jenny se había puesto pálida.

Después saludó a Pat y le presentó a sus hijas. Ron se había detenido detrás de Pat, sin entender bien lo que ocurría.

–¿Te vienes con nosotros al Giraffe, papá? –preguntó Amy.

Un momento de silencio.

–No puedo –murmuró después Mike, sin saber qué añadir.

–Es culpa nuestra –intervino Pat, dirigiéndose a las niñas–, íbamos a la oficina para trabajar con vuestro padre, pero antes quería presentarnos a sus guapísimas hijas.

Mike le siguió enseguida la corriente:

–Hemos venido a saludaros, nos queda mucho trabajo por hacer. Mañana en el desayuno me lo contaréis todo.

Nadie hacía ademán de marcharse y seguían de pie entre la multitud. Lucy, junto a Mike, estaba estupefacta y miraba a Ron, que se mantenía apartado, silencioso. Amy hablaba del concierto, pero ella tampoco entendía qué estaba ocurriendo. Entonces Jenny tomó las riendas de la situación. Les dijo a las niñas que su padre las invitaba a un helado y que se lo comerían mientras hacían cola para ir al Giraffe, pero que tenían que ir enseguida, porque si no, no encontrarían sitio.

Miss Barnes lo observaba todo ávidamente. El grupo se encaminó hacia el quiosco y Mike compró helados para Amy y Lucy, después Jenny y las niñas bajaron la escalera que llevaba a la orilla del río, mientras él se detuvo a hablar brevemente con la pareja con la que se había encontrado. Cuando ésta se marchó, él se quedó allí, junto al quiosco, con los ojos fijos en la fuente de Jeppe Hein, solo. Pero no por demasiado tiempo. El hombre con el que se había tomado algo de beber poco antes se le acercó y los dos permanecieron, hombro con hombro, mirando a los niños que jugaban en la fuente.

El camarero se acercó para tomar nota, y Miss Barnes ayudó a sus colegas a escoger el menú.

No volvió a mirar hacia fuera, había visto lo suficiente.

El corazón de Pat palpitaba con fuerza y tenía la frente orlada de sudor: ¿debía avisar a Steve? Ron empezó a decir:

–A esa niña la he visto en algún sitio... –pero ella lo interrumpió.

–Tengo sed. ¿Me traes un poco de agua?

Pat bebió y se tranquilizó: no era momento de alarmar a Steve. Estaba segura de que Jenny no permitiría nuevos encuentros. Se volvió hacia Ron con una sonrisa condescendiente:

–Pues claro que la has visto, es Amy Pitt, la niña del DVD.

64
Kahin se sincera con Steve
Brixton. Bufete Wizens. Lunes, 26 de mayo

Kahin había llamado a Steve a la hora del almuerzo. Se reuniría con la nueva asistente social al salir del colegio y después quería hablar con él, en su oficina. Steve, que tenía ya una cita vespertina con Mike Pitt, aceptó, pero no sin pedirle a Pat que se quedara con él hasta que Kahin se hubiera marchado.

Camisa blanca con corbata, rebeca y falda azul plisada, Kahin llevaba el uniforme sin coquetería alguna. Tras las presentaciones, Pat siguió escribiendo en el teclado. Con un oído seguía la cinta que había dictado Steve, y con el otro estaba atenta a la conversación. Se había acostumbrado ya a escuchar las charlas de Steve con los clientes, que no hacían caso de su presencia y la ignoraban, como si fuera parte del mobiliario.

–Quería pedirle disculpas por la otra tarde. Mi madre de acogida me lo ha reprochado. Me ha dicho que no debería haberlo molestado a esas horas en la oficina. Me siento culpable, además fue algo innecesario, los amigos de mi madre de acogida parecen buenas personas. –Kahin se detuvo después y dijo de un tirón–: La nueva asistente social no me gusta. –Y se calló.

Steve se inclinó sobre el escritorio mientras aguardaba a que prosiguiera.

Desde que, tres semanas antes, Kahin fuera acogida por los servicios, ya había cambiado dos veces de asistente social. Le habían explicado que la primera se encargaba únicamente de atenderla en la situación inicial de emergencia; la segunda, en cambio, se ocuparía de ella en los tres meses sucesivos hasta que cumpliera dieciséis años, en agosto; después tendría una tercera, que se encargaría de ella hasta los dieciocho años. Ambas asistentes sociales le habían preguntado lo mismo sobre su familia y sobre el colegio. Además habían insistido en recibir un informe detallado de lo que le había ocurrido, y quisieron saber el nombre de sus padres, de sus ocho hermanos y hermanas y de los lugares en los que la familia había vivido en Irak, en Turquía y en Inglaterra.

–Con las dos tuve que dedicar un montón de tiempo a contestar a sus preguntas y a escribir nuestros nombres, que son difíciles. ¡Con la última hubiera podido ahorrármelo, se los había escrito ya la otra! –Kahin suspiró.

Le había dicho a la primera asistente social que no quería tener nada que ver con sus padres; ella la había tranquilizado. En cambio, la segunda insistía ahora en organizar un encuentro con su madre. Kahin se había visto también con la tutora, quien le volvió a hacer las mismas preguntas, también quiso saber por qué se negaba a verse con su madre.

–¡Por favor, dígales que lo dejen! Están intentando forzarme a ver a mi madre y a volver a casa. Hasta mi madre de acogida insiste en ello.

La voz de Kahin se había quebrado, ahora había levantado la cabeza y miraba a Steve con los ojos rodeados por un círculo oscuro en su rostro exangüe.

–Hacen su trabajo –le explicó él–. Los asistentes sociales deben asegurarse de haber entendido bien los deseos de los jóvenes. Te garantizo que no te obligarán a volver a casa, ni tampoco a ver a tu familia.

–La tutora es muy insistente –le rebatió Kahin–. Me fío de usted, porque me ha dicho que si no nos ponemos de acuerdo puedo buscarme otro abogado. Y de tutora, ¿puedo cambiar?

–No, al tutor de menores lo nombra el juzgado. Podría solicitar que se sustituyera a un asistente social, pero en ese caso debería haber motivos de peso, y no los hay. –Steve hablaba como si estuviera delante del juez.

–Por favor, dígales que no volveré jamás a casa, que no hay razón para que vea a mi madre. Además, ella tampoco quiere verme. ¿Me dejarán en paz si usted se lo dice?

–El papel de los asistentes sociales y también el de los tutores es, por encima de todo, el de reunir a las familias, no el de romperlas. Muchos jóvenes a los que han maltratado vuelven con sus familias cuando los padres reconocen sus propios errores. Es mejor vivir en casa que con una familia de acogida o en una comunidad. Tus padres podrían cambiar. Estoy seguro de que te quitarían muchas de las tareas que te han impuesto; en cualquier caso, ya no trabajarías en el *take-away*, es ilegal.

–No volveré jamás a casa. No me quieren porque he deshonrado a la familia dos veces: la primera por haber hablado con la profesora, y ahora porque vivo con una madre de acogida. Mi madre nunca nos ha querido ni a mí ni a mis hermanas, sólo tiene ojos para los chicos. –Y Kahin bajó de nuevo la cabeza–. Para ella nunca se comportan mal. –Volvió a callarse.

–Sin embargo, tus hermanos sí que se han comportado mal contigo –observó Steve–. Tus hermanos se han comportado mal –repitió en voz más baja–, muy mal, dime lo que hicieron y no tendrás que preocuparte más, me encargaré de explicárselo a los servicios sociales y a la tutora.

Era un día inestable y ventoso. En aquel momento, los cúmulos que había ocultado el sol fueron barridos y los rayos irrumpieron en la habitación, iluminando los cabellos oscuros de Kahin y haciéndolos brillar.

Después, un flujo de palabras –precisas, contenidas y carentes de emotividad– sin pausa, con un tono monocorde, acompañado únicamente del crujido de la pluma de Steve y del sonido seco de los folios al pasarlos.

La familia Sivan había llegado a Inglaterra diez años antes. Kahin tenía entonces seis años y era la séptima y penúltima de las hijas, tras ella venía una hermanita. Eran comerciantes kurdos que, perseguidos por los iraquíes, lo habían perdido todo, y habían acabado en Diyarbakir, en Turquía. Más tarde fueron acogidos como refugiados en Inglaterra. Después de errar durante dos años de un centro de acogida a otro, obtuvieron la residencia. Las tres hermanas mayores se encargaron de las tareas de la casa y de los tres hermanos menores, para que sus padres pudieran trabajar. El padre importaba vestidos que vendía después al por mayor y en un tenderete del que se encargaba la madre, quien a continuación montó una sastrería en la que otras emigrantes cosían ropa étnica adaptada al gusto occidental.

Cuando la última de sus hermanas mayores se casó, Kahin, con doce años apenas, tuvo que cargar con la responsabilidad de la casa y de cuidar de su hermanita y de su hermano pequeño de cinco años, nacido en Inglaterra.

–Era un trabajo pesado, mi madre no lo entendía porque nunca lo había hecho, en nuestro país teníamos criados. Los pequeños, que habían crecido aquí, eran díscolos y exigían más atención que nosotros, los hijos mayores, a su edad.

Pat se había quedado escuchando, con los dedos encogidos sobre el teclado. Se dio cuenta de que Kahin tenía la garganta seca, salió discretamente sin que se dieran cuenta y volvió con un vaso de agua. Se lo acercó. Kahin se sobresaltó: había olvidado que el abogado y ella no estaban solos. Pat volvió a ponerse los cascos y apretó el pedal. Kahin se bebió el agua, pero había dejado de hablar. Los dedos de Pat empezaron a correr más deprisa en el teclado y entonces se reanudó el relato.

En aquella época, los dos hermanos mayores vivían en un apartamento cerca del *take-away* que el padre había abierto para ellos. El tercer hermano, de diecisiete años, vivía en casa, pero él también trabajaba en el local. Volvía tarde, después de cenar. Quería cenar y despertaba a Kahin para que le preparara algo, después, mientras ella recogía, se quedaba mirándola.

–Después se acostaba conmigo –dijo Kahin.

A veces la forzaba sobre el suelo de la cocina, otras veces en la habitación que compartía con su hermanito.

Ella recogía muy despacio, confiando en que a él le entrara sueño. Pero su hermano le metía prisa y le propinaba empujones si no se apresuraba. Kahin levantó la mirada hacia Steve.

–Mi padre dormía, pero mi madre a veces oía mi voz y los

ruidos que hacía. A la mañana siguiente me decía que tuviera cuidado, que no dijera nada, y que hiciera lo que él me decía. Era joven y trabajaba mucho: lo necesitaba.

En el instituto, Kahin tenía muchos deberes y no le daba tiempo a terminarlos porque en cuanto cumplió catorce años los padres le encomendaron otra tarea: limpiar la cocina del *take-away* todas las noches. Kahin tenía que recoger a su hermana y a su hermano en el colegio, llevarlos a casa, limpiarlo todo, cocinar para ellos y para sus hermanos. Después de cenar, su padre la llevaba en coche al *take-away* y bien entrada la noche uno de sus hermanos la llevaba de vuelta a casa. Kahin siempre se retrasaba con sus deberes y sus profesores le llamaban la atención. Más tarde, el padre abrió otro *take-away* en el centro con un enorme piso arriba: los tres hermanos se mudaron allí y le pidieron a la madre que mandara a Kahin a dormir allí de viernes a lunes, para limpiarlo todo y ayudarles a llevar la contabilidad, porque se le daban bien las matemáticas. De noche, por turnos, se acostaban con ella. El lunes por la mañana se levantaba a las seis, mientras ellos dormían, y cogía el autobús para volver a casa a tiempo de preparar el desayuno a los más pequeños.

Kahin estaba agotada y le dijo a la madre que no se sentía capaz de estudiar. La madre la pegó por quejarse, pero después habló con sus hermanos, que le cambiaron de cometido durante los días de colegio: estaba en la caja, ya no limpiaba la cocina: una gran mejoría, porque cuando no había clientes podía hacer los deberes. Pero duró poco. El hermano mayor abrió otro *take-away* y ella, además de lo que ya hacía, tuvo que volver a ayudar en la cocina a los dos hermanos que quedaban.

No se tenía en pie, era incapaz de concentrarse, y una vez se quemó con el aceite hirviendo. En aquel momento se armó de valor y les dijo a sus hermanos que necesitaba tiempo para preparar los exámenes: la golpearon, y después le dijeron a su madre que era una rebelde, y la madre también la golpeó. Desde entonces, los hermanos la pegaban cada vez que no acababa lo que se le ordenaba o no lo hacía con la suficiente rapidez. Y seguían acostándose con ella, por turnos.

Los exámenes de Kahin se acercaban: estudiaba de noche y no dormía más de dos o tres horas, por lo que se quedaba dormida en clase. La profesora quiso saber lo que le ocurría, y ella se derrumbó: trabajaba demasiado y sus hermanos y su madre la pegaban. La profesora, al ver los moratones y la quemadura, llamó a los servicios sociales. Kahin, sin embargo, no reveló los abusos, pues tenía miedo de que su padre y sus hermanos la mataran o la obligaran a casarse con alguien que quería venirse a Inglaterra.

–¿Y tu madre no sabía lo que te hacían tus hermanos?

–Se lo conté. Uno de ellos no tenía ningún cuidado y a mí me daba miedo quedarme embarazada. Ella me dijo que le había causado ya muchos problemas y que cada vez que me viniera la menstruación debía decírselo.

–¿Con tus hermanas no lo hablabas?

–Con una. Mi hermano mayor hizo lo mismo con ella y por eso se casó con el primero que mi padre le propuso. Me aconsejó que me resignara, pero ella no tenía que trabajar en el *take-away* y no le gustaba estudiar. Yo, en cambio, quiero ser profesora de matemáticas.

Kahin tenía una última cosa que contarle a Steve. Estaba preocupada por los dos pequeños. Su hermana tenía ahora once años y sus padres le habían prohibido que hablara con ella, pero se veían en secreto en el colegio. Le había dicho que su hermana mayor se había ido a vivir con ellos, pero que no tardaría en volver con su marido. Kahin temía que obligaran a su hermana a encargarse de las tareas de casa en su lugar.

Steve le pidió a Pat que acompañara a Kahin a la puerta. Mike Pitt llevaba un rato esperando, y estaba dando vueltas en la sala de espera como un león enjaulado.

–Buenas tardes, señor –le saludó Kahin.

Pat estaba ordenando el escritorio. Había escrito páginas y páginas al tuntún y tuvo que borrarlas todas. Antes de marcharse, le recordó a Steve que Mister Pitt estaba esperándolo, pero él no le hizo caso. De pie ante la ventana, quitaba las hojas muertas de las plantas. Un cansino rayo de sol iluminaba los ralos cabellos de su cabeza.

65
Un consejo para Mike
Brixton. Bufete Wizens. Lunes, 26 de mayo

El lunes por la mañana, Mike recibió dos llamadas en su oficina. La primera era de Miss Barnes, que le pedía una cita para ese mismo día; no quiso decirle nada excepto que Fiona se marcharía a finales de semana y que ella misma se encargaría de su caso, por lo que era absolutamente necesario que se vieran para completar las investigaciones sobre la familia. Mike le propuso reunirse después del trabajo, pero ella se negó y al final quedaron para el día siguiente por la mañana en la oficina de los servicios sociales.

La segunda llamada era de Steve, que quería enseñarle las cartas para los peritos además de hablar sobre lo ocurrido el sábado; se verían esa tarde en su oficina.

Mike estaba convencido de que Steve también le haría preguntas sobre Jenny, algo de lo que no quería hablar. El sábado por la noche habían discutido: ella lo acusó de haber puesto en peligro el futuro de sus hijas por verse con ellas sin vigilancia y de allí pasaron a acusaciones recíprocas y recriminaciones. El domingo estuvieron en los Kew Gardens con Annabel y Teresa. Jenny hizo lo posible por estropearle el día y alejar a las niñas de él.

Steve empezó diciéndole que tenían que informar a la parte contraria de la infracción contra el régimen de visitas del sábado.

–Pero si fue apenas un momento, lo que se tarda en comprar un helado. Después Jenny se las llevó al restaurante. Nadie lo sabe y no hay nada que explicar. ¡No soy un criminal!

–Eso no tiene nada que ver. Es una infracción, y yo estoy al corriente. Ocultarla podría tener repercusiones gravísimas para ustedes.

–Ya le he dicho que nadie puede saberlo. Usted es mi abogado y no puede traicionar el derecho de confidencialidad, en todo caso, sólo nos vio Pat.

–Exacto, mi secretaria, quien me informó debidamente. Las niñas podrían hablar de ello con la asistente social.

–¿Qué quiere que hagamos? ¿Volver al juzgado por semejante estupidez?

–Su mujer y usted deberían hacer una declaración. Explicaré que usted había vuelto del extranjero y que en el último momento pensó en ir al South Bank, donde sabía que estaban las niñas.

–Añada también que en cuanto me di cuenta de que no había ninguna de las vigilantes con ellas, me marché.

–No es cierto, usted ya sabía que estaban solas. Vi a su mujer el viernes y esta mañana hemos vuelto a hablar. La visita del sábado la canceló usted y su mujer le dijo a los servicios sociales que iría al teatro sola con las niñas.

–Mi mujer habla demasiado con los asistentes sociales... Confío en que no haga usted lo mismo...

–Puede ser, pero tenemos que resolver este asunto. ¿Por qué lo hizo?

–¿Por qué?, ¿por qué?... ¡Quería ver a mis hijas, aunque fuera desde lejos! Me pasé toda la noche de un avión a otro para llegar a tiempo. Era un día de visita, había centenares de personas a nuestro alrededor y no sé cómo hubiera podio cometer abusos. Confíe en mí, no hay por qué decirle nada a los servicios sociales.

–Insisto. Le aconsejo informar a la parte contraria. Su mujer está de acuerdo. Mientras tanto, eche un vistazo a las cartas que he preparado.

Mike quedó satisfecho con las cartas a los expertos: de los veinticuatro dibujos originales sólo habían quedado los once hechos en la guardería y las dos fotocopias de los que se hicieron en casa de Mistress Dooms.

–No juegan en nuestra contra, éstos son menos elocuentes que los demás –se le escapó, y añadió de un tirón–: Desafío a cualquiera a encontrar señales de abusos sexuales en estos dibujos. ¡Menuda estupidez!

–Puede ser –dijo Steve–, pero eso tiene que decirlo una persona cualificada, un experto.

–¡Imagino que usted tendrá también su propia opinión! ¿O es que nos hemos vuelto todos idiotas y solamente un «experto» puede discernir lo que es obvio?

–Estoy de acuerdo con usted. Nos basamos demasiado en la opinión de los peritos, recurrimos a ellos en exceso. Pero no podemos hacer otra cosa, el sistema es así.

–¡Sus vistas son una farsa, se lo aseguro, y esta causa es una locura colectiva! Ahora comprendo por qué hay gente que recurre a medidas extremas, cuando se topa frente a injusticias evidentes. Míreme: ¿cómo podría creer una persona en su sano juicio que soy un pedófilo?

–No sabe usted nada de la gente. –La voz de Steve era fuerte y profunda–. Acabo de recibir la visita de una chica de quien sus hermanos abusaban sistemáticamente: los conozco porque acudo a su negocio desde hace años, siempre aparentaron ser buenos chicos que trabajaban duro, una familia unida y decente. –Steve clavó la mirada en él–: Se equivoca usted, Mister Pitt.

Esperaba una respuesta, pero Mike se había cubierto la cara con las manos: era la chica del *take-away* turco.

66
Los bombones de Ron
Brixton. Bufete Wizens. Martes, 27 de mayo

Sharon estaba preocupada por Mavis Clarke, porque hacía más de dos semanas que no pasaba por la oficina.

Había surgido otro problema: el informe de la policía había revelado que, además de las condenas por hurto y robo, Mister Turle fue procesado a los diecisiete años por mantener relaciones sexuales con una menor; admitió su delito y no llegó a ser encarcelado, lo que hacía presuponer que probablemente se tratara de un amor adolescente y no de abusos. Pero los servicios sociales debían investigarlo, esto requería más tiempo.

–¿Eso significa que Stephanie no podrá irse a vivir con sus abuelos?

–No lo creo. Pero habrá que esperar, y a Mavis le entrará el pánico.

–Steve lo conseguirá.

–Desde luego, pero me gustaría que la llamara. Estoy preocupada.

–¿Por qué no la llamas tú?

–Porque no soy más que una secretaria.

Steve estaba reunido con los socios del bufete, y las secretarias se encargaban de las gestiones administrativas del Legal Aid. A Pat le parecía que cada día se acumulaba más y más trabajo, por lo que no le importó tener que interrumpirlo cuando la llamó Jenny. Sus colegas le habían preguntado por la fiesta de inauguración de la casa, prevista para el 21 de junio, y quería saber si Mike había hablado con Steve para obtener un permiso del tribunal.

–Podría celebrarla incluso sin él, ¡como siempre está de viaje! –añadió con una risita.

Después de aquella indirecta, Jenny volvió a ponerse seria. Estaba preocupada por las repercusiones que podría tener la infracción del sábado anterior, y por el encuentro entre Mike y Miss Barnes.

A última hora de la mañana telefoneó Mister Pitt. Estaba de pésimo humor y se quejó de que Jenny se había vuelto contra él, luego quiso hablar con Steve. Nada más llegar a la oficina de los servicios sociales, Mike se encontró con Miss Barnes, que tenía delante un fax en el que se relataban los hechos del sábado que Steve había insistido en enviarles. ¡Quería saber los detalles e insinuaba que había habido mucho más!

–Le he dicho que eso era todo, y ella se ha atrevido a decir que muchas veces los abogados ayudan a sus clientes a cometer infracciones, ¡quería que le justificara la presencia de su secretaria y de su compañero! ¡Es peor que esa Cliff!

Mike había llamado al número gratuito de Father's Rights y le habían contado casos horribles de errores judiciales.

–A los padres nos tratan fatal cuando se trata del régimen de visitas, incluso nuestros propios abogados –añadió despreciativo.

–Si no tiene nada más que decirme...

Steve colgó y salió del despacho.

–A veces creo que Steve es demasiado arisco con Mike Pitt –dijo Pat–. No se da cuenta de lo que significa ser un padre que corre el riesgo de perder a sus hijos.

Sharon la miró con ojos de fuego.

–Steve lo sabe muy bien. Su único hijo sufrió una muerte súbita. –Y no añadió más.

Pat hubiera querido que se la tragara la tierra. Sin decir nada le pasó a Sharon la caja de bombones que le había regalado Ron. Ella titubeó, después escogió uno y dijo en tono más suave:

–No se encuentran buenos hombres fácilmente.

–¡Ron es buenísimo! –exclamó Pat, agradecida por que la había perdonado.

–Entonces, ¿por qué no te casas con él? Con todos estos bombones, está claro que eso es lo que pretende.

Pat no sabía qué contestar. No le salían las palabras adecuadas.

–Lleváis años juntos. Deberías ser capaz de tomar una decisión –la apremiaba Sharon.

–No lo sé, es que es...

–¿Un poco aburrido?

–Lo has adivinado.

Sharon había puesto el dedo en la llaga. Ron, el solícito Ron, no era excitante.

Sharon cogió del cajón el tarro de crema de coco y, mientras se masajeaba brazos y manos, susurró:

–Entonces no deberías casarte con él.

Después la obsequió con una de sus sonrisas y le contó que, a los cincuenta años de edad, su tía Bessie se casó con un hombre estupendo pero aburrido y que jamás fue feliz con él. Cuando se jubiló, quiso regresar a Jamaica, donde tenía una casa enorme. La tía Bessie no lo siguió. Lo visitaba una vez al año y siempre se sentía feliz al regresar a Londres, a su pisito.

–El problema –comentó Sharon– es que yo quiero lo mejor de dos mundos: un hombre con quien poder contar y que sea divertido también.

–¿Como nuestro jefe? –preguntó Pat, irónica. Las preguntas de Sharon acerca de Ron la habían dejado turbada.

–No, no como Steve. He olvidado un tercer atributo esencial: también debe ser atractivo.

Estallaron en carcajadas, pero en aquellas risas no había alegría.

Pat puso en orden el expediente de Mistress Oboe, listo para elaborar la minuta. El tribunal había establecido que Ali iría a un colegio de educación especial en septiembre. Pat metía en una carpeta la relación impresa de los costes, los recibos y los documentos esenciales y, mientras tanto, eliminaba de la correspondencia las copias dobles. Era un trabajo largo.

–¿Qué hago con el DVD? –preguntó a Sharon.

–Envíalo a administración con todo lo demás. Cuando hayan pagado los honorarios, se encargarán de destruirlo. Hay un procedimiento especial para eso también.

Esa noche, Pat y Ron fueron al cine. En el camino de vuelta, Ron sugirió tomar algo en su casa. Había comprado quesos franceses y una botella de tinto de los Conti Maurigi en Trinity Stores. Mientras comían, Pat le contó el procedimiento que se seguía para cerrar el caso de Mistress Oboe. Después se puso seria:

–Tengo que pedirte disculpas. Debería haberte escuchado cuando dijiste que tal vez fuera analfabeta.

Ron sonrió complacido; después, intentando ser una vez más de ayuda, dijo:

–Tengo otra copia, ¿la quieres?

–¡No deberías haberlo hecho! –Y Pat frunció el ceño–: El expediente está ya en administración. Cuando vuelva para que lo firme Steve, meteré dentro la copia y nadie se dará cuenta de que teníamos una de más.

Ron parecía un perro apaleado, y para que le perdonara le explicó que él hacía siempre una copia de los DVD que le daba, no por curiosidad sino por precaución, por si acaso la otra se perdía.

Probablemente Sharon tuviera razón, pero Ron era realmente un buen hombre y ella le quería mucho.

67
La pasta de sal
Kensington. Casa de los Pitt. Miércoles, 28 de mayo

Antes de que la aceptaran en Meadows, Amy había realizado nada menos que tres exámenes de admisión para otros colegios privados. Tras serle denegada por segunda vez, Jenny hizo que un psicólogo del aprendizaje examinara a sus dos hijas, de manera que las niñas estaban acostumbradas a que adultos más o menos desconocidos las interrogaran. Lucy y Amy no manifestaron sorpresa cuando les dijeron que tenían una cita con la doctora Cliff, y aceptaban con normalidad las visitas de la puericultora y de los asistentes sociales.

Sin embargo, se lo tomaron muy mal cuando supieron por Lisa que mamá había llamado para avisarles de que otra asistente social, Miss Barnes, vendría a casa después del colegio, para hablar con ellas. Al igual que sus padres, las hermanas Pitt seguían una rutina semanal a la que les costaba renunciar y les hubiera gustado saberlo con más tiempo.

–Entonces, ¿no podremos jugar con la pasta de sal, como nos había dicho mamá? –preguntó Lucy, y sólo se quedó tranquila cuando Lisa le aseguró que jugarían en cuanto Miss Barnes se hubiera marchado.

También Miss Barnes tuvo que cambiar sus planes a causa de esa visita. En cuanto recibió la carta de Steve, Sandra Pepper la llamó con urgencia y le pidió que intentara averiguar a través de las niñas lo que había ocurrido en realidad aquel sábado, mientras el recuerdo estaba fresco en sus mentes. Tanto ella como Miss Barnes estaban convencidas de que Mike se había reunido con su mujer y sus hijas en el restaurante.

–Nosotras dos íbamos a jugar con la pasta de sal. ¿Quiere jugar con nosotras? –dijo Lucy en cuanto Miss Barnes se sentó en su mesita.

–Podemos jugar después. Vuestra mamá me ha dicho que el sábado estuvisteis en un concierto. ¿Os gustó?

Las niñas se mostraron entusiastas. Los músicos de la orquesta llevaban disfraces y máscaras, y después de la función invitaron a los niños a subir al escenario y a tocar con ellos.

–¡Yo toqué la flauta, y Lucy el tambor! –dijo Amy–. Cuando el payaso preguntó quién sabía leer música, Lucy levantó la mano y la eligieron. ¡Pero ella no sabe leer música!

–Claro que sí –insistió Lucy con ardor.

–¡No es verdad! Las clases de música las empezarás el año que viene –la corrigió Amy.

Lucy no le hacía caso.

–Pues la señora del violín me dijo que tocaba muy bien.

–¿Comisteis en la terraza después del teatro? –preguntó Miss Barnes.

–Mamá nos llevó al Giraffe y allí nos dejaron llevarnos tres jirafas a cada una –dijo Lucy. Y le enseñó a Miss Barnes tres jirafitas de plástico.

–¿Qué tomasteis de postre?

–Macedonia de fruta. Mamá no nos dejó tomar helado porque papá ya nos había comprado uno antes de comer.

–Es que a mamá –intervino Amy– no le gusta el helado que no es biológico. Es el único que nos compra, en el supermercado.

–Mamá nos dejó tomarnos el helado que nos compró papá porque él no podía ir al supermercado a comprar el bueno. Papá tenía prisa, tenía que irse a trabajar –le explicó Lucy.

–¿Se fue a trabajar después de comer?

–¡No lo sé! –contestó Lucy.

–Nuestro papá trabaja muchísimo y no comió con nosotras –explicó Amy–. Tenía que irse a la oficina, eso nos dijo. No sé lo que comió ese día. Nos dice que a veces para comer se toma un bocadillo, pero otras veces no come nada de nada.

–En su oficina papá gana mucho dinero para nosotras –dijo Lucy con orgullo–, y después compra muchas cosas buenas.

–¿Qué clase de cosas?

–De muchos tipos. Comida del *take-away,* chocolatinas, bollos con crema. Y algunas veces nos lleva a un *delicatessen,* después de la piscina.

Miss Barnes se acordó de que Jenny era católica.

–¿Os compra cosas buenas después de misa?

–Cuando vamos al *cottage* de la tía Marjorie vamos a misa todos juntos. Papá y mamá nos llevan a misa sólo en las ocasiones especiales, como Navidad y Semana Santa, entonces nos compran cosas buenas después –contestó Amy.

–¡Pero yo quiero mucho a Dios y rezo muchísimo por él! –la interrumpió Lucy, que quería decir más cosas y aguardaba a que se le diera permiso.

–¿Y qué le dices?

Lucretia Barnes creía ir por el buen camino.

Lucy se puso seria y le dijo muy estirada:

–Yo le digo: «Querido Dios, yo te quiero mucho y te deseo una vida larga y feliz y que te mueras cuando seas muy, pero que muy viejo».

–¡Dios no se muere nunca! –la corrigió de inmediato Amy.

–¡Pues claro que no! ¡Yo rezo todos los días para que tenga una vida larga! –fue la respuesta triunfante de Lucy.

Miss Barnes se encontró con Teresa en el vestíbulo. Salieron juntas, ella también se dirigía al metro. La muchacha no paraba de hablar. Había ido con los Pitt a los Kew Gardens el domingo anterior, junto con Lady Snowball. Lucy y Amy estaban inquietas y corrían por los paseos, y Jenny las seguía. Se alejaron de los demás porque Lady Snowball caminaba con cierta dificultad. Lucy llamaba a su padre, pero Mike no podía reunirse con ellos, porque Lady Snowball no podía seguirles. En ese momento se puso a hacer llamadas de trabajo, desatendiendo tanto a Teresa como a Lady Snowball, que habían seguido su paseo. Teresa pensaba que Jenny debería haber llevado a las niñas junto a ellas, pero no lo hizo.

Miss Barnes pensó que su visita no había sido una pérdida de tiempo: en la fachada del amor conyugal se abrían cada vez más grietas. Tal vez Jenny se estuviera dando cuenta de quién era en realidad su marido, y sintió compasión por ella.

En cuanto llegó a la oficina, la empleada de la administración abordó a Miss Barnes: la asistente social suplente tenía serias dificultades con un beneficiario y había preguntado varias veces por ella. Miss Barnes suspiró y, sin tan siquiera dejar el bolso, se reunió con ellos en la sala de entrevistas.

Mister Coutts empezó a quejarse en cuanto le presentaron a Miss Barnes:

–He esperado dos semanas a que alguien de su oficina me llamara para organizar mi primera visita a la niña y por fin me llega una carta en la que se me invitaba a esta reunión.

–Antes de decidir sobre las visitas debemos contemplar y evaluar los riesgos, esto empieza precisamente con la entrevista de hoy –le explicó Miss Barnes.

–De hecho estaba intentando empezar –intervino la asistente social–, sin embargo, Mister Coutts no parece muy interesado.

–¡Todo lo contrario, estoy interesadísimo! –saltó él–. ¡Se trata de *mi* hija! Pero antes que nada tengo que darles mi versión de los hechos. Habrán oído ustedes muchas mentiras sobre mi pasado, y yo tengo el deber de rectificarlas, así como ustedes tienen el deber de escucharme. Impedirme ver a mi hija es una violación de los derechos humanos, eso me han dicho personas que saben de estas cosas, personas dignas del mayor respeto.

Miss Barnes no le quitaba los ojos de encima. El anticuado peinado, el pelo de un castaño claro con la raya a un lado y el rostro de facciones infantiles coincidían en todo con el hombre que había visto junto a Mike Pitt en el South Bank.

–Háblenos de esas personas, podrían serle muy útiles para darnos referencias de su carácter.

–Uno es miembro del clero..., el otro un asesor fiscal... –Mister Coutts agitaba los brazos–. Además hay otro que trabaja en un banco de inversiones. Él también es un padre vejado, como yo.

–¿Quiere darnos sus nombres? –preguntó Miss Barnes.

–¡Los leerá cuando reciba la declaración que está preparando mi abogado!

68
Sometido a presión
Holland Park. Martes, 3 de junio

Mike se sentía cada vez más excluido de la vida de sus hijas y de su propia casa. Añoraba incluso los monólogos matutinos de Jenny que tanto lo habían irritado; ella le hablaba de la ropa y de los juguetes que había comprado para las niñas y de las dificultades con el personal y con los obreros, algo que le aburría, pero que le daba, al mismo tiempo, una idea de lo que sucedía en la casa y en las pequeñas vidas de sus hijas.

Los raros momentos en los que se encontraban a solas eran insatisfactorios. Más que hablar se azuzaban, Jenny sobre todo. Ella se comportaba ya como si fuera el único progenitor y estaba transformando la casa de ambos en *su* casa. Nuevas sillas para el jardín habían hecho su aparición en el patio, los muebles se desplazaban de una habitación a otra; el lavavajillas se había estropeado y se había reemplazado por otro de color amarillo, como las paredes y los muebles de cocina. Amy y Lucy le hablaban de las compras de mamá para su vestuario veraniego, de juegos y de amigas de los que él no estaba al corriente.

Visto desde fuera, Jenny seguía atendiendo a sus deberes de esposa y se ocupaba de la nueva casa de Mike; el frigorífico se llenaba cada cierto tiempo y ella se encargaba de que su ropa estuviera lavada y planchada. Su vida social proseguía, aunque en menor medida: iban a comidas, recepciones y a inauguraciones de exposiciones. Ante los demás, se comportaban como siempre. Sin embargo, nunca salían solos y ella había empezado a tener su propia vida, de la que él no sabía casi nada.

Mike nunca se había sentido completamente cómodo con Steve, y mucho menos desde que le obligara a hablarle de su experiencia en el internado. Pat se mostraba siempre disponible y comprensiva, pero no dejaba de ser una simple secretaria. Mike seguía obsesionado con Father's Rights: visitaba con regularidad su página web y cuanto más angustiosas eran las historias de aquellos pobres padres, más gratificado se sentía él, para caer después en la desesperación. Parecía buscar una infelicidad mayor para dejarse llevar a ella. Las sesiones en el gimnasio se habían convertido en una carga y las carreras matutinas eran cada vez más breves. Detestaba su nueva casa casi tanto como había detestado el Claridge's. Se pasaba el fin de semana encerrado. Nunca iba de tiendas y había dejado de jugar al tenis. Notaba la ausencia física de Jenny y visitaba páginas porno. Volvía a leerse cada noche el informe de la doctora Cliff. Era siempre el mismo rito. Al principio se atormentaba sobre la razón que podía haber llevado a Lucy a decir semejantes oprobios a la doctora, después se preguntaba si no la habría incitado o malinterpretado la doctora, para convencerse más tarde de que la doctora había querido crucificarlo con falsas acusaciones.

Entonces le calaba hasta los huesos, glacial, el terror de que todo pudiera ser cierto y de que hubiera borrado de su memoria el recuerdo de haber abusado de su hija, al igual que había borrado los abusos que había sufrido de niño en el internado.

Mike pasaba del frío a un copioso sudor, temblaba y entonces lo visitaban sus demonios.

El trabajo seguía distrayéndolo, pero tampoco era ya como antes. El consejo de administración de Wear-and-Go se defendía ferozmente del ataque de Jim Stutz. El consejero delegado trabajó en otros tiempos con él, de joven, y le despidieron de un día para otro, injustamente, según su parecer. A partir de ahí se desencadenó un duelo a muerte y ahora había alcanzado su cumbre. La City lo sabía. El consejero delegado se había puesto en contacto incluso con uno de los hijos de Jim, quien mantenía una pésima relación con su padre, y estaba intentando convertirlo en su aliado. La adquisición se había convertido en una guerra sin cuartel y Jim debería haber dejado Malta para trasladarse a Londres, cosa que él se negaba rotundamente a hacer.

El sábado por la noche, los Pitt fueron a una fiesta de un colega de Jenny. Como siempre, se comportaron como si nada ocurriera, y cuando un amigo se interesó por las obras y recordó a Jenny su *save the date,* ella dijo que la fiesta se celebraría, aunque Mike, probablemente, tuviera que viajar al extranjero.

–Allí estaré yo, en todo caso –añadió entre risas.

No era la primera vez que Jenny salía con semejante ocurrencia. Se hablaba mucho de las vacaciones y, casualmente, Mike le oyó decir que confiaban en irse a China a finales de agosto. Vivía en un mundo de fantasía, Mike ya no la entendía.

–Jenny lleva unos pendientes preciosos; un regalo tuyo, me imagino –le dijo sonriendo una amiga de su mujer.

Mike hizo un gesto con la cabeza. No se había dado cuenta. Buscó a Jenny entre los invitados. Estaba sentada en el brazo de un sofá, con las piernas cruzadas. Mientras escuchaba a un hombre a quien Mike no conocía, agitó su cabello rubio y en ese momento las piedras verdes engastadas en los pendientes refulgieron. Jenny era guapa y le gustaba. Mike se bebió de un trago la copa de vino y fue a servirse más.

Volvieron a casa a pie desde Holland Park. Era una noche cálida, pero por la mañana había llovido y las plantas y las flores seguían esparciendo generosamente sus aromas. Jenny le dijo que tenían que tomar una decisión sobre la fiesta para la inauguración de la casa.

–¿Cómo puedes pensar en dar una fiesta?

–Intento llevar una vida normal, tú también deberías hacerlo en vez de darle vueltas siempre a nuestros problemas. A Lucy no le ha pasado nada.

Mike apretó los puños.

–Me sorprendes. Corremos el riesgo de perder a Amy y a Lucy y tú quieres hablar de fiestas.

Los ojos de Jenny se llenaron de lágrimas, pero se las secó.
–Necesitan una madre serena y contenta.
Mike buscó su mano.
–¡No me toques! –Jenny se apartó, verdaderamente asqueada.

Mike había bebido demasiado y se sirvió un vaso de leche. Después se hundió en el sillón. Jenny tenía sus amistades, el trabajo, sus hijas. ¿Y él? Recordó que durante su viaje de novios a Atenas le dijo que era su cariátide: sin ella, el techo de su vida empezaría a vacilar y acabaría por derrumbarse. Y eso era lo que estaba sucediendo.

69
El tónico número 74
Jermyn Street. Miércoles, 4 de junio

La adquisición de Wear-and-Go se volvía más compleja cada día y Mike, que sometido a presión daba lo mejor de sí mismo, se había lanzado a ella con determinación y entusiasmo, aunque no tanto como en otros tiempos. La prensa económica mostraba un gran interés: exactamente lo que pretendía. Su equipo trabajaba hasta horas intempestivas en la documentación contractual. Él mismo había escrito la carta a los accionistas, con la que haría pedazos al consejo de administración y al consejero delegado.

Aquel día, sin embargo, tenía menos que hacer y llamó a Pat.

–Estaba a punto de llamarle yo. La doctora Moss se ha dejado libre el sábado para dedicárselo a ustedes y las niñas o para otras posibles entrevistas. Steve le ha sugerido hablar con el doctor Vita además de con el director y las dos maestras del Meadows, la de Lucy y la de Amy –le explicó Pat.

Aunque, añadió Pat, avisados con tan poco tiempo, difícilmente todos ellos estarían disponibles un sábado.

Mike le contestó que él se encargaría de convencerlos, y después añadió:

–Cuanto más ocupado esté, mejor. Aparte del trabajo no hay nada en mi vida, por el momento.

–Está su familia.

–Sí, mi familia...

Poco después, Mike la llamó para avisarle de que tanto el doctor Vita como los tres miembros del personal del Meadows estarían encantados de reunirse con la psiquiatra infantil.

–¡Es usted fantástico! ¿Cómo lo ha hecho? –Pat tuvo miedo

de haberse dejado llevar–: Steve se pondrá muy contento. Creía que el director no aceptaría.

Su entusiasmo, por el contrario, le había sentado muy bien a Mike, que se sintió más animado. Había decidido pasar por Taylor para arreglarse la barba. Era vanidoso y no había olvidado que aquella mañana una nueva colega, una mujer animosa y con una espléndida cabellera castaña, le había dicho: «Te sienta bien esa barba. Seguro que la cuidas más de lo que yo me cuido el pelo». Mike se había pasado la mano por la cara y se había dado cuenta de que le hacía falta un afeitado.

La visita anual a Taylor era uno de sus más hermosos recuerdos de infancia. Era como adentrarse en una cueva de Aladino con aroma a agua de colonia y repleta de lo que a él le parecían productos exóticos: no sólo jabones, ungüentos, aceites, cremas y lociones, sino también todos los accesorios posibles e imaginables para el baño y la higiene personal.

Mike y su padre cruzaban la tienda y entraban en la habitación del fondo, donde el barbero y sus ayudantes les atendían. Para él era como asomarse al mundo de los hombres adultos y en cada visita se renovaba esa sensación. Pero tenía un recuerdo más preciso: Mike tendría entonces quince años, se hallaba en pleno desarrollo vital y tenía la cara llena de granos. El padre le dijo al barbero que le hiciera una limpieza de cutis después del corte de pelo; luego le había mirado las manos y había pedido también una manicura. La chica que le arregló las manos era joven y guapa y se había dirigido a él como si fuera un adulto, con esa anticuada cortesía que Mister Taylor exigía a todo su personal. Tras la limpieza de cutis, Mike recibió el primer masaje de su vida, en la cabeza y en los hombros, y todo aquello quedó marcado en él como el momento de su entrada en la edad adulta.

Mike decidió hacerse un tratamiento completo. Se dejó caer sobre el respaldo y cerró los ojos. En Taylor se relajaba por completo, siempre, pero en esa ocasión no le resultó fácil. Seguía tenso. En cuanto los dedos del barbero empezaron a soltarle los músculos contraídos del cuello y de los hombros, cayó en un aturdimiento profundo del que se despertó de repente cuando esos dedos ligeros empezaron a trazar círculos alrededor de las orejas. Sus sentidos se despertaron y se aguzaron como nunca, intensas oleadas de placer se sucedieron, extendiéndose por todo su cuerpo, deliciosamente. Los demonios, latentes y danzantes, descendieron sobre él y se lo llevaron a un horrendo mundo en el que Mike volvió a encontrarse con la muchachita de Siracusa: lo excitaba. Mike odió aquel placer.

El barbero levantó la toalla aún tibia descubriéndole el rostro.

–¡Eso es! Mucho mejor ahora.

Mike abrió y cerró los ojos. En el espejo, un pedófilo: Mike Pitt. Tembló, no se movió, con los ojos clavados en el rostro atormentado de su reflejo.

–Su pelo necesita un tónico, le aconsejaría el número setenta y cuatro, contiene camomila y da unos bonitos reflejos –dijo el barbero.

Buscó el gesto de aprobación de Mike en el espejo, pero lo que vio le hizo alejarse.

Mike había recorrido Jermyn Street y ahora estaba en Mayfair. Los empleados se habían trasladado de las oficinas a los pubs y a los *wine bars*. Era un día caluroso y ocupaban las aceras, con el vaso de vino en la mano. Cuanto más bebían, más charlatanes e ingeniosos se volvían. Para evitarlos, Mike tomó por una calle secundaria que pasaba por delante de una galería de arte contemporáneo, sin embargo también allí, junto a la puerta, había una multitud. Mike se acordó de haber visto, en casa, la invitación para la inauguración de la primera exposición individual de un joven escultor. Jenny no se lo había mencionado, pero de todas formas decidió pararse y tomar algo. Ahí estaba lo más distinguido del mundillo artístico londinense; no conocía a nadie, sólo los había visto en los periódicos y Jenny se los había señalado cuando se topaban con alguno en un *vernissage*. También allí era Mike un extraño. Miró a su alrededor. El galerista sabía lo que se hacía en cuestión de montajes: pocas piezas, sobre bases de piedra tosca. Cogió un catálogo, luego se detuvo ante una escultura que despertó su curiosidad: una piedra horadada por grandes agujeros que la atravesaban de lado a lado, con la cavidad completamente forrada de agujas de acero en cuyas puntas estaban clavados pececillos iridiscentes esmaltados de rojo y de azul. A través de una de esas aberturas divisó a Jenny; estaba de espaldas y llevaba una túnica amarilla que no le había visto nunca, y sandalias doradas con piedras incrustadas; hablaba con una amiga y desplazaba su peso de una pierna a otra. Se reunió con ella con dos copas de champán, Jenny cogió la suya y le sonrió. Mike se unió a la conversación, solícito para llenar sus copas con más champán. Era un rito que les devolvió a ambos al periodo en el que la cortejaba, se habían enamorado en público, a Jenny le gustaba su forma directa de hablar con los desconocidos, sus buenas maneras y su sarcasmo, y él adoraba mirarla -era tan hermosa- y escuchar su vivaz cháchara.

–Nunca te la había visto –dijo Jenny, señalando con un gesto de la barbilla la corbata de Mike.

–La compré el otro día en el aeropuerto.

–Y para mí, ¿nada de regalos? –flirteaba Jenny.

–En realidad, sí, pero está en casa.

–¿Vamos a recogerlo?

En el taxi, Jenny se arrebujó en el chal de cachemira y se apoyó contra el costado de Mike. Después sonó su teléfono. Nora estaba nerviosa, tenía que irse al cine y Teresa, que tenía que hacerle el relevo, no había llegado aún, y ni siquiera contestaba al móvil. Jenny la tranquilizó, iba camino de casa.

Antes de dejarle, le dijo a Mike de refilón que había recibido una llamada de Mistress Fox aquella mañana.

–Parece una mujer agradable, no te la pongas en contra –le recomendó.

70
Un té muy extraño
Piccadilly. Hotel Ritz. Lunes, 9 de junio

El viernes por la tarde, Pat y Sharon trabajaron hasta tarde para completar las declaraciones del director y de las dos maestras del Meadows; había que enviárselas por correo electrónico a la doctora Moss esa misma tarde. Habían recibido el texto que Steve les había dictado por ordenador, una técnica que Steve acababa de aprender. Cuando llegó al despacho, se lo encontró vacío, pero las declaraciones estaban sobre su escritorio, impresas.

El lunes por la mañana, Steve llevó una bandeja de pasteles para darles las gracias a Pat y a Sharon. Les contó lo que había hecho el viernes por la tarde. Mike había organizado el encuentro con el personal del Meadows a las cuatro y media no en el colegio –como Steve se hubiera esperado–, sino en el Ritz. El director y las dos maestras le esperarían tomando un té. Steve llegó cansado y algo sudado, porque venía de una vista y en el juzgado de Wells Street no había aire acondicionado. El *concierge* le dijo que sus invitados estaban en el Palm Court, donde se servía té de manera ininterrumpida desde las once de la mañana hasta las siete de la tarde, para atender a la constante demanda.

El té de la tarde estaba en su apogeo, y camareros con frac revoloteaban entre las mesas. Steve miró a su alrededor sintiéndose fuera de lugar, con su pesada mochila al hombro. En la pared que tenía enfrente había una enorme composición de estuco dorado que parecía un altar profano, con una grotesca decoración de animales antropomórficos, angelotes con cola de pez y una ninfa desnuda y adoratriz ante el escudo del hotel. Unos enormes ventanales –falsos– tenían espejos en lugar de cristales y tres grandes claraboyas pintadas con coronas de flores iluminaban el lugar. Aquella opulenta sala, que rayaba en el mal gusto sin caer de lleno en él, no era desde luego el lugar más adecuado para tomar declaraciones.

–Mike había conseguido reservar en el último momento dos mesas laterales, en un reservado, así teníamos un poco de privacidad. Me acerqué a la mesa más grande, donde estaban sentados el director y las maestras y se me hizo la boca agua. Las bandejas de plata y cristal estaban repletas de sándwiches, *bridge-rolls,* bombones, *scones,* pastas..., en definitiva, toda clase de manjares. Pero el camarero me hizo sentar en la mesa más pequeña, en la que sólo había un mantel blanco. Escuché a los testigos por turnos, y en cuanto acabábamos, el testigo volvía a su mesa, donde estaba servido el té, y el camarero le traía una copa de champán. Para mí, agua.

Steve contó que le había enseñado los dos dibujos de Lucy a su maestra. Cerca de ellos había una pareja de españoles, que seguían con curiosidad el ir y venir entre ambas mesas y aguzaban el oído. En aquel momento estiraron el cuello para echar un vistazo a los dibujos, pero él los mantuvo ligeramente alzados y no consiguieron verlos; sin embargo, siguieron nuestra conversación. Le preguntó a la maestra si los dibujos de Lucy eran parecidos a ésos. «No exactamente, no reconozco su estilo», contestó ella. Después le mostró el dibujo con el gran pene. La maestra lo miró y se sorprendió: «Los penes no son exactamente así, ¿verdad?».

La española, en ese momento, casi se ahoga con el té.

–Le expliqué a la profesora que algunos podían tener esa forma. Me miraba incrédula. Le señalé en el dibujo que podía ser un pene circuncidado. Entonces contestó: «Ah, claro, circuncidado», y los españoles se levantaron a toda prisa y se marcharon. Me pregunto si irían a quejarse al director. Mike Pitt estaría encantado –rió Steve.

Después siguió contando que a última hora de la tarde, Mike le había llamado para saber cómo había ido todo y él le hizo notar que podía haber escogido un lugar más adecuado. «¿Cree realmente que esos tres hubieran aceptado reunirse con usted si el té hubiera sido en el Quality Cafe?» Steve había imitado la voz estridente de Mike.

–Tendrías que haberle dicho que la tarta de plátano del Quality Cafe es la mejor de Londres –dijo Sharon.

–Pero ¿al final te dieron una taza de té o no? –quiso saber Pat, curiosa.

–No llegaron a ofrecérmela, supongo que por orden de Mike.

–¿O sea que no te dieron nada de nada? –insistió Sharon.

–Exacto.

–¡Qué bruto! ¡Nunca me ha gustado Mike Pitt!

–No se le habrá ocurrido, estoy segura de que no lo ha hecho a propósito –lo defendió Pat.

–Desde luego que fue a propósito. Quería que me concentrara en el trabajo y nada más; es la clase de tipo que lo planifica todo –dijo Steve–. Por cierto, se me ha olvidado llamarlo. La doctora Moss quiere que las niñas sepan que ya no vive en casa; hay que modificar la prohibición del tribunal.

Mike no estaba de acuerdo. Steve intentó persuadirlo de que era una solicitud lógica que, por si fuera poco, jugaba a su favor: las niñas le dirían a Mistress Fox, cuyo abogado había planteado la misma solicitud de la doctora Moss, que querían que su padre volviera a vivir con ellas.

–Rotundamente no. Lo que tiene que hacer usted es intentar anticipar la vista del 4 de julio.

Steve le contestó que era imposible. Los plazos eran ya muy cortos y las partes no podían preparar la documentación antes de esa fecha.

–Si nosotros lo hemos logrado, pueden hacerlo ellos también. –A continuación informó a Steve de que Amy recibiría un premio de un concurso de redacción en la asamblea del colegio el lunes siguiente y él quería asistir. Steve debía obtener un permiso–. Por cierto, Amy quería leerme la redacción a solas y me la llevé al salón.

–¿Sabe que eso es otra infracción? Mínima, pero infracción al fin y al cabo.

–No me importa.

–Está agravando usted su situación.

–Estamos a punto de ganar. He hablado con la doctora Moss y no creo equivocarme esta vez, estará de nuestra parte.

71
Las acusaciones de Miss Barnes
World's End. Oficina de los servicios sociales
Miércoles, 11 de junio

Miss Barnes presidía una reunión de emergencia sobre la niña de los Coutts. Mistress Coutts no asistía: desde su vuelta a casa había caído en una depresión y los lazos entre madre e hija no acababan de estrecharse. Estaban presentes su abogado, el tutor de la niña y Mister Coutts, quien anunció que había despedido a su abogado, sin haber procedido aún a buscar otro.

El tutor sugirió que los servicios sociales enviaran a alguien para ayudar a Mistress Coutts y enseñarle a cuidar de la niña, pero esa clase de asistencia ya estaba abolida y los servicios sociales proponían, en su lugar, que madre e hija acudieran a una casa cuna especializada en madres solteras. El abogado de Mistress Coutts subrayó que su cliente se encontraría entre jovencísimas madres solteras y que eso agudizaría su incomodidad. La tutora estaba de acuerdo, y añadió que el coste de la casa cuna era bastante superior al de la ayuda a domicilio. Por desgracia, no podía hacerse nada, el sistema era así y no se consentían derogaciones. La reunión concluyó y el asunto quedó sin resolver. Mister Coutts se demoró un rato más para seguir investigando los posibles riesgos.

Miss Barnes aprovechó la ocasión para intentar averiguar por qué había despedido a su abogado.

–No me entendía bien con Mister Booth –dijo Mister Coutts.

Miss Barnes comprendió cuál había sido la conexión con Mike Pitt, y quiso indagar:

–Me sorprende, la verdad, tiene fama de ser un buen abogado. ¿Conoce a otros clientes que lo hayan abandonado?

–Tengo cierto contacto con uno, creo que sigue en el bufete Wizens.

–¿Por qué no vuelve?

–No lo había pensado. Se lo preguntaré a mi amigo, la próxima vez. Trabaja en un banco de inversiones y debería saber de abogados. Buena idea, quizá le dé otra oportunidad a Mister Booth.

Miss Barnes se apresuró a llamar a Sandra Pepper. Mister Coutts estaba en contacto con Mike Pitt de manera regular: era como si se lo hubiera dicho, por más que no hubiera pronunciado su nombre. Ella había leído en su expediente que, tras salir de la cárcel, Mister Coutts había entrado en un círculo de pedófilos que actuaba en el ejército y entre los profesionales de las altas finanzas. Todas las piezas del rompecabezas parecían encajar: a Mister Coutts le había alquilado una habitación en una casa de Chelsea un ex coronel retirado y se veía con Mike Pitt, que se había comprado una casa por allí cerca. ¿No sería Steve Booth acaso el abogado de los pedófilos?

–Desvarías. Te aseguro que Steve nada tiene que ver con todo ello.

–Tú no sabes lo que yo sé de él –le contestó con brusquedad Miss Barnes–. Hace algunos años, los servicios sociales de Southwork realizaron una investigación interna: una joven cliente le acusaba de haberle puesto las manos encima. Pero como siempre, para cierta gente estas cosas acaban en nada.

Después discutieron las últimas peticiones de los Pitt. Miss Barnes no dio su consentimiento para que Mike Pitt asistiera a la entrega de premios de Amy; Jenny le había dicho que él iba muy raramente al colegio de sus hijas y no cabía duda de que la niña no esperaría verlo, ya que, además, esa clase de concursos forma parte de la rutina de Meadows. En cuanto a la fiesta de inauguración de la casa, a la que Steve había hecho mención, estaba desde luego fuera de discusión.

Sandra Pepper se sintió obligada a informar a Steve de la conexión entre Mike Pitt y Mister Coutts.

–Los Coutts fueron mis clientes durante un brevísimo periodo –dijo Steve–. Por lo que sé, no tienen nada que ver con los Pitt, que llegaron hasta mí a través de un abogado de la City.

Entonces Sandra le advirtió de que habían visto a Mike y a Mister Coutts en lugares públicos donde jugaban niños. Steve la conminó a poner esas acusaciones por escrito y le dio de plazo hasta el viernes, en caso contrario, lo plantearía en la vista; eso dejó a Sandra al borde de las lágrimas: ella sólo pretendía ponerlo en guardia.

Steve se quedó pensando en cuanto le había dicho. Llamó a Mike Pitt. Mike parecía caer de las nubes: se había tropezado con ese tipo una o dos veces en el South Bank y recordaba vagamente que le había invitado a tomar algo, pero ni siquiera sabía cómo se llamaba. Steve no le dijo que Mister Coutts era un pedófilo, eso era secreto profesional y así debía seguir, al menos de momento.

Mike Pitt, sin embargo, no le convencía. Steve escribió una nota privada:

«Infancia solitaria. Escaso o nulo contacto con su hermano y con su hermana. Desatendido por sus padres. Desde los ocho años, educado en internados, donde sufre abusos sexuales a manos de un compañero de más edad: desarrollo emotivo bloqueado, probablemente. Desconfía de los adultos, es solitario, dominante, agresivo, vindicativo, desdeñoso, reservado. Tal vez se sienta más cómodo con los niños que con los adultos: se encargó de cuidar a Lucy desde recién nacida. Ama el poder. Tiene un papel dominante en el matrimonio y soporta mal la tensión con su mujer. Oscila entre la certeza del éxito y la depresión. Su única emoción visible es la rabia: contra su madre, contra la gente que no está de acuerdo con él, contra los profesionales cuyos servicios utiliza. Dudo que forme parte de un círculo de pedófilos: querría dominarlo».

Steve releyó la nota y se quedó pensando. Tenía el deber, sea como fuere, de apoyar a su cliente; Pat, en cambio, no. Si Pat leía esa nota, podría no estar ya en condiciones de apoyarlo, y debía hacerlo. Steve rompió el papel.

Por la tarde, Steve invitó a Pat a tomar un té en el Quality Cafe.

–No entiendo bien a Mike Pitt. ¿Qué piensas de él? –le preguntó Steve a bocajarro.

–Bueno, tiene un montón de problemas. ¿Qué te dice tu sexto sentido?

–Cuando se va aproximando la vista, un abogado debe confiar en su cerebro, si es que lo tiene, no en su sexto sentido. Hay tres elementos probatorios contra Mike: los dibujos, el informe de la doctora Cliff y él mismo... Su pasado, el deseo de venganza contra Mistress Dooms y la doctora Cliff, su comportamiento, su personalidad, sus amigos..., si es que realmente los tiene.

–¿Le has preguntado por Mister Coutts? –lo interrumpió Pat.

–No admite más que un encuentro casual; y le creo. Son demasiado distintos. –Steve se tomó el último sorbo de té–. El juicio, en mi opinión, podría volverse contra él, y sin embargo, creo en mi interior que para las niñas es mejor permanecer con ambos progenitores: eso quiere decir que él no es un abusador..., y sin embargo...

Pat pensaba y se acordaba de la primera vez que Steve la llevó al Quality Cafe; fue entonces cuando tomó la decisión de quedarse en el bufete Wizens.

–Si quieres saber lo que pienso, creo que deberías seguir tu instinto. Sea lo que sea, en estas situaciones tu sexto sentido es mucho mejor que tu cerebro.

Y le apretó el brazo.

72
El informe de la doctora Moss
Miércoles, 11 de junio

He adjuntado los DVD de las entrevistas con la familia Pitt al completo, con el doctor Vita, con el director del Meadows, con la maestra de Lucy y con la de Amy.

No es un buen método volver a interrogar a un niño o hacerle un test sobre un mismo tema al cabo de sólo tres meses, puesto que es muy probable que repita las respuestas dadas con anterioridad. Por este motivo, no he usado los muñecos anatómicos ni tampoco he hecho alusión a la doctora Cliff en mis entrevistas con las hermanas Pitt.

Mister Pitt ha sido acusado por la doctora Cliff y por Mistress Dooms, la maestra de la guardería a la que Lucy acudió del 14 de enero al 8 de abril, de abusar sexualmente de Lucy. Los abusos no incluyen penetración, por lo tanto no pueden ser detectados en un examen médico. Es un caso poco usual por los siguientes motivos:

1. El procedimiento legal no ha sido instruido por los servicios sociales, sino por Jenny Pitt contra su marido, con el único objetivo de conservar la custodia de sus hijas.
2. Las pruebas contra Mister Pitt no proceden de los servicios sociales, sino de Mistress Dooms, que no está localizable y que se ha llevado consigo trece de los veinticuatro dibujos que según ella lo incriminan. Once dibujos y dos fotocopias se hallan entre los elementos admitidos a juicio y el profesor Duncan, un experto de fama mundial en este campo, los examinará.
3. Mister Pitt goza de un régimen de visitas extremadamente generoso según los estándares que suelen prevalecer.

4. Los Pitt son una pareja de profesionales de éxito y han rechazado la asistencia jurídica gratuita.

5. La doctora Cliff, que entrevistó a Lucy el 15 de abril y a Amy el 17 de abril, no grabó la charla con Lucy, al haberla visitado como paciente privada y no sospechar entonces que se producían abusos.

Otro elemento peculiar es que, al empezar el procedimiento, el juez decidió que las niñas no debían saber nada del caso legal ni que su padre ya no residía en el domicilio familiar. La situación se ha mantenido sin cambios. Sorprendentemente, Amy y Lucy creen que su padre sigue viviendo en casa.

El médico de cabecera, el profesorado del colegio Meadows, la puericultora y las cinco personas que supervisan las visitas declaran que Lucy es una niña sana y alegre, que no muestra indicios de haber sufrido abusos y que sus dibujos son completamente normales.

Los servicios sociales sostienen que los niños víctimas de abusos a veces ocultan durante años haberlos sufrido. Eso es cierto, pero en este caso me deja perpleja, puesto que Mistress Dooms sostiene que la niña le reveló los abusos, al igual que lo afirma la doctora Cliff. Resulta extraño, por lo tanto, que en los dos últimos meses Lucy no haya intentado decir ni dibujar nada más acerca de esos abusos.

Las acusaciones de Lucy, al principio, incluían a su madre: le dijo a la maestra que le había cortado en sus partes íntimas. Estas acusaciones se han descartado y olvidado por completo, la doctora Cliff no hace ninguna mención al respecto.

He hablado y jugado con Lucy durante una hora entera y le he dado la posibilidad de hablar de los abusos, pero no lo ha hecho. Lucy parece una niña contenta, segura de sí misma, que quiere mucho a su hermana y a sus padres. Amy, sin duda, es una niña sincera y madura. Su resumen de cuanto dijo e hizo con la doctora Cliff coincide con lo que he podido ver en el DVD y no coincide, sin embargo, con el informe de la doctora Cliff.

Se me ha solicitado responder a tres cuestiones.

PRIMERA CUESTIÓN: *Comentar las discrepancias entre el informe de la doctora Cliff y la transcripción de su entrevista con Amy.*

No me cabe duda de que la transcripción de la entrevista con Amy es muy precisa y de que el informe de la doctora Cliff no lo es tanto. He leído los comentarios a tales imprecisiones que el abogado de los Pitt expuso ante el tribunal y los suscribo por completo.

SEGUNDA CUESTIÓN: *Comentar el informe de la doctora Cliff sobre Lucy y sus sugerencias acerca del futuro de Lucy.*

La doctora Cliff está considerada una autoridad en el campo de los niños autistas. No estoy en situación de realizar ningún comentario acerca de la precisión de su informe sobre la entrevista con Lucy, puesto que no se grabó. Tampoco he tenido acceso a sus notas, si es que las tomó.

Las declaraciones depositadas en el juzgado confirman que Lucy tuvo una infección en las vías urinarias el pasado febrero. En ese periodo, su madre se ausentó de casa una noche y su padre puso a Lucy la crema prescrita por el doctor Vita, más de una vez. En aquel mismo periodo Mister Pitt sufría una tendinitis, y el médico le aconsejó tomarse un baño caliente después de salir a correr.

Los Pitt y las *au pair*s confirman que Mister Pitt tomó un baño en el *jacuzzi* mientras cuidaba a las niñas durante tres sábados consecutivos. Amy ha señalado que sólo una vez ella se ausentó mientras su padre se bañaba y que en aquella ocasión Lucy entró en el agua.

La doctora Cliff sostiene que, a través del juego con los muñecos anatómicos, Lucy expresó sus acusaciones. No puedo dar mi parecer al respecto porque, en realidad, se trata de la interpretación que de ese juego hace la doctora Cliff. Lucy había jugado con los mismos muñecos la semana anterior en casa de Mistress Dooms y me parece muy probable que repitiera el mismo juego. Desconozco si Mistress Dooms, o alguien en su lugar, incentivó a Lucy a jugar de ese modo.

TERCERA CUESTIÓN: *Qué probabilidades hay de que Mike Pitt haya abusado sexualmente de Lucy Pitt y cuál es el riesgo que podría representar para ella en el futuro.*

Es *posible* que Mike Pitt haya aprovechado la oportunidad de estar a solas con Lucy, mientras Amy estaba en su habitación, para abusar de ella. No puedo decir más porque no existe un DVD de la entrevista con Lucy.

Es *posible* también que Mike Pitt abusara de Lucy de noche, porque todas las noches entraba en la habitación de sus hijas y Amy ha confirmado que ella duerme profundamente. En este contexto, observo que las únicas acusaciones provienen de Mistress Dooms y de la doctora Cliff. Sobre las discrepancias entre el informe de la doctora Cliff y la transcripción de su entrevista con Amy, ya he hecho mis comentarios y será el juez quien determine si la tesis que sostiene la doctora Cliff es más creíble que lo que afirman los Pitt.

A mi parecer, basándome en los elementos probatorios a mi disposición, es *improbable* que Mike Pitt haya abusado de Lucy.

Observo, sin embargo, que algunos de los dibujos que hizo Lucy han desaparecido, y al no haber visto el informe del profesor Duncan, no puedo dar una respuesta definitiva sobre ellos. Quisiera añadir que he dirigido durante doce años un departamento que tenía una sección de terapia del juego, que incluye arteterapia, y que, por lo tanto, soy competente en la materia. Los dos dibujos de penes que la doctora Cliff escogió del conjunto de los que le presentó Mistress Dooms son poco habituales y no parecen imaginarios. Uno de ellos podría representar un grueso pene circuncidado eyaculando, pero también podría prestarse a una interpretación alternativa no incriminatoria. Amy me ha dicho que no sabe lo que representan y me ha sugerido que se los enseñe a Lucy. Por desgracia, según mi opinión, Lucy no estará en condiciones de dar una respuesta fehaciente hasta dentro de tres meses por lo menos, dado que la doctora Cliff se los enseñó recientemente. La probabilidad de que Lucy haya sufrido abusos por parte de su padre depende en buena medida de la interpretación del dibujo, y a partir de eso se podrá determinar el riesgo que Mister Pitt podría representar para ambas niñas.

Los Pitt afirman que Lucy no ha sufrido abusos. Mistress Pitt sostiene que su marido no ha abusado de Lucy ni de Amy, y que jamás abusaría de un menor. La mayoría de las madres creería lo mismo del padre de sus hijos en ausencia de sospechas o claros indicios.

El juez deberá establecer si el informe de la doctora Cliff, sobre Lucy, o el del profesor Duncan –en el caso de que este último considere que los dibujos de Lucy muestran indicios, en su conjunto o en parte, de abusos– son prueba suficiente para hacer que Jenny Pitt cambie de postura, entendida como «la hipotética madre razonable», y si por lo tanto Mistress Pitt tiene capacidad de proteger a sus hijas de los abusos. El juez tiene el deber de determinar si Mike Pitt ha abusado de Lucy basándose en un cálculo de probabilidades. A mi parecer, no es probable que haya abusado de ella. Pero si el juez declara que así ha sido y Mistress Pitt no acepta dicha posibilidad, habrá que estudiar el mejor modo de proteger a ambas niñas. En este caso, sería una equivocación, según creo, separar a las dos hermanas de la familia y a la una de la otra.

73
Una emboscada
Temple. Viernes, 13 de junio

Aquel viernes por la mañana, Mike telefoneó a Steve a toda prisa: estaba acelerado porque la operación Wear-and-Go iba viento en popa y el trabajo le desbordaba. Le repitió lo que ya le había dicho la semana anterior: no era necesario que las niñas estuvieran al corriente del procedimiento legal ni de que él ya no vivía con ellas, como si no se lo hubiera dicho ya al abogado.

–Le repito que eso podría jugar a nuestro favor –insistió Steve, pero Mike se mostró categórico: Jenny y él no querían.

–Si le parece bien, me dirá cuáles son sus razones a la hora de comer, cuando nos veamos para hablar del informe de la doctora Moss. Me parece positivo. ¡Ganaremos!

Steve se preguntó si Mike habría olvidado su conversación anterior, eso lo preocupó. Otros clientes acusados de pedofilia se habían comportado de la misma manera: olvidaban o fingían olvidar los consejos que no les gustaban, se repetían, tenían lagunas en la memoria cuando les venía bien y, sometidos a presión, tenían repentinos cambios de humor.

Amy recibió su premio en Meadows. Jenny estuvo presente, pero no su padre. Aunque hubiera obtenido el permiso del tribunal, Mike no hubiera podido acudir. Aquella mañana, desde las siete, su equipo y él habían estado trabajando frenéticamente con Jim Stutz. Su presencia en Londres se había vuelto ya imprescindible, y el martes Mike tuvo que ir a Malta para convencerlo; regresaron juntos al día siguiente.

Rudy Halt y Jim Stutz tenían una comida de trabajo con los abogados, y Mike se reuniría con ellos después de su *propia* comida de trabajo con Steve y Jenny. Los tres hombres cruzaron el vestíbulo de Trolleys, se dirigían hacia el taxi. Mike se echó a un lado para dejar pasar a Rudy y a Jim por la puerta giratoria.

Arrimada contra la pared externa, Helen, la mujer de Jim, esperaba al acecho. Se lanzó contra él y lo detuvo arrojándole encima el contenido de un paquete de harina.

–¡Pedófilo! ¡Eres un pedófilo! –gritó, mientras dos fotógrafos, uno delante y otro a un lado, sacaban fotos sin parar.

Todo acabó en un segundo: los fotógrafos saltaron sobre los sillines de sendas motocicletas, que los estaban esperando con el motor en marcha. Se alejaron rápidamente, mientras Mistress Stutz se escabullía con un hombretón tan grande que daba miedo, bajo la mirada asombrada de Mike, sus colegas y de los guardias jurados del edificio.

Jim y Rudy se metieron en el taxi sin decir palabra y el coche arrancó sin demasiada prisa; Mike se sacudió la poca harina que le había caído sobre la chaqueta y, sin entretenerse con los porteros que habían acudido con retraso, se dirigió al metro.

Los Pitt declinaron tomar los bocadillos que había comprado Pat y, sin perder tiempo, empezaron a hablar del informe de la doctora Moss. Esta vez no habían preparado juntos sus comentarios. Jenny había ignorado las oportunidades que Mike le había ofrecido para hacerlo. Habló la primera: la doctora Moss le había dicho que Lucy estaba estupendamente, de modo que se sentía satisfecha. Con tal de contradecirla, Mike se tragó lo que le había dicho a Steve esa misma mañana: ahora creía que con el informe habían tirado el dinero, la doctora Moss se había limitado a repetir con palabras propias lo que ellos habían dicho sobre la doctora Cliff y le había faltado valor para escribir lo que de verdad pensaba de ella. Estaba convencido de que había algún motivo oculto. Y lanzó una mirada furiosa al informe que sostenía en sus manos.

Steve intentaba mostrarse conciliador: en efecto, de la doctora Moss se esperaba también él una posición más crítica y directa. Ella y la doctora Cliff sentían una recíproca antipatía profesional, así que confiaba en que en la vista final, y tras considerar el dictamen del profesor Duncan, la doctora Moss acabaría poniéndose de su lado. En su opinión, todo dependía de los dibujos.

–Estoy harta de tanta espera: ¿cuándo acabará esta causa? –Jenny le había escuchado con enorme incomodidad.

–No antes de octubre –Mike contestó por Steve.

–No te lo he preguntado a ti.

–No veo motivo para hacerle perder el tiempo a Mister Booth con preguntas cuyas respuestas ya conoces. Ahora tengo que volver al trabajo.

–¡Yo también tengo que volver a la oficina! No me hables como si fuera una cría.

–Pues no te comportes como si lo fueras.

Steve tuvo que intervenir. Si la vista para el establecimiento de los hechos del 4 de julio no fuera resolutiva, la vista final duraría unos seis días, porque había ya doce testigos y no se celebraría antes de noviembre.

–¡No puedo más! –Jenny meneaba la cabeza y parecía a punto de sufrir un ataque de nervios.

–¡Cálmate! –Mike había levantado la voz.

–¡No soporto este tono tuyo! ¿Por qué no puedes ver a tus hijas una vez a la semana como todos los demás padres separados? –Le miró con una expresión de maldad.

–¿Una vez a la semana? ¡Eso sí que es una novedad! No te atrevas a repetirlo. ¡No soy un padre separado y veré a mis hijas todos los días!

–¡Cuando te viene bien! Si tienes que irte al extranjero, las niñas pueden esperar.

–¡Eso es por trabajo, idiota! ¡Tengo que trabajar!

Steve los escuchaba imperturbable. Jenny se volvió hacia él y le dijo de repente:

–Quiero separarme.

Tras dejar a Steve, Mike se reunió con Rudy Halt y Jim Stutz en el despacho de los abogados; se los encontró absortos redactando la carta a los accionistas, como si la agresión de Mistress Stutz no hubiera tenido lugar. Cuando se quedaron solos, Jim le explicó a Mike que Helen lo había hecho instigada por el administrador de Wear-and-Go y que, antes de enviar la carta a los accionistas, quería consultarlo con los abogados que tramitaban su divorcio. La voz de Jim era tranquila, pero su mirada revelaba una profunda preocupación. En aquel momento, Mike recordó que le había parecido ver a la muchacha de Siracusa mientras estaban en la cola del control de pasaportes en Heathrow, y se preguntó si Jim no se habría expuesto demasiado.

Jenny se esforzó por mostrarse normal y alegre, en el trabajo, en casa con las niñas y después en la cena con toda la troupe: Lisa se había aventurado a cocinar un plato polaco –*pierogi* de cerdo con una salsa pringosa, una bomba de grasa y calorías–, y mientras las chicas y la tía Marjorie comían de buen humor, le resultó difícil aguantar la situación. Después la tía se fue a la cama y las chicas salieron.

Jenny estaba en el despacho: debía trabajar, pero había caído en una profunda melancolía. No había sido su intención decirle a Mike delante de Steve que quería separarse, pero cuanto más lo pensaba, más convencida estaba de haber tomado la decisión correcta. Mike se mostraba ofensivo y desdeñoso con ella. Era razonable reducir las visitas, al fin y al cabo, él, durante la semana, veía poco a las niñas. Sospechaba que había alguna mujer de por medio y que todos esos repentinos viajes de una sola noche no eran de trabajo. Ya no podía más: lo mejor era poner fin a la agonía de un matrimonio acabado y separarse formalmente. A pesar de todo, seguía creyendo en la inocencia de Mike.

Bajó a la cocina a prepararse una manzanilla. Teresa había vuelto a casa y había dejado sobre la mesa un ejemplar del periódico vespertino. Jenny se puso a hojearlo mientras esperaba a que el hervidor silbara. Su mirada reparó en un titular: MUJER OFENDIDA ACUSA A ANCIANO MILLONARIO DE PEDOFILIA. Debajo, la foto de un hombre cubierto de polvo blanco con ojos endemoniados y, detrás de él, Mike.

«Tras cuarenta años de matrimonio, la mujer de Jim Stutz, el magnate de la ropa juvenil y fundador de la cadena de tiendas My Pals, lo acusa de pederasta delante de las oficinas de su *merchant bank*. El millonario, según su mujer, mantiene prisionera en su yate a una menor extracomunitaria.»

Jenny se acordó de que Mike le había preguntado si conocía internados femeninos para un cliente que quería inscribir a una chica extranjera de catorce años.

¿Quién era Mike en realidad?

Miraba la hoja y las letras se dilataban, la página se volvía por entero de tinta, el negro se extendía por el mármol blanco y lo manchaba. Cortinas y paredes resbalaban sobre el pavimento, subían a la mesa y se teñían de negro antes de envolver también a Jenny. Intentaba arrancarse aquellas telas ennegrecidas, le faltaba el aire, pero por más que trataba de deshacerse de ellas, las cortinas se adensaban a su alrededor. Al final, una salida; vio a Amy y a Lucy en sus literas. Dormían tranquilas.

74
Demasiadas coincidencias
Kensington. Casa de los Pitt. Lunes, 16 de junio

Aquel lunes Miss Barnes llegó a la oficina cargada de periódicos. Además de los del viernes por la tarde, también la prensa gratuita y los tabloides del domingo habían recogido la historia de los Stutz. Sandra Pepper tuvo que darle la razón a Miss Barnes: había demasiadas coincidencias. Le aconsejó que hablara primero con Jenny Pitt y que después se enfrentara con Mike Pitt cara a cara.

Jenny esperaba la llamada de Miss Barnes y se pusieron de acuerdo para verse en la oficina de los servicios sociales a la hora de comer. Había tenido una grave discusión con Mike el domingo. Él le había dicho que la vida privada de Jim Stutz no era asunto suyo y le había recordado que, en el pasado, muchos clientes rusos le habían preguntado si conocía buenos colegios privados para sus hijos. Después le preguntó si seguía teniendo intención de separarse y ella le contestó que no había cambiado de idea.

Miss Barnes le enseñó los periódicos; Jenny quedó consternada. Mike estaba en todas las fotografías. Miss Barnes la apremiaba, y ella no quería darle ese gusto.

–Lo he hablado con mi marido. Es un cliente del banco, pero no es amigo suyo. En la foto aparece también el jefe de Mike.

–¿Ha aceptado usted esa explicación?

–Sí. Él no es responsable de la vida privada de sus clientes.

–¿No cree que podría haber algo más que eso?

–No. Es una coincidencia.

–Hábleme de su matrimonio.

–Acabe como acabe entre nosotros, siempre diré la verdad. Amy y Lucy no tienen nada que temer de su padre. Mike jamás abusaría de sus hijas ni de ningún otro niño.

Lucretia Barnes llamó inmediatamente a Sandra Pepper: no era necesario hablar con Mike Pitt, había instruido a su mujer para que negara cualquier conexión con Jim Stutz, y no quería ni discutirlo.

–Lo niega, como siempre. Me ha dicho que el otro que aparece en la foto es el jefe de Mike. Me parece que Mister Pitt le dio a entender a Fiona que su jefe es una persona muy comprensiva; le permite acudir a las visitas de sus hijas en horas de trabajo porque un pariente suyo tuvo una experiencia parecida. El cerco se estrecha cada vez más en torno a Mike Pitt, y su mujer, decididamente, es incapaz de proteger a sus hijas.

Aquella noche Jim quiso hablar con Mike a solas. El consejero delegado de Wear-and-Go había informado a su hijo mayor de que Jim estaba a punto de huir en su yate dejando a su mujer y a su familia en la miseria. Los dos habían hablado con Helen para organizar la emboscada. Jim había dado orden a sus abogados para que retiraran la oferta económica en la causa de divorcio y presentaran una inferior.

Después había tenido un encuentro con su hijo y le había hablado con claridad y dureza: ahora estaba muy seguro de que su mujer retiraría las acusaciones y de que su mentís se publicaría en todos los periódicos que habían dado importancia a la historia. Jim quería pasar al contraataque empleando las mismas armas: enviaría a los accionistas copias de los artículos que lo acusaban y de la retractación de su mujer, de manera que todos supieran qué clase de infame tenían como consejero delegado.

Mike lo pensó y le dijo que era un riesgo que merecía la pena correr.

Mike se había quedado despierto hasta bien entrada la noche, fumando y pensando en que esa adquisición se había convertido en un campo minado. De repente, sonó el teléfono.

–¡Hay un incendio, ven enseguida!

–¿Estáis todos bien?

–Sí, ven rápido, he llamado a los bomberos.

Mike llegó a su casa a la carrera, antes incluso que los bomberos. Lisa esperaba en el porche. Él entró en el salón donde se habían reunido todos, incluidas las niñas. Inmediatamente después llegaron los bomberos.

–¡Papá ha ido a llamar a los bomberos!

Lucy corrió hacia él tendiéndole los brazos para que la cogiera y con la cabeza baja; era su manera de evitar que se le dijera que no. Mike le cogió las manos y las apretó contra sus piernas, acariciándolas. Después miró a Jenny, no sabía si podía cogerla en brazos.

Ella le animó a hacerlo con un gesto de cabeza.

Lucy echó los brazos al cuello de su padre y no quiso bajar. Prestaba atención a todo, curiosa. La familia salió de la casa y se quedó en la acera, mientras los bomberos hacían su trabajo. Poco a poco, las ventanas de las casas vecinas se iluminaban. Mientras tanto, reconstruyeron lo sucedido: cuando todos se habían acostado, Teresa y Nora salieron al patio interior a fumar un cigarrillo, como tenían por costumbre. Aquella noche, sin embargo, empezó a llover y entraron en el cuarto de jugar. Después vaciaron el cenicero en la papelera sin comprobar que estuviera vacía y se fueron a dormir. Poco a poco, en medio de los dibujos de las niñas, las brasas se transformaron en fuego, y las llamas prendieron las cortinas. Los bomberos amonestaron severamente a Nora y a Teresa. Jenny las mandó a su habitación, hablaría individualmente con cada una de ellas al día siguiente.

Lisa intentaba llevarse a Amy y a Lucy a la cama, pero en vano: las niñas querían ver el cuarto de jugar con su papá y su mamá. Amy lloraba desconsoladamente: había dejado sobre la mesa la maqueta que debía llevar al colegio al día siguiente. Al bajar, se dieron cuenta de que los daños no habían sido graves, pero había que volver a pintar la habitación y la maqueta había quedado destruida. Amy, desesperada, se abrazó a su madre. Lucy la imitó y estalló en sollozos sobre el hombro de su padre. Entonces Jenny le pidió a Mike que la ayudara a llevar a las niñas arriba.

Mike no entraba en la habitación de las niñas desde hacía dos meses y se sintió incómodo, sobre todo cuando metió a Lucy en la cama y le embozó las sábanas.

–Siéntate, papá, hazme caricias como cuando era pequeña. –le pidió ella, y Mike, cohibido, le acarició las mejillas, aún calidas y rojas a causa de la emoción.

Jenny se había quedado en un rincón, mirándolo; después lo acompañó a la puerta de la habitación y la cerró con cuidado. Mike se había quedado en el rellano. Lloraba. Un crujido en la habitación de Lisa, y, después, de nuevo el silencio. Apoyada contra la barandilla, Jenny lo miraba. Dio dos pasos hacia él y le echó los brazos al cuello, le abrazó con la cabeza sobre el hombro, como lo había hecho Lucy antes. Él parecía no haberse dado cuenta, y seguía llorando.

Después le empujó la cabeza hacia atrás y le metió la lengua en la boca.

75
La necrológica
Brixton. Bufete Wizens. Lunes, 16 de junio

Pat se había ocupado de abrir todo el correo del lunes, que era mucho, y esperaba a Sharon, que le había enviado un mensaje para avisarla de que llegaría con algo de retraso.

–Un amigo me ha dado *The Caribbeans*. Viene la necrológica de Mistress Ansell –anunció Sharon al entrar–. Murió el lunes pasado, se tiró por una ventana.

Se inclinaron sobre el periódico.

«Evelyne Ansell fue una de las primeras mujeres de negocios caribeñas en Inglaterra. Trabajaba como directora regional de una empresa de venta por correspondencia y en su tiempo libre había creado uno de los más famosos círculos del House Deposit Club, una asociación de inmigrantes cuyos miembros depositaban una pequeña suma semanal en una caja común. Cuando alcanzaban una suma considerable, pagaban el depósito de la casa del primero de la lista de espera, y así sucesivamente, hasta que todos los socios del House Deposit Club se convertían en propietarios de una casa. Mistress Ansell se quedaba con un pequeño porcentaje y estaba siempre dispuesta a hacer préstamos a aquellos socios que por un motivo u otro no podían abonar su cuota.»

La necrológica concluía de esta manera: «Era un miembro muy respetado de la comunidad y se la recordará como una mujer valerosa y astuta, detrás de cuyos bruscos modales se ocultaba un corazón profundamente generoso».

–Nunca hubiera creído que fuera generosa –dijo Pat.

–Diría más bien que era una mujer sin escrúpulos –comentó Sharon–. Contrataba a mujeres para vender sus catálogos y las hacía trabajar hasta deslomarlas, incluso cuando estaban enfermas, amenazándolas con que, si no lo hacían, no volvería a llamarlas. Una amiga de mi abuela que trabajaba para ella casi se juega la salud por miedo a perder su trabajo.

Entretanto, había entrado Mister Turle para pedir una cita con Steve; vio el periódico en manos de Sharon y comentó:

–Conozco a su marido, lo veía en el pub. No es buen tipo. La hija de un amigo mío tuvo un hijo con él. No le pasa ni un penique y, además, la maltrata. La mujer era muy celosa, se volvió medio loca cuando supo que había de por medio un niño. Lo echó de casa, aunque después volvió con él.

Sharon no creía que la muerte de Mistress Ansell fuera un suicidio y lo habló con Steve.

–Si es por eso, yo tampoco lo creo –contestó él.

–Hace unos días vi a Mister Ansell en el pub con el llavero de su mujer. Podría testificar –intervino Pat.

–Dirá que tenían dos llaveros idénticos. Lo mejor es dejar las cosas como están: nadie testificaría contra él, no hay pruebas, sólo sospechas.

Steve volvió a su trabajo.

Steve estaba angustiado. La peritación del profesor Duncan se tenía que haber presentado en el tribunal el viernes anterior y aún no le había llegado. El profesor era muy anciano, pero no tanto como para olvidarse de los plazos. Decidió llamarlo. El profesor Duncan se disculpó por el retraso, pero el motivo era justificado, y estaba convencido de que el juez lo aceptaría: había pedido a numerosos colegas que le buscaran un juguete que se pareciera al llamado «pene» y no quería completar su informe sin conseguirlo: ¡tenía que encontrar ese dichoso juguete! Estaba seguro de que se trataba de un viejo bolo de madera, y a su asistente le quedaban aún decenas de catálogos por examinar y otras búsquedas que hacer en Internet. Era una tarea laboriosa. Además, esperaba noticias de un colega que trabajaba en Filipinas, quien le había asegurado que tenía buenas probabilidades de localizar el bolo en cuestión. El profesor aseguró a Steve que esos dos dibujos de «penes» eran los únicos que podían despertar sospechas.

En el bufete Wizens nadie había leído nada sobre los problemas de Jim Stutz.

76
«Papá es un héroe»
Kensington. Casa de los Pitt. Martes, 17 de junio

Mike despertó a Steve al alba para contarle lo del incendio.

–Esto es serio –le contestó Steve–. Debemos informar a la parte contraria de inmediato. Su mujer y usted deberán hacer una declaración, y las *au pairs* también. Tendría que recibir asimismo la confirmación de los bomberos.

Steve llamó a Pat y le pidió que fuera a la oficina lo antes posible. Ella cogió un taxi, que recorrió calles secundarias para evitar el tráfico y pasó por delante de la casa de Mistress Ansell. Se sobresaltó: un joven negro caminaba a paso rápido como si no quisiera llamar la atención y lo confundió con el marido. Se puso muy nerviosa, pero luego le vio la cara y no era él.

Steve ya había grabado una cinta y Pat trabajó toda la mañana. Era necesario actuar deprisa e informar al tribunal y a Mistress Fox antes de que los servicios sociales entraran en acción. Cuando Pat acabó, le preguntó a Steve:

–Entonces, ¿Jenny ya no quiere separarse?

–Se me olvidó preguntárselo.

Las niñas estaban desayunando en la cocina. Nora y Teresa, las responsables del incendio, la habían limpiado de arriba abajo. Seguía oliendo a humo, sin embargo, y el cuarto de jugar estaba inutilizable.

–Papá es un héroe –decía Lucy–, corrió hasta el cuartel de los bomberos y después volvió más rápido que ellos. –Cuando Mike entró en casa, lo recibió exclamando–: ¡Papá! ¡Un héroe, un héroe!

Poco después entró Jenny, a punto de irse a trabajar. Se dirigió hacia el frutero y pasó a su lado rozándole. Mike apoyó su brazo en sus caderas y por un instante acompañó sus pasos.

Jenny estaba escogiendo una mandarina.

–Vuestro padre hace mucho por vosotras. Es muy bueno –les decía a las niñas, y después buscó la mirada de Mike, pero en ese momento Amy le estaba preguntando cómo era posible que los incendios nacieran tan de repente y él estaba concentrado escuchándola.

La vista de la tutora se había fijado para la tarde, cuando las niñas volvieran del colegio. Mistress Fox sabía comunicarse bien con los niños: Amy y Lucy le contaron primero con todo lujo de detalles lo que había ocurrido la noche anterior y después, poco a poco, también algunas cosas de su vida. Era evidente que su madre era su punto de referencia. Si tenían alguna preocupación recurrían en primer lugar a ella, después a su padre. Amy, sin embargo, aclaró que a veces prefería hablar con la tía Marjorie antes que con su padre: dependía de qué preocupaciones fueran.

La tutora le preguntó por qué.

–Papá trabaja mucho y tiene un montón de cosas en la cabeza. Es para que no se disguste.

–Papá decide lo que comemos en el restaurante porque paga la cuenta y mamá decide lo que hacemos nosotras, porque las tres somos chicas –añadió Lucy.

–¿Qué te parecería que papá tuviera que irse a vivir a otro sitio?

–¿Por qué? –preguntó de inmediato Lucy.

–¿A otro sitio por culpa de su trabajo? –Amy estaba confusa. Después añadió–: El papá de mi amiga Lola vive en Bruselas durante la semana y viene a Londres el viernes por la noche. A veces mi papá se marcha durante la semana, y también el fin de semana, por su trabajo.

Entretanto, parecía que Lucy quería decir algo y pataleaba

para que Amy se callara. Mistress Fox se dio cuenta y le dio oportunidad de hablar.

–¿Vendrá usted también a vivir a nuestra casa?

Jenny había salido antes de tiempo del trabajo para verse con Mistress Fox. En un primer momento le dijo que, presa del pánico, llamar a Mike fue su primer impulso, pensaba que podía ayudarla a calmar a las niñas. Después admitió que lo necesitaba también para que le diera apoyo moral.

–¿Sabe que no debería haberlo hecho y que no debe volver a suceder? –la reprendió la tutora.

–Puede usted decir lo que quiera, pero si alguna de las niñas sufriera un accidente o tuviera que ir al hospital, volvería a hacerlo. Es su padre, y le quieren.

–Pero podría abusar de ellas, Lucy ha revelado los abusos a la doctora Cliff.

–No lo creo. La doctora Cliff tergiversó las palabras de Amy y habrá hecho lo mismo con Lucy.

Jenny miró a Mistress Fox fijamente a los ojos.

Mike había tenido un día duro, pero provechoso. Ya habían enviado la carta a los accionistas de Wear-and-Go, que incluía un detallado resumen de los desvaríos de la mujer de Jim Stutz y acusaba directamente al consejero delegado. Iba acompañada por copias de todos los artículos y sueltos publicados por la prensa, así como por una copia de la carta que habían firmado los abogados de Mistress Stutz, en la que pedían disculpas por el comportamiento poco decoroso de su cliente, totalmente contrario a su natural tímido y reservado. El consejero delegado había informado a Mistress Stutz –quien ya lo conocía en cuanto antiguo empleado de su marido– de la presunta traición de su marido con una mujer mucho más joven, y fue él quien la incitó a actuar. Trastornada por los celos, la mujer había empleado fuera de lugar la palabra «pedófilo», pues simplemente acusaba a su marido de haberse ido con una mujer mucho más joven, no con una niña. Además, Mistress Stutz reconocía no tener la menor prueba de la presunta infidelidad y mucho menos de que fuera con una menor. Sus abogados lo confirmaban: su solicitud de divorcio era por incompatibilidad, no por adulterio.

Fondos de pensiones y otras instituciones se contaban entre los mayores accionistas de la sociedad matriz de Wear-and-Go. Su reacción era fundamental. Mike y Rudy se pusieron en contacto con ellos, ofreciendo un resumen de la emboscada que había sufrido Jim Stutz y anticipando el contenido de la retractación de su mujer, que iba a publicarse, en los mismos periódicos que habían recogido los hechos, al día siguiente. En general se mostraron muy comprensivos y coincidieron en que Wear-and-Go había sobrepasado con mucho los límites de la decencia al oponerse a la oferta de adquisición de Jim Stutz.

Trolleys alimentaba fundadas esperanzas de que las instituciones de la City castigarían a esa mujer por haberse atrevido a acusar a su marido.

Mike volvió a casa exhausto. Entró y noto el olor a patatas hervidas. Jenny estaba cocinando para él: salmón, patatas y brócoli. Había traído también una botella de Chablis, su vino favorito. Mike subió a su habitación a cambiarse y se percató de que Jenny había dejado allí una bolsa.

–¿Qué hace una bolsa tuya en mi habitación?

Jenny le dijo que Amy le había contado que la tutora se interesó por sus desplazamientos y ella le había dicho que su papá dormía a menudo fuera durante la semana, a causa del trabajo. Entonces se le ocurrió decirle a Amy que ella también tenía que hacer lo mismo y que esa misma noche tendría que marcharse a Glasgow y que cogería el primer avión de la mañana.

–Las niñas estaban muy contentas. ¿Y tú?

Jenny no durmió bien aquella noche. El colchón era muy duro y las cortinas dejaban pasar la luz. Hacía calor, Mike había tirado al suelo la sábana y dormía dándole la espalda. Jenny repasó las horas que acababan de pasar juntos: no había nada en Mike que le hiciera pensar en un pedófilo. Él disfrutaba de la feminidad madura de una mujer y su forma de hacer el amor exigía un cuerpo adulto que respondiera al suyo. Le acarició el brazo, después la pierna y la espalda. Mike era robusto, sin un gramo de grasa. No había nada, absolutamente nada, ni en su cuerpo ni en su comportamiento, que le hiciera creer que su sexualidad no era sana.

Mi Mike no es un pedófilo, se dijo. Siguió acariciándole la espalda. Mike se dio la vuelta y se abrazó a ella. La barba le hacía cosquillas en la barbilla y le notó la mejilla húmeda. Mike estaba llorando, como había hecho en casa ante la puerta de las niñas.

–¿Qué ocurre? –le susurró.

–He pasado tantas noches preguntándome quién soy. Si he podido hacer alguna vez algo tan horrible, tan inaceptable. No sé qué creer.

Después Mike se incorporó apoyándose sobre los codos y se la quedó mirando en la penumbra largo rato, sin decir nada.

A la mañana siguiente, Jenny encontró, escondida bajo la cama, una copia del informe de la doctora Cliff. Las páginas estaban hinchadas y descoloridas, como si las hubieran dejado bajo la lluvia.

77
Miss Barnes decide
World's End. Oficina de los servicios sociales.
Miércoles, 16 de junio

–Es una familia llena de secretos. No nos han dejado conocerlos, y la situación familiar es decididamente anómala. No tienen amigos íntimos, están aislados. Además, no quieren ni plantearse la posibilidad de una intervención terapéutica. Ambos progenitores han rechazado la peritación de un psicólogo y Jenny me ha repetido que, si le hiciera falta ayuda, recurriría a su médico de cabecera. Esa mujer me ha contado un montón de mentiras. Lucy fue muy clara con la maestra de la guardería y con la psiquiatra; Amy mantiene su silencio, pero también sufre abusos emocionales en esa familia dominada por el padre. Si la madre no admite los abusos, tendremos que quitarle a sus hijas. La adopción conjunta de las hermanas debería resultar factible en un plazo breve. La documentación que hemos de presentar al Comité de Estabilidad es mucha y empezaré a prepararla de inmediato. En mi plantilla faltan tres asistentes sociales, nos desborda la cantidad de módulos y formularios que hay que rellenar a cada paso, y cuando obtengamos la autorización del tribunal, no quisiera verme en la imposibilidad de presentar a las hermanas Pitt al Comité por no haber tenido tiempo de preparar la documentación.

Sandra Pepper había fijado una vista para el lunes siguiente con dos solicitudes que habían presentado los servicios sociales: la reducción del régimen de visitas, motivada por las dos infracciones que había cometido Mister Pitt, y la inclusión de Amy en el procedimiento para asumir su custodia también, dado que era probable que ella también sufriera abusos psicológicos, cuando no sexuales.

–En lo que a Amy se refiere, me parece prematuro, no tenemos pruebas. La vista para determinar los hechos está fijada para el 4 de julio. Si el juez considera que Lucy ha sufrido abusos, no tendremos el menor problema –le dijo Sandra a Miss Barnes–, se incluirá a Amy en nuestros planes.

–A Amy le han inculcado bien la ley del silencio. Será la próxima víctima de su padre. Cuando se trata de casos de niños, hay que evitar los aplazamientos. Quiero estar en condiciones de ofrecer una buena familia de acogida que pueda adoptar a las hermanas Pitt, si tenemos que quitárselas a su madre en una situación de emergencia. Cuanto antes presentemos su causa al Comité, mejor.

–Tiempo tenemos, la vista final no se celebrará antes de noviembre.

–Puede ocurrir cualquier cosa. La rapidez es esencial en las causas de menores, ¡lo dice la propia ley! –Miss Barnes estaba intentando poner fin a la conversación, pero Sandra Pepper quería saber más para persuadir al juez.

Miss Barnes le dijo entonces que debía informar al juez de que Jenny no era digna de confianza. Al principio, parecía dispuesta a hablar con Fiona de las tensiones que había en su matrimonio –que, sin embargo, atribuía a las obras de la casa, a las dificultades surgidas por la ausencia de Mike y a la intervención de los servicios sociales– para negar a continuación de manera obstinada cualquier problema. La semana anterior había admitido tensiones en la relación de pareja, pero después del incendio le dijo a Mistress Fox que entre ella y Mike las cosas iban muy bien y había subrayado que no se arrepentía en absoluto de haberlo llamado esa noche. En cuanto al régimen de visitas, le había dicho a Fiona que había que reducirlo, y después en la vista cambió de idea.

No era sólo que se hubiera demostrado que Jenny era poco de fiar, e incapaz por lo tanto de proteger a sus hijas, sino que además no había colaborado con los servicios sociales en la búsqueda de otros familiares que pudieran tomarlas a su cargo.

–Sabemos poco o nada de las familias de origen de los Pitt. Jenny es hija única y huérfana, pero tiene muchos tíos y primos.

Mike dice que tiene poco trato con su hermano y con su hermana. Las niñas apenas los conocen y hace tres años que no los ven. Ninguno de sus parientes, excepto Miss Wood, está al corriente del procedimiento legal. –Miss Barnes tomó aliento y dijo en un suspiro–: Puedes decirle también que he visto a Mike en compañía de un hombre condenado por pedofilia, y aludir a la posibilidad de que Mike esté relacionado con un círculo de pedófilos, en el que se incluye ese Stutz.

–¿No has leído los mentís publicados por los periódicos? ¡Mistress Stutz se ha retractado! –exclamó Sandra.

Para Miss Barnes los mentís no tenían importancia, los ricos sabían cómo hacer callar a la prensa, bastaba con la amenaza de una querella. Ese Mike Pitt era muy astuto, como todos los pedófilos, aunque poco a poco su naturaleza iba saliendo a la luz; había demasiadas coincidencias y demasiados cruces «fortuitos» con tipos como él. Miss Barnes no se fiaba siquiera de cuanto sostenían en Meadows –los colegios privados se ponían siempre del lado de los padres que pagaban las cuotas– ni del doctor Vita, que era también médico del banco Trolleys. Tampoco consideraba dignos de confianza los informes de las *au pairs*. En cuanto a Lady Snowball –una viuda indigente que se había convertido en una especie de amiga y pseudomadre de Jenny desde que la empleó como *personal assistant* siendo muy joven por un breve periodo de tiempo– y a la tía de Jenny, era evidente que defenderían a los Pitt con uñas y dientes. Serían capaces de testificar en falso.

78
Mike no se reconoce
Chelsea. Jueves, 19 de junio

Steve hablaba con los Pitt de los planes que los servicios sociales tenían para Amy y Lucy. Jenny no había movido un músculo, se lo esperaba.

–Eso significaría quitarle las niñas a Jenny, para siempre –dijo Mike, trastornado.

–Sí, pero no desesperemos. No sabemos aún lo que dirán el profesor Duncan ni Mistress Fox. La opinión de la tutora, en especial, suele tener mucho peso para el juez, y la doctora Moss, a mi parecer, se decanta a su favor. Pero el riesgo existe, y no es irrelevante –admitió Steve.

–¡Quiero hablar con ese Duncan! –exclamó Mike y marcó su número.

Hablaron largo rato; en determinado momento, Mike se puso pálido. Después les contó que el profesor seguía buscando el bolo, y quería que también los Pitt lo buscaran entre los juegos de las niñas y en los museos de juguetes. Desde entonces, permaneció silencioso, palidísimo. Jenny, en cambio, discutió con Steve la táctica para la vista, se mostraba esperanzada.

Los Pitt salieron del bufete Wizens y se dirigieron a sus respectivas oficinas. Mike tenía un aspecto cetrino.

–No te preocupes, Lucy está bien –le repitió Jenny antes de subir al taxi, pero él ni siquiera le respondió.

Antes de salir de la oficina para ir a Wizens, Mike había preparado un guión para un miembro de su equipo que al día siguiente debía reunirse con un cliente importante y se lo había mandado. «¡Ya me lo habías enviado!», fue la rápida respuesta. Bastó para que se derrumbara. Hasta entonces había conseguido separar el trabajo de sus angustias, pero ahora ya no era capaz. El profesor Duncan le había preguntado si estaba circuncidado. ¿Por qué? Mike miraba fijamente la pantalla y era como si la carita de Lucy estuviera delante de sus ojos. ¿Qué había sucedido en el *jacuzzi*? ¿Llevaba calzoncillos o no? Lucy había entrado en la bañera por el lado contrario, sus piernas estaban entre las suyas: ¿lo había tocado? ¿Había visto Lucy sus genitales? ¿Qué había ocurrido realmente mientras Jenny estaba en París?

Se marchó corriendo de la oficina. El día tenía una luz plomiza, llovía a cántaros y soplaba un viento alborotado. No quiso tomar ningún medio de transporte; caminaba a grandes pasos, con la cabeza gacha, sin prestar atención a su alrededor. Los recuerdos del internado lo atormentaban y se enmarañaban con la imaginación en una desesperada búsqueda de sí mismo. ¿Fue una víctima pasiva o consentidora? ¿Por qué no se había rebelado? ¿Había disfrutado? Y más tarde, ¿repitió esos abusos con compañeros más jóvenes? ¿Por qué le gustaba tanto cuidar de Lucy de recién nacida?

Las ráfagas de viento aumentaban de forma irregular: formaban remolinos, cambiaban de dirección y arrancaban los paraguas de las manos. La lluvia fragorosa había llegado a humedecerle, a través del impermeable y de la chaqueta, el pecho y los brazos, mientras que los zapatos y las piernas estaban empapados por las salpicaduras de los charcos. La gente buscaba refugio en el interior de los portales y de las tiendas aún abiertas. Mike era el único que seguía avanzando, como si buscara aquellos latigazos húmedos y cortantes. Después, el ruido de un trueno: el agua empezó a caer más tupida, mezclada con bolas de granizo del tamaño de garbanzos; llenaba y bloqueaba los sumideros y corría rápida como un torrente, arrastrando consigo, por los bordillos, periódicos, latas y todo lo que encontraba a su paso. Las calles estaban relucientes de lluvia, los automóviles y los autobuses, parados; algún taxi intentaba avanzar, cauto, para desistir enseguida. Mike se metía ahora entre los vehículos, zigzagueando de uno a otro, con la esperanza de resbalar por el asfalto mojado y acabar debajo de alguno. Y que todo terminara.

Las macetas de terracota a los lados del porche estaban volcadas; las raíces de los arbolillos de laurel –un fardo enredado en el escaso mantillo– habían amortiguado el golpe y sólo se habían agrietado. Mike las puso de pie y después fue a comprobar el jardín. No se había ocupado de cuidarlo y el césped había crecido en exceso, parecía una ciénaga; del jardín de al lado, la rama de un árbol, arrancada del tronco pero sujeta aún por la corteza, había caído sobre el muro. De pie y empapado hasta los huesos, Mike miraba a su alrededor, azotado por el viento. La terraza del salón había quedado devastada: las sillas de madera estaban destrozadas, las macetas del murete, hechas añicos y las raíces de las plantas, tiradas por el suelo y desnudas como telarañas lacias. Los pétalos arrancados de los geranios y de las fucsias flotaban en los charcos del terrazo junto a ramas traídas por el viento, hojas maltrechas, hojas secas y otros desechos. También las dos grandes macetas de terracota a ambos lados del ventanal se habían roto y de los bordes zigzagueantes el mantillo empapado se desbordaba sobre el suelo como sangre negra y grumosa.

Jenny apareció con la cena. Se había quitado las botas de agua y el impermeable y se afanaba en los hornillos. Mike estaba en la habitación, mirando el temporal, hipnotizado. La había oído llegar pero no se había movido de la ventana. Después entró silencioso en la cocina y se sentó a la mesa. Jenny no paraba de hablar; por la tarde había firmado un contrato con un diseñador chino.

–Definitivamente, los chinos están a la altura de los mejores del mundo. Ya no copian: han adquirido una gran seguridad en sí mismos y su creatividad ha alcanzado un extraordinario refinamiento en los acabados. Hay que pagarles bastante, pero no importa, cuanto más cuesta un producto, más gusta; a los ricos les gusta gastar. He convencido a mi jefe para que nos quedemos con la exclusiva: ¡los venderemos en un santiamén, precisamente por lo caros que son! –Después se volvió hacia Mike–: ¿Crees que conseguiremos llevarnos a las niñas a China?

Entonces se percató de que Mike no la escuchaba: como una salamanquesa pegada a la pared, temerosa y a punto de huir, Mike no se movía y seguía sus movimientos. Jenny le puso el plato delante y empezó a comer. Apenas consiguió que probara lo que había preparado. Mientras comía, le preguntó si había tenido algún problema en el trabajo, si no se encontraba bien, y a cada pregunta él meneaba la cabeza. Al final, asustada, Jenny chilló:

–Pero bueno, ¿qué te pasa? ¡Habla!

Mike le dijo en voz muy baja que no sabía si había abusado de Lucy.

–¿A qué viene eso? Yo sí que lo sé, nuestra hija está perfectamente bien, nadie le ha hecho daño, y muchos menos tú. La vista irá bien.

Mike quería que se quedara con las niñas y admitiera ante el tribunal que era posible que fuera un abusador, tal como lo había descrito la doctora Cliff. Jenny debía pedir la separación. Ella protestó y él levantó la voz, tenía que hacer lo que él decía y basta.

De repente, Mike estalló en sollozos. Ahora le suplicaba que hiciera lo que le pedía. Luego la sacudió violentamente, hasta causarle daño y hacerla llorar. Cuando al final Jenny prometió hacerlo, la soltó y se marchó a la habitación.

El dormitorio estaba a oscuras y olía a humedad; Jenny tropezó con la ropa empapada, tirada sobre la moqueta en un montoncillo. Se lo encontró tumbado sobre la cama, en estado de catalepsia. Hizo que se metiera debajo de las sábanas y se quedó a su lado, acariciándole el pelo.

–Quiero contarte algo que creía que nunca le contaría a nadie. Sé cómo se comporta un hombre que abusa de los niños. El marido de mi madre lo intentó conmigo, más de una vez. Sé bien cómo funciona la seducción, conozco los juegos y las trampas de los pervertidos: saben cómo presentarse; son persuasivos, afectuosos, solícitos y generosos; cuando no consiguen sus propósitos no se rinden. Adoptan la actitud desilusionada y herida de un amigo traicionado; más tarde pasan a las amenazas. Por eso me negué a seguir a mi madre a Australia y me fui a vivir con la tía Marjorie. Tú no podrías abusar jamás de un menor. No eres capaz.

Mike no reaccionaba. Jenny se tumbó sobre la sábana y se arrimó contra su cuerpo.

Se amaron en silencio y sin tocarse.

79
Pat se olvida de los Pitt
Brixton. Bufete Wizens. Viernes, 20 de junio

«Buenos días. Llama a Mike Pitt, creo que se lo tomó bastante mal ayer.» A los socios del bufete Wizens les habían regalado una Blackberry y Steve estaba aprendiendo a usarla para enviarles correos electrónicos.

Mister Pitt estaba en el trabajo.

–¿Noticias de Duncan? –preguntó Mike al oír la voz de Pat.

–Nada todavía, es demasiado pronto. Mister Booth quería asegurarse de que estuviera usted bien.

–Estoy hecho un asco. –Y añadió después–: Dudo de todo y de mí.

Jamás, hasta entonces, había sido Mike tan claro.

–Usted no es como esa gente. No se comportan como usted –contestó Pat de un tirón.

–¿Y usted qué sabe?

–A estas alturas, sé lo bastante.

Pat cortó la comunicación, cohibida por su audacia.

Steve tenía un día repleto de reuniones. La primera, con la hija de Mistress Ansell. Tras darle el pésame, le preguntó qué podía hacer por ella. La mujer se sentía cohibida por la presencia de las secretarias; Steve la tranquilizó, ellas también lo sabían todo acerca de Mistress Ansell. La hija buscaba el testamento. Steve le contestó que su madre había contactado con otro abogado, pero ella no hacía ademán de despedirse. Miraba a su alrededor y, al final, se decidió a hablar. Los obreros que trabajaban en la casa de al lado habían encontrado a su madre boca abajo, en su jardín, bajo la ventana del dormitorio. Acudieron saltando la verja, pero su madre ya estaba muerta.

Ella fue la primera en entrar en la casa, con la policía. No habían forzado la puerta y de la cocina salía humo y olor a quemado: los hornillos con las ollas de la noche anterior estaban apagados, pero el horno eléctrico seguía encendido, y las patatas puestas a dorar se habían carbonizado. Después de dudar un momento dijo que había entrado en el dormitorio antes que la policía y que encontró algo que le daba que pensar.

–¿Qué fue lo que encontró?

La mujer se pasó la mano por la frente.

–La cama estaba sin hacer, las almohadas arrugadas, y en el suelo había unas esposas de color rosa, de esas que se compran para cierta clase de juegos... –Se sonrojó.

–¿Se lo dijo a la policía?

–Me las metí en un bolsillo a toda prisa. Ésos venían detrás de mí. Me daba vergüenza. Además, ¿para qué iba a decírselo?

–Hábleme de su madre.

–Sabía lo que quería y hacía lo que fuera por obtenerlo. De su marido no se fió nunca, pero estaba colada por él. Lo organizó todo a la perfección, antes de poner la casa conyugal a su nombre: obtuvo un préstamo con la garantía de la casa y con ese dinero compró pisos que puso a mi nombre. A su marido no le quedará nada, la hipoteca es mayor que el valor de la casa.

–¿Cree que la mataron?

–No estoy segura. Mi madre era capaz de cualquier cosa y en los últimos meses la tenía tomada con él. Quería saber qué pensaba usted. Verá, a mí me crió mi tía y con mi madre tuve poco trato. Pagaba las cuotas del colegio y me mantuvo mientras estudiaba en la universidad, pero nunca me llevaba con ella de vacaciones ni llegué a dormir en su casa. Ni siquiera cuando estaba en el hospital le agradaban mis visitas. Me decía que le hacía parecer más vieja, ocultaba su edad. En los últimos meses, sin embargo, me buscaba. Estábamos más unidas, o eso creía yo, pero cuando le venía bien me rechazaba y volvía con él. Es un desgraciado, y sé que tiene un hijo...

–¿Está segura de que no habían forzado la cerradura?

–No. Le recomendé que la cambiara, pero no quiso.

–¿Tiene alguna prueba?

–Ninguna, excepto que él no me ha llamado para recoger sus cosas; en casa no había nada suyo... –Titubeó, y dijo después de una tirada–: Mi madre sólo llevaba puesta una bata de brocado, zapatillas a juego, con tacones, y la peluca nueva...

–Podría hablar de todo esto con la policía.

–Mi madre tenía su propia idea de la dignidad, no creo que le hubiera gustado acabar en las páginas de sucesos. La hemos incinerado y he limpiado la casa. Después se me ocurrió, angustiada, que alguna otra mujer podría correr su misma suerte y vine a verle...

–Dudo que llegue a suceder.

–Eso creo yo también. Si se hablara de ello, la prensa caribeña acabaría por enterarse. Llevo una vida tranquila, sencilla. No me gustaría avergonzarme de mi madre y ella, sin duda alguna, tampoco lo hubiera querido.

Pat, con la cabeza gacha, parecía concentrada en sus papeles, pero había estado escuchando. Sólo hasta cierto punto.

Las cosas habían ocurrido así, estaba segura. Después de haber hecho la compra en el mercado, Mistress Ansell se hizo con una botella de ron y marihuana de la buena, cocinó y se dio después un baño. Se untó de crema perfumada, se maquilló y se puso la peluca nueva. Tumbada sobre la cama matrimonial, lo estuvo esperando desnuda, como la mujer lasciva del cuadro de la pared. Cuanto más esperaba, más aumentaba su deseo. Le oyó entrar en casa. El aroma del curry que conservaba el calor subía por las escaleras, estaba comiendo. Impaciente, bajó a la cocina.

Él tenía hambre y empezó a comer como si llevara días sin probar un plato como es debido. Ella lo animó a seguir y le sirvió ron, bebieron ambos, ella le acariciaba el cuello, pero él la apartaba y seguía bebiendo. Ella le preguntó algo, él meneó la cabeza y siguió comiendo, después, arrastrado de un brazo, la siguió, aún con hambre.

Ahora estaban arriba. Mistress Ansell se colocó en el centro de la cama, con la espalda apoyada contra las almohadas del cabecero, se desató la bata y abrió piernas y brazos. Le señaló las esposas forradas de raso rosa ordenándole que la atara a los barrotes de hierro forjado. Él la obedeció con reticencia.

Ahora, inclinado sobre ella, la lamía, como ella deseaba. La besaba furioso y distraído, mirando el cajón de la mesilla. El dinero estaba ahí. En el rostro de Mistress Ansell se sucedían emociones contrapuestas. Muecas de dolor, muecas de rabia, muecas de placer. La peluca se le deslizó sobre la frente y él se detuvo, ya estaba harto. Ella seguía dándole órdenes, con la boca torcida y rabiosa. Pero él no podía, quería que abriera el cajón. En lugar de eso, ella lo arrastró con desesperada furia hacia la ventana, Mistress Ansell, apoyándose en el alféizar, le rodeó la espalda, clavándole las uñas en los hombros a través de la camiseta ajustada, lo atrajo hacia ella y le rodeó con sus piernas las caderas. El rostro retorcido en una máscara de rabia.

Él no quería, no podía. Mistress Ansell empujaba. Después, como a cámara lenta, la máscara se echó hacia atrás y desapareció.

–¿Estás dormida? ¿No has oído el teléfono? ¡Es Kahin con su tutora! –exclamó Sharon.

La hija de Mistress Ansell hacía rato que se había marchado y Pat tenía los ojos clavados en la pantalla a oscuras.

La tutora había querido reunirse con Kahin, en el despacho de Steve, para darle la información que habían obtenido de su padre. Kahin llevaba el pelo bien cepillado y con las puntas hacia dentro, parecía haber vuelto a recuperar su juventud. Estaba sentada tranquilamente al lado de la tutora.

–Tenemos que darte cierta información. No te preocupes, seguirás donde estás y no volverás a casa. –Esa había sido la promesa de Steve, y la muchacha le sonrió–. La tutora se ha visto con tu padre, que acepta tus deseos de vivir alejada de la familia. Le ha dicho que para obtener el estatuto de refugiado para todos sus hijos tuvo que declarar que cada uno de los mayores, incluida tú, tenían cuatro años menos.

Kahin lo escuchaba pero no comprendía. Ni Steve ni la tutora estaban seguros de que dijera la verdad, pero querían efectuar un examen médico para establecer su edad a través de los huesos.

–No es nada, es como una radiografía, no te hará daño.

–¿Para confirmar que tengo quince años?

–Exacto, para confirmarlo. Ya sabemos todos que tienes, y que aparentas, quince años.

–¿Qué edad dice mi padre que tengo?

–Sostiene que sus hijos mayores tienen cuatro años más de lo que declaró en la Oficina de Inmigración. Tú, por ejemplo, se supone que tienes diecinueve, y tu hermana, quince. Sólo queremos saber si das tu consentimiento para hacer los exámenes médicos, eso es todo.

Kahin se había desplomado sobre la silla, con los ojos fijos en sus manos diminutas.

–Mister Booth, pero si tengo diecinueve años, ¿adónde han ido a parar esos cuatro años? Yo no me acuerdo. –Estalló en un llanto afligido.

Steve no había previsto en absoluto que Kahin se lo tomara de esa forma. Pat levantó la vista: Steve, con una lágrima en las pestañas, se había quedado sin habla.

La tutora empezó a consolar a Kahin, quien balbuceaba desconsolada que, si eso era verdad, ella era una adulta y tendría que abandonar el colegio. Steve se espabiló y le explicó que su padre se lo estaba inventado para anular el procedimiento legal, que atañía únicamente a jóvenes menores de dieciocho. No tenía nada que temer.

–¿Y si fuera cierto? Cuatro años... ¡entonces tenía dieciséis cuando hice la secundaria, con compañeras de doce! –decía Kahin, y paso a paso empezó a reconstruir su vida siguiendo esa «nueva» edad.

Ahora se explicaba sus excelentes resultados en los estudios, pues era mayor que sus compañeras, las tareas que le confiaba su madre y hasta los abusos de sus hermanos. Cuanto más lo pensaba, más abatida estaba. Steve la escuchaba y se sentía de nuevo incapaz de pronunciar palabra.

La tutora acudió en su ayuda y empezó a contarle otras situaciones en las que los padres habían mentido sobre sus hijos para librarse de problemas. Kahin la escuchaba y poco a poco se fue serenando.

–Hace calor, ¿por qué no vais a tomaros algo fresquito al Quality Cafe? –sugirió Pat.

Steve asintió y le lanzó una mirada de gratitud.

Antes de marcharse, Sharon habló con Pat a solas.

–Tómate con calma lo de Mistress Ansell. Sé que viste a su marido con sus llaves, y que te gustaría hablar con la policía. Pero ¿para qué? No sabemos exactamente lo que ocurrió. Tal vez él haya aprendido la lección y respete más a las mujeres.

»¿Has visto, en cambio, lo mal que le ha sentado a Steve el asunto de Kahin? Nunca lo había visto tan abatido... Pero eso también tiene su lado positivo, tal vez aprenda por fin a que debe meterse en la piel del cliente, antes de abrir la boca.

Por la noche, Pat salió a correr con Ron a orillas del Támesis. Desde que la hija de Mistress Ansell se había presentado en la oficina, Pat no había vuelto a pensar en los Pitt. Ahora, mientras corría, sus problemas le habían vuelto a la cabeza, de forma angustiosa.

–Sería una injusticia que se llevaran a las niñas de su casa. Estoy convencida de que es inocente –dijo de repente. Sin darse cuenta, había hablado en voz alta.

–Estoy de acuerdo. En mi opinión, Lucy no lo ha acusado de nada –contestó Ron.

–Si ni siquiera has leído el informe de la psiquiatra, todo está ahí, negro sobre blanco –objetó Pat, y aceleró el ritmo.

80
La quinta vista de los Pitt
Strand. Royal Courts of Justice. Lunes, 23 de junio

Steve no estaba preocupado por la vista. Le dijo a Pat que los servicios sociales no obtendrían la reducción del régimen de visitas de Mike ni, mucho menos, podrían incluir a Amy en sus planes: eran solicitudes prematuras, faltaba poco para la vista del 4 de julio que determinaría los hechos. Trataría de conseguir que fuera Miss Wood la única que vigilara las visitas de los fines de semana. Lo que sí preocupaba bastante a Steve, por el contrario, era el silencio del profesor Duncan: se estaba comportando como un viejo caprichoso buscando un bolo fantasmal, desentendiéndose por completo de los plazos establecidos por el tribunal para depositar su peritación, que ya iba retrasada.

La vista discurrió sin novedad, tal como había previsto.

Steve llamó a Pat desde el tribunal y le pidió que preparara un tentempié para los Pitt, que irían a la oficina con él para hacer un balance de la situación.

Mike seguía aún muy deprimido, Jenny procuraba apoyarle como podía. La fiesta de la inauguración de la casa se había anulado. En cambio, para el 21 de junio, había reservado una mesa en un nuevo restaurante que a Mike le encantaba, pensando que le haría ilusión. Él la obligó a anularlo. Sin embargo, Jenny, que tenía confianza, resistía bien el ansia de la espera.

Miss Wood telefoneó esa mañana a Pat para decirle que había escuchado a la doctora Cliff por la radio en un programa en el que se hablaba de los efectos que la separación de los padres provoca en los niños minusválidos: había sido una bonita intervención. Miss Wood estaba segura de que al final apoyaría a los Pitt. Pat no había podido revelarle el contenido del informe de la doctora, y no le había contestado, por lo que Miss Wood renovó su invitación para tomar un té antes de colgar.

Pat entró en la sala de reuniones con la bandeja de la comida, Steve aprovechó para pedirle que fuera, esa tarde, al Museum of Childhood en Bethnal Green, para ver si había juguetes que pudieran parecerse a los dibujos de Lucy.

–Entonces, ¿hay esperanzas?

–Las de quien está entre la espada y la pared. Adopción, o inocencia de Mister Pitt: no hay solución intermedia. En los casos complejos, o basados en pruebas intangibles, es la mejor postura. No podemos desistir, ¿estamos de acuerdo?

Steve se volvió hacia los Pitt, que asintieron afligidos.

El Museum of Childhood ocupaba un edificio victoriano que en otros tiempos había sido una fábrica. Estaba dividido en distintas zonas, y cada una contaba con un rincón para que jugaran los pequeños visitantes, según las franjas de edad, decorado con alfombras y cojines. Allí, a horas preestablecidas, los empleados del museo los entretenían y les enseñaban algunos juguetes, que después pasaban de mano en mano. Estaba lleno de niños acompañados por sus padres, maestros o abuelos. Había también algunas jovencísimas parejitas en un recorrido de recíproco conocimiento a través de los frescos recuerdos de su infancia. Los demás visitantes la observaban con curiosidad: una visitante adulta y sola, que, en vez de detenerse ante las piezas más hermosas –como las casas de muñecas–, escrutaba bolos, objetos de madera y juegos de niños, despertaba extrañeza.

Pat no tuvo suerte y, desanimada, decidió volver a casa; luego se le ocurrió que tal vez Miss Wood conociera colecciones privadas u otros museos, y la llamó. La viejecita no le resultó de gran ayuda, pero insistió de nuevo en invitarla para tomar el té y añadió que le gustaría hablarle de Jenny.

Miss Wood la recibió con un reproche. En su momento, no vino a visitarla para ver el Lego restaurado, ahora era demasiado tarde. Precisamente esa mañana lo había embalado en una caja y lo había enviado a Sidney, en Australia, adonde casi todos sus hermanos, algunos antes, otros más tarde, habían emigrado.

–Se está bien allí, pero yo prefiero Londres, ¡es tan excitante! –dijo Miss Wood, entre risitas, y después le habló de Jenny.

Mike le había hecho prometer que se divorciarían, en caso contrario perdería la tutela de las niñas. A Miss Wood no le cabía en la cabeza: ¿por qué obligar a Jenny a tanto? Pat intentaba explicarle la situación, sin hablar en exceso, y para evitar nuevas preguntas, le habló del juguete que estaba buscando.

–Jenny me ha llamado esta tarde preguntando por lo mismo. A mí no me vienen a la cabeza bolos u otros objetos que se parezcan a un pene –contestó Miss Wood, aunque luego lo pensó mejor–: Un momento, quizás un brazo de muñeca..., uno de esos con las manos articuladas, de celuloide, que encaja a presión en el busto.

Se puso a rebuscar en una caja grande a los pies de la máquina de coser: se la había traído a casa del *cottage,* era su nuevo trabajo. Miss Wood no lo encontró, pero no buscó en vano, entre las extremidades de muñeca encontró uno de los hombrecillos del Lego, que había dado por perdido.

–¡Sabía que faltaba uno! Tenían que ser seis y sólo había cinco. Lo he estado buscando por todas partes. Hace dos meses que vivo como un viajante de comercio, entre la casa de Jenny, ésta y el *cottage.* Quién sabe cómo habrá ido a parar a esta caja, estuvo en el *cottage* hasta la semana pasada. –Después se rió–: Ahora ya me acuerdo, lo utilicé para hacer las primeras pruebas para el pelo. Lo pegué con cola de carpintero, pero no era lo bastante fuerte, le pedí a Lucy que le tirara del pelo y se quedó con la mitad en la mano. ¡Bueno, aquí lo tenemos!

Miss Wood levantó un hombrecillo del Lego, de cuerpo cilíndrico, con cuello y corbata, y una semiesfera por cabeza, decorada con un atisbo de cejas y una desteñida boca en forma de media luna. En la coronilla llevaba pegados largos hilos de lana marrón: exactamente igual al dibujo de Lucy.

–¿Me lo presta? –El corazón de Pat latía con fuerza.

–¡Quédeselo! Ya no puedo restaurarlo. Debería ser idéntico

a los demás; a mi edad olvido formas y colores, y no entonaría con sus hermanos. Mi sobrino nunca sabrá que falta uno. Me haría ilusión que se lo quedara usted.

Dadas las circunstancias, Pat se sintió en la obligación de decirle lo que haría con él: el hombrecillo del Lego viajaría a Florida.

–Sus hermanos están ya de viaje, por barco, hacia Australia. Estaría encantada de que gracias a él acabara esta pesadilla.

Pat no veía la hora de marcharse, pero Miss Wood siguió entreteniéndola. Fue al salón y volvió con una caja de bombones medio vacía. Le contó que no había conseguido librarse jamás de uno de sus pecados, capital para colmo, la gula.

Todos los miércoles, su madre cocinaba en el horno y preparaba postres y galletas. Ella la ayudaba con gusto, porque después le dejaba chupar la cuchara con la que había mezclado la masa, y antes de lavar la superficie de madera sobre la que extendía la pasta de las galletas para cortarla con las formas, le permitía rebañarla para recoger lo poco que había quedado pegado. Cuando se hizo novicia, la monja cocinera, que la quería mucho, le guardaba los restos de los postres. Miss Wood se daba el capricho de tomar un bombón cada noche, antes de irse a la cama, incluso en los días de Cuaresma. Nunca creyó poder renunciar a esa pequeña satisfacción, pero en cambio, en cuanto se enteró de los problemas de Jenny, hizo voto de no volver a tomar nada dulce hasta que se hubieran resuelto.

Estaba segura de que su hombrecillo del Lego resultaría decisivo, quería ofrecerle un bombón a Pat, ella esperaría a la decisión del juez.

Esa misma noche, el hombrecillo del Lego dio comienzo a su largo viaje por dos continentes. Después de pernoctar en las oficinas de la empresa de transportes internacionales más segura de Inglaterra, el martes, muy de mañana, se embarcaría, en compañía de un representante de la empresa de confianza, en un avión de línea, era su primera etapa transatlántica. En Miami, lo fotografiarían y filmarían en vídeo desde todas las perspectivas para poder obtener un modelo tridimensional; después lo acompañarían a la universidad, para conocer al equipo del profesor Duncan; el miércoles lo examinaría el profesor Duncan, y ese mismo día atravesaría de nuevo el Atlántico, con una carabina distinta, en un avión con destino a Manchester, donde lo esperaría otro acompañante que lo llevaría en coche a Yorkshire. Así ocurrió y ese jueves el hombrecillo del Lego pasó la noche en el hospital de la doctora Moss, quien tuvo la oportunidad de examinarlo el viernes, temprano por la mañana. Después regresó a Londres, en tren, donde lo esperaban Steve y los Pitt, que no cabían en sí del ansia por verlo «en carne y hueso». El hombrecillo tomó el metro por vez primera con Steve, quien lo dejó en el despacho de Sandra Pepper, donde lo estaba aguardando la mirada escrutadora de Miss Barnes; desde allí, un taxista de confianza lo llevó al despacho del abogado de Mistress Fox, la tutora de Lucy, quien lo recibió en consigna hasta la vista del 4 de julio.

El hombrecillo del Lego no consiguió reunirse con la doctora Cliff, porque el mismo día de su primer viaje ésta partía de viaje en otra dirección. Iba a Rumanía, de donde no regresaría hasta la tarde anterior a la vista. Trabarían conocimiento en el tribunal.

81
«El amor dura poco»
Pimlico. Curry Cabin. Jueves, 26 de junio

Hasta Sharon estaba emocionada por el hallazgo del hombrecillo del Lego y quiso verlo en su correo electrónico. El profesor Duncan telefoneó a Steve jubiloso. No le cabía la menor duda, el hombrecillo era el motivo en el que se había inspirado Lucy y, por lo tanto, sus dibujos no eran indicativos, ni mucho menos reveladores, de abusos sexuales. Los garabatos, las pinceladas y las manchas negras sugerían que a la niña se le había insistido en exceso para que repitiera determinados dibujos, por lo que los había estropeado por exasperación.

Llegados a ese punto, Steve envió las imágenes del hombrecillo del Lego a todas las partes, dándoles a conocer la explicación del profesor Duncan, pero no recibió respuesta alguna. Aguardaba con ansia la opinión de la doctora Moss, pero antes de hablar con ella quería discutir la cuestión con la doctora Cliff y con Mistress Fox. La primera se había marchado a los Balcanes para pasar unas breves vacaciones, y participar después en un congreso sobre el maltrato en la infancia, en Bucarest. No había forma de localizarla. *Flag* había muerto la semana anterior y ella, desolada, no quería que la molestaran. La segunda le había hecho saber a través de Miss Stanley que no visitaría a Lucy hasta haber visto personalmente el hombrecillo del Lego, y que su análisis de los hechos para el tribunal estaría listo el mismo día de la vista, no antes.

Steve estaba en contacto constante con los Pitt y mantenía informada a Pat. Mike no se recuperaba, cuanto mejor iban las cosas, más convencido estaba de que perdería la causa. La mujer de Jim Stutz había revocado la decisión de los abogados, que la habían convencido de que se retractara de sus acusaciones y había contratado a otro letrado, famoso por su combatividad. En Trolleys temían que hubiera nuevas acusaciones, esta vez con pruebas más evidentes. Mike se convenció de que había poderes oscuros que se estaban confabulando contra él y que su nombre acabaría asociado al de Jim Stutz.

Pat estaba preocupada por Mike y lo habló con Sharon.

–Echo de menos sus llamadas, creo que podría ayudarlo a que se animara un poco.

–¿Es que te has convertido en su *counsellor*? Es un cliente como otros muchos –se burlaba la otra.

–Tú también te tomas muy a pecho los asuntos de tus clientes, ¿crees que no se nota?

–Claro, pero no es gente como los Pitt. Me preocupo por quienes nos necesitan de verdad. Por Mavis, por ejemplo, a quien no hemos vuelto a ver desde que el ayuntamiento le quitó el piso. Por ella sí que me preocupo.

Mavis se había citado con Steve. Al final, habían declarado a los Turle aptos como familia de acogida para Stephanie. Los servicios sociales les habían ofrecido un subsidio mensual y la niña se iría a vivir con ellos antes de la vista final; sólo quedaba acordar las visitas de la madre, que, inicialmente, serían cada dos meses. Steve debía confirmar que Mavis aceptaba todas las propuestas.

Mavis había adelgazado mucho, iba desaliñada y tenía la piel mate. Había vuelto con el padre de Stephanie y le contó a Steve que la semana anterior se habían peleado, delante de un club. Él la había amenazado con un cuchillo y ella se lo había quitado. Después él la había cogido del pelo y ella lo había acuchillado, muy cerca del corazón. Él había acabado en el hospital y ella, en una celda de la comisaría. Le habían dado el alta y había retirado las acusaciones, atribuyéndose la responsabilidad de la pelea y de la cuchillada: había provocado a Mavis, y después había guiado su mano contra él. Mavis no quería volver a ver a Stephanie.

–¿Por qué? –le preguntó Steve–. Por tu aspecto, está claro que has vuelto a drogarte. Precisamente ahora que Stephanie vivirá con tu abuelo y podría beneficiarse de tus visitas, porque necesita estar segura de que te encuentras bien.

–Es mi destino. Stephanie tiene derecho a una verdadera familia. Soy una manzana podrida, podrida por dentro. Le escribiré una carta. Verla me haría demasiado daño.

–Piénsatelo bien antes de tomar una decisión.

Mavis estaba a punto de irse. Se volvió hacia Sharon y le dio un pañuelo de papel hecho un ovillo.

–Es para ti, gracias por todo.

Sharon lo cogió y se lo metió en el bolso.

Pat y Ron estaban en el Curry Cabin. Mister Patel, el propietario, les había invitado a una cerveza, su hija menor se había comprometido con un chico del Punjab y la boda se celebraría en otoño. Era un matrimonio concertado y, a juzgar por lo que decía, los novios estaban encantados. La hija, profesora en un colegio, les pidió a sus padres que le buscaran marido, pero siguiendo el método moderno redactó una lista de los cien atributos que quería en un marido, y no aceptaría menos. La suerte quiso que el joven elegido los poseyera todos, y algo más: pertenecía a una excelente familia y trabajaba en Londres, en una asesoría fiscal de la City.

Pat sentía curiosidad por saber qué había impulsado a la hija de Mister Patel a hacer algo así. Él le explicó que su otra hija había contraído matrimonio por amor con un sij nacido en Inglaterra y no era feliz, su hermana tenía miedo de acabar igual.

–El amor dura poco cuando hay diferencias culturales entre las familias. Nosotros podemos recurrir todavía a los matrimonios concertados, que si se hacen bien, funcionan. Vosotros no, no sabríais cómo organizarlos. A veces me entretengo mirando en Internet vuestras páginas de encuentros entre jóvenes, dan pena.

Ron escuchaba atento y miró a Pat, pero ella estaba picoteando un *popodom,* pensativa.

–Una cliente de Sharon ha vuelto con su novio, él la pega y ha empezado otra vez a drogarse. La vista de los Pitt es la semana que viene y Steve no consigue explicarse la acusación que Lucy hizo contra su padre –Pat se desahogaba, afligida, y después se sonrojó–. Me pregunto si no sería mejor dejar Wizens y tal vez redactar también una larga lista con todo lo que quiero de la vida, para explicarme mejor...

–No te entiendo, Lucy no ha acusado a su padre –la interrumpió Ron.

–¿Cómo lo sabes?

–He intentado decirte varias veces que a esa niña la había visto antes. En el DVD de la cliente que no sabía leer, el que te di hace un par de días –contestó Ron de un tirón.

–Sigue en la oficina, vamos.

Pat, con las prisas, derramó sobre el mantel las salsas indias para untar el *popodom,* naranja, verde y blanco como la bandera del país de su padre. Se levantaron precipitadamente, dejando la comida en los platos casi sin probar.

Ron hizo cola para pagar. Cuando llegó su turno, Mister Patel le dio una bolsa con unas bandejitas de aluminio con las sobras, y después le acompañó a la puerta con una sonrisa socarrona.

82
Steve se prepara para la vista
Peckham. Casa de Steve. Jueves, 3 de julio

Estaban celebrando por anticipado el cumpleaños de Sharon, que se tomaría libre el día siguiente. Sharon cumplía otro decenio y estaba triste.

–Los cuarenta años son una edad simbólica. El tío George ha aceptado dejar su piso, y podría quedármelo. Pero me da miedo, me parece una señal de haberme convertido en una solterona.

–Tonterías. Al contrario, me sorprende que sigas viviendo con tu familia. Ya verás como vivir sola te gusta. Yo no podría vivir con nadie, ni siquiera con Ron.

–Pero a mí me gustaría enamorarme de verdad y que mi matrimonio fuera feliz.

–Ocurrirá. Eres joven aún, conozco a muchas que han sido madres a tu edad.

–Sí, con la reproducción asistida, que cuesta un ojo de la cara.

–Sin eso también, y además, con la seguridad social, puedes conseguirla gratis.

–¡No, no todas pueden! Tal vez debiera pensar en un cambio de carrera. Me gustaría ser asistente social, pero también ir a la universidad es caro.

–Me has dicho que tu tío George tiene ahorros, seguro que te los daría. Pero ¿de verdad te gustaría ser asistente social? A mí me parecen unos monstruos, fíjate en Lucretia Barnes...

Pat le dijo a Sharon que aquella mañana habían recibido el informe con las observaciones de los servicios sociales sobre el muñeco hombre del Lego. Tenían la sospecha de que pudiera haberse hecho con un trozo de madera vieja, copiando los dibujos de Lucy, en vez de al contrario. Pretendían que los Pitt demostraran que era un original enseñándoles las demás piezas del Lego, lo que resultaba imposible porque se habían enviado a Australia por vía marítima.

Sharon dejó el tenedor.

–Te equivocas. Es una hermosa profesión. Nosotros sólo vemos lo peor.

Mientras se tomaban los salmonetes que el propietario del Quality Cafe había preparado expresamente para ellas –con una exquisita salsa agridulce a base de cebollas y tomate– Sharon volvió sobre el tema.

–El caso es que no me gustaría abandonar a mis clientes... Mira lo que me ha regalado Mavis. –Levantó la mano: en el índice llevaba el anillo que Mavis Clarke le había comprado a Miss Gladys; su rostro se iluminó con una sonrisa.

Pat la entendía. Desde el viernes por la tarde estaba trabajando para los Pitt y lamentaba no poder hacer más por ellos.

Steve se había marchado fuera de Londres el fin de semana y Pat, sin esperar su consentimiento, había transcrito el DVD. El lunes por la mañana, las copias del disco y de la transcripción estaban a punto para distribuirse entre las partes y los peritos. Steve y Pat se habían puesto en acción. No fue necesario decirle a Pat que los Pitt eran ahora los clientes prioritarios. Miss Wood debía hacer una declaración sobre cómo había adquirido las piezas del Lego y sobre el hallazgo del muñeco, así como proporcionarle el recibo del envío postal a su sobrino en Australia, de eso se encargaría Pat, Steve hablaría con los Pitt.

El martes, Pat había transcrito una declaración conjunta de los cónyuges en la que negaban los abusos; acusaban a la doctora Cliff de haber malinterpretado la entrevista con Lucy –en la práctica, de haber mentido– e invitaban a los servicios sociales a renunciar a la solicitud de custodia de sus hijas. Steve les había explicado que era una maniobra arriesgada pero necesaria, dado todo lo que estaba en juego, e insistió en enviar la documentación a las partes por mensajero, para asegurarse de que la recibieran ese mismo día.

Durante los siguientes dos días estuvieron aguardando con ansia la respuesta de los asistentes sociales y de la tutora de Lucy, sin embargo, todos guardaron un silencio sepulcral. Pat y los padres de Lucy se intercambiaban llamadas, los unos para saber si había alguna novedad y la otra para asegurarse de que soportaban la tensión y para animar a Mike. Esa tarde Steve y ella se reunirían con los Pitt para hacer un balance de la situación, y al día siguiente iría al juzgado para la vista.

Mike era una sombra de sí mismo, estaba demacrado y casi no pronunció palabra. Jenny, en cambio, se mostró serena y combativa. Steve arrancó diciendo que ni la tutora ni los servicios sociales habían hecho comentario alguno acerca del DVD de Lucy.

–¿Cómo es posible? Lucy no ha sufrido abusos, ella jamás ha dicho algo así. ¡La doctora Cliff ha mentido! –exclamó Jenny, exasperada–. Por lo menos habrá solicitado una respuesta de los abogados, ¿o no?

–Desde luego. También he comunicado formalmente a los servicios sociales que si el juez declara que los abusos no han tenido lugar y que no hay, por lo tanto, ningún cargo, es decir, que todo ha sido un montaje de la doctora Cliff y de Mistress Dooms, solicitaré que sean ellos quienes les reembolsen enteramente las costas procesales, incluyendo los honorarios de los peritos.

–¿Qué han contestado?

–He recibido la respuesta de siempre, están reconsiderando su posición. No es inhabitual, por extraño que pueda parecer.

Aquella misma mañana el abogado de Mistress Fox se había quejado por el retraso en revelar la existencia del muñeco del Lego y del DVD. Y por segunda vez no había querido decir nada a Steve acerca de la postura de la tutora. Sandra Pepper le había enviado los detalles de la familia de acogida con la que las niñas se alojarían, en espera de la decisión final; en cuanto a los DVD, ni un comentario.

–No debemos olvidar que Lucy admitió ante la doctora Cliff que tenía secretos con su padre y remedó con los muñecos una relación sexual –dijo después Steve–. Es posible que la tutora pida más tiempo para conocerla mejor y que el juez aplace la vista para determinar los hechos, aunque no la de finales de noviembre. Creo que no permitirá que las niñas abandonen la casa, pero ése es también un riesgo que hemos considerado.

–¿Cómo es posible? ¡Si no hay pruebas! –saltó Mike, que había permanecido callado hasta entonces.

–Díganos al menos que ahora cree en la inocencia de mi marido –intervino Jenny.

Sorprendido por la pregunta, Steve vaciló.

–Mañana haré todo lo que esté en mi mano para demostrar su inocencia –acabó diciendo.

–Nunca hasta ahora había tenido que demostrar que un médico ha mentido. No sé cómo reaccionarán el juez y las partes mañana... Desestabilizará en general a todo el mundo. Será un día duro –le dijo a Pat cuando los Pitt se marcharon.

–Piensas en ti en lugar de en Mike Pitt. Sin duda, el día será mucho más duro para él. Intenta mostrarte más humano. Hay algo que no va bien, creo que quiere preguntarte algo.

En aquel momento, Mike había vuelto a entrar en la sala de espera. Se había dejado la Blackberry en el despacho de Steve. Pat se escabulló, lanzando una mirada de complicidad a Steve.

–Ha hablado poco hoy. Si puedo hacer algo por usted, resolver alguna cuestión...

Steve se sentía incómodo, no sabía cómo empezar. Mike le dijo por fin lo que hacía meses que no tenía valor de preguntarle y lo atormentaba.

–Desde el 24 de abril, el día en que hablamos de ello, tengo una idea fija. ¿Por qué me preguntó si había sido víctima de abusos?

Por primera vez, Mike parecía atemorizado.

–Hubiera debido ser más claro entonces, discúlpeme. Quienes cometen abusos han sido a menudo víctimas de ellos en la infancia, es uno de los rasgos característicos del perfil del abusador.

–¿Pretende decir que el hecho de que yo haya sufrido abusos hace de mí un abusador?

Mike quería aparentar que sus palabras eran de desafío, pero en su voz había mucho miedo.

–No. Muchos de mis clientes han sufrido abusos de niños pero no han abusado de sus hijos, y sin embargo, la mayor parte de los abusadores sexuales tienen a sus espaldas una historia de abusos padecidos.

–Y usted, ¿en qué categoría me incluye?

Steve estuvo a punto de decirle lo que pensaba, pero se contuvo.

–Entre la de quienes ganan. –Viendo que Mike se había quedado aturdido, añadió en voz baja–: Y merecen ganar.

Pero Mike ya estaba en el umbral.

Steve se preparaba para la vista. Se sabía el expediente de memoria y regaba los helechos. Después dejó la regadera en el suelo y se fue a buscar el informe de los investigadores privados sobre la doctora Cliff. Lo había guardado en casa y no lo había leído. Estaba a punto de cometer una infracción profesional: Mike se lo había hecho llegar y le había pedido que no se lo comunicara a su mujer, pero también Jenny, como cliente, tenía derecho a estar informada. Steve, sin embargo, debía usar todas las armas que tuviera a su disposición, pues creía que Mike no había abusado de Lucy.

«El padre de la doctora Cliff, Pinter de soltera, era un juez húngaro. De niño, cursa la escuela secundaria en un internado inglés, y traba amistad con un joven médico conocido de la familia. Durante la segunda guerra mundial, el juez, su mujer y su hija mayor Annette buscan refugio en Siria, en casa de unos parientes. Cuando el gobierno de la República de Vichy asume la administración de ese país, por cuenta de los nazis, se ven obligados a ocultarse. Después de la guerra, el médico inglés consigue localizarlos. De la pareja nace otra niña, Melanie. Ambos padres pierden la vida, dejando huérfanas a Melanie, de dos años, y a Annette, de ocho. Sus parientes no pueden hacerse cargo de ellas y el médico se lleva a las niñas consigo a Inglaterra. Poco después, su mujer y él, que tienen ya un hijo de quince años, las adoptan.

»A la edad de ocho y catorce años envían a las dos hermanas juntas a un internado. Al año siguiente, Melanie obtiene una beca para la Cheltenham Ladies' School y debe separarse de su hermana mayor, que al año siguiente muere de forma trágica en un accidente durante una excursión escolar. Su hermano adoptivo pierde la vida practicando alpinismo en Nueva Zelanda, a la edad de veinticinco años. Sus padres adoptivos mueren a edad avanzada.

»La doctora Cliff obtiene la licenciatura en Medicina con mención de honor y en el momento de escoger su especialidad se decide por la psiquiatría infantil, animada por el profesor de psiquiatría y por sus propios padres. A la edad de veintiocho años se casa con un ingeniero mecánico de buena familia, cuatro años más joven que ella, Ralph Cliff. No tienen hijos, el marido le es infiel y tiene un hijo ilegítimo. Actualmente, mantiene una relación con una joven colega casada. En su trabajo, Ralph Cliff es respetado y apreciado; sus colegas no sienten especial simpatía por su mujer, a quien consideran posesiva y entrometida en sus intentos de ayudarlo a hacer carrera.

»Por los datos bancarios, se deduce que los ahorros de la doctora Cliff son modestos y que su marido se ha endeudado para reformar la casa en la que su mujer tiene su propia consulta.

»La doctora Cliff participa en las actividades de su colegio profesional y su contribución es muy valorada. No tiene amigos, pero tampoco enemigos; sus colegas la describen como una mujer elegante, carente de sentido del humor, altanera en ocasiones y entregada a la investigación. Consiguió rápidamente la habilitación para la docencia, pero su carrera universitaria no parece haber despegado. Tuvo esperanzas de convertirse en jefe de departamento, pero cuando el nuevo director –un joven profesor alemán, autoridad mundial en el campo del autismo– planteó dudas sobre sus investigaciones científicas, decidió jubilarse a la primera oportunidad y triunfar como profesional privado. Aspira a convertirse en asesor técnico de causas de derecho de familia, y lo es ya en ciertos procesos en los que se ven involucrados niños autistas.

»Puntos débiles: se dice que hizo carrera gracias a la protección de su profesor, ahora jubilado, de quien tal vez fuera amante; un antiguo colega recuerda que en un congreso internacional en Chicago, cuando una celebridad televisiva norteamericana reveló que había sufrido abusos, ella comentó que también en su familia se había dado un caso de abusos. Está obsesionada con la moda y con el cuidado del cuerpo. De los extractos bancarios se deduce que paga enormes sumas por tratamientos de rejuvenecimiento y cirugía estética, y que ha comprado bajo cuerda productos norteamericanos cuya venta es ilegal en Inglaterra.

»Aficiones: teatro y cristales victorianos.»

Steve se convenció de que la doctora Cliff sería un testigo difícil de domar, y se pasó la velada cuidando de sus helechos.

Al mismo tiempo, Melanie Cliff estaba hablando por teléfono con Sara Todd, quien le daba preciosos consejos sobre su testimonio en la vista.

83
La última vista de los Pitt
Strand. Royal Courts of Justice. Viernes, 4 de julio

Pat había ido al hotel en el que se alojaba el profesor Duncan para acompañarlo a la Royal Courts of Justice. Era un viejecito muy vivaz, que, a primera vista, daba la impresión de ser una persona razonable y sin pretensiones. En realidad, exigió que su mujer lo acompañara a cuenta de los Pitt; el motivo era que, desde que se habían casado, celebraban juntos el 4 de julio, aniversario de la independencia de Estados Unidos. También solicitó que los *Diarios* de Pepys que estaba leyendo estuvieran a su disposición en la habitación del hotel, porque los volúmenes pesaban demasiado para llevarlos en la maleta. A pesar de todo, Pat estaba dispuesta a satisfacer cualquiera de sus deseos, porque el profesor era una autoridad benemérita: su acreditada peritación, complementada por una selección de publicaciones científicas y por un currículum vitae infinito, descartaba categóricamente que los dibujos de Lucy revelaran abusos.

Pat tenía otra tarea importante. Steve le había pedido que se reuniera con Miss Wood, el doctor Vita, el director de Meadows y la maestra de Lucy en la antesala para enseñarles qué partes de las declaraciones ajenas les pediría que comentaran. Las había marcado con colores diferentes, uno por testigo: no se les permitía leerlas por entero.

Miss Wood estaba muy ofendida porque los servicios sociales habían insinuado que su muñeco del Lego lo había hecho un carpintero copiando el dibujo de Lucy, y quiso verlo una vez más; después capitalizó la reunión, describiendo con todo lujo de detalles a Mistress Fox y a los demás, que la rodeaban, su minucioso trabajo de restauración.

El abogado de Mistress Fox reveló por fin la postura de la tutora, resumida en su análisis. Steve y los Pitt hicieron un aparte para leerlo, junto al breve informe complementario de la doctora Moss, que también habían recibido esa mañana. La primera aceptaba la opinión del profesor Duncan y confirmaba que Lucy, a quien le había enseñado el muñeco del Lego, lo había identificado como el juguete que su padre le había dado en el desván del *cottage;* lo había dibujado mientras él miraba por la ventana. Lucy se había negado a contarle el secreto de su padre y cuando Mistress Fox le había sugerido que tal vez se hubiera asomado a la ventana para fumar, había exclamado: «¿Quién se lo ha dicho? ¡Mamá se enfadará con él, papá no puede fumar en casa!».

Mistress Fox y la doctora Moss sostenían que las niñas no debían ser alejadas de su casa, pero no estaban dispuestas a aceptar que la doctora Cliff hubiese mentido. Reconsiderarían su postura después de haber escuchado su testimonio.

–Es una crueldad tenernos así hasta el último momento, está claro que no hay caso –había dicho Jenny.

Mike la escuchaba, pero parecía aturdido, la conversación del día anterior con Steve no había conseguido animarlo.

Aún faltaba la doctora Cliff. El ujier anunció con tono solemne que el juez estaba listo, esperaría unos minutos más, y después haría pasar a la sala a los contendientes de otra causa, que estaban esperando.

–No he tenido oportunidad de ver el DVD, pero he leído la transcripción –anunció el juez.

Cuando se le dijo que la doctora Cliff había vuelto del extranjero la noche anterior y tampoco lo había visto, decidió que lo verían todos juntos, en la sala.

Steve habló el primero, fue breve. Estaba convencido de que no había pruebas contra su cliente, Mister Pitt era inocente.

Mistress Dooms había influido en la doctora Cliff hasta el extremo de ofuscarle incluso el recuerdo, pues lo que había escrito no reflejaba el comportamiento ni las respuestas de Lucy. Steve refirió la «coincidencia» de un encuentro entre Mister Pitt y un pedófilo que había sido su cliente –y era ahora beneficiario de los servicios sociales–, a partir del cual Miss Barnes llegó incluso a sospechar la existencia de un círculo de pedófilos. El cliente había conocido a Mister Pitt en el bufete, lo reconoció en el Royal Festival Hall y Mister Pitt le ofreció una limonada. Fue un encuentro puramente casual.

Mike Pitt no era un pedófilo, Lucy no había sufrido abusos: lo confirmaban su maestra, su médico de cabecera, los Pitt y todos los que conocían a la niña. La tutora y la doctora Moss, cautamente, no querían tomar ninguna decisión sin dar la oportunidad a la doctora Cliff de persuadirlas de que ella estaba en lo cierto. La rígida postura de los servicios sociales era sencillamente un terrible error con potenciales consecuencias trágicas.

El juez preguntó si el profesor Duncan había llegado de Miami.

–Está aquí, con Miss Wood. Los he convocado para que testifiquen sobre el muñeco del Lego, que, según los servicios sociales, es una falsificación. Han acusado a los Pitt de haberlo fabricado a propósito.

–Me gustaría ver ese muñeco –dijo el juez, y la tutora lo sacó del bolso.

–Mmm –farfulló mientras lo giraba entre sus manos.

Luego preguntó si las partes se oponían a dejar entrar en la sala al profesor Duncan y a la doctora Moss. Nadie objetó nada. Steve sugirió que también vieran la filmación Miss Wood, la maestra de Lucy y el doctor Vita. Si el juez decidía que algunos de los hechos eran verdaderos, pero las niñas permanecían con su madre, ver la entrevista les sería de gran utilidad para identificar oportunamente cualquier señal de malestar o de inquietud en Lucy y así poder ayudarla.

Miss Stanley no estaba de acuerdo, era inusitado que se permitiera asistir a una vista sobre menores a parientes y maestras. Sandra Pepper apoyó su objeción y añadió que si alguien refería en el exterior lo que pudiera ver u oír en la sala estaría cometiendo delito.

–Los procedimientos sobre menores se realizan a puerta cerrada para proteger a los menores. La maestra de Lucy, su médico de cabecera y su tía abuela, que es miembro de la Orden del Imperio Británico, pueden ver el DVD. Les ayudará a conocer mejor a la niña y a protegerla, en el caso de que yo decida que permanezca en su casa. Les explicaré que, si divulgan, ante quien fuere, lo que sucede en el interior de la sala, infringirán la ley. Son profesionales y personas dignas de la mayor estima y consideración, sólo quieren el bienestar de Lucy. Descarto que tengan intención de hablar de ello fuera de esta sala –sentenció el juez.

Pat salió a llamar a los cinco testigos. Mientras entraban en la sala, mantenía sujeta la enorme puerta de madera de pesados paneles tallados y observaba al juez, un hombre de mediana edad, de pelo gris y tez rosada.

Se sentía abrumada por lo imponente de la sala, una de las más severas del juzgado, concebida como la cávea de un teatro renacentista. La decoración era monocroma; suelos, bancos, paredes y techos estaban totalmente revestidos por madera de encina: en paneles, esculpida, taraceada, artesonada. Las vidrieras eran de losanges beis y marrón claro. Desde las dos puertas de entrada, a ambos lados del último de los cinco bancos reservados a los contendientes, bajaban dos rampas de escaleras que terminaban en una estrecha franja que separaba la zona de los contendientes de la reservada al personal del juzgado: tres bancos flanqueados por empinadas escaleras, una de las cuales giraba para llevar hasta el palco desde donde declaraban los testigos. Por encima, despuntaba el sitial del juez, como el pedestal de un sacerdote juzgante.

Por una puertecilla invisible había aparecido un joven con una bata gris, peinado punk y pendiente, era el empleado que se encargaba de preparar la instalación para ver el DVD. Pat se apresuró a acomodar a los testigos, después tomó asiento detrás de Steve, al lado de los Pitt.

La entrevista de la doctora Cliff con Lucy

[La doctora Cliff entra en la consulta, le sigue Lucy, que lleva uniforme escolar. Se sientan en unas butaquitas en torno a una mesa baja.]

–Tu mamá me ha contado que hoy ha sido tu primer día en el nuevo colegio. ¿Te ha gustado?

–¡Sí! Hemos comido carne con patatas fritas, y luego un yogur buenísimo.

–¿Te acuerdas del nombre de tu nueva maestra?

–Miss Stott. ¡Qué gracia!

–¿Qué tiene de gracioso?

–Que me recuerda a mi nombre: Pitt.

–¿Cómo se llamaba tu maestra de la otra escuela?

–Mistress Dooms.

–¿Te gustaba Mistress Dooms?

–A veces sí y a veces no.

–¿Eran más las veces que sí te gustaba o las que no te gustaba?

–Las que sí. *[Lucy se lo piensa, y añade:]* No me gustaban sus sándwiches de queso.

–¿Los preparaba en el colegio contigo?

–No, no. *[Lucy menea la cabeza.]* Las maestras no preparan sándwiches de queso en el colegio, juegan con los niños.

–Entonces, ¿dónde los probaste?

[Lucy se resiste, pero al final contesta.]

–En su casa.

–¿Te gustó su casa?

–Así, así. *[Lucy habla cuchicheando.]*

–¿Por qué?

–No me gustaba el hombre con barba. *[Lucy está enfurruñada, parece no querer hablar del asunto. La doctora Cliff espera a que diga algo más y después cambia de tema.]*

–Seguro que te gusta mucho jugar.

–Sí, con mi hermana Amy. Ella ya estaba en mi nuevo colegio, ¿lo sabía?

–Lo sabía. Ahora cuéntame a qué jugaste en casa de Mistress Dooms.

–Primero comimos, después me enseñó sus muñecas, luego dibujamos y pegamos muchas cosas en mis dibujos: estrellitas, papel de colores, trozos de lana. *[Lucy las enumera contando con los dedos.]* Mistress Dooms quería que copiara mis dibujos, qué risa.

–Explícame qué significa «copiar mis dibujos».

–Se había llevado a casa los dibujos que había hecho en la guardería, quería que le hiciera otro, y otro, y otro..., los quería todos. Me dijo que eran un regalo para ella.

–¿Y tú volviste a hacer todos los dibujos que Mistress Dooms te pedía?

–Sí...

–¿Me explicas este dibujo? *[La doctora Cliff coge un dibujo de Lucy y se lo enseña. Son cilindros altos, cubiertos de garabatos.]*

–¡No! ¡Ése se lo regalé a Mistress Dooms! ¡Es para ella! *[Lucy parece contrariada y mira a su alrededor, después sigue hablando decidida.]* Me dijo que se los quería guardar... *[Y mira hacia otro lado.]*

–Dime lo que te gusta dibujar. ¿Niños?

–No.

–¿Perros, gatitos?

–No.

–Entonces, ¿qué es lo que te gusta dibujar?

–Me gusta dibujar todo lo que se me ocurre. Las casas, la gente...

–¿Hay algo que te guste dibujar más que otras cosas?

[Lucy se lleva la mano a la barbilla y se lo piensa.]

–Todo. Peces, casas, gente... *[Después se detiene y añade, con decisión:]* Perros no, ni gatitos.

–Cuando dibujas a las personas, ¿les pones ojos, nariz y boca?

–A veces. *[Lucy mira a su alrededor, aburrida.]*

–¿Y les pones piernas y pies?

–Sí...

–¿Y qué más les pones? Piernas, rajitas...

–¡Rajitas no, eso no!

–¿Por qué no?
–Eso no se hace.
–¿Por qué no se hace?
–Porque es muy maleducado. *[Lucy parece exasperada.]*

Pat había sacado el texto del informe de la doctora Cliff y seguía el DVD comparando lo que se decía con lo escrito, siguiendo con el dedo las palabras. Se las sabía de memoria, pero volvió a sobresaltarse al leer: «Lucy me dijo que le gusta dibujar personas. Me explicó que dibuja los ojos, la boca y las piernas. Después añadió: "Y también las rajitas"».

[Lucy se vuelve hacia el lado contrario al de la doctora Cliff y mira la habitación. Ve los muñecos sobre una butaquita, apartada de donde están sentadas y extiende la mano en esa dirección.]

–Son como las que había en casa de Mistress Dooms.

–¿Quieres jugar con esas muñecas? *[La doctora Cliff se levanta y se acerca a los muñecos. Lucy no se mueve de su butaquita.]* Ven, Lucy, son las muñecas que había en casa de Mistress Dooms. *[Lucy se levanta y la sigue de mala gana.]* Ven aquí, Lucy... *[Lucy se detiene delante de los muñecos.]* ¿Quieres jugar con éstas? *[Lucy parece perpleja.]* Coge una. ¿Cuál te gusta más?

[Lucy coge el muñeco padre. Después lo deja sobre la butaquita de donde la había cogido y coge el muñeco madre.]

–¿Quién es ésa?
–Una muñeca mamá.
–¿Tu mamá?
–¡No, mi mamá es rubia! *[Lucy levanta la voz.]*
[La doctora Cliff levanta el muñeco padre.]
–¿Es éste tu papá?
–No, mi papá tiene el pelo negro.

–Veamos si este muñeco tiene otras cosas que tiene tu papá. *[La doctora Cliff señala los ojos, la nariz, la boca y los va nombrando, después abre la boca, que tiene una cavidad y extrae una lengua roja.]* ¿Esta lengua es como la de tu papá?

–Mmm... *[Lucy farfulla y parece confusa.]*
–¿Quieres desnudar a esta muñeca?
[Lucy la coge y vacila. La doctora Cliff la anima y empieza a abrir los automáticos de los pantalones. Después, Lucy le quita los pantalones y a continuación la camisa y le da el muñeco a la doctora Cliff.]
–¿No quieres quitarle la camiseta y los calzoncillos?
[Lucy no demuestra mucho interés y parece aburrida. Mira a su alrededor y después obedece, con poca maña y deprisa. Aparecen los genitales, el pubis y todo lo demás.]
–¿Qué es eso?
–Su colita.
–La colita de una persona mayor, como tu papá.
[Lucy parece perpleja, pero después contesta:]
–Sí.
–La colita de tu papá ¿va para arriba o para abajo? *[La doctora Cliff levanta el pene.]*
–¡No lo sé! ¡Los hombres hacen pipí con eso!
–¿Tú has visto alguna vez la colita de tu papá?
[Lucy la mira incrédula y no contesta.]

Pat buscaba el punto en el que se recogía esa parte de la entrevista, y Jenny, sentada a su lado y atentísima, se lo señaló: «Lucy se dirigió hacia los muñecos sin vacilación y cogió el muñeco padre: lo desnudó rápidamente dejándolo en calzoncillos y camiseta, después le quitó también esas prendas y no pareció sorprendida al ver los genitales. Me dijo: "Es como papá"».

–¿Te has bañado alguna vez con él?
–A veces.
–¿Dónde, en casa?
–En el *jacuzzi* de papá y mamá, en su habitación. Es muy grande. Pero sólo antes, ahora tenemos nuestro baño.
–¿Y estaba mamá también?
–No. Mamá no estaba en la habitación.
–Pero ¿estaba en casa?

–No lo sé. *[Lucy mira fijamente a los ojos de la doctora Cliff.]* Amy y yo tenemos ahora nuestro baño.

–¿Estaba también Amy en la bañera?

–Amy es mayor. Yo aún soy pequeña y puedo entrar con papá. ¡Mi papá es muy mayor!

–¿Te gusta bañarte con tu papá?

–Sí, pero me divierto más cuando me baño con Amy. Jugamos a salpicarnos con el agua.

Jenny señalaba con el dedo: «Lucy me dijo después que su padre era "muy grande" y me repitió que "se divertía" con ella en la bañera. Después no quiso añadir más"». Luego susurró:

–Ha cambiado «mayor» por «grande».

–¿Tu papá te salpica?

–Un poquito.

–¿Te gusta?

–Sí. *[Lucy no está interesada en la conversación, parece inquieta y aburrida.]*

–¿Tu papá te lava? ¿Sabes lavarte tu sola?

–Papá no me lava. Se baña en el *jacuzzi*, con todas las burbujitas, y nada más.

–¿Ésta eres tú o Amy? *[La doctora Cliff coge un muñeco niña, el más pequeño. Lucy lo mira perpleja. La doctora Cliff se lo ofrece y Lucy lo coge, reticente.]*

–Es la más pequeña, puedo ser yo. Pero yo tengo el pelo rubio, como mi mamá.

–Vamos a hacer como si fueras tú. ¿Te gusta esta muñeca?

–Está bien. Mis muñecas preferidas son las princesas.

–¿Te gustaría ser una princesa?

–Sí. Yo me visto de princesa. Mi mamá me ha comprado un traje de princesa, tiene también la varita mágica.

–¿Querrías enamorarte de un príncipe?

–¿Como Blancanieves? *[Su voz es confusa ahora.]* Mmm... Me gusta vestir a las muñecas...

–¿Te gusta desnudarlas también?

–Sí...

–Desnudémosla, pues.

[Lucy desnuda a la muñeca.]

–¿Se te parece?

–Un poco...

–Mírala entre las piernas.

[Lucy le abre las piernas: el muñeco es anatómico.]

–¿Qué es eso?

–Su pipí.

–Mira aquí, hay otro agujero. *[La doctora Cliff le enseña la cavidad vaginal. Lucy la mira y no dice nada. La doctora Cliff aguarda su respuesta y al final le pregunta:]* Y esto, ¿qué es?

–Es el agujero por el que nacen los niños, me lo ha dicho mi maestra... *[Lucy mira a la doctora Cliff, después prosigue.]* Amy y yo salimos de la tripa de mamá, el doctor la cortó y aparecimos nosotras. *[La voz de Lucy se eleva y se vuelve insistente.]* ¿Puedo ir al baño, por favor?

–Luego, antes acabemos este juego.

–Vale.

–¿Sabes ir al baño tú sola?

–¡Claro! ¡Y también sé limpiarme sola!

–Y antes de que aprendieras, ¿te ayudaban papá y mamá en el baño?

–Sí, y Lisa también.

–¿Quién es Lisa?

–Nuestra *au pair*.

–¿Y te gusta?

–Sí, a veces nos grita.

–¿Alguien más en casa os grita?

–Papá grita cuando trabaja en casa y hacemos ruido. Y cuando me porto mal.

–¿Y mamá también os grita?

–No, mamá no nos grita. Nos manda a un rincón.

–¿Qué más cosas hace tu papá que no haga tu mamá?

–Trabaja en la City y gana mucho dinero para nosotras.

–Lo que quiero decir es qué más cosas hace tu papá en casa con vosotras, cosas distintas a las que hace vuestra mamá.

[Lucy reflexiona antes de contestar.]

–Mamá está con nosotras por la noche. Papá vuelve a casa cuando ya estamos dormidas.

–Entonces, ¿por la noche no lo veis nunca?

–A veces.

–Pero si me has dicho que estáis dormidas cuando vuelve.

–Es que entra en nuestra habitación, de noche. A veces lo veo, cuando estoy dormida. A veces me despierto.

–¿Duermes con Amy?

–Tenemos unas literas nuevas. Yo duermo en la de abajo.

–Así que papá entra de noche en vuestro dormitorio y...

–Entra y nada más. *[Lucy no parece interesada en contestar.]*

–¿Y qué hace después?

–Nos da un beso.

–¿Y tú estás despierta o dormida?

–Ya le he dicho que a veces estoy despierta. Amy duerme toda la noche. *[Lucy parece interesada otra vez en la conversación.]* Papá me da un beso. Me hace cosquillas y yo hago como que estoy dormida.

«Lucy me contó después que su padre, de noche, va a verla al dormitorio que comparte con Amy y que, cuando Amy duerme, él la besa y le hace cosquillas.»

–Pensar que fui yo la que le obligó a ir a darles un beso de buenas noches a las niñas, incluso cuando están dormidas –suspiró Jenny.

Pat se volvió hacia Mike: muy erguido contra el respaldo, y pálido, miraba fijamente la pantalla; Pat recuperó su postura y levantó la vista hacia el juez. Éste también tenía la mirada fija, pero no en la pantalla; estaba mirando a Mike.

–¿Por qué?

–Mamá dice que los niños tienen que dormir toda la noche.

–¿Y tú finges estar dormida cuando papá entra en la habitación?

–A veces le digo que tengo miedo de mis sueños.

–¿Y él qué te contesta?

–Él me dice que los sueños no son de verdad, que me duerma.

–¿Qué más te hace cuando entra en tu habitación?

–Nada.

–¿De verdad? ¿Nada? ¿Con todas la veces que entra?

–Bueno, una vez que mamá no estaba me dio crema en el pipí. Me picaba mucho.

Pat leía: «Sin ningún estímulo por mi parte, añadió que cuando su madre no está en casa, su padre entra en el dormitorio y le toca los genitales». Se sobresaltó cuando la voz del juez retumbó en la sala: «¡Un cuarto de hora de pausa!». Había interrumpido el DVD y aguardaba, impaciente, a que se marcharan.

La carita de Lucy estaba inmóvil en la pantalla. Con la boca entreabierta, un ojo más abierto que el otro.

Pasar de la intensidad claustrofóbica de la sala a la zona de espera de alto techo abovedado, desierta en ese momento, los aturdía. Se desperdigaron entre las mesas vacías, sin saber dónde colocarse y guardando, al principio, el mismo silencio que había dominado en la sala.

Steve se había apartado al otro extremo de la zona de espera, junto a la vidriera. Desde allí podía contemplarlos a todos. Steve se acariciaba la barbilla y seguía los movimientos de la doctora Cliff. Se había quedado apartada, sin saber cómo comportarse. Después echó a andar hacia el profesor Duncan, que estaba hablando con Caroline Moss; ésta la siguió con el rabillo del ojo, y le hizo un gesto para que se reuniera con ellos únicamente cuando no pudo evitarlo: hubiera sido una manifiesta descortesía.

Entonces Steve se apartó de la pared y empezó a pasear de una punta a otra de la estancia, aparentando estar inmerso en sus pensamientos aunque en realidad prestara absoluta atención:

los tres estaban hablando de la Universidad de Miami. Sandra Pepper estaba enredada en una animada discusión, en voz muy baja, con Miss Barnes y el director de los servicios sociales, que se había reunido con ellas en el curso de la vista. Mistress Fox charlaba con Miss Wood y los Pitt estaban sentados en silencio.

Steve no perdía de vista a la doctora Cliff. El ujier reclamó su presencia en la sala y la doctora esperaba para entrar junto a Caroline Moss, quien, sin embargo, perdía tiempo rebuscando en su bolso. Pat se acercó a ellos para acompañar al profesor Duncan. Era evidente que Caroline Moss se entretenía a propósito para no caminar junto a la doctora Cliff, quien se dio la vuelta y se dirigió hacia la sala, erguida y solitaria.

–¿Necesitas darte a menudo crema en el pipí?

–¡Nooo! *[Lucy levanta la voz.]*

–¿Te acuerdas de si papá te quitó los pantalones del pijama, aquella vez?

–¿Pijama? No me acuerdo... *[Lucy se concentra.]* Supongo...

–¿Te acuerdas de si lo ha hecho más veces?

–Lo hizo sólo esa vez, después me quedé dormida. *[Lucy está otra vez inquieta.]*

–¿Te gustó?

–No me acuerdo. *[Lucy la mira y habla en voz alta, insistente.]* ¿Puedo ir al baño, por favor?

–Luego, ahora no. Quiero saber si estás segura de que te da la crema en el pipí, de noche.

–¡Sí! Papá había perdido algo en la alfombra y encendió la luz, pero Amy no se despertó.

–¿Le contaste después a mamá lo que había pasado?

–No lo sé. Ya estaba mejor, después.

–¿Volvió a hacerlo otra vez?

–¡Ya le he dicho que estaba mejor, después! *[Lucy parece enfadada. La doctora Cliff suspira profundamente y cambia otra vez de tema.]*

–Lucy, ¿te importa enseñarme cómo jugabas con las muñecas de Mistress Dooms?

–Mistress Dooms me enseñó cómo se juega con esas muñecas.
–¿Tú qué hiciste?
–Ya le he dicho que jugué con las muñecas.
–¿Cómo?
–¿Puedo ir al baño?
–Podrás ir luego. Antes enséñame cómo jugaba Mistress Dooms con las muñecas.

El juez detuvo el DVD y tomó unas notas.

–¿Después me dejará ir al baño?
–Sí, prometido.
[Lucy refunfuña.]
–Vale, ahora se lo enseño... *[Coge los muñecos del padre y de la madre y hace que se besen violentamente. Se detiene y vacila. Después le da la vuelta a un muñeco, lo golpea contra el otro y pregunta:]* ¿Puedo ir al baño, por favor?
[La doctora Cliff abre el candado de la puerta y sale de la habitación con Lucy.]

La cámara se había quedado fija sobre los muñecos de tela desnudos y vestidos, amontonados sobre la butaquita, como cuerpos muertos. En el silencio se oía la respiración cansada del profesor Duncan, que estaba resfriado, seguida por la de los demás, como un quedo zumbido de cigarras. Después, un crujido de páginas: la doctora Cliff hojeaba la transcripción.

[La doctora Cliff regresa con Lucy. La invita a sentarse ante la mesita baja y coge los dibujos de la mesa.]
–¿Lucy, quieres un zumo de naranja y una galleta?
–No, gracias. ¿Puedo irme ya con mi mamá?
–Me gustaría hacerte algunas preguntas sobre estos dibujos tan bonitos, después podrás irte. A ver, ¿me dices qué representan?

–Éste es el *cottage* de la tía Marjorie, y el otro es un hombre. Los hice en el *cottage* de la tía Marjorie.

–¿Vas mucho allí?

–Sí.

–¿Sola?

–No, con mamá y Amy. Papá viene a veces después que nosotras.

–¿Y allí qué haces?

–Jugamos en el jardín y damos paseos. Me encanta ir allí, es muy bonito.

–¿La tía Marjorie pasa todo el tiempo con vosotros?

–Sí. *[Lucy hace una pausa y piensa un rato.]* Una vez se fue con mamá y con Amy a visitar a una señora vieja. Me habían dicho que los niños pequeños como yo no podían ir, porque la señora estaba muy enferma, así que me quedé en casa con papá. *[Señala con el dedo el segundo dibujo.]* Ese día dibuje ese hombrecillo.

–¿Por qué lo dibujaste?

–Estaba lloviendo y no podíamos salir. Papá me había llevado al hospital de las muñecas.

–¿Dónde está el hospital de las muñecas?

–El hospital de las muñecas de la tía Marjorie está en el desván.

–¿Tu tía Marjorie tiene un hospital de muñecas en el desván de su *cottage*? *[La voz de la doctora Cliff revela incredulidad.]*

–¡Sí, ya se lo he dicho! El hospital de las muñecas está en el desván. Hay muchos juguetes que necesitan que los arreglen, y ella los arregla todos.

–¿Vas a menudo con tu papá al hospital de las muñecas?

–¡No! ¡Es que estaba lloviendo! ¡Nosotras jugamos en el jardín!

–¿Habías estado antes en el desván?

–Sólo con la tía Marjorie. Los niños no tienen permiso para subir, ni siquiera Amy.

–Pero tu papá te llevó esa vez, ¿verdad?

–Sí.

–¿Cómo fue eso?

–Porque sí.

–¿Qué te hizo cuando estabais allí arriba?

–¡Nada!

–¡Cómo que nada! ¿No jugó contigo?

–No, allí había muchos juguetes.

–Pues entonces, ¿qué hizo?

–Abrió la ventana.

–¿Tuvo la ventana abierta todo el rato que estuvisteis en el desván?

–Puede ser... No sé si todo el rato, a lo mejor... *[Lucy se muestra confundida.]*

–¿Te pidió que jugaras con su hombrecillo?

–Me lo dio para que jugara. Me dijo que tuviera cuidado, ¡y tuve mucho cuidado!

–¿Tu papá te tocó?

[Lucy se muestra sorprendida por la pregunta.]

–Alguna vez, no me acuerdo.

–¿Era una forma de tocar buena o mala?

–Una forma buena, papá no nos pega nunca.

–¿Qué hizo luego tu padre?

–Se fue a la ventana.

–¿Qué hacía allí?

–Es un secreto.

–¿Tienes secretos con tu papá?

–A veces.

–¿Me cuentas uno?

[Lucy se enfada.]

–¡Entonces ya no sería un secreto!

–De acuerdo, y este dibujo ¿qué es?

–Ya se lo he dicho antes: es un hombre, un simpático hombre del Lego. *[La voz de Lucy termina en un cuchicheo.]*

–¿Qué has dicho? *[La doctora Cliff no ha oído bien.]*

–Le he dicho que es un hombre.

–¿Tu papá?

–¿Puedo irme ya con mi mamá?

–¿Es tu papá?

–Podría ser un papá. ¿Ahora ya puedo irme?

[La doctora Cliff se levanta y acompaña a Lucy fuera de la habitación.]

El juez levantó la mirada, parecía cansado. Escucharía a la doctora Cliff después de una pausa de cinco minutos; las partes podían permanecer en la sala. Se pusieron todos en pie mientras él levantaba el grueso cuaderno en el que había estado tomando notas. El secretario le sujetó la puerta del pasillo donde los jueces tenían sus despachos y Pat entrevió la alfombra color bermejo que cubría los pasillos.

El juez había vuelto. El ujier se dirigió al banco donde estaba sentada la doctora Cliff, antes de que Sandra Pepper, ya en pie, dijera:

–Llamo a testificar a la doctora Cliff.

–Haga el favor de decirnos su nombre completo.

–Melanie Claire Cliff.

–Ha visto usted el DVD de su entrevista con Lucy y ha escrito el informe sobre ello. ¿Los acepta como parte de su testimonio?

–Sí.

–¿Hay algo que quiera cambiar o explicar?

–Nada.

En ese momento, intervino el juez:

–Miss Pepper, preferiría hacerle las preguntas yo mismo a la doctora Cliff. Usted, si quiere, podrá continuar después.

–Muy bien, señoría.

El juez se ajustó las gafas y se inclinó sobre su asiento para dirigirse a la doctora Cliff.

–Todos hemos visto el DVD y he leído con atención su informe. He hallado muchas discrepancias entre lo que acaeció realmente en su consulta y lo que usted ha escrito.

»Lucy no va directamente a coger el muñeco padre, es usted quien la anima a cogerlo y a desnudarlo.

»Lucy no dice que los genitales del muñeco sean como los de su padre, ni que los genitales de su padre sean grandes.

»En efecto, Lucy no dice nada sobre bañarse con su padre

que suponga un indicio de abusos, ni que él se divierta con ella; al contrario, dice que se divierte más cuando se baña con su hermana.

»Lucy no parece asustada en absoluto cuando le dice, tras una serie de preguntas, que su padre le gritaba cuando ella y su hermana hacían ruido mientras él trabajaba.

»Lucy dice que su padre va a darles las buenas noches a sus hijas y que al besarlas les hace cosquillas. Es evidente, basta con ver a Mister Pitt, lleva barba.

»Lucy no le dice que su padre le toca los genitales. Después de una retahíla de preguntas dice recordar que una vez le dio crema en el pipí, una sola vez, y le explica incluso el porqué: "Estaba mejor después", le dice.

»Lucy se muestra reticente a jugar con los muñecos anatómicos y no se identifica con el muñeco más pequeño; el sexo simulado entre el muñeco padre y el muñeco madre tiene lugar como respuesta a lo que usted le pide: "Enséñame cómo jugaba Mistress Dooms con las muñecas".

»En cuanto a la visita al desván de Miss Wood, usted le pregunta si su padre le pidió que jugara con su "hombrecillo": me imagino que la maestra de Lucy se refirió a ese "hombrecillo" cuando le explicó los dibujos de Lucy. La niña dice, con toda claridad, que se trataba de un hombrecillo del Lego. Quiere marcharse, y, sólo por esa razón, como respuesta a sus insistentes preguntas, dice que "podría ser un papá". He escuchado dos veces ese momento de la grabación, en la pausa, y usted, doctora Cliff, probablemente malinterpreta las palabras con las que Lucy se refiere al hombrecillo del Lego, confundiéndolo con una referencia al pene de Mister Pitt.

»En cuanto al secreto, me parece claro que atañe al hecho de que Mister Pitt fuma, de lo que también nos habló Amy.

»Todos hemos visto el hombrecillo del Lego y no me cabe duda de que el profesor Duncan tiene razón: los dibujos de Lucy no revelan abusos sexuales. Y permítame que le sugiera que la entrevista con Lucy tampoco. ¿Considera mi análisis correcto?

El juez hablaba, pero Melanie Pinter no le escuchaba. Tenía cinco años y estaba en su dormitorio, por la noche. Annette dormía en la cama de debajo de la ventana, mientras que la suya estaba en la pared opuesta. Su hermanastro entraba a hurtadillas. Se acercaba a la cama de Annette y se arrodillaba a su lado. Le apartaba las sábanas, metía las manos por debajo y después volvía a taparla. Ella temblaba de miedo y de repulsa. Era el mismo rito, idéntico siempre, la respiración lenta, afanosa después, del hermano, la más entrecortada de la hermana. Ella los miraba: lo odiaba, y sufría por Annette. Al final él se iba y Annette lloraba, sin hacer ruido, para no despertarla. Melanie no conseguía quedarse dormida. Al día siguiente las hermanas no se decían nada. Una vez, en verano, estaban durmiendo con la ventana abierta. Un moscón entró en la habitación y se posó sobre ella, acurrucada bajo la sábana. Ella lo había aplastado y él oyó el crujido de la sábana. «Que quede bien claro, tú no has visto nada», dijo con voz dura, y se quedó mirándola en la oscuridad con ojos malvados hasta oír su débil «sí».

El juez aguardaba la respuesta de la doctora Cliff, que no acababa de llegar.

–¿Qué tiene que decir acerca de lo recogido en su informe sobre la conversación con Lucy?

–Me estoy haciendo vieja, señoría.

–Explíquemelo mejor: ¿acepta que lo que hemos visto es sustancialmente distinto a cuanto ha escrito usted, y que para formular mi juicio debo basarme en lo primero y no en el informe?

–Me estoy haciendo vieja, señoría.

Llegados a este punto, el juez preguntó a Sandra Pepper si quería hacer otras preguntas a su testigo y ésta dijo que no. El juez se dirigió entonces a Steve.

–Sólo una pregunta, señoría. –Steve cogió el informe de la doctora Cliff y lo enrolló como si fuera la batuta de un director de orquesta, que agitaba al hablar–: Doctora Cliff, usted declaró a mis clientes que Lucy había afirmado que su padre había abusado de ella. Lucy no dijo nada de eso, que quede constancia. Doctora Cliff, ¿acepta que todo lo que ha dicho usted no corresponde a la verdad?

La doctora Cliff había empalidecido; parecía estar a punto de desmayarse y el juez le echó un cable.

–En definitiva, el abogado Booth está parafraseando cuanto he dicho con anterioridad al resumir los puntos destacados de la entrevista, resumen que usted ha aceptado. ¿No es cierto?

–Señoría, me estoy haciendo vieja.

Llegados a este punto, el juez dio a entender a Steve, cerrando los ojos, que no era necesario insistir. Entonces se volvió hacia la abogada de la tutora. Pero Miss Stanley no tenía preguntas que hacer.

Sandra Pepper preguntó si la doctora Cliff podía retirarse, sin embargo, el juez quiso que se quedara en la sala, por si había que hacerle más preguntas.

Era el turno de Miss Barnes, pero el juez no quiso escucharla. Prefirió hablar directamente con la doctora Moss y la interrogó sin hacerle prestar juramento.

–Quiero saber si está de acuerdo con cuanto he dicho sobre la entrevista entre Lucy y la doctora Cliff, y con mi conclusión de que Lucy, por lo que he podido leer, ver y escuchar, no revela ninguna señal, ni siquiera probabilidad, de haber sido víctima de abusos por parte de su padre.

–Señoría, estoy de acuerdo. No he visto indicios de posibles abusos –dijo Caroline Moss.

El juez se dirigió a Sandra Pepper:

–Los servicios sociales han solicitado incluir también a Amy en el procedimiento de tutela de Lucy, con el objetivo de separar a las niñas de Mistress Pitt, puesto que niega la posibilidad de que su marido haya cometido abusos sexuales y a causa de ciertas vagas acusaciones según las cuales Mister Pitt, que se vio una vez con un antiguo cliente del bufete Wizens, podría formar parte de un supuesto círculo de pedófilos sin identificar. ¿Son éstas sus pruebas?

–Señoría, la familia Pitt oculta cosas. No ha querido colaborar con los servicios sociales y los padres se han negado a someterse a un examen psicológico.

–Los Pitt me exhortan a invitarles a retirar su solicitud –la interrumpió el juez–, y me decanto por aceptar lo que me piden. Piénsenlo. Entretanto, quisiera escuchar a la tutora.

Elaine Stanley ilustró la posición de Mistress Fox con un razonamiento largo y prolijo. La tutora aceptaba plenamente todo lo que había dicho el juez, pero comprendía también la posición de los servicios sociales: los Pitt se habían mostrado poco proclives a colaborar con ellos y reticentes a hablar de la familia; en definitiva, consideraban sus actuaciones una intrusión.

–Su comportamiento no me sorprende en absoluto, en este caso –comentó el juez.

–Entonces, señoría, la tutora está totalmente de acuerdo con lo que me parece que tiene usted la intención de proponer.

–¿Está de acuerdo en que esta familia pueda reunirse al abrigo de toda injerencia externa?

Elaine Stanley dijo que tal vez los asistentes sociales pudieran ayudar a la reinserción de Mike Pitt en la familia. El juez la interrumpió. Mistress Fox, detrás de ella, intentaba llamar su atención.

–Hable con su cliente, me parece que quiere decirle algo.

Elaine se dio la vuelta, cuchicheó con la tutora y dijo después:

–Sí, señoría.

El juez se dirigió a Sandra Pepper:

–Llegados a este punto, me gustaría saber qué han decidido los servicios sociales. Soy partidario de que retiren su solicitud.

–Señoría, quisiera disponer de un momento a solas con mis clientes.

Todos salieron de la sala, silenciosos.

La doctora Cliff se sentó a una mesa y sacó de la cartera una fotografía de su perro *Flag*, pero enseguida se reunieron con ella Sandra Pepper y los asistentes sociales.

Estaban otra vez en la sala.

Sandra Pepper dijo que los servicios sociales seguían teniendo sus reservas sobre la familia Pitt y les gustaría seguir el desarrollo emocional de las niñas durante un año por lo menos:

una orden de apoyo a la familia garantizaría que los Pitt aceptaran el papel protector de los asistentes sociales.

–En algunos casos, los abusos sólo se hacen evidentes con el paso del tiempo... –añadió.

–No les entiendo. Lucy no ha revelado señales de abusos ni en sus dibujos ni tampoco en la entrevista. En cuanto a la simulación de sexo, Lucy imitaba lo que su maestra, Mistress Dooms, al igual que ustedes, una empleada del ayuntamiento, hizo en su casa.

El jefe de Miss Barnes alargó el brazo y tocó el hombro de Sandra Pepper.

–Vuelva a consultarlo con sus clientes y comuníqueme su decisión –dijo el juez.

Los tres hablaban quedamente, pero su tono era agitado y las expresiones, duras.

–Señoría –anunció al final Sandra Pepper–, el director del departamento de los servicios sociales desea retirar la solicitud de asunción de la patria potestad de Lucy y Amy Pitt y confirma que los servicios sociales no solicitan visitar a las niñas ni a la familia. El caso de los Pitt queda cerrado.

–Tiene mi permiso para retirarla.

El juez formuló sus conclusiones de forma improvisada.

Lucy y Amy Pitt habían corrido un serio riesgo de ser alejadas de dos padres que las querían y que las criaban adecuadamente. A partir de una infección urinaria y de algunos dibujos insólitos, Mistress Dooms, la maestra de la Sunshine Nursery, no se sabe si impulsada por el deseo de proteger a Lucy Pitt o por otras razones, tejió una red de sospechas que se desbordaron y culminaron en la causa que él se había visto llamado a juzgar. La doctora Cliff, probablemente influida por la maestra, había llegado a conclusiones erróneas sobre Lucy y había acusado al padre de abusar de su hija.

No fueron los servicios sociales quienes pusieron en marcha el procedimiento: fueron advertidos por los propios padres, con el objetivo de que la madre pudiera conservar a las niñas. Éstas permanecieron en casa con ella y el padre se vio obligado a alejarse de la familia y a ver a sus hijas en visitas vigiladas. Desde el primer momento en que intervinieron, los servicios sociales estaban convencidos de la culpabilidad de Mike Pitt y de que Lucy y Amy vivían una situación de riesgo en la familia, porque la madre creía en la inocencia de su marido y sostenía que a sus hijas no les había pasado nada malo. Los servicios sociales no habían considerado la opinión de la puericultora ni la del colegio ni las de su médico de cabecera, quienes sostenían que eran niñas sanas y felices. Tampoco habían tenido en cuenta que las visitas supervisadas demostraban las excelentes relaciones que había entre el padre y sus hijas.

El DVD de la entrevista entre la doctora Cliff y Amy había levantado graves sospechas acerca de la meticulosidad de la doctora al resumir las declaraciones de la niña. Por otro lado, no podía investigarse la entrevista con Lucy porque no se había grabado. A pesar de que las peritaciones de la doctora Moss y del profesor Duncan declararan que ni los dibujos ni el comportamiento de Lucy revelaban indicios de posibles abusos, los servicios sociales no desistieron. Quedaba un dibujo de difícil explicación. Gracias a una fortuita coincidencia, el muñeco del Lego obra del bisabuelo materno de las niñas apareció en escena, pero entonces los servicios sociales sospecharon que se trataba de una falsificación. El hallazgo del DVD en el que se había grabado casualmente la entrevista entre la doctora Cliff y Lucy ha eliminado cualquier duda sobre la inocencia de Mister Pitt: Lucy no señaló ni confirmó abusos. Ha hecho falta la intervención del director para conseguir que las asistentes sociales se dieran cuenta de que su solicitud de asumir la patria potestad de las niñas carecía de fundamento.

–La tutora de Lucy intervino tarde en el caso y se mantuvo neutral, hasta hoy. Por su abogado sabemos que también ella está convencida de que Mike Pitt no ha abusado de Lucy y de que Lucy no ha acusado a su padre de abusos, lo que dibujó fue una figura del Lego, como ella misma le explicó a la tutora.

Después el juez se dirigió directamente a los Pitt.

–Lamento que hayan tenido que pasar por estos meses de sufrimiento y tensión; confío en que les sirva de consuelo, como me ocurre a mí, que las niñas no hayan sufrido y que ni siquiera sospechen que su padre no vive en casa. Es, sin duda, mérito suyo, Mistress Pitt, y admiro su valor de no haber aceptado la culpabilidad de su marido.

»Mister Pitt, usted no ha abusado de su hija. Permítame que le hable de padre a padre: le exhorto a reemprender la vida de antes, a dejar que las niñas entren en el *jacuzzi,* a cuidarlas, quererlas y protegerlas como lo hizo en el pasado.

»Sus costas procesales quedan a cargo de los servicios sociales.

»Les deseo buena suerte.

Los jueces tienen el don de hacer que las vistas terminen a la hora en punto: en ese caso, a la de comer. En la sala de espera pululaban contendientes que salían de otras salas. El equipo de los servicios sociales estaba reunido en el pasillo, hablando entre ellos, con caras largas. La doctora Cliff se había esfumado, al igual que la doctora Moss, no antes de dejar a Pat una nota: «Le deseo a la familia Pitt toda la felicidad».

Los demás testigos se agolpaban alrededor de Steve, quien les estaba contando lo ocurrido en la sala. Mike era incapaz de darse cuenta de que su pesadilla había terminado de verdad. De ello se encargó Jenny.

–Están todos invitados a comer en casa, hay champán en la nevera.

–¿Cómo se te ha ocurrido pensar en organizar una comida? –le dijo él.

–A Lucy nunca le ha pasado nada malo. Sabía que el juez lo comprendería.

La tía Marjorie se había alejado un poco. Pat temió que la emoción pudiera con ella, le había parecido envejecida esa mañana. En realidad, estaba rebuscando en el bolso, del que sacó un bombón Bacio Perugina. Tras quitar el papel de aluminio con cuidado, se lo metió en la boca y se la tapó con la mano para que nadie la viera.

84
Una mesa redonda
Chancery Lane. Colegio de abogados. Viernes, 4 de julio

Pat estaba en el séptimo cielo: los Pitt tenían razón y Mike había sido exculpado. Seguramente la doctora Cliff recibiría una sanción. Le hubiera gustado aceptar la invitación de los Pitt y celebrar la victoria en su casa con el resto de la comitiva, pero no podía. Sharon se había tomado el día libre por su cumpleaños y tenían que volver con Steve al despacho.

Estaban cruzando el atrio interno de la Royal Courts of Justice.

–¿Tenemos tiempo para tomarnos una copa de vino? –le preguntó a Steve.

Él la miraba con aire cansino y no contestó. Sin aflojar el paso, murmuró:

–Puede que esta vida actual nuestra, que ahora nos satisface, llegue un día a resultar extraña, incómoda, necia, y no sólo insuficientemente pura... –Y volvió la mirada hacia la melena pelirroja de Pat.

–... sino hasta pecaminosa... –continuó ella, como pensando en otra cosa.

–¿Tú también has visto *Tres hermanas*? –preguntó Steve.

–Estuve también allí, aquel sábado.

Mientras entraban en la cabina para salir a la calle, Steve se echó a un lado para que ella cruzara primero y, al cederle el paso, le hizo una leve caricia en el pelo.

La recepcionista había dejado un mensaje en el escritorio de Steve: los servicios sociales se negaban a pagar los gastos para verificar la capacidad como progenitor de Mister Abel, el chico pelirrojo con el que Sharon había hablado. Los resultados del ADN habían demostrado que era el padre del niño, y él había confesado que en una ocasión tuvo relaciones con la madre, justificando el hecho de haberlo mantenido oculto por el miedo a que su novia lo dejara. Ahora solicitaba la custodia. Para Steve se perfilaba otra batalla y descolgó de inmediato el teléfono para hablar con el abogado de los servicios sociales.

El caso Pitt se estaba cerrando y Pat se puso manos a la obra para poner en orden las carpetas y enviarlas a contabilidad. Por la tarde, cuando Steve ya se había marchado, le entregaron un ramo de flores y una enorme cesta de Fortnum & Mason de parte de los Pitt.

Por la noche, Steve acudió a una mesa redonda de abogados y psiquiatras infantiles, en la sede del Colegio de Abogados. El profesor Melville-Smith presidía la reunión, y la doctora Cliff participaba en la mesa redonda para comentar la conferencia internacional de Bucarest sobre el maltrato en la infancia.

Melanie Cliff llevaba el mismo elegante traje de chaqueta que por la mañana, pero había ido a la peluquería y sus rizos negros tenían una apariencia perfecta. Habló de las medidas preventivas de otros países europeos y añadió que, en las jurisdicciones en las que los jueces de menores eran especialistas, el tribunal identificaba los abusos sexuales con mayor rapidez y esmero.

–Por ejemplo, esta mañana me he topado con un juez no especializado en abusos sexuales. Forma parte de nuestro trabajo educar a los jueces para que comprendan que el hecho de que los abusos sexuales a menudo no sean demostrables físicamente no significa que no tengan lugar...

Pero se interrumpió: había visto a Steve entre el público.

Epílogo

La doctora Cliff fue nombrada vicepresidente de la Asociación de Psiquiatras de Menores y Peritos judiciales y prosiguió su carrera de perito para casos de menores.

Mike Pitt intentó por todos los medios poner en marcha una acción legal contra ella, pero sus abogados no consiguieron encontrar un solo psiquiatra dispuesto a testificar que el informe de la doctora Cliff justificaba un procedimiento por negligencia profesional. La doctora Cliff no había admitido su incompetencia, ni el juez la había señalado en su breve sentencia.

Desde entonces, cuando un padre necesitaba pagar de su propio bolsillo una verificación o una peritación, y no podía permitírselo, bastaba que Pat le pidiera un cheque a Mike Pitt para recibirlo a la mañana siguiente. El joven pelirrojo fue el primero de una larga serie.

Durante años, Mike siguió leyendo el informe de la doctora Cliff, cada noche, antes de quedarse dormido al lado de su mujer.

Amy y Lucy no supieron nunca lo que había ocurrido.

Índice de personajes

Bufete Wizens

Steve Booth, abogado de los Pitt
Sharon Steen, secretaria
Pat Hall, secretaria
Ron Temple, pareja de Pat
Evelyne Ansell, cliente
Mavis Clarke, cliente
Stephanie Clarke, hija de Mavis
John Turle, abuelo de Mavis
Amina Oboe, cliente
Ali, hijo de Mistress Oboe
Kahin Sivan, cliente
Miss Gladys, antigua cliente
Mister Coutts, cliente
Mistress Coutts, mujer de Mister Coutts

Los Pitt y su entorno

Mike Pitt, directivo del banco de inversiones Trolleys
Jenny Pitt, esposa de Mike
Amy Pitt, su hija mayor
Lucy Pitt, su hija menor
Lisa, *au pair* polaca
Nora, ex *au pair* italiana
Teresa, ex *au pair* polaca

Marjorie Wood, tía de Jenny
Lucy Annabel Snowball, amiga de la familia
Justin Vita, médico de cabecera de la familia
Chris Pottis, abogado de la City
Rudy Halt, jefe de Mike
Jim Stutz, cliente de Trolleys
Helen Stutz, esposa de Jim

La parte contraria

Sandra Pepper, abogada de los servicios sociales
Mistress Bell, directora de la Sunshine Nursery
Linda Dooms, profesora de la Sunshine Nursery
Fiona McDougall, asistente social
Lucretia Barnes, jefa de Fiona
Samantha Harvey, puericultora

Los profesionales

Melanie Cliff, psiquiatra infantil
Ralph Cliff, marido de la doctora Cliff
Sara Todd, presidente de la Asociación de Psiquiatras de Menores y Peritos judiciales (APMP)
Caroline Moss, vicepresidente de la APMP
Profesor Melville-Smith, psiquiatra infantil
Profesor Duncan, catedrático de psicología de la Universidad de Miami
Mistress Fox, tutor de Amy y Lucy Pitt
Elaine Stanley, abogada de Mistress Fox

AGRADECIMIENTOS

Es hermoso dar las gracias cuando de verdad se siente gratitud.

Escribí esta novela en inglés primero y después en italiano. No fue fácil llevar en paralelo –como dicen los arquitectos– dos proyectos. Sin embargo, lo logré. Doy las gracias de todo corazón una vez más a Alberto Rollo, quien me apoyó en este nuevo desafío y leyó en abril la primera redacción incompleta en inglés, en Londres, y más tarde, en septiembre, el borrador final en italiano. Su aportación fue brillante e iluminadora.

La novela en italiano no fue una mera traducción. Tuve necesariamente que reinventar el tono, la andadura, el ritmo de la historia. En esa tarea fue fundamental Giovanna Salvia. En dos etapas, entre Londres y Agrigento, sentadas una frente a la otra, transformamos *There is nothing wrong with Lucy* en *Entre la bruma.* Recuerdo los momentos felices de ese trabajo, las consideraciones sobre la armonía del lenguaje, sobre la pertinencia del vocabulario, el alma que posee cada idioma y los esfuerzos por respetar ambas lenguas.

En la fase siguiente estuvo a mi lado Annalisa Agrati, que supuso un auténtico descubrimiento. Su trabajo de corrección y la frescura de su pensamiento me fueron de inmensa ayuda en la última y decisiva revisión.

Mi amigo Augusto Righi me facilitó su preciosa asesoría psiquiátrica, pero lo libero de toda responsabilidad por cualquier eventual incongruencia a la que el fascinante oficio de escribir tan generosamente nos expone.